단 한 줄도
읽지 못하게
하라

누가 왜 우리의 읽고 쓸 권리를 빼앗아갔는가?

단 한 줄도
읽지 못하게
하라

주쯔이 지음 · 허유영 옮김

아날로그

∥ 차례 ∥

금서의 세계 1

새로운 세상을 꿈꾸지 말라
: 사회 비판과 대중 선동으로 금서가 된 명작

금서의 세계 2

감히 권위에 맞서지 말라

: 권력층에 대한 비판과 풍자로 금서가 된 명작

금서의 세계 3

다른 생각은 용납할 수 없다

: 자유로운 사상에 대한 통제로 금서가 된 명작

금서의 세계 4

더러운 욕망으로 사회를 어지럽히지 말라
: 풍기문란이라는 누명을 쓰고 금서가 된 명작

금서의 세계 5
어떤 언어로도 출판할 수 없다
: 금서 역사에서의 주요 작가들

책이 진실을 말하면 금서가 된다

나의 책을 불태워다오!

그렇게 해다오! 나의 책을 남겨 놓지 말아다오!

나의 책들 속에서 언제나 나는 진실을 말하지 않았느냐?

그런데 이제 와서 너희들이 나를 거짓말쟁이처럼 취급한단 말이냐!

너희에게 명령한다.

나의 책을 불태워다오!

독일의 극작가 베르톨트 브레히트가 1938년에 쓴 시 〈분서〉는 나치의 분서목록에서 자신의 책이 빠진 것을 알게 된 한 시인의 외침이다.

1933년 5월 10일 나치독일의 선전장관 괴벨스는 독일의 모든 대학 도시에서 131명에 이르는 작가들의 책을 불살랐다. 중국 진나라의 시황제는 분서갱유을 일으켜 진나라 역사를 기술한 책을 제외한 모든 책을 몰수해 불태우고 유학자들을 잡아들여 생매장했다. 권력자가 어떤 책을 금서로 묶고 지식과 사상의 전파를 막는 일은 어느 시대든 있었다. 놀랍게도 《성경》 역시 한때는 평신도가 읽을 수 없는 금서였다.

금서는 책이 세상에 등장함과 동시에 생겨났다고 해도 과언이 아니다. 하지만 영원한 금서는 없었다. 역사를 돌이켜보면 당대에는 금서로 낙인찍혀 불태워지고 출판이 금지되었던 책들이 시대가 바뀌면서 세상에 다시 나와 재평가받는 일이 비일비재하다. 이 책에 실린 작품들도 그중 일부다.

이 책은 여러 시대에 금서로 묶였던 명작들을 가려 뽑아 그 작품이 금서로 지정된 원인과 과정을 살펴보고 작품에 담긴 사상적 의의와 문학적 가치를 평가했다. 금서로 지정된 이유에 따라 사회 비판과 대중 선동, 권력층에 대한 비판과 풍자, 자유로운 사상에 대한 통제, 풍기문란의 네가지 주제로 나누어 지금은 걸작이 된 작품과 작가들의 신산했던 과거를 이야기했다. 《닥터 지바고》의 작가 파스테르나크는 사회주의 혁명을 경멸했다는 이유로 노벨문학상 수상 거부를 강요당하고 조국에서 추방당할 뻔했다. 미국 문화에 지대한 영향을 미친 《호밀밭의 파수꾼》은 거칠고 외설적이며 청소년들에게 불온한 사상을 주입한다는 이유로 학교에서 이 책을 퇴출시켜달라는 학부모들의 요구가 빗발쳤다. 《채털리 부인의 연인》은 기계화된 현대 문명에 저항해 순수한 인간다움으로의 회귀를 호소했지만 외설적이라는 이유로 압수당하고 금서로 묶였다. 1988년 살만 루슈디는 《악마의 시》를 발표했다가 이슬람 모독죄로 이란의 종교 지도자 호메이니에 의해 파트와(사형 선고)를 받고 현재까지도 은둔 생활을 하고 있다.

어떤 책이 금서가 되는 이유는 아주 다양하다. 숱하게 많은 책들이 갖가지 이유로 '나쁜 책'이라는 오명을 썼고 판금의 동기와 기준, 방식도 시대와 국가에 따라 수시로 바뀌었다. 금서의 기준에 대해 시대를 관통하는 유일한 해석은 권력자들이 자신의 이념과 이익에 대한 도전을 받아들일 수 없을 때 그 책을 금서로 낙인찍는다는 것이다. 금서는 독재와 그 역사를 같이한다고도 할 수 있다.

작가는 자신이 살고 있는 시대의 아픔을 노래하고 시대의 무게를 짊어져야 하는 이들이다. 그들은 펜을 무기로 시대를 기록하고 갈등을 풍자하며 사회의 부조리를 꼬집는다. 동서고금을 막론하고 악한 권력자는 진실을 싫어한다. 그런 까닭에 나쁜 권력일수록 진실을 말하는 도서를 금서목록으로 묶어 금지하고 작가들의 입에 재갈을 물려왔다. 그런 책과 작가들이 기존의 질서와 가치에 도전함으로써 자신의 기득권을 위협한다고 여겼기 때문이다.

하지만 책을 금지하고 숨기고 불태우면 사상과 이념도 지워버릴 수 있을 것이라는 권력자들의 믿음은 거의 예외 없이 빗나갔다. 불태워지고 깊숙이 파묻혔던 명작들이 세월의 시험을 거치며 특수한 사상적·예술적 가치를 인정받고 다시금 일어나 인류 문명의 거목으로 우뚝 섰다. 이미 역사 속으로 사라진 권력자들의 오만과 아집을 비웃듯이 말이다.

물론 그 사이에 치열한 투쟁이 있었다. 《타르튀프》의 해금에는 작가인 몰리에르가 위선을 비판하고 풍자할 권리를 쟁취하기 위해 분투하는 과정이 있었고, 《채털리 부인의 연인》의 해금 과정에는 여왕이 펭귄출판사를 상대로 제기한 소송과 재판이 있었다. 《율리시즈》는 영국 랜덤하우스 출판사가 '미끼용'으로 법을 위반하는 '음모'를 짜낸 뒤에야 재판을 거쳐 해금을 얻어냈다.

인류의 역사만큼이나 오래된 이 투쟁에서 권력이 책을 이긴 적은 한 번도 없다. 진정한 가치를 지키기 위해 목숨을 건 이들의 장렬한 투쟁이었든, '금단의 열매'를 향한 인간의 호기심과 자본주의에 물든 서점 주인의 대담한 모험 덕분이었든, 그 어떤 권력도 책이 가진 저마다의 운명은 바꾸어놓지 못했다.

책이 세상에 나와 금서가 되었다가 다시 해금되는 이 투쟁은 사회 진보와 시대 변혁의 과정이었다. 금서와 권력의 전쟁을 통해 사상이 진보하고 문명이 발전했다. 그러므로 금서가 된 책들을 보면 특정 시대에 특정 지역의 사회 풍조와 그 사회에서 인정받거나 인정받지 못한 사상과 행위를 알 수 있고, 당시 권력자들이 검열의 칼을 얼마나 강하게 휘둘렀는지도 가늠할 수 있다. 한마디로 금서는 한 시대의 흐름을 반영하는 거울이자 자유의 수준을 판단하는 잣대다. 금서목록이 길다는 것은 그만큼 사상의 자유가 억압당하고 있다는 뜻이다. 반대로 민주주의의 수준이 올라갈수록 표현의 자유는 확대되고 검열의 권력은 약해진다.

정보가 넘쳐나고 통제가 불가능할 것 같은 요즘 시대에조차 금서는 존재한다. 아니, 오히려 검열의 권력이 책을 넘어 온라인 공간에까지 확대되어 유·무형의 방식으로 표현의 자유를 옭아매고 있다. 굳이 이 책의 저자가 살고 있는 중국의 사례를 논할 것도 없다. 우리가 살고 있는 이 나라 한국에서도 금서 문제는 현재진행형이다.

2008년 국방부는 군대 내 반입을 금지하는 '불온서적' 23권의 목록을 공개했다. 2011년 국방부의 불온서적 목록은 42권으로 늘어났다. 2015년 문화체육관광부와 경기도교육청은 한 민간단체가 자의적 판단에 의해 '좌편향' 도서로 지목한 12종 도서를 도서관 추천도서에서 제외할 것을 검토하라는 공문을 보냈다. 2016년 국방부는 5종 도서에 대해 군 마트에서 판매를 금지했다. 2016년 11월, 한국 정부는 내년 새 학기 배포를 목표로 한국사 교과서 국정화를 강행하고 있다.

지금 이 시대의 금서와 그 작가들은 또 어떤 투쟁사를 쓸 것이며, 훗날 역사는 지금 이 시대의 자유와 민주를 어떻게 평가할 것인가. 1933년 헬렌 켈러가 나치의 분서에 항의하며 남긴 말이 의미심장하게 다가온다.

"당신들이 사상을 없앨 수 있다고 생각한다면 역사로부터 아무것도 배우지 못한 것이다."

2016년 11월

허유영

위험한 책이 세상을 변화시킨다

누가 무엇을 기준으로 문학을 평가하는가?

문학의 목적은 인간이 자신을 표현하고 또 자신을 초월하는 데 있다. 그런데 문학의 목적이 그러하다면 인간은 어째서 자신이 창조한 문학에 올가미를 씌우고 통제하려는 것일까? 인간은 어째서 문학의 수혜자인 동시에 피해자인 것처럼 보일까? 문학의 역사는 모순으로 점철되어 있다. '금서의 세계'는 문학사에서 가장 위험한 곳이다. 그 안에 수많은 모순과 갈등이 반영되어 있다. 어떤 시대든 사회구성원들은 일정한 사회 규칙을 지켜야만 한다. 법률은 인간의 말과 행동을 매우 명확하게 통제한다. 그러나 문학에 대한 평가만큼은 오차 없이 정확하기 매우 어렵다. 사람들은 끊임없이 반성하고 오류를 인정하지만 새로운 오류를 피하지 못한다. 하지만 반성은 반드시 필요하다. 역사에서 탄생했던 수많은 금서 가운데 억울한 누명을 쓴 걸작들을 추려내 이 책《단 한 줄도 읽지 못하게 하라》를 쓴 것 역시 일종의 반성이다.

오늘날 수많은 길이 있지만 그 길은 한 곳으로 통한다. 우리는 모두 '세계 명작'이라는 숲에서 한가롭게 거닐고 있다. 그곳은 더없이 아름다운 숲이다. 그런데 황홀한 경치만큼이나 깊은 인상을 남기는 것이 바로 준엄한 냉기다. 숲 전체에 시린 기운이 무겁게 깔려 있고 마치 묘비가 빽빽하게 들어선 묘지처럼 도도한 침묵이 흐른다. 오로지 시간만이 그 사이를 쉬지 않고 흐른다. 이 숲속에 서 있는 모든 것들은 결코 인간에게 벌목되기 위한 것이 아니다. 그럼에도 우리는 인위적으로 벌목당한 상처들을 그리 어렵지 않게 만날 수 있다. 평론가들의 취미, 도서 검열 제도, 독자들의 독서 습관 등이 불운의 명작을 낳았다. 미국 소설가 너새니얼 호손의 《주홍글씨》는 "검은 바탕에 주홍글씨 'A'(On a Field, Sable, the Letter A, Gules)"* 라는 짧은 글귀로 끝을 맺었다. 이 명작이 억울한 누명을 쓰고 영원히 매장당할 뻔했음을 생각하면 작품 속 주인공이 느꼈을 법한 비통함이 우리에게도 엄습한다. 우리가 걷고 있는 그 숲은 살아남은 자의 세상이다.

인류사의 주류가 인간의 생존공간을 창조하고 개척한 역사라고 한다면, 인간 자신에 대한 통제와 파멸 또한 간과할 수 없는 역사의 이면이다. 오랜 진통 끝에 어렵게 탄생한 인류정신의 산물이 다시 인간의 손에 의한 방화로 순식간에 재로 변하곤 했다. 동서양 역사 속에 등장했던 '문화 방화자'들을 일일이 열거한다면 동서양 문학사에 나타난 위대한 작가들과 그 수가 비슷할 것이다. 방화자들의 진정한 의도나 개인적인 인격, 역사적 공과는 각각 다르지만 그들은 모두 과거와 당시의 문화를 파괴했다. 중국 역사에서 가장 오래된 '문화 방화 사건'은 진시황의 '분서갱유(焚書坑儒)'다. 사관들이 기록한 것 가운데 진나라에 관한 것 외에는 모조리

---

* 'A'는 간통을 뜻하는 Adultery의 첫 글자다.

태워 없애고, 박사가 직무를 위해 소장하고 있는 것을 제외하고 《시경》, 《서경》, 백가(百家)의 책을 가지고 있는 자가 있다면 군수에게 제출해 모두 태워 없애게 했다.[1] 한편 중세 서양에서는 종교재판소와 로마교황청이 교리에 부합하지 않는 '이단' 서적을 불태웠다. 히틀러는 유럽 문화, 특히 독일 문화의 정신이 담긴 작품을 함부로 짓밟고 박해했다. 히틀러의 일거수일투족에 충성하던 그의 선봉대는 '도이치 정신'에 부합하지 않는 모든 책을 불태웠다.

우리는 지금 생존자의 숲속에 서서 방화의 역사를 돌이켜보고 있다. 아직도 우리가 읽을 수 없는 명작들이 많다. 그것들 중 대부분은 특정한 시대에 억울하게 금서로 낙인찍혔다. 어떤 작품이든 그 진정한 가치를 이해하기 위해서는 많은 시간과 예리한 시선이 필요하다는 사실을 새삼 알 수 있다. 사상이 보수적이고 비정한 이들은 자신의 사상에 위배되는 책들을 적대시하고 차라리 평범한 작품에 더 큰 찬사를 보냈다. 그러나 걸작 자체가 지닌 빛은 그로 인해 퇴색되지 않았다.

걸작의 또 다른 이름, 금서

독자의 영혼을 흔들어놓을 수 있다면 걸작이라고 부를 수 있다. 비록 독자들은 자신을 흔드는 것이 무엇인지 분명히 알지 못하더라도 걸작은 사람들에게 감동을 준다. 우리는 걸작이 우리에게 보여준 세계와 그 세계의 상상 속에서 자신도 모르는 사이에 문학과 인생을 새롭게 인식하게 된다.

걸작은 특별하다. 그러나 금서가 될 수밖에 없는 문학적 배경에서 자유로울 수는 없다. 금서 조치로 인해 문학작품이 더 주목받기도 한다. 금서 조치 자체가 문학작품의 사회적 효용을 과대평가한 것이기 때문이다. 물론 금서 조치에는 여러 가지 명분이 있다. 정치적·종교적 원인으로 금서가 된 것들에는 주로 정부 위협, 종교 비방, 이단사설 전파 등의 죄명이 붙는다. 대표적인 예가 1980년대 말에 발표된 살만 루슈디의 《악마의 시》다. 출판사가 베스트셀러가 되기를 기대하며 내놓은 이 책은 순식간에 세계 최고의 금서가 되었다. 심지어 이란의 종교 지도자 호메이니는 당사자가 참석하지도 않은 재판을 열어 이 소설을 쓴 작가에게 사형선고를 내리기까지 했다. 21세기에 들어선 후에도 댄 브라운의 베스트셀러《다빈치코드》가 '종교를 왜곡하고' '예수가 하나님의 아들임을 부정하는 암시를 담았다'는 이유로 천주교와 기독교 단체들로부터 비난과 통제를 받았으며 일부 이슬람 국가에서는 금서로 지정되기도 했다.[2] 이밖에 구소련의 소설《우리들》,《암 병동》등도 '정치적 견해' 때문에 금서가 되었다.

그런데 금서의 역사를 거슬러 올라가 보면 유난히 눈에 띄는 또 다른 종류의 금서를 발견할 수 있다. 바로 사회의 도덕을 위협했다는 죄명을 가진 금서, 이른바 '음서(淫書)'이다. 정치적·종교적 원인에 의한 금서는 우연적인 요소가 너무 많이 개입되고 단기에 끝나는 것이 보통이다. 정국 변화, 종교개혁 등 중대한 사건이 발생하면 금서에 대한 시각도 바뀌기 때문이다. 반면 '음서'에 대한 금서 조치는 일단 그런 낙인이 찍히면 영원히 지속될 것이라는 의미를 갖는다. 인간의 태생적인 성욕구와 성행위를 감추고 싶어 하는 사람들의 심리가 작용한 것이다. 어느 나라든 한 작품이 '음란하다'는 이유로 금서로 지정되면 경찰이나 여론은 어떻게든 이 작품이 청소년의 영혼을 피폐하게 만든 증거를 찾아내려고 한다. 심지어 이런 증거들은 때때로 매우 타당한 것처럼 보인다. 금서 조치를 내린 사람들은 이 작품들이 세상에 나오자마자 사회에 직접적인 해악을 끼쳤으며, 특히 청소년들의 순결한 영혼을 더럽혔다고 주장한다. 영국 소설가 D. H. 로렌스는 자신의 작품에서 한 관리가 화를 내며 청교도 이념에 부합하지 않는 책을 비난하는 장면을 이렇게 묘사했다. "…… 원래는 아주 순결했던 두 청년이 이 책을 읽고 나서 성관계를 맺었소!"

사회 통념상 부도덕하다고 판단되는 책들은 마땅히 금서로 지정해야 한다. 그런데 중요한 점은 좋은 책과 나쁜 책을 구분하는 기준이 무엇이냐에 있다. 줄거리를 구성하고 인물을 표현하는 데 필수적인 성적 묘사는 의도적인 성적 유희나 성적 문란함과 분명히 다르다. 이 둘을 구분하는 기준이 있어야 한다. 명확한 기준과 원칙이 있어야만 진정한 외설 작품에는 처벌을 가하고 예술로서의 문학에는 해를 끼치지 않을 수 있다. 이것은 아주 중요하다.

금서 조치는 권력층의 가장 손쉬운 탄압 수단

'금서'로 규정되었거나 한때 규정되었던 세계의 문학작품들을 모두 모아놓으면 방대한 양의 작품이 모일 것이다. 그것들이 또 하나의 세계를 이룬다. 이 세계에서는 난장이와 거인이 함께 북적거리며 살지만 결코 조화를 이루지 못한다. 이 세계는 자유롭게 드나들지 못하도록 쇠울타리가 둘러져 있다. 울타리가 있다는 것은 바르고 정직한 사람들은 그 세계에 가까이 가서는 안 된다는 뜻이다. 그런데 그 울타리 사이에 '장난꾸러기'들이 비집고 들어갈 수 있는 작은 틈이 나 있다. 금서의 목적은 어떤 지역이나 국가, 심지어 전 세계에서 특정 작품이 완전히 자취를 감추게 만드는 데 있다. 그런데 이런 엄격한 수단이 종종 의도와 반대되는 결과를 낳기도 한다. '금서의 세계'는 속세와 멀리 떨어져 있고 아무나 출입하지 못하도록 문을 걸어 잠그고 있기 때문에 언제나 신비한 분위기가 감돈다. 서양에 이런 이야기가 있다. 한 작가가 로마 교황에게 자신의 책이 잘 팔릴 수 있도록 도와달라고 부탁했다. 교황은 궁리 끝에 그 책을 《금서목록》에 포함시켰다. 그러자 그의 책이 삽시간에 날개 돋친 듯 팔려나갔다고 한다. 금단의 열매는 언제나 사람들을 유혹하는 법이다.

로마교황청의 《금서목록》은 천주교 신자들의 신앙과 도덕에 해악을 미친다고 판단되어 전 세계 신자들이 읽지 못하도록 규정해놓은 책들의 목록이다. 16세기 중반에 처음 발행되었으며 지금까지 이 목록에 포함된 책은 4천 종이 넘는다. 《금서목록》의 마지막 판본인 제12판은 1948년에 발행되었다. 그런데 이 금서목록은 천주교도의 사상과 도덕, 작품 감상 수준을 고려하지 않은 것처럼 보인다. 그보다는 오히려 천주교회의 위신을 지키는 데 가장 큰 목적을 두었다. 진정한 음서라고 불릴 만한 작품들은 엄격하게 제약하지 않고 대부분 교회의 명예를 실추시킨 작품들만 열거되어 있기 때문이다. 대표적인 예가 《데카메론》이다. 《금서목록》에서 '음란함'이라는 이유로 금서로 지정된 작품 중에는 스탕달, 발자크, 뒤마, 뒤마 필스, 졸라 등 대문호의 작품 전체가 포함되어 있다. 교회는 이들 걸작 속에 담긴 사상이 가지는 강력한 사회 침투력을 고려하지 않을 수 없었다. 반면 누가 보아도 음란하고 황당한 작품들은 교회의 권위에 아무런 해를 끼치지 않기 때문에《금서목록》에서 제외되었다.

금서의 역사는 끝나지 않았다

정치적·종교적 이유로 금지당한 걸작들은 정국의 변화, 교파의 흥망 때문에 다시 빛을 보기도 한다. 음서로 배척당했던 걸작 또한 이런 행운을 만날 수 있다. 인간의 자아인식이 깊어지면서 사람들의 사상과 도덕관도 너그럽고 심오해지기 때문이다. 세계 각국의 문학사에서 실제로 이런 사례가 많다. 이런 예들을 모아 책으로 엮는다면 문학에 대한 관용의 역사를 써낼 수도 있을 것이다. 여기에서 관용이란 자신의 편견을 극복하고 개인적인 취향을 초월해 천재적인 문학작품에 베푸는 관용을 뜻한다. 관용 덕분에 세계문학의 숲에 봄이 찾아왔다. 동서양을 막론하고 이런 관용이 출현하기까지는 아주 어렵고 더딘 과정을 거쳐야 했다.

서양에서는 종교재판소의 신부가 교리에 저촉되는 모든 단어들을 용인하지 않았고 독재자들도 권력에 도전하는 모든 것들을 철저하게 압박했다. 19세기 중반 이전까지 검열관들은 의심할 필요 없는 걸작이라도 그 속에 조금이라도 성적 묘사가 들어 있거나 외설로 의심받을 수 있는 단어가 한두 개만 들어 있어도 그 작품을 음서로 판단해 금서로 분류했다. 프랑스 작가 에밀 졸라의 소설《대지》의 영문판이 런던에서 출간되었을 때 농장에서 젖 짜는 여공이 암소를 수소가 있는 쪽으로 쫓아내는 장면이 묘사되어 있다는 이유로 한 국회의원으로부터 '저질소설'이라 비난받았고 출판사는 이 단락을 삭제한 후에야 책을 출판할 수 있었다. 그러나 그와 동시에 일부 권력자들은 몇 세기 동안 금서로 지정되었던 책들(특히 공인된 걸작들) 가운데 민심을 얻는 데 도움이 되는 것들이 있음을 눈치챘다. 20세기로 들어서면서 출판 환경에 커다란 변화가 생기자 검열관들의 음서 판단기준에 점점 더 많은 전제가 덧붙여졌다. 한 예로 1959년 영국에서 발표된 〈외설간행물법안〉을 보면 다음과 같이 규정되어 있다.

예상할 수 있는 모든 상황에서 그 내용을 읽은 사람의 도덕을 무너뜨리고 마음을 부패하게 만들기에 충분하다고 판단되는 경우 그 책을 외설 서적으로 판단한다.

또 미국 대법원은 외설 작품에 대해 "음욕(저질적인 것에 대한 사상적·행위적 욕망)을 자극하고 사회적·문학적·예술적 가치가 전혀 없는 작품"[3]이라고 정의했다.

그러나 문제는 여전히 해결되지 않았다. 비교적 관용적인 법률이 시행되었지만 모호한 개념과 법률 적용상의 오류로 걸작이 불리한 판결을 받는 일이 계속 벌어졌다. 《채털리 부인의 연인》, 《율리시스》의 불운이 대표적인 예다.

오늘날 미국은 포르노 문학에 대해 지나치게 관용적인 것처럼 보이지만 사실 2차 세계대전이 끝나기 전까지 포르노 문학에 대한 사회적 통제와 음서에 대한 정부의 금서 조치는 상당히 엄격하게 이루어졌다. 1920년대 미국의 한 '윤리감시회' 소속 인사는 "소설 속에 '존과 메리가 동침했다' 또는 '메리가 임신했다'는 표현은 금지할 수 없지만 메리를 흥분시키기 위해 존이 한 동작을 조금이라도 묘사했다면 그 책은 외설이라고 판단해 금서로 지정한다"고 했다.

1930년대에 미국의 한 출판사가 《율리시스》를 판매했다는 이유로 필라델피아에서 60일 감금형을 판결받았다. 그러나 그 후 20년도 안 되어 과거에 극형에 처해졌던 음서와 새로 등장한 순수 포르노 작품들이 아무 제약 없이 시중에서 유통되었다. 1970년대에 이르러서는 '신음소리가 난무하는 섹스 장면'을 반드시 집어넣어야만 베스트셀러가 된다는 통설마저 등장했다.

걸작을 금서로 규정하는 것은 어리석은 일이다. 걸작에 일단 금서라는 딱지가 붙으면 일반 독자들은 주홍글씨를 가슴에 단 헤스터 프린이 아니라 극악무도한 사탄을 떠올릴 가능성이 더 크다. 하지만 그 사탄의 죄악은 타인의 잘못된 비난이나 자의적인 상상에서 나온 것일 뿐이다.

'금서의 세계'에 빠진 걸작은 사탄처럼 의식적으로 복수자로 변신하지 않는다. 그들은 그저 인내하고 기다린다. 동세대 사람들이 실망스러운 대답만 안겨주면 그것들은 다음 세대, 또 다음 세대에 희망을 넘겨준다. 비운의 걸작들은 시간에 희망을 건다. 아무리 광적이고 편집적인 머리라도 시간이라는 강에 끊임없이 씻기면 천천히 식기 마련이다. 자신과 세상만물, 인생에 대해 사람들은 더 많이 더 깊게 깨달을 것이고 더 너그러워질 것이다. '금서의 세계'에 있는 그 거인들에게는 이것이 바로 '복음'이다.

금서의 세계 1

새로운 세상을
꿈꾸지 말라

사회 비판과 대중 선동으로 금서가 된 명작

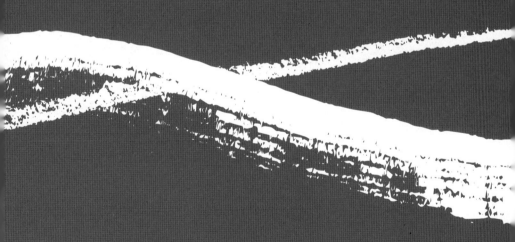

"영혼과 양심에 관계된 비밀, 생사의 모순과 관계된 비밀,

전 인류에게 적용되는 법칙을 이야기하는 것이 작가의 의무다.

그 법칙은 기억할 수조차 없는 수천 년 전에 생겨났으며

태양이 사라지지 않는 한 존재할 것이다.

진실한 말 한마디가 이 세상 전체보다 더 중요하다."

알렉산드르 솔제니친

닥터 지바고

[러시아] 보리스 파스테르나크(Boris Pasternak, 1890~1960), 1956년 작

혁명의 소용돌이에 휘말린 한 남자의 운명

러시아혁명의 격변기를 살아나간 지바고의 삶과 사랑, 죽음을 다룬 장엄한 작품이다. 파스테르나크
는 1958년 노벨문학상 수상자로 선정되었으나 소련 공산당은 그가 "사회주의 혁명을 경멸했다"며
수상을 거부할 것을 강요했다. 이후에도 그는 사상계와 문학계로부터 집단 비판을 받고 작가협회에
서도 제명당했다. 소련에서는 1986년에 이르러서야 재평가를 받고 정식으로 출간되었다.

《닥터 지바고》는 톨스토이의 전통을 계승한 소설이다. 당시 소련의
시인 예브게니 옙투셴코(Yevgeny Yevtushenko)*는 이 작품에 시적인 이미
지와 리듬감이 넘쳐 "마치 작품과 아름다운 러시아의 자연이 하나가 된
듯한 착각에 빠져든다"라고 말했다. 이 작품에는 19세기의 느리고 진중
한 분위기가 흐른다. 심지어 등장인물들의 사상과 감정에서도 러시아 문
학의 맥을 느낄 수 있다. 소련 입장에서는 그 자체만으로도 일종의 반역
일 것이다. 이 소설은 10월혁명을 배경으로 러시아인(특히 닥터 지바고)의

---

* 예브게니 옙투셴코는 세계적으로 유명한 러시아 시인이다. 1950년대부터 소련의 사회상을 반
영한 정치 시를 발표해 세계적으로 주목받았다.

삶을 그려냈으며, '사회주의 현실주의'를 표방하는 정통 작가들이 단순화한 역사적 사실을 다시금 복잡하게 만든 작품이기도 하다.

파스테르나크는 훌륭한 시인으로서 강렬한 자아의식과 고도의 예민함을 발휘해 동시대 소설가들은 범접할 수 없는 독특한 개념의 소설을 탄생시켰다. 그는 이 작품에서 거의 무의식적으로 당시 소련의 정치관과 배치되는 자의식을 표출해냈다. 작가는 죄가 없었다. 사실《닥터 지바고》는 장편소설이 아니라 자서전이다. 작가가 쓴 것은 자기 자신의 이야기였다. 파스테르나크는 자기 내면을 속속들이 보여주는 일생을 그려내 독자들 앞에 내놓았다.

작가에게는 정부에 반기를 들려는 의도가 조금도 없었지만, 정치적 시각으로 보자면 이 소설 속에서 의구심을 불러일으킬 만한 대목들을 찾을 수 있다. 파스테르나크는 나중에 이렇게 말했다. "당시에 이 점을 분명히 밝히지 않은 것을 후회한다. …… 나는 모든 혁명은 역사적으로 불법적인 것이며, 10월혁명 역시 불법적인 사건 중 하나라고 단언할 수 있다. 10월혁명은 러시아에 재앙을 안겨주었고 러시아의 지식인들을 파멸시켰다." 물론 이런 반성이 작가의 진심을 대변할 수는 없지만 파스테르나크가 일부러 금서를 창작하려고 했던 것은 아니다.

파스테르나크는 잡지 편집부에서 그의 원고를 돌려보내면서 덧붙인 강한 거절 편지*를 받고나서야 자신이 큰 화를 자초했다는 사실을 깨달았다. 그러나 시인 옙투셴코는 파스테르나크에 대한 비판을 단호하게 거절했다. 그도《닥터 지바고》에 마음에 안 드는 부분이 있기는 했지만,

---

* 이 편지에는《닥터 지바고》가 사회주의에 대한 증오를 담고 있다고 비난하는 내용이 쓰여 있었다.

처음 읽었을 때든 다시 또 읽었을 때든 이 소설에서 '충만한 악의'를 느끼지 못했다고 밝혔다. 심지어 소련 공산당 총리를 지낸 니키타 흐루시초프조차도 나중에 이 소설을 읽은 뒤 이 작품에 반혁명적 요소가 전혀 없다고 확신했으며 자신이 속았음을 깨달았다는 말을 했다. 하지만 당시 많은 이들이 "이 소설을 읽지 않았지만 마음속 깊숙이에서 분노가 치민다"며 파스테르나크를 비난했다.

잔혹한 현실에서 피어난 위대한 사랑

지바고가 어린 시절에 겪은 가장 큰 불행은 어머니의 죽음이었다. 그는 열 살 때 어머니를 여의었다. 그는 어머니와 함께 숲에서 길을 잃고 헤매다가 갑자기 혼자 남은 듯했다. 소설의 첫 머리에 어머니의 장례 행렬이 이렇게 묘사되어 있다.

장례 행렬이 가고 있었다. 그들은 '그 뜻을 영원히 기억하리오'라는 노래를 부르며 쉬지 않고 걸음을 옮겼다. 사람들의 발소리, 말발굽 소리, 바람 소리가 갈마들며 애도의 노래를 부르는 듯했다.

얼마 후 처자식을 버리고 홀로 시베리아 각지와 외국을 떠돌며 흥청망청 살던 아버지가 빈털터리가 되어 모스크바로 돌아오던 중 달리는 기차에서 뛰어내려 자살한다. 그럼에도 그 후 한동안 지바고의 생활은 비교적 행복했다. 따뜻하고 교양 있는 집에서 그를 맡아 키웠고, 그는 의과 대학을 졸업한 뒤 그 가족의 일원이자 그로메코 교수의 딸인 토냐와 결혼한다. 하지만 그는 아들이 태어난 뒤 곧바로 차르 군대의 군의관으로 징집된다. 지바고는 전쟁터에서 전쟁의 참혹함을 직접 목도하고 서로를 죽여야만 하는 피비린내 나는 논리에 강한 반감을 느낀다. 그는 전투에서 후퇴하다가 부상을 입고 야전병원으로 후송되었다가 간호사 라라를 만나게 된다.

라라의 어머니는 벨기에 기술자의 미망인으로 모스크바의 가장 위험한 지역에서 양장점을 하며 근근이 생계를 유지해왔다. 어머니는 변호사 코마롭스키에게 도움을 받으며 그의 정부가 되었는데, 라라가 열일곱 살이 되었을 때 코마롭스키가 그녀를 강간한다. 라라는 고통스러운 과거에서 벗어나 새로운 생활을 찾기 위해 가정교사로 일하며 학업을 계속한다. 그녀는 자신을 좋아하는 파샤와 결혼을 하고 빚도 갚기 위해 코마롭스키를 찾아가 총으로 위협하며 돈을 달라고 요구한다. 결국 라라는 코마롭스키에게 총을 쏘지만 그를 죽이지는 못한다. 다행히 코마롭스키는 라라와의 불륜 관계를 감추기 위해 라라에 대한 공소를 기각하고 그녀를 돕는다. 라라와 파샤는 결혼 후 모스크바를 떠나 유리아틴에 정착하고 얼마 후 둘 사이에서 딸이 태어난다. 착한 라라는 파샤를 지극정성으로 내조하지만 파샤는 라라가 자신을 진정으로 사랑하는 것이 아니라 자식처럼 생각하고 있으며, 자신에 대한 라라의 마음이 감동적인 책임감일 뿐이라는 생각에 몹시 괴로워한다. 결국 결국 파샤는 현실을 회피하기 위해 전쟁에 참전한다. 전쟁터로 나간 파샤에게서 오랫동안 소식이 오지 않자 라라는 남편을 찾기 위해 종군간호사로 지원한다. 그리고 그녀가 지바고와 만날 무렵 남편이 전사했다는 소식을 듣게 된다. 바로 그때 혁명이 발발한다.

환자와 간호사로 만난 지바고와 라라는 역경을 함께 견디는 동지가 된다. 지바고는 그녀를 사랑하지 않으려고 무진 애를 쓰지만 결국 라라에게 자기 마음을 들켜버려 상황은 더 악화되고 만다. 그 후 두 사람은 이별하고 지바고는 천신만고 끝에 굶주림으로 고통받고 있는 모스크바의 집으로 돌아간다. 하지만 그는 자신이 과거의 사람들과 어울릴 수 없다는 것을 알게 된다. 러시아는 이미 절망적인 전쟁 속에서 '진정으로 위대한 것'을 맞이한 뒤였다. '그것은 하늘에서 떨어진 듯 갑자기 눈앞에 나타났다. 진정으로 위대한 그것은 바로 10월혁명이었다. 지바고는 이렇게 탄식한다.

멋진 수술이야! 메스를 들어 단숨에 몇 년 묵은 썩은 종기를 도려내버렸어! 간단하고도 확실했지. 몇백 년 동안 신봉하던 불의에 사형 선고를 내린 거야. …… 그것은 처음부터 시작하는 것이 아니라 도중에서 시작하는 거지. 예정된 시간도 없고 쉬지 않고 굴러가는 생활의 수레바퀴 속에서 우연히 마주치는 어느 날 말이야. 그게 바로 가장 절묘해. 가장 위대한 것만이 이처럼 때와 장소와 무관하게 나타나지.

그는 식량과 연료가 바닥난 모스크바에 닥친 시련을 목도한다. 하지만 계속 새로운 정권을 위해 일한다. 그의 헌신은 그의 가족이 더 이상 생활할 수 없을 때까지 계속된다. 그는 결국 병에 걸리고 몸이 회복되자 가족을 데리고 머나먼 시베리아로 떠난다. 그가 향한 곳은 유리아틴 근처의 바리키노다. 가는 도중 지바고는 붉은 군대에 잡혀가지만 붉은 군대의 지휘관이 되어 있는 파샤(전사한 것이 아니었다)가 그를 풀어준다. 바리키노에서 지바고는 교사로 일하고 있는 라라와 재회한다. 그녀도 파샤가 살아 있다는 것을 알고 그곳에서 일하고 있었지만 한 번도 파샤를 만나지 못했다. 지바고와 라라는 서로에 대한 사랑을 확인하고 함께 살게 된다. 그때 지바고는 예술에 심취해 조용한 생활과 대자연에 대한 사랑을 시로 표현한다. 하지만 다시 유격대에 납치당하고 그 안에서 전쟁의 잔혹함과 인간의 추악한 본성과 마주친다. 그는 세 차례나 도망치려다 다시 붙잡히지만 결국 도주에 성공해 바리키노로 돌아온다. 그러나 그곳에 아내 토냐는 이미 모스크바로 돌아간 후였다. 지바고는 다시 라라와 함께 살지만 어느 날 갑자기 코마롭스키가 나타나 위험에 처한 라라를 속여 데리고 간다. 라라가 떠난 다음날 수배자 신세가 된 파샤가 바리키노로 찾아온다. 그는 아내가 코마롭스키에게 속아 타지로 떠났다는 것을 알고 절망 속에 자살한다.

지바고는 새로운 경제정책이 발표된 해(1922년)에 다시 모스크바로 돌아간다. 그는 유격대에서 도망쳐 바리키노로 갔을 때보다 더 마르고 괴팍해져 있다. 그의 눈에 비친 모스크바는 황량함 그 자체다. 그의 아내와 자식들도 이미 외국으로 떠난 후로 지바고는 모스크바에 남아 의사일도 포기한 채 옛날 하인이었던 사람의 딸인 마리아와 결혼해 아이를 낳고 빈곤하게 살아간다. 그러던 어느 날 그는 거리의 전차 위에서 심장병으로 급사한다. 모스크바로 돌아온 라라는 지바고가 죽었다는 사실을 알고 몹시 괴로워하다가 어느 날 집을 나간 뒤 다시는 돌아오지 않는다. 아마 그날 거리에서 체포된 것 같다. 그녀는 사람들에게 잊혔고 신분미상자의 명단 속에서 이름도 없이 번호로만 불리다가 북부의 많은 수용소나 여자 수용소에서 죽었을 것이다.

정부가 노벨문학상 수상 거부를 강요하다

이 소설에서 지바고는 시인 파스테르나크의 강렬한 자의식을 표출하는 화신이었기에 곧 이 작품과 작가 모두에게 재앙이 닥쳤다. 설상가상으로 노벨문학상 수상은 그 재앙에 기름을 붓는 격이었다. 세심하지 않은 독자는 작가가 노벨문학상 수상 전후에 보여준 모순된 태도에만 주목하고 그 뒤에 숨겨진 배경은 간과했을 것이다. 파스테르나크는 1958년 자신이 노벨문학상 수상자로 선정되었다는 사실을 안 직후 스웨덴 한림원에 전보를 보내 "너무나 고맙고 감동적이고 자랑스럽고 놀랍고 몸 둘 바를 모르겠다"라며 감사의 뜻을 전했다. 그런데 불과 6일 만에 그는 돌연 노벨문학상 수상을 거부한다고 공개적으로 선언했다. 하지만 이것은 개인적인 결정이 아니었다. 서양에서 불기 시작한 '지바고 열풍'이 소련 정부의 심기를 건드렸던 것이다. 노벨문학상 수상은 사실 파스테르나크 《닥터 지바고》를 외국에서 출간한 것과도 미묘한 관련이 있었다.

파스테르나크가 감사의 전보를 보냈을 때, 그러니까 노벨문학상을 수상하러 스톡홀름에 갈 고민을 한 바로 다음날 아침, 누군가 그를 찾아와 각 신문에 그를 비판하는 기사를 내보내겠다며 노벨문학상 수상을 거부하라고 협박했다. 파스테르나크는 그가 상부의 지시를 받고 왔다는 것을 잘 알았지만 갑자기 마음을 바꾸어 변덕을 부릴 수는 없다는 핑계로 그 요구를 거절했다.[1] 그때 그는 노벨문학상 수상자라는 영예를 얻기 위해서라면 어떤 압력도 다 견뎌낼 수 있으리라 생각했다. 과연 며칠 후 그를 비판하는 여론이 소련 전체를 뒤흔들었다.

소련 공산당 기관지 〈프라우다(Pravda)〉는 악독하고 섬뜩한 언사를 동원해 파스테르나크를 비판했다. "반동적인 부르주아가 노벨문학상을 주는 대상은 시인 파스테르나크도, 작가 파스테르나크도 아니다. 바로 사회주의 혁명을 경멸하고 소련 인민을 비방한 파스테르나크다." 순식간에 소련 전역에서 파스테르나크의 소련 국적을 취소하고 추방해야 한다는 여론이 들끓었다. 파스테르나크는 생명의 위협을 느끼기 시작했고 어쩔 수 없이 스웨덴 한림원에 노벨문학상 수상을 거부한다는 전보를 보내야 했다. 그는 그 전보에 이렇게 썼다. "나의 수상에 대해 내가 속한 사회가 내린 해석을 고려할 때 수상을 거부할 수밖에 없습니다. 나의 수상 거부를 불쾌하게 여기지 말아주십시오." 그는 심지어 당시 소련 지도자 흐루시초프에게 탄원서를 보내 자신을 추방시키는 '극단적인 조치'를 내리지 말아달라고 부탁했다. 이 사건으로 파스테르나크는 크나큰 정신적 충격을 받았다. 훗날 그의 아들은 노벨문학상 수상을 거부하는 전보를 보낸 후 "아버지의 안색이 핏기 하나 없이 창백했으며 눈동자에는 지치고 괴로운 기색이 역력했다. 아버지는 모든 질문에 '이제 다 무의미해졌어. 수상을 거부했어'라고만 대답했다"라고 회고했다.[2]

파스테르나크는 《닥터 지바고》를 집필하면서 자신이 지바고처럼 비참한 말로를 맞이하게 될 줄 예상하지 못했을 것이다. 그는 비록 추방당하는 불운은 면했지만 사상계와 문학계로부터 집단 비판을 받고 작가협회에서 제명당했다. 이에 큰 충격을 받은 그는 모스크바 교외의 작은 마을에서 고독한 나날을 보내다가 2년 뒤인 1960년 조용히 생을 마감했다.

파스테르나크는 과거의 경험에서 교훈을 얻는 사람은 아니었던 것 같다. 이미 1923년 시집 《내 누이의 삶(My Sister, Life)》과 《주제와 변주(Themes and Variations)》가 비판을 받아 '부패한 형식주의자'라는 굴레를 쓴 적이 있었던 것이다. 그 일로 그는 셰익스피어 희곡 번역으로 생계를 유지해야 했다.

1986년 2월에야 《닥터 지바고》를 재평가하는 움직임이 나타나 소련에서 정식으로 출간되었다. 옙투센코는 파스테르나크의 노벨문학상 수상에 관해 이렇게 말했다.

파스테르나크는 이미 죽었고 그는 죽을 때까지도 상을 받지 못했다. 그 상은 그 개인은 물론 그가 대표하는 러시아 문학에도 조금도 넘치지 않는 당연한 보상이었다. …… 당시 상황을 생각해보면 파스테르나크가 거절한 것은 노벨상이 아니라 조국을 떠나는 일이었다. 오늘날 …… 노벨상 수상자 명단에는 파스테르나크 이름 옆에 '수상 거부'라고 쓰여 있다. 이것이 공정한 일일까?

마침내 파스테르나크 탄생 100주년을 맞이하던 1990년에 노벨상위원회는 그의 수상 거부가 강압에 의한 것이었음을 인정하고 유족들에게 노벨상 증서와 기념품을 수여했다.

농담

[체코] 밀란 쿤데라(Milan Kundera, 1929~), 1967년 작

한마디 농담에서 시작된 농담 같은 인생의 굴레

1940년 후반 체코 공산혁명 직후의 상황에서 편지에 잘못 쓴 농담 한마디 때문에 평범한 대학생에서
'사회주의의 적'으로 낙인찍히게 된 루드비크의 이야기다. 그런데 이 작품으로 인해 작가 밀란 쿤데
라도 농담 같은 삶을 살게 된다. 그는 동유럽의 사회체제를 비판했다는 이유로 체코에서 추방을 당
했다가 프랑스 등에서 이 작품이 번역출간됨으로써 지금까지도 명성을 얻고 있다.

1982년 6월 유럽에서 망명 생활을 하던 체코 작가 밀란 쿤데라는 자
신의 소설 《농담》의 해외판 서문에서 《농담》이라는 자신의 처녀작에 대
해 회고했다.

그가 《농담》을 집필하기 시작한 것은 1962년이었다. 당시 체코의 한
작은 마을에서 발생한 사건이 영감을 주었다. 젊은 여자가 애인에게 선
물하기 위해 묘지에서 꽃을 훔치다가 절도죄로 체포된 사건이었다. 이
소설의 등장인물 루치에가 비슷한 일을 저지른다. 쿤데라는 "루치에에게
성욕과 사랑은 완전히 다르며 공존할 수 없는 별개의 것이었다"고 말했다.
루치에의 이야기는 또 다른 등장인물인 정치범 루드비크의 이야기와 합
쳐진다. 루드비크는 그녀와 완전히 다른 생활을 하고 있다. 그는 자신의 일

생에서 쌓인 모든 원한을 오로지 섹스를 통해 발산한다. 이로써《농담》은 영혼과 육신이 분리된 슬픈 이중주가 되었다.

책에도 저마다의 운명이 있다

1965년 12월 쿤데라는《농담》의 친필 원고를 프라하의 한 출판사로 보냈다. 편집부는 이 소설을 출판할 수 있도록 노력하겠다고 대답하면서도 몇 가지 우려되는 부분이 있다고 했다. 이 책에서 표방하는 정신이 정부의 이데올로기에 완전히 배치된다는 것이었다. 하지만 작가 본인조차 놀랍게도 2년 후 이 소설은 아무런 제재도 받지 않고 출판되었다. 이때는 자유주의 사조가 유행한 '프라하의 봄'이 찾아오기 바로 전 해였고 이 책의 출간은 아마도 앞으로 발생할 변화에 대한 징조였을 것이다.《농담》은 출간 직후 연이어 3쇄를 찍어냈고 놀랄 만큼 많은 인쇄 부수가 단숨에 동이 났다. 그 후 '프라하의 봄'이 찾아오고 뒤이어 소련의 장갑차가 이른바 브레즈네프 독트린을 내세워 급작스럽게 침공해 하룻밤 사이 프라하를 점령하고 체코 정치인들을 체포했다.《농담》을 비롯해 다른 많은 책이 금서로 지정되어 판매가 금지되었을 뿐 아니라 공공 도서관에서 소장하는 것도 금지되었다. 쿤데라는 공식 문건에서 '반혁명' 주모자로 분리되어 일할 권리를 박탈당하고 국외로 추방당했다.

소련의 체코슬로바키아 침공에 프랑스 공산당이 항의했고 두 달 후 《농담》이 파리에서 출간되었다. 이 프랑스판 서문에서 이 소설은 '금세기 가장 위대한 소설'이라는 극찬을 받았다. 1968년부터 1969년까지 2년간

《농담》은 프랑스어는 물론 유럽 각국의 여러 언어로 번역되었다. 폴란드에서는 폴란드어판이 공개적으로 출간되었고, 헝가리어판은 출판되었다가 판매가 금지되었지만 암암리에 널리 퍼져나갔다.

한편 《농담》의 영어판은 작가를 상심하게 했다. 내용이 원작과 완전히 다르게 바뀌었기 때문이다. 각 장의 순서가 바뀐 것은 물론이고 개수도 바뀌고 많은 단락이 삭제되었다. 서방 국가 사람들은 마치 《농담》을 '스탈린주의에 대한 고발서'로만 생각하는 듯 예술 작품으로서의 원래 모습은 간과해버렸다. 쿤데라는 〈타임스〉 지에 항의 서한을 실어 대중에게 《농담》의 영어판을 사지 말아달라고 부탁했다. 이에 대해 출판사는 작가에게 사과하는 한편 이 소설을 완전한 형태로 뉴욕에서 다시 출판했다. 하지만 작가는 "책에도 저마다의 운명이 있다"고 탄식해야 했다. 《농담》이 동서 진영을 막론하고 곳곳에서 유린당했기 때문이다. 프라하의 사상가들은 《농담》을 반사회주의 책자로 규정하고 판매를 금지했으며 외국의 출판업자들은 이 책을 정치적 환상을 담은 작품으로 여겨 제멋대로 바꾸었다. 쿤데라 본인은 《농담》을 이렇게 해석했다.

《농담》의 줄거리 자체가 바로 농담이다. 이야기의 줄거리뿐만 아니라 이 소설이 표현하는 철학도 역시 농담이다. 한 사람이 농담이라는 올가미에 걸려 뜻밖의 화를 입었지만 그의 불행이 남들 눈에는 그저 황당하고 우스울 뿐이다. 농담이 그에게서 비극적일 권리를 박탈했다는 것이 바로 그의 비극이다. 그는 보잘것없는 지위로 밀려나고 말았다. …… 하지만 만약 한 개인이 개인의 삶 속에서 보잘것없는 지위로 밀려난다면 역사의 무대를 피할 수 있을까? 그럴 수 없다. 나는 역사의 패러독스와 개인의 삶에 같은 특징이 있다고 믿어왔다. 헬레나(소설 속 인물)는 루드비크가 놓은 올가미에 걸렸고, 루드비크와 다른 이들도 역사가 놓은 농담이라는 올가미에 걸렸다. 그들은 유토피아의 거짓 유혹에 빠져 천국의 문으로 들어가기 위해 아우성치지만 그들 뒤에서 문이 쾅 닫히는 순간 자신이 지옥에 들어와 있음을 깨닫게 된다. 나는 역사가 두 팔을 벌리고 목청껏 웃기를 좋아한다고 생각한다.

이 소설에는 과거에 대한 은근한 향수가 묻어난다. 그것은 민간 전통 의식인 '왕의 기마행렬'과 오래된 민간 음악 그리고 현실에 대한 날카로운 회의주의가 섞여 만들어낸 것이다. 작가는 "망각에 끊임없이 집어삼켜지는 생활과 우리를 연결시켜주는 가장 단단한 고리는 바로 회상이다"라고 말했다. 모라비아의 민속 행사(주로 왕의 기마 행렬)에 대한 묘사나 서술이 소설의 3분의 1을 차지한다. 민간 예술 행사의 흥망성쇠는 사회와 역사의 변화를 반영한다. 《농담》에서 전통문화는 현실과 불확실한 개인의 운명, 사라지지 않는 민족성을 이어주는 연결고리다. 물론 이 고리가 탄탄한지 확신할 수 있는 것은 아니다.

농담 한마디로 시작된 웃지 못할 농담 같은 인생

루드비크는 프라하에 있는 한 대학의 학생회 간부다. 그는 그 시대 모든 공산당원과 마찬가지로 스물 남짓한 젊은 나이임에도 여러 가지 역할을 수행하고 있으며 학업 성적도 우수하다. 그의 유일한 단점은 농담이다. 그의 말을 빌리자면 농담을 통해 자신의 초연한 개성을 확립하고 싶기 때문이다. 그 때문에 사람들은 그에게 어딘가 이상한 구석이 있다고 느낀다. 남들은 그를 평가할 때 언제나 '개인주의'와 같은 단어를 사용한다. 그리고 그의 불행은 농담에서 시작된다. 적절치 못한 농담 한마디 때문에 그는 모든 지식인의 공공의 적이 된다. 사건의 발단은 그의 여자 친구 마르케타가 여름방학에 당원 교육 연수에 참가한 것이었다. 이 때문에 방학을 여자 친구와 함께 보낼 생각에 기대에 부풀었던 루드비크는 실망하고 말았다. 게다가 마르케타가 보낸 편지에는 연수 생활에 대한 칭찬과 자랑만 가득할 뿐 그에 대한 사랑 표현은 하나도 없다는 사실이 그를 더 화나게 했다. 그는 복수심에 그녀를 마음 상하게 하고 충격을 주고 혼란스럽게 하려고 엽서 한 장을 사서 "낙관주의는 인류의 아편이다! 건전한 정신은 어리석은 악취를 풍긴다! 트로츠키 만세!"라고 써서 여자 친구에게 보낸다. 이 엽서로 인해 그는 학교 당조직으로부터 비판을 받는다. 루드비크가 "그건 그저 농담이었다. 아무 의미도 없는 말이었다"라고 계속 해명했지만 아무도 그의 말을 들어주지 않는다. 그는 '트로츠키주의자'라고 낙인찍혀 당에서 제명당했을 뿐 아니라 학업을 계속할 권리마저 박탈당한다. 얼마 후 정치범들이 가는 군대의 징집통지서와 함께 검은 휘장이 달린 군복이 그에게 도착한다. 그 후 그는 탄광에서 강제 노역을 하게 된다. 처음에는 상부의 신임을 얻으려고 노력하지만 점점 자신이 이미 '사회주의의 적'으로 낙인찍혔음을 깨닫는다. 정치범이 된 그에게 미래는 그저 암울할 뿐이다.

모든 것이 중단되었다. 공부, 혁명을 위해 일하는 것, 우정, 사랑, 사랑을 찾아 헤매는 것까지 모두. 의미 있는 인생 전체가 중단된 것이다. 내게 남은 것은 시간뿐이었다. 그런데 나는 과거의 그 어느 때보다 더 시간과 가까워졌다. 그것은 더 이상 예전에 내가 알았던 시간이 아니었다. ……
이제 그것은 벌거벗은 시간이었다. 시간은 자유로운 그 자체의 모습으로
내게 다가왔다. 가장 기본적이고 가장 원시적인 상태의 시간이 내게 자
신의 진정한 이름을 불러달라고 했다(이제 나는 순수한 시간, 순수하게 텅
빈 시간 속에 살고 있었다). 그리고 내게 한순간도 자신을 잊지 말고 계속해
서 내 앞에 두고 그 무게를 느껴달라고 했다.

그의 시련은 오랫동안 이어진다. 군대 복무 기간이 끝난 후에도 다시
일반인 신분으로 탄광에서 3년간 더 일하기로 계약한다. 거부하는 자들
은 군대에서 1년 더 있게 될 것이라는 소문을 들었기 때문이다. 절망적인
군 복무 기간 동안 루치에라는 여자가 그의 생활 속으로 들어온다. 그녀
는 아름답지만 천성적인 고요함과 소박함, 단정함이 느껴지는 여인이다.
루드비크는 이 억압된 생활을 함께 견딜 수 있는 여자를 찾은 것이었다.
그는 그녀를 '하나의 선물, 천국(자비로운 잿빛 천국)이 내려준 선물'이라고
생각한다.

내게는 그때가 행복한 시절이었다. 아마 내 일생 중 가장 행복한 시
절이었을 것이다. 비록 지치고 허약하고 녹초가 될 만큼 힘들었지만 내
안의 평온한 감정이 나날이 커져가고 있음을 느꼈다.

루치에는 자신의 사랑을 표현하기 위해 루드비크에게 꽃을 가져다
준다. 그 꽃은 묘지에서 꺾어 온 것이다. 하지만 그녀는 자신이 그 꽃을 꺾
다가 들켜 호되게 욕을 먹었다는 사실을 루드비크에게 말하지 않는다.
하지만 루치에에 대한 루드비크의 사랑 속에 그녀의 육체를 소유하려는

욕망이 섞여 있다는 사실을 안 후 그녀는 그에게서 도망친다. 그녀는 강간당한 과거로 인해 섹스를 추악한 것으로 여기고 있었다. 루드비크는 분노와 절망에 몸부림친다.

어떤 초자연적인 힘이 내 앞을 가로막고 내 손에서 내가 추구하는 모든 것, 내가 갈망하는 모든 것, 내게 속하는 모든 것을 앗아가는 것 같다.…… 아무 이유도 없이. 나는 초자연적인 힘이 지금 이 순간 루치에를 내게 맞서게 만든다고 생각했고, 그 힘의 도구가 되어버린 루치에가 너무도 미웠다.

탄광 생활이 끝난 후 루드비크는 다시 학업에 복귀하고 나중에 좋은 일자리도 구한다. 그는 과거를 회상할 때마다 자신이 겪은 불행이 '자랑할 만한 것이 없다'는 것이 비극이라고 생각한다. 그는 그저 역사에 조롱당했을 뿐이고 '비극적일 권리'를 처음부터 박탈당한 것이다. 루드비크의 마음속에는 원망이 가득하다. 그는 친구와 이야기를 나눌 때마다 모든 부자연스럽고 꾸민 듯한 것들을 악의적으로 조롱한다. 그러던 중 예전에 그를 당에서 축출해야 한다고 집요하게 주장하던 제마네크의 아내인 헬레나를 만났을 때 자신의 불행한 과거에 복수할 기회가 찾아왔다고 생각한다. 그는 자신의 고향에서 열리는 전통 민간 의식인 '왕의 기마 행렬'을 취재하러 가자고 헬레나를 부추겼고 어딘가 꾸민 듯하고 부자연스러운 이 여인을 거짓으로 유혹한다. 헬레나와의 거칠고 가학적인 섹스 후 루드비크는 원수 제마네크에게 통쾌하게 복수했다고 생각한다. 하지만 나중에 알고 보니 제마네크와 헬레나는 이미 오랜 별거 상태였고 헬레나는 3년 동안 허울뿐인 부부 관계를 이어가는 동안 자신이 운명에 조롱당하고 있다고 생각하고 있었다. 루드비크는 제마네크의 복수자가 되고 싶었지만 결국 가련한 여인을 유혹해서 강간한 사디스트가 되고 만 것이다. 그는 '왕의 기마행렬'에서 아리따운 여자와 함께 있는 제마네크와 마주친 후 자신의 복수가 우습게 실패했다는 사실을 더욱 절감한다. 제마네크는 과거의 행동에 대해 루드비크에게 사과할 필요가 없다는 듯 행동한다. 루드비크는 이 모든 것이 무섭고 불가사의하다고 생각하고 여기에 더해 헬레나의 자살 소동까지 이어진다. 그녀는 루드비크가 자신을 조금도 사랑하지 않는다는 것을 알고 자살하기로 결심한다. 하지만 그녀가 독성이 강한 진통제인 줄 알고 삼킨 약이 사실은 복통을 유발하는 변비약이었다. 그들은 모두 농담의 올가미 속에서 몸부림치고 허우적거린다.

극도의 곤혹스러움 속에서 루드비크는 자신이 오래된 민간 의식과 민간 음악과 가까워졌다고 느낀다. 그의 운명이 민간예술의 운명과 아주 흡사하다는 사실을 깨달은 것이다. 그는 자신의 가치를 새롭게 표현하고 '비극적일 권리'를 다시 갖게 된다.

…… 내가 이 세상을 다시 사랑할 수 있게 된 것은 오늘 아침 뜻밖에도 세상이 초라해졌음을 발견했기 때문이다. 세상은 초라할 뿐 아니라 버림받았다. 과장되고 화려한 말에 버림받고, 정치선전과 사회적 유토피아로부터 버림받았으며, 문화 담당 공무원과 나와 동시대를 사는 사람들의 거짓 열정으로부터 버림받았다. 심지어 제마네크로부터도 버림받았다. 이 버림받은 상태로 세상은 깨끗해졌다. 곧 숨이 끊어질 듯한 육신처럼 깨끗이 정화되었다. 버림받은 세상은 저항할 수 없는 최후의 아름다움으로 빛나고 있었다. 세상은 버림받은 후 내게로 다시 돌아왔다.

민간 예술은 루치에를 연상시키기도 했다. 그때 루드비크는 그녀에 대해 더 많이 이해하고 있었다. 그는 사람들이 반복적으로 계속 실수를 저지르고 그 실수가 죄 없는 모든 것을 유린하며 그럴수록 역사가 사람들을 조롱할 기회는 더 많아진다고 생각했다. 그는 마침내 자기 자신과 루치에에게서 과거에 겪은 비극의 의의를 발견했다.

　　루치에와 나, 우리는 유린당한 세계에서 살아왔다. 우리는 이 유린당한 세계를 불쌍히 여길 능력이 없었으므로 등을 돌리고 외면했고, 그러면서 세상을 불행하게 하고 우리도 함께 불행해지고 말았다.

《농담》이 금서가 된 것은 이 작품이 독자들의 환호를 얻었던 것과 정확히 같은 이유 때문이었다. 즉 이 작품이 체코슬로바키아, 더 나아가 동유럽의 어느 문학작품도 감히 폭로하지 못하고 의도적으로 회피하고 포장해온 사회 현실을 들추어내고, 이상의 파멸과 잔혹한 정치가 인간과 사회, 나아가 오래된 예술을 짓밟았다는 메시지를 담고 있기 때문이었다.

쿤데라는 해외로 이주한 후에도《생은 다른 곳에(Life Is Elsewhere)》, 《이별의 왈츠(Farewell Party)》,《웃음과 망각에 관한 책(The Book of Laughter and Forgetting)》,《참을 수 없는 존재의 가벼움(The Unbearable Lightness of Being)》등의 소설을 발표했고 이 중《생은 다른 곳에》와《이별의 왈츠》는 서유럽에서 문학상을 수상했다. 하지만 이 작품들은 대부분 번역서 형식으로 출간되었으며 체코에서 '밀란 쿤데라'라는 이름은 오랫동안 문학사에서 지워져 있었고 그의 작품도 오랫동안 공개적으로 출판되지 못했다.

암 병동

[러시아] 알렉산드르 솔제니친(Aleksandr Solzhenitsyn, 1918~2008), 1968년 작

병보다 무서운 것은 자유를 빼앗기는 일

반체제 작가로 유명한 솔제니친은 유배지에서 암에 걸려 타슈켄트의 암 병동에서 치료를 받은 적이 있었는데 이때의 경험을 배경으로 한 작품이다. 솔제니친은 이 작품에서 종신유배형을 선고 받고 불치병에 걸려 입원한 코스토글로토프의 입을 빌려 신랄하게 체제를 비판한다. 추방당하면서까지 직설적인 비판을 멈추지 않았던 솔제니친은 1970년 노벨문학상을 수상했다.

《암 병동》에는 정치적 성향이 거리낌 없이 드러나 있다.

첫 번째 예 : 시베리아의 유배지. 군부가 스탈린 서거를 발표하는 대목.

　　그날 돌연 작업이 중지되고 바라크의 문은 열리지 않고 죄수들은 모두 갇혀 있었다. 게다가 항상 들리던 울타리 밖의 스피커 소리도 들리지 않았다. …… 처음에는 무슨 일인지 확신할 수 없었지만 모두 바라크 안을 서성거리며 수군거렸다. "여러분! 아무래도 식인종 괴수가 죽은 것 같소. ……" "뭐라고?" "난 안 믿어!" "난 믿어!" "진작 죽었어야 해!" 갑자기 모두 웃음을 터뜨렸다. …… 다음날 아침 시베리아는 여전히 추웠다. 수용

소 죄수들에게 전원 집합 명령이 떨어졌다. 소령도, 두 대위도, 다른 장교들도 모두 집합했다. 소령이 수심 가득한 얼굴로 발표했다.

"사무치는 비통함으로 …… 모두에게 알린다. …… 어제 모스크바에서……."

그 순간 죄수들이 공공연하게 환호하지는 않았지만 광대뼈가 툭 불거진 거칠고 어두운 그들의 얼굴 위로 입이 길게 찢어진 기이한 표정이 나타났다. 소령은 곧 웃음이 번질 듯한 그들의 표정을 보고 불호령하듯 명령했다.

"모자 벗어!"

수백 명의 죄수들은 이 아슬아슬한 상황에서 주저했다. 모자를 벗지 않을 수도 없고, 모자를 벗자니 너무 모욕적이었다. 바로 그때 장난기 많고 익살스러운 한 죄수가 재빨리 인조 모피 모자인 '스탈린모'를 벗어 공중으로 휙 던졌다. 명령에 복종했던 것이다!

수백 명의 죄수가 그것을 보고 일제히 모자를 벗어 공중으로 던졌다. 소령은 분노가 치밀었다.

두 번째 예 : 교수 출신의 늙은 환자 슐루빈이 당시의 정치 환경에서는 자신의 양심에 위배되는 말과 행동을 할 수밖에 없음을 토로하는 대목. 그의 말을 듣는 사람은 유배된 죄수다.

자네들은 체포되고 우리는 집회에 불려 나가서 자네들을 비판하라고 강요당했어. 자네들이 사형 판결을 받으면 우리는 그 판결에 열렬한 박수를 보내도록 강요당했지. 박수뿐 아니라 총살을 요구하라는 압력도 받았지! 당시 신문에 이렇게 쓰여 있었던 걸 기억해. "전대미문의 악랄한 행위를 알게 된 소비에트 인민 전체가 한 사람같이 분노하여……." 이 '한 사람같이'라는 말이 무엇을 의미하는지 알아? 우리는 각자 다른 사람인데 갑자기 '한 사람같이'라니! 그래서 주위 사람이나 의장단에 잘 보이도록 손을 높이 쳐들고 박수를 쳐야 했어. 목숨이 아깝지 않은 사람이 어디에 있겠어? 누가 나서서 당신을 변호하든가? 누가 판결에 반대하든가? 그들은 지금 어디에 있을까? 산업당 사건*에서 체포된 사람들의 총살을 투표로 결정할 때 지마 올리츠키라는 사람이 기권을 했지. 반대가 아니라 기권이었어. 어떻게 감히 반대할 수 있겠어? 그런데도 모두가 고함을 질렀어. "해명하라! 해명하라!" 올리츠키는 일어서서 메마른 목소리로 말했어. "10월 혁명이 일어난 지 12년이 다 되어갑니다. 이제는 유해 분자를 처벌할 다른 방법을 찾아야 한다고 생각합니다……." 저 나쁜 놈! 공범자! 스파이! …… 다음날 GUGB**로부터 호출장이 나왔어. 그리고 올리츠키는 종신형을 받았지.

러시아 문학의 양심, 솔제니친

솔제니친은 소련 작가 중 반체제 작가의 지도자로 유명했고 이 자

---

* 1930년 11월 소련의 일류 과학자와 경제학자들이 '유해 분자'로 몰려 사형당한 사건. 그들에게 씌워진 죄명은 반혁명적인 산업당을 위해 일했다는 것이었지만 산업당이란 것은 애초에 존재하지도 않았다. 그들의 처형은 뒤이어 발생한 대숙청을 예고하는 것이었다.

** KGB(국가보안위원회)를 GUGB(내무인민위원회) 등으로 부르기도 했다.

체만으로도 그의 인생은 이미 고난과 시련으로 점철된 가시밭길일 수밖에 없었다. 그는 포병 장교 출신으로 1943년 쿠르스크 전투와 독소전쟁에 참전했다. 1945년 2월 그는 사적으로 주고받은 편지에서 스탈린에 대한 불경을 범했다는 이유로 쾨니히스베르크 전투 중 체포되어 8년 징역형과 종신 유배를 판결받았다. 1953년 2월 징역형이 만료된 후 그는 카자흐스탄에서 3년간 유배 생활을 했으며 1956년에 사면되었다. 이듬해 군사법정은 그의 사건을 재심리해 그의 명예를 회복시켰다. 그는 그때부터 창작활동을 시작했고 그의 작품은 문단에서 늘 격렬한 논쟁의 중심이 되었다.

1962년 11월 소련 잡지 〈신세계(Novy Mir)〉에 그의 중편소설《이반 데니소비치의 하루(Odin den' Ivana Denisovicha)》가 실렸다. 이 작품은 소련 문학계에서 처음으로 스탈린 시기의 노동 수용소 생활을 묘사한 소설이었으며 흐루시초프가 직접 출판을 허락했다. 이 작품이 소련에서 커다란 논란을 일으켰음은 불 보듯 뻔하다. 이 작품이 실린 잡지는 발행되자마자 동이 났고, 이 소설에 고무되어 다른 소련 작가들도 스탈린 통치 시절의 생활상을 담은 작품을 잇달아 발표했다. 서방에서도 큰 반향이 일어났다. 솔제니친은《이반 데니소비치의 하루》이후에도 훌륭한 작품을 계속 발표했지만 상황이 바뀌면서 몇몇 단편 외에는 소련에서 정식으로 출간할 수 없었고 어떤 작품은 친필 원고를 압수당하기까지 했다.《암 병동》,《제1원(The First Circle)》,《수용소 군도(Arkhipelag Gulag)》,《1914년 8월(August 1914)》등은 모두 해외에서 출간했다. 호평을 받은《이반 데니소비치의 하루》도 1965년 3월 공개적인 비판을 받았다.

솔제니친은 소련작가동맹에 공개서한을 보내 작가동맹이 작가를 매도하고 있다고 비판하며, 문학작품에 대한 공개적이고 비밀스러운 모든 검열을 취소하고 작가협회 회원들이 불법적으로 탄압받지 않도록 보장하라는 등의 요구를 했다. 그는 또 '지하출판물'의 형식으로 소련에서 몇몇 작품을 발행하기도 했다. 1969년 말 소련작가동맹은 솔제니친을 제명했다. 이 결정은 소련은 물론 해외에서도 강한 반발 여론을 낳았다. 소련인들은 물론이고 사르트르, 아서 밀러, 프리드리히 뒤렌마트, 하인리히 뵐 등 서방의 유명한 작가들도 잇달아 항의했다. 스웨덴 한림원은 1970년 10월 솔제니친을 노벨문학상 수상자로 선정하고 그를 "러시아 문학의 전통을 추구하면서 도덕과 정의의 힘을 갖춘 작가"라고 평가했다. 이에 소련 언론들은 1958년 파스테르나크의 노벨문학상 수상 때와 마찬가지로 솔제니친의 노벨문학상 수상을 '냉전적인 정치도발'로 규정했고 결국 솔제니친은 스톡홀름에 가서 노벨상을 수상하지 못했다.

1973년 8월 솔제니친은 서방 기자들과의 간담회에서 자신을 위협하는 소련 정부를 비난하며 소비에트제도가 민중의 자유를 압살하고 있다고 규탄했다. 며칠 후 그는 물리학자 안드레이 사하로프와 함께 다른 두 명의 반체제인사가 연루된 이른바 국가 전복 사건에 휘말리게 되었다. 소련 정부는 그의 소련 국적을 박탈하고 해외로 추방하기로 결정했다. 1974년 2월 솔제니친은 비밀경찰에 체포된 뒤 서독으로 압송당했다. 그는 처음에는 스위스 취리히에 정착했고 같은 해 12월 노벨상 상금을 수령한 후 미국으로 이주했다.

그는 미국 버몬트 주 캐번디 시의 한 농장에 살면서 몇 차례나 서방과 소련에 대한 신랄한 비판을 쏟아냈다. 그 중 가장 유명한 사건은 1978년 6월 하버드대학으로부터 명예문학박사 학위를 받을 때 발표한 연설이다. 그는 이 연설에서 서방의 정신적 파멸과 기독교의 무책임함을 질책하고 이들을 소련의 강압적인 정신교육과 비교했다. 한마디로 솔제니친의 사회관과 윤리관은 보수주의와 종교적 열정, 생활에 대한 현실적인 태도의 복합체였다. 그의 작품은 러시아 고전 문학, 특히 도스토옙스키와 톨스토이의 전통과 떼려야 뗄 수 없는 관계를 맺고 있다.

국가라는 암 병동에 갇힌 사람들

장편소설《암 병동》은 솔제니친이 1963년부터 1969년까지 쓴 작품이다. 이 작품은 한때 모스크바작가동맹으로부터 긍정적 평가를 받았지만 소련의 언론사와 출판사 중 어느 곳도 이 작품을 발표하겠다고 나서지 않았다.

이 소설에는 작가 자신의 실제 경험이 담겨 있다. 솔제니친 본인이 유배지에서 암에 걸린 적이 있었다. 그는 타지로 가서 치료받기를 신청했지만 몇 개월이 지난 후에야 신청이 받아들여졌다. 겨우 우즈베키스탄의 수도 타슈켄트로 옮겨졌을 때 그의 목숨은 경각에 달린 상태였다. 다행히 석 달간 호르몬 및 방사선 치료를 받은 후 기적적으로 회복해 퇴원할 수 있었다. 그때의 경험에서《암 병동》의 소재를 얻었다. 주인공 코스토글로토프는 일정 부분 작가의 화신이다.

암 병동은 13호 병동으로도 불렸다. 이 불길한 숫자 때문에 환자들은 암 병동에 입원하든 이 병동의 진료실에서 진료를 받든 불안해서 밤잠을 이루지 못했다. 하지만 이곳에서 사망하는 사람은 많지 않았다. 의사들이 환자가 병원 안에서 죽도록 내버려두지 않고 서둘러 구급차를 불러 환자를 퇴원시키기 때문이었다. 암 병동에는 사망판결을 받은 사람들이 가득

했지만 철저히 절망에 빠진 사람들은 없는 듯 보였다. 우즈베키스탄에서 이 병원을 제외하면 그들을 환자로 받아 치료하려는 병원이 하나도 없었다. 비록 특정한(제한적인) 치료방법이 있기는 하지만 환자 중 완치되는 사람은 거의 없었다. 암 병동에 들어오는 거의 대부분의 환자들에게 그곳은 고통스러운 지옥이었다. 이따금씩 사지를 절단해도 생명을 구할 수 없는 사람도 있었다.

젊은 좀카는 한쪽 다리를 잘라내야 한다. 물론 완치될 수 있다면 다리 하나 잃는 것쯤은 감수할 수 있다. 하지만 그가 완치될 가능성은 높지 않다. 가증스러운 암세포가 이미 전이되었을 가능성이 있기 때문이다. 그는 대학에 가고 싶어 하고 도시의 동물원에 가서 한 번도 보지 못한 진기한 동물들도 구경하고 싶어 한다. 열일곱 살의 아샤는 한쪽 유방을 잘라내야 한다. 한쪽 유방을 잃는다는 것이 소녀에게는 얼마나 무서운 일일까. 그녀는 갖가지 디자인의 수영복을 상상하며 괴로워한다. 하지만 그녀는 앞으로 어떤 수영복도 살 수 없고 그 어느 것도 영원히 입을 수 없을 것이다. 다시는 수영장에 갈 수 없을 것이라는 사실은 그녀의 모든 상상 중 가장 고통스럽고 수치스러운 것이었다. 그 때문에 그녀에게는 산다는 것도 아무런 의미가 없다.

의사와 간호사들은 모두 특정 호르몬요법이 치료 효과가 있기는 하지만 성기능 상실을 초래한다는 사실을 알고 있다. 많은 사람들이 희망을 품고 이 병동에 들어오지만 치료가 불가능하다는 판정을 받으면 모조리 퇴원 처리된다. 이것이 암 병동의 현실이었다. 사람들이 상상하는 사신(死神)이 병동 구석구석, 모든 병상 위에서 언제든 뛰쳐나올 기세로 호시탐탐 기회를 엿보고 있다.

이렇게 고통스럽고 우울한 상황에서 유일하게 유유자적하는 사람이 있다. 바로 '집단적 반소(反蘇) 선전'을 했다는 죄명으로 징역형과 종신 유배형을 선고받은 코스토글로토프다. 그는 2차 세계대전에 참전해 소련 최고 지도자의 군사적 실책을 직접 느꼈다. 종전 후 대학에 들어간 그는 젊은 대학생들과 모여 여자들을 유혹하고 춤을 추고 때로는 정치와 사회 모순들에 대해 이야기를 나누었으며 스탈린에 대한 불만을 토로하기도 했다. 그런데 기말고사를 앞둔 어느 날 그와 그의 친구들이 '집단'으로 불리며 체포되었다. 죄수이자 유배자인 그는 불치병에 걸린 것이 최악의 일이 아님을 잘 알고 있다. 가장 끔찍한 일은 중풍 환자처럼 살아 있음에도 불구하고 세상에서 제거되고 철조망 속에 갇혀 있는 것이다. 어쨌든 운명은 그에게서 행복할 권리를 일찌감치 빼앗아갔다. 그에게 남은 희망이라고는 자신의 생명을 스스로 지배할 권리를 지키는 것이다. 그래서 그는 병이 치료될 것이라는 환상 대신 자신의 병세와 치료 상황에 대해 사실대로 알고 싶어 한다. 심지어 그는 다른 환자들에게 죽음을 똑바로 직시하라고 충고하기도 한다. 한 환자가 그에게 자꾸만 무서운 이야기를 하지 말아달라고 애원하자 그는 잔인하리만치 냉정한 말투로 이렇게 말한다.

항상은 아니지만 그래도 이따금 얘기해야 돼. 우리가 평생 '너희들은 집단의 일원이다! 너희들은 집단의 일원이다!'라는 설교를 들어왔으니 말이야. 맞는 말이지. 하지만 그건 살아 있는 동안의 일이야. 죽을 때가 되면 집단에 속할 수 없어. 물론 그때도 집단의 일원이기는 하지만 죽을 때는 혼자가 된단 말이야. 종양은 한 사람의 몸에 생기는 것이지 집단 전체에 생기는 게 아니잖아. 당신도 마찬가지야, 당신! 당신! 당신이 지금 세상에서 제일 두려운 게 뭐지? 죽는 일이지! 제일 말하고 싶지 않은 것이 뭐지? 죽음에 대해서지! 이게 뭐요? 바로 위선이지!

다른 환자들은 대부분 치료에 환상을 품고 의사를 자신을 구원해줄 신적인 존재로 여긴다. 자신이 암에 걸려 죽어가고 있다는 것을 믿지 않는 이도 있고, 톨스토이 소설에서 위안을 찾는 이도 있다. 하지만 코스토글로토프는 자유로운 '사망 수용소' 안에서 삶에 대한 열정을 마음껏 발산한다. 그는 거의 죽어가는 상태로 입원했지만 운 좋게도 방사선 치료를 받은 후 식욕이 회복되고 움직일 힘과 유쾌한 기분을 얻게 된다. 게다가 인생에서 가장 아름다운 것에 대한 감정까지 되찾게 된다. 몇 달간 병마에 시달리며 완전히 잃어버린 감정이었다. '완치를 갈구하지 않고' '그저 며칠 편하게 살기만을 바라며' '달리 바라는 것이 없는' 그의 태도는 의사의 눈에도 무척 이상하게 비친다.

솔직히 나는 삶에 큰 미련이 없어요. 앞으로의 생활이 없을 뿐만 아니라 과거에도 생활은 없었죠. 앞으로 반년을 편안하게 살 수 있다면 반년을 더 사는 것일 뿐이에요. 10년, 15년 후의 계획은 세우고 싶지도 않아요.

그의 또 한 가지 이상한 생각은 오직 자신의 저항력과 생명력만으로 암을 이겨낼 수 있다고 생각하는 것이다. 마치 그렇게 하면 곧 사신을 만난다 해도 사랑스럽게 느껴질 것 같다. 자유롭다는 전제하에서는 유배지도 아름다운 곳이다. 심지어 그는 죽음의 그림자 속에서 자신이 잃어버렸던 모든 것(사랑 등)을 찾는다. 때로는 사람들에게 노동수용소의 생활에 대해 이야기해주기도 하는데 그럴 때마다 그의 말투는 체념한 듯 담담하다. 몇 번은 암 병동에서 분노에 가득 찬 일장연설을 늘어놓기도 했는데 대부분은 사회의 불공평함과 그럴듯한 명계로 포장한 죄악에 대한 비판이었다.

그의 퇴원이 암의 완치를 의미하는 것은 아니었지만, 환자는 넘을 수 없는 병원 문을 걸어 나오던 그날 아침이 그에게는 창세기의 첫 아침과 같았다. 그는 유쾌한 기분으로 세상으로 돌아갔다. 코스토글로토프의 귀환을 위해 세상이 새롭게 창조되고 있었다. 두 달 전 병원 문을 들어설 때 그는 그곳에서 죽을 것이라고 예상하고 있다. 그런데 이제 머나먼 유배지가 그를 향해 손을 흔들고 있다. 아니, 그뿐 아니다. 그의 유배 생활이 머지않아 끝날 것이라는 통보까지 받았다. 하지만 아무런 근심걱정이 없는 것은 아니다. 동물원에서 본 한 푯말이 그를 괴롭힌다.

그 나쁜 사람이 원숭이 눈에 담배가루를 뿌렸던 것입니다.
아무런 이유도 없이…….

코스토글로토프는 속으로 외친다. '어린이 여러분! 나쁜 사람이 되어서는 안 돼요! 여러분! 약자를 학대해서는 안 돼요!' 하지만 더 중요한 것은 그가 경험한 과거가 미래에 재연되어서는 안 된다는 사실이다. 코스토글로토프 자신이 바로 과거 시대의 산증인이다. 고통스러운 생활은 그의 몸에 흔적을 남겼다.

그는 오랫동안 자유로운 사람들 앞에서 침묵하고 두 손을 뒤로 돌리고 고개를 숙인 채 지내왔다. 마치 태어날 때부터 등이 굽었던 것처럼 그 자세가 버릇이 되었고, 1년간의 유배 생활에서도 그 버릇을 고치지 못했다. …… 오랜 세월 동안 자유로운 사람들은 그와 같은 사람과는 평등하게 얘기를 나누는 것이 금지되었으며 같은 사람으로 대하며 일을 논의하는 것도 금지되었다. 그중에서도 가장 가슴 아픈 일은 그런 사람과 악수를 나누거나 그런 사람의 편지를 받는 것조차 할 수 없었다는 사실이다.

마찬가지로 아무 이유도 없었다. 왜 그렇게 해야 할까? 아무 이유가 없다! 도대체 왜 그럴까? 솔제니친은 입버릇처럼 이렇게 말했다. "누군가 정의로움을 느낄 수 있다면 정의는 존재한다." 하지만 "인간의 영혼이나 양심과 관계된 비밀, 생사의 모순과 관계된 비밀, 전쟁 승리에 관한 고통스러운 비밀, 전 인류에게 적용되는 법칙을 이야기하는 것이 작가의 임무다. 그 법칙은 기억할 수조차 없는 수천 년 전에 생겨났으며 태양이 사라지지 않는 한 존재할 것이다." 그러므로 "진실한 말 한마디가 이 세상 전체보다 더 중요하다."

솔제니친의 설교를 탐탁지 않아 하는 사람도 많았다. 그들은 소련의 망명 작가인 솔제니친이 종교의 부흥을 주장하는 보수주의자라는 사실에 대해 통탄했다. 어떤 이들은 솔제니친의 명성이 그저 정치적 이유로 만들어진 것이 아닌지를 의심하며 솔제니친은 '공산주의의 죄악'을 폭로하는 재주밖에 없는 작가라고 말했다. 그러나 《암 병동》은 현실을 '낱낱이 폭로한' 소설이 아니다. 이 소설이 걸작의 지위에 오를 수 있었던 이유는 가장 광범위하고 가장 심오한 부분을 파고든 데서 비롯된 것이다. 《암 병동》의 성공은 적어도 이 소설을 창작할 때 솔제니친이 '작가로서의 임무'를 충실히 이행했음을 증명하는 것이다.

게 가공선

[일본] 고바야시 다키지(小林多喜二, 1903~1933), 1929년 작

바다 한가운데 떠 있는 생지옥

1926년 실제로 발생한 게 가공선 선원 학대와 그에 따른 사망 사건을 빗대 일본 사회의 잔혹함을 고발한 일본의 대표적인 프롤레타리아 문학 작품이다. 이 작품이 발표되자 경찰은 치안유지법 위반과 천황에 대한 불경죄를 이유로 고바야시 다키지를 체포하고 출판을 금지했다. 이후로도 그는 끊임없이 저항 활동을 펼치다 경찰의 고문으로 사망했다. 당시 그의 나이 33세였다.

고바야시 다키지는 1920년대 후반부터 1930년대 전반까지의 일본 혁명 작가 중 가장 뛰어난 인물이다. 반정부 운동에 대한 극심한 탄압이 이루어지던 당시 일본에서 고바야시의 주요 작품은 모두 출판과 판매가 금지되었고 작가 역시 '빨간' 딱지를 달고 금서작가의 대열에 합류해야 했다.

피 흘리며 희생당한 이들에 대한 분노의 기록

1928년 3월 15일 새벽 4시, 일본 정부가 전국 검찰과 경찰을 동원해

혁명운동에 가담한 혐의로 노동자, 농민, 지식인 등 3000여 명을 대대적으로 체포했으며 그중 488명이 치안유지법을 위반한 혐의로 기소되었다. 일본 정부는 이 사건을 보도하지 못하도록 금지령을 내리는 한편 4월 10일 혁명결사들을 해산시켰다. 같은 해 6월 일본 정부는 천황긴급칙령 형식으로 치안유지법을 개정해 10년 징역형이던 최고 형량을 사형으로 올리고 잔인하기로 악명 높은 비밀경찰인 특별고등경찰을 전국에 배치하기로 했다. 3월 15일 일어난 대대적인 체포는 전국적인 혁명운동 진압의 시작이었던 것이다. 체포된 사람들은 경찰에게 혹독한 고문을 당했고 그때부터 두 달간 전국적인 체포가 계속되었다. 고바야시가 살던 홋카이도 오타루에서만 체포, 구류 또는 소환된 사람이 500명이 넘었다.

오타루의 음산한 분위기에서 고바야시는 중편소설《1928년 3월 15일》의 집필을 시작했다. 그는 비분강개하는 심정으로 두 달여 만에 이 작품을 완성했다. 훗날 "당시 나는 피 흘리며 희생된 동지들을 대신해 그들이 말하고 싶었지만 말하지 못한 분노를 써야 한다고 생각했다. 그러므로 작가 개인의 신분으로 경솔하게 글을 쓸 수 없었다"[3]라고 말했다.

작가는 이 소설의 원고를 혁명지 〈센키(戰旗)〉 편집부로 보냈다. 편집부는 검열을 고려해 소설을 10곳 넘게 삭제하고 곳곳에 빈칸을 그대로 남겨둔 채로 11월호와 12월호에 게재했다. 그럼에도《1928년 3월 15일》이 실린 잡지 두 권은 모두 판매가 금지되었다. 잡지사는 하는 수 없이 은밀한 경로로 잡지를 발행해 제한적으로 유통했다. 공산당원 체포 사건을 중심 내용으로 한 이 작품은 당시 '프롤레타리아 문학의 획기적인 작품'이라고 극찬받았으며, 이 작품 덕분에 고바야시는 독창적인 문학 창작을 사회적으로 인정받게 되었다. 하지만 일본 특별고등경찰의 잔악무도함을 폭로했으므로 특별고등경찰의 미움을 피할 수 없었다. 경찰은 그에 대한 감시를 강화하고 그의 집에 수시로 밀고 들어왔으며 작가의 편지를 뜯어 검사하기도 했다. 가끔은 경찰이 그가 일하는 은행까지 찾아와 그를 감시했다.

게 가공선을 무대로 자본주의 착취 구조를 고발하다

고바야시는 1929년 3월 자신의 명성을 국내외에 널리 알리게 된 유명한 소설《게 가공선》을 완성했다. 작품의 소재는 1926년 게 가공선 어업 도중 발생한 실화 사건에서 얻었다. 게 가공선이란 해상에서 낚아 올린 게를 통조림으로 가공하는 배를 말한다. 고바야시가《게 가공선》의 집필을 시작한 것은 1928년 10월이었다. 집필하기 전 그는 선원들의 실상을 면밀히 조사했다. 주말에는 하코다테에 가서 노동자들과 대화를 나누고 은행에서도 관련 자료를 수집했다.

1926년《오타루신문(小樽新聞)》과《홋카이도공보(北海道公報)》에 게 가공선 치치부마루(秩父丸)가 폭풍우 속에서 암초에 부딪혀 좌초되는 사건이 발생했다. 이 밖에도 하쿠아이마루(博愛丸)와 에이코마루(英航丸)에서도 어부와 잡역부 학대 사건이 발생했고, 에이코마루에서 일하던 노동자들은 더 이상 학대를 견디지 못하고 조업을 거부했다. 고바야시는 이 일련의 사건을 모두 합쳐 이 소설을 집필했다.

고바야시 다키지는〈센키〉편집부에 보내는 친필 원고에 동봉한 편지에서 이 작품의 의도를 다음과 같이 설명했다. "제국주의—재벌—국제 관계—노동자, 이 네 가지의 실상을 반드시 드러내야 했고 그러기 위해 가장 적합한 무대가 바로 게 가공선이었다."[4] 이 소설의 또 한 가지 두드러진 특징은 이 작품에 이른바 주인공이 등장하지 않는다는 점이다. 개인 전기식 주인공이나 그와 유사한 인물도 등장하지 않는다. 이 소설의 주인공은 노동자 집단이다.[5] 작가는 '집단'을 묘사하는 것이 프롤레타리아 문학이 나아가야 할 길이라고 생각했다. 집단과 무리를 강조하면 소설의 주제, 즉 일본 제국주의의 마수가 일본 사회 구석구석으로(바다 위에 홀로 떠 있는 배도 포함해) 파고들기 위해 호시탐탐 노리고 있고 일본 민중은 어디로 가도 탄압을 피할 수 없는 현실을 효과적으로 부각할 수 있기 때문이었다. 소설은 사람들에게 자기 자신에게 의지해야만 하며 실패하더라도 또다시 맞서 싸워야 한다고 호소했다.

《게 가공선》은 〈센키〉 1929년 5월호와 6월호에 게재되었다. 이 소설의 후반부가 실린 〈센키〉 6월호의 판매가 금지되었고, 센키출판사가 출간한 《게 가공선》 단행본도 금서로 지정되었다. 오타루 경찰서는 고바야시를 소환해 어째서 작품 속에서 천황에게 바치는 조공품인 통조림에 '돌멩이를 몇 개 집어넣는' 장면을 묘사했는지 심문했다. 이듬해 작가는 치안유지법 위반죄로 체포되어 수감되었을 뿐 아니라, 이 대목으로 인해 천황에 대한 불경죄로 추가 기소되었다. 제2차 세계대전 이전 일본에서 천황은 감히 범접할 수 없는 신적인 존재였고 누구도 의심하거나 불경을 저질러서는 안 되었다. 천황에 관한 문제는 작가가 건드릴 수 없는 오랜 금기였다. 하지만 고바야시는 《게 가공선》에서 천황을 민중의 고혈을 빨아먹는 악마로 묘사함으로써 천황을 공개적으로 모독했다.

고바야시는 사망하기 한 해 전 중편소설 《당 생활자(党生活者)》를 완성했다. 작품은 작가가 세상을 떠난 뒤 다른 제목을 달고서야 출판할 수 있었다.

우리들

[러시아] 예브게니 자먀틴(Yevgeny Zamyatin, 1884~1937), 1924년 작

개인의 감정까지 통제하는 29세기의 단일제국

위대한 200년 대전을 치른 후 0.2퍼센트의 사람들만이 살아 남아 건설한 29세기 '단일제국'의 이야기다. 이 제국에서는 개인의 사랑과 행복까지 통제된다. SF소설 형식의 이 작품은 환상적인 풍자소설이자 세상에 경고하는 작가의 예언이다. 소련 당국에 의해 '정부를 적대시했다'는 이유로 비판을 받았고, 오랫동안 출판되지 못했다.

동양에서든 서양에서든 사상과 이데올로기는 매우 민감한 문제였다. 1950년대 초 미국의 대대적인 이단 탄압과 매카시 상원의원이 벌인 악명 높은 반공운동으로 숱하게 많은 사상계와 문학계 인사들이 조사받고 고소당하고 박해받았다. 마찬가지로 소련 문학사에서도 수많은 문학작품이 정치적 이유로 출간 금지를 당했다. 금서의 작가들은 정도에 차이는 있지만 모두 정치적 견해가 다르다고 낙인찍혀 여론의 비난과 억압을 받았으며 소련작가동맹에서 제명당했다. 어떤 이들은 평생 동안 작품을 발표할 기회를 박탈당해 어쩔 수 없이 자신의 원고를 직접 난로 속으로 던져 넣기도 하고 박해를 견디다 못해 외국으로 망명한 이들도 있었다.

예브게니 자먀틴은 《우리들》을 자신이 창작한 '가장 해학적이고 사

실적인 작품'이라고 말했지만 그가 이 작품 때문에 겪은 불행은 결코 가볍지 않았다. 그는 이 소설(그의 유일한 장편소설)로 인해 소련 작가 중 이단으로 분류되었다. 그가 이 작품을 쓴 것은 1921년인데 소련에서 출판 허가를 받지 못하고 필사본 형식으로 소규모로만 전해졌다. 1924년《우리들》영문판이 해외에서 출간되었고 3년 후에는 프라하에서 러시아어판이 출간되었다. 자먀틴이 외국 출판업자에게 작품의 해외 출간을 허락한 적이 없었음에도 당시 러시아 프롤레타리아 작가동맹은 그가 작품을 해외로 보내 소련 문단에 도전했다고 비난했다. 소련 당국도 '소비에트 정부를 적대시한 소책자'라며 《우리들》을 비판했다. 결국 그는 조국을 떠나 프랑스로 이주했다. 그의 망명은 불가피한 일이었다. 그는 소련 국적과 여권을 계속 가지고 있었고 1934년에는 소련작가동맹에 가입해 해외에서 소련 작가 신분으로 활동했다. 그는 1931년 파리에 정착했으나 1937년 가난 속에서 생을 마감했다.

그의 유해는 1980년대 후반에 조국으로 옮겨 왔고《우리들》도 1988년 처음으로 소련에서 출판해 공정한 평가를 받았다. 소련의 한 비평가는 "작가가 장밋빛 예언을 하지 않았다고 비난한다면 그가 아픈 곳을 정확하게 찔렀다는 뜻이 아닌가?"라고 했다. 자먀틴과 동시대를 산 사람들이 그렇게 현명하고 장기적인 안목이 없었다는 사실이 유감스러울 따름이다.

철저히 모든 것을 통제하는 미래 사회의 단일제국

《우리들》은 환상적인 풍자소설이자 세상에 경고하고 예언하는 소설이며 표현주의 또는 미래주의 소설이다. 한마디로 이 책은 반유토피아 소설이며 표현 방식이 SF 소설과 비슷하다. 이 작품이 무언가에 도전하기 위해 쓰인 소설이라고 한다면 그 상대는 소련 정부가 아니라 당시 소련 문단에서 '우리는 하나다', '모든 것이 우리다'라고 외치는 '프롤레타리아파' 작가들일 것이다. 자먀틴은《우리들》을 통해 이런 극단적인 구호와 주장에 대한 걱정과 불안을 표현했다.

자먀틴이《우리들》에서 예언한 것은 1000년 후, 즉 29세기에 나타날 황당한 세상이다. 예언에 따르면, 그때는 지구상의 인류가 '위대한 200년 대전'을 겪고 전쟁에서 살아남은 0.2퍼센트의 사람들이 유일한 단일제국을 세우게 된다. 단일제국은 유리로 만든 성이다. 모든 건축물은 특수 유리로 지어지고 길의 노면도 투명한 유리다. 왕국의 사방에는 '녹색 벽'이 있는데 그 벽은 생명을 가진 모든 녹색의 대자연을 가로막아 차단한다. 단일제국의 통치자는 주민들의 '은혜로운 분'이다. 그는 모든 것을 주재하고 모든 인간의 의지를 대표한다. 이곳에서는 개성도 특징도 영혼도 환상도 존재하지 않으며 모든 사람이 알파벳과 숫자로 이루어진 기호로만 통용된다. 단일제국에서는 모든 기호의 사상이 통일되고 획일적이어야 하며 머릿속은 증류수처럼 투명하고 깨끗해야 한다. 여기에서는 개인의 의지와 감정이 허락되지 않으며 꿈은 심각한 정신적 질병으로 간주된다. 영혼과 환상이 있다면 수술을 받아야 한다.

단일제국에서는 모든 기호가 행동과 생활에서 절대적으로 통일되고 복종해야 한다. 이를 위해 제국에는 단일제국의 심장과 맥박인 '시간율법표'가 있다. 수백만 개의 기호가 마치 한 사람처럼 동일한 시간에 일어나고 잠을 자고 산책하고 밥을 먹는다. 먹는 것은 석유 식품이고 먹을 때는 한 입에 50번씩 씹은 후에 삼켜야 한다. 식당에 메트로놈이 있어서

박자를 맞추며 씹는 횟수를 센다. 기호들의 사랑도 모두 정해지고 방정식으로 계산된다. 그렇게 하면 질투가 생기지 않아 옛날처럼 사랑의 비극이 일어나지 않는다고 한다. 모든 기호는 '성 규제국'의 검사를 받아야 한다. 혈액 속의 성호르몬 함량을 정확하게 측정해 '섹스 일정표'를 작성해준다. 기호가 어느 날 어떤 번호와 섹스를 하고 싶다고 신청하면 '성규제국'에서 핑크색 표를 발급해준다. 이 표가 있어야만 그(또는 그녀)가 사는 유리집의 커튼을 내릴 권리를 얻을 수 있다. 평소에는 유리집의 커튼을 내릴 수 없다. 제국의 경비대가 모든 번호를 시시각각 보호해주어야 하기 때문이다.

단일제국이 우주선을 만든다. 이 우주선은 다른 행성들도 동일한 방정식으로 통합하는 신성한 임무를 띠고 있다. 단일제국은 수학처럼 한 치의 오차도 없이 정확한 행복을 받아들이도록 그들에게 명령할 것이다. 그들은 지금까지도 자유롭고 야만적인 시대에 살고 있기 때문이다. 처음으로 다른 행성으로 싣고 갈 것은 선전물이다. 전국의 모든 기호는 단일제국의 백 퍼센트 행복에 관한 송가, 서사시, 선언문, 논문 등을 쓸 의무가 있다. 주인공 D-503는 단일제국의 수학자이자 우주선 설계자다. 그는 시를 쓰지도 못하고 음악을 작곡할 줄도 모른다. 그는 그저 단일제국에서 자신이 보고 듣고 느끼는 행복한 생활을 기록할 수밖에 없다. 사실대로 기록해서 한데 묶어 '우리들'이라고 이름 붙인다. 그는 그렇게 총 40편이나 기록한다. D-503은 단일제국에서 맡은 일을 열심히 하며 만족하고 살아가지만 그에게서 인성이 사라진 것은 아니다. 게다가 그의 내면 깊은 곳에서 원숭이의 야성이 메아리치곤 한다. 그가 여자번호 O-90과 합법적으로 섹스할 수 있는 날에 섹스를 했지만 그는 사랑이 싹틀까 봐 두려워한다. 그는 네 명씩 짝을 지어서 산책하다가 I-330과 만나 그녀를 사랑하게 된다. 사랑은 수학처럼 정밀한 이성에 지배당하지 않았고 그의 일과 생활은 뒤죽박죽이 되어버린다. 그는 가짜 의사진단서를 구해 일에서 빠져나와 I-330과 데이트를 하고 꿈도 꾸기 시작한다. 또 환상이 나타나고 영혼도 생겨난다. 단일제국에서 이것은 불치병이다. 그에게서 두 개의 '나'가 생겨난다. 하나는 '우리들'의 일원으로 단일제국의 기관처럼 정확하고 수학처럼 정밀한 이성적인 번호 D-503이고, 다른 하나는 희로애락의 감정을 가진 '나'이다. 예전에는 '나'가 안에 숨어 털이 무성한 손만 조용히 내밀었지만 이제는 온전히 다 기어 나왔다. 두 개의 '나'가 싸우고 경쟁하고 심지어 서로 양보하지 않고 주먹질을 한다.

　D-503이 사랑하는 I-330은 아직 들키지 않은 단일제국 반대자다. 그녀는 '메피'(《파우스트》에 나오는 악마 메피스트다)라는 단체에 속해 있다. 그들은 단일제국의 자기봉쇄벽인 녹색의 벽과 전국 모든 벽을 부수어 전체주의적이고 기계적으로 이성적인 이 국가를 무너뜨리려고 한다. 그들의 첫 번째 행동이 바로 선거일에 개시된다. 선거일은 최대 국경일인 '만장일치의 날'이다. 이것이 세계에서 가장 좋은 선택이다. 선거도 하기도 전에 선거 결과를 알 수 있기 때문이다. 만장일치의 날이라는 성대한 행사를 거행하는 목적은 우리가 단일하고 강력하며 수백만 세포로 이루어진 통일적 유기체임을 잊지 않게 하려는 것이다. 이 엄숙한 날에는 '동의'라는 하나의 목소리로 합창하는 것만 허용되며 그 어떤 잡음도 이 합창을 훼방을 놓아서는 안 된다. 만장일치의 날에는 그 어떤 우연적인 일도 허용되지 않는다. 만장일치가 아니면 상상도 할 수 없는 재앙이 발생할 것이다. 그런데 메피의 소란으로 이 만장일치의 날 행사에 차질이 생겼다. 무대 위에서 행사장의 모든 번호에게 지령을 내렸다. "찬성하는 사람은 손을 드시오!" 바스락거리는 작은 소리만 들리고 수백만 개의 손이 일제

히 올라갔다. 다시 그 다음 지령이 내려왔다. "반대하는 사람?" 장내가 고요하고 아무도 움직이지 않았다. 고개조차 들 수 없었다. 그런데 그때 또 바스락 소리가 들렸다. 한숨처럼 가벼운 소리였지만 방금 전 청동악기와 함께 울린 찬가보다 더 선명하게 들렸다.

나는 눈을 들었다…….

100분의 1초 같은 시간이었다. 찰나의 시간이었다. 그러나 나는 수천 개의 '반대'하는 팔이 올라갔다 내려가는 것을 보았다. 나는 X가 그어진 I-330의 창백한 얼굴과 그녀의 들어 올린 팔을 보았다. 눈앞이 아득해졌다.

세계 종말의 날이 온 것처럼 행사장 전체가 아수라장이 된다. 이튿날 〈국가신문〉에 "어제 반대표는 모두 단일제국의 적들이 던진 것이다. 적들은 선거권이 없으므로 은혜로운 분이 역시 만장일치로 48회째로 최고통치자로 당선되었으며 단일제국의 열쇠가 수여되었다"라는 기사가 실린다. 그날 저녁 보안국 요원들이 전국적인 체포를 시작한다. 상황이 급박해지자 I-330 등 메피들은 곧장 준비하고 있던 두 번째 행동에 착수한다. 우주선 인테그랄 호를 탈취하는 것이다. I-330에 대한 사랑 때문에 D-503도 메피의 반대행동에 가담한다. 그들은 녹색 벽 바깥에서 인테그랄 호를 시험 비행하기로 한다. 우주선에서 정각 12시에 식사 종이 울려 모든 번호들이 식당으로 가면 단일제국에서 우주선에 보낸 사람들을 모두 식당에 가둬버린다는 계획이었다. 그러면 인테그랄 호는 메피의 차지가 되는 것이었다. I-330는 "인테그랄이 우리 메피를 싣고 처음 지구를 떠나 우주로 향하는 거야! 녹색의 벽과 모든 벽을 무너뜨리고 녹색의 바람이 자유롭게 대지 위에 불게 할 거야!"라고 흥분해서 외친다.

하지만 D-503의 기록 때문에 문제가 발생한다. 그는 '우리들'에 자신의 모든 행동과 사상을 숨김없이 기록해왔다. 그런데 그가 기록을 깜박 잊고 책상 위에 놓아두었다가 누군가 그것을 보안국에 밀고한 것이다. 인테그랄 호 탈취 계획이 탄로 나고 보안국 요원들이 우주선에 매복함으로써 그들의 계획은 실패하고 만다. 단일제국은 전국적으로 모든 기호에 대해 환상제거수술을 한다. D-503도 수술로 환상이 제거된다. 영혼이 제거되고 기억을 잃고 감정과 사상을 상실했으며 '은혜로운 분'의 정확하고 기계적으로 길들여진 도구가 된다. 그가 마지막 장에 기록한 것은 그저 사실뿐이었다. '은혜로운 분'의 입장에서 "승리는 우리의 것이다", "이성이 반드시 승리한다" 같은 말을 했다. 그는 I-330이 고문당하는 것을 직접 본다. 그녀는 세 번이나 '가스종'에 집어넣어지지만 자백하지 않고 다음날 많은 사람들(이미 자백한 사람들도 포함)과 함께 사형당한다. 메퍼들이 서쪽 벽을 무너뜨려 녹색의 벽 밖에 있던 날짐승, 들짐승 등 '불결한 것'들이 단일제국으로 들어오자 단일제국은 서쪽에 고압 전기담장을 쌓는다. 단일제국은 통치를 이어나가지만 이미 위태로운 상태로 접어들었다.

현실의 반영이자 미래를 내다본 SF의 고전

《우리들》이 서양에서 주목받은 것은 서방세계가 공산주의나 사회주의 국가에 대해 가졌던 일관된 인식과 편견 때문일 것이다. 하지만 이 소설에는 인간의 공통된 문제에 대한 근심이 반영되어 있다. 이것은 사실 전제주의가 출현할 것임을 알리는 경고이자 시대를 앞선 SF 소설이며 정신착란과 정신분열증에 대한 깊이 있는 연구였다. 지금도 자먀틴은 러시아보다 서양에서 더 높은 평가를 받는다. 소련에서는 오랫동안 이 소설이 출판도 되지 않고 언급하는 사람도 거의 없었고 자먀틴이 세상을 떠난 지 50년이나 흐른 1988년에야 비로소 조금씩 알려지기 시작했다.

Die Weber

직조공들

[독일] 게르하르트 하웁트만(Gerhart Hauptmann, 1862~1946), 1892년 작

도시의 개보다 못한 직조공들의 삶

1844년 독일 슐레지엔에서 직조공들이 노동 착취를 견디다 못해 일으킨 폭동을 소재로 한 희곡 작품이다. 집보다 감옥이 살기 나을 것이라 외치는 직조공들의 비참한 삶을 사실적으로 묘사해 관객들에게 강렬한 인상을 남겼는데, 계급 간의 갈등을 선동한다는 이유로 1892년 베를린 경찰이 상연을 금지했다.

《직조공들》은 '독일 희곡사의 이정표'라 할 수 있는 5막짜리 희곡이다. 이 희곡을 쓴 극작가 게르하르트 하웁트만은 세계적인 명성을 누린 극작가다. 그는 희곡 예술 분야에서 큰 성과를 거두고 다양하면서도 독보적인 작품을 창작한 점을 인정받아 1912년 노벨문학상 수상자로 선정되었다. 스웨덴 한림원은 하웁트만에 대해 "예술적으로 최고 경지에 도달했으며 포기하지 않는 열정으로 감정, 사상, 행동이 일치된 치밀한 형식을 추구했다"라고 평가했다.

《직조공들》이 1892년 독일에서 금서로 지정된 것은 순전히 정치적인 원인 때문이었다. 이 희극은 1844년 6월 독일 슐레지엔에서 발생한 직조공들의 폭동을 소재로 한 작품이다. 슐레지엔의 페터스발다우, 랑엔비

라우 등에 사는 직조공들이 공장주의 비인간적인 노동 착취를 견디다 못해 폭동을 일으켜 공장주의 저택과 공장, 설비를 부수고 영수증과 장부를 불태웠다. 그들은 폭동을 진압하려는 현지 군대에 저항하며 전투를 벌였지만 결국 프로이센 군대에 의해 진압당했다. 독일 시인 하이네의 유명한 시 〈슐레지엔의 직조공(Die Schlesischen Weber)〉도 이 사건에서 영감을 받았다.

하웁트만이 《직조공들》이라는 작품을 창작한 데는 개인사도 작용했다. 그는 어릴 적부터 아버지로부터 직조공이었던 할아버지에 대한 이야기와 직조공들의 비참했던 삶에 대해 들으며 자랐다. 하웁트만은 이 희곡을 아버지 로베르트 하웁트만에게 바치며 헌사에서 "사랑하는 아버지, 제가 어떤 마음으로 이 희곡을 바치는지 잘 아실 테니 자세히 말할 필요가 없겠지요. 이 희곡은 아버지께서 들려주신 할아버지의 이야기를 바탕으로 썼습니다. 젊은 시절 가난한 직조공이었던 할아버지와 방직기 옆의 풍경들이 이 작품을 낳았습니다"라고 말했다. 그는 또 이 작품을 쓰기 위해 취리히에서 일하는 직조공들의 가정을 직접 방문하기도 하고 슐레지엔의 직조공 폭동과 관련한 책과 자료를 자세히 조사했다.

도시의 개보다 못한 직조공들의 비참한 현실

《직조공들》은 슐레지엔 직조공들의 극단적인 빈곤을 적나라하게 고발한 작품이다. 작품에 묘사된 직조공들의 비참한 생활은 관객들에게 강렬한 인상을 남겼다. 어떤 이는 "그들이 일하는 것을 본 사람이라면 누구나 앞으로 어떤 일이 발생할지 예상할 수 있었을 것이다"라고 말했다. 직조공들이 극도의 빈곤에 시달리다 이제는 더 이상 두려울 것도 없어진 상황에서 폭동이 발발했다. 그들은 감옥에 들어가는 것도 두려워하지 않았다. 감옥에서는 적어도 배를 곯지는 않기 때문이었다. 극 중 한 인물은 "수갑을 차고 몸이 꽁꽁 묶인다 해도 두려울 게 없다. 감옥이 집보다는 살기가 나을 것이다. 그곳에서는 굶어죽을 염려는 없지 않은가?"라고 외친다. 작품 곳곳에서 이 폭동이 자발적이고 필연적이었음이 드러난다. 마지막 장면에서 폭동에 가담하지 않고 현실에 적응하며 살던 힐제 노인이 진압군의 유탄에 맞아 목숨을 잃는다. 이는 직조공들에게 다른 선택이 없었음을 암시한다. 비록 폭동이 성공할 가망은 없었지만 직조공들은 적어도 그 일을 통해 울분을 토로할 수는 있었다.

《직조공들》에는 40명이 넘는 등장인물이 나오지만 여느 희곡과 달리 주도적인 역할을 하는 주인공이 없다. 이 작품 속에서 개인은 그리 중요하지 않다. 《직조공들》에서 중점을 두는 것은 직조공 계층과 착취자 계층이다. 방직공장의 공장주가 상대적으로 중요한 비중을 차지하는데 착취자의 위선, 교활함, 잔인함이 그에게서 모두 나타난다. 공장주는 스스로 자선가인 양 행세하며 마치 자신이 은혜를 베풀어 직조공들이 일할 수 있게 한 것처럼 거들먹거린다. 심지어 직조공들에게 이렇게 푸념하기도 한다.

당신들도 알고 있겠지만 요즘 우리 사업이 형편없어. 돈을 벌기는커녕 손해만 보고 있지. 그런데도 나는 직조공들에게 일거리를 마련해주려고 애를 쓰고 있어. 그걸 당신들이 알아줘야 하는 거 아냐. 창고에는 재고가 산더미처럼 쌓여 있어. 그걸 팔 수 있을지조차 모르겠단 말이야. 요즘 이곳에서 많은 직조공들이 일자리가 없다고 들었어.…… 그러니까 당신들도 내 호의를 알아줬으면 해.…… 물론 내가 자선을 베풀 수는 없어. 내가 그렇게 큰 부자는 아니니까. 하지만 일자리를 못 구하고 있는 직조공들에게 조금이나마 돈벌이할 기회는 주겠어. 나로서는 엄청난 위험부담을 지는 일이야.

바로 이 '자선가'의 사치스러운 생활을 위해 공장에서 일하는 직조공들은 고된 노동과 굶주림이라는 잔혹한 현실을 감내해야 한다. 극 전반을 관통하는 '직조공의 노래'('피의 심판' 또는 '드라이시거의 노래'라고도 한다)는 직조공들의 각성을 의미한다. 직조공들은 이 노래를 부르며 폭동을 진압하러 온 군대와 사투를 벌인다.

여기 이곳은 재판정
왕실 법정보다 더 흉악한 곳
이곳에선 판결을 내리기 전에
사형을 먼저 집행하지

여기 이곳은 고문실
여기선 서서히 고통을 당한다오
곳곳에서 터져 나오는 사람들의 탄식
그것이 바로 가난과 고난의 증거라오

드라이시거는 이곳의 형리
하인들은 그자의 앞잡이

너희들은 악마다
가난한 이의 껍질을 벗기는 너희들은
그 죗값을 치르리니

모리츠 예거도 비교적 중요한 등장인물로, 예전에 직조공이었던 그가 군복무를 마치고 고향으로 돌아온다. 군대에 있는 동안 바깥세상에서 많은 것을 보고 들은 그는 직조공들의 비참한 삶을 목격하고 큰 충격을 받는다. 그는 직조공들에게 "도시의 개들도 여기 사람들보다 잘 산다"고 말한다. 어떻게 보면 그가 직조공들에게 현실을 바꾸고 싶다는 열망을 불어넣고 그 열망을 행동으로 바꾸어주는 역할을 한다. 그는 직조공들보다 현실을 더 분명하게 인식하고 있었고 폭동이 일어나자 자연스럽게 폭동의 주도자 중 한 사람이 된다. 하지만 그가 혁명에 대한 뚜렷한 인식을 가지고 폭동을 일으킨 것은 아니었다. 그가 폭동에 뛰어든 것은 순전히 고향 사람들에 대한 동정과 불공평한 현실에 대한 분노 때문이었다. 처음에는 공장주에게 본때를 보여주겠다는 단순한 생각을 가지고 있었다. 그가 바라는 것은 직조공들이 착취자들에게 "우리는 이러이러한 것을 원한다. 다른 것은 원치 않는다"라고 직접적으로 말하는 것이었다.

《직조공들》이 상연되자 사회적으로 큰 반향이 일어났고 통치자는 두려움을 느꼈다. 1892년 베를린 경찰 당국이 이 희곡의 상연을 금지했다. '계급 간 원한을 선동한다'는 이유에서였다. 하지만 1894년 이 희곡이 영국과 프랑스 등에서 잇따라 상연되자 독일 정부도 어쩔 수 없이 상연 금지령을 취소했다.

《직조공들》과 마찬가지로 하웁트만이 1889년에 발표해 무대에 올린 희곡《해 뜨기 전(Vor Sonnenaufgang)》에서도 자연주의 경향이 나타난다. 이 작품이 초연되자 독일 희곡사에서 한 번도 나타나지 않았던 혼란스러운 광경이 연출되었다. 보수적인 관객들이 큰 소리를 외치고 휘파람을 불어대며 야유하는 바람에 연극이 수차례나 중단되었던 것이다. 공연이 끝난 후 평론가들도 이 연극을 '저질스럽다', '범죄, 질병, 타락을 부추긴다'고 혹평하고 하웁트만에 대해서도 '문학무정부주의자', '범죄의 대변인', '싸구려 주점의 가수', '금세기 가장 부도덕한 극작가'라는 비난을 퍼부었다. 그 후 하웁트만의 마지막 희곡《해가 진 후(Von Sonnenuntergang)》는 1932년 2월 16일 베를린 도이치 극장에서 초연해 커다란 성공을 거두었다. 하지만 나치가 집권한 후 그 희곡 역시 상연이 금지되었고 제2차 세계대전이 끝난 뒤에야 다시 빛을 볼 수 있었다.

Dziady

조상의 황혼

[폴란드] 아담 미츠키에비치(Adam Mickiewicz, 1798~1855), 1823~1833년 작

폴란드 민중운동의 정신적 무기

폴란드는 18세기 후반부터 20세기 초반까지 러시아·프로이센·오스트리아에 의해 분할 통치되었
는데 무자비한 탄압하에서도 해방을 위한 투쟁을 끊임없이 전개했다. 이 작품은 폴란드 민족사상을
고취한다는 이유로 러시아 차르 정부가 금서로 지정했으나 민중들의 정신적 무기가 되어 투쟁을 이
끌었다.

미츠키에비치는 폴란드의 가장 위대한 시인이다. 1823년부터 러시
아 차르 정부로부터 유죄 판결을 받고 유배되었다가 나중에는 유럽 대륙
을 떠돌며 망명 생활을 했다. 그는 일생 동안 폴란드 민족의 자유를 위해
투쟁했다. 1848년 1월 로마로 가서 폴란드의 자유를 지지해달라고 신임
교황을 설득했고, 같은 해 이탈리아에서 혁명이 발발하자 작은 군대를
조직해 이탈리아 혁명군 편에 서서 오스트리아와 전투를 벌였다. 그의
군대는 나중에 폴란드 해방군의 핵심 전력이 되었다. 그는 1855년 9월 차
르토리스키(Czartoryski) 친왕*에 의해 터키로 파견되었으나 터키로 가는
도중 사망했다.

《조상의 황혼》은 미츠키에비치가 1820~1830년대에 쓴 시극이다. 이

중 가장 유명한 제3부는 1832년에 쓴 것으로 폴란드인의 진취적 정신을 고취하기 위한 작품이다. 이 책은 세상에 나오자마자 러시아 차르 정부가 금서로 지정했지만, 폴란드 애국지사들의 깊은 사랑을 받았다. 그들은 잔인한 고문, 수감, 유배, 살해의 위험 속에서 하루하루를 보내며 이 시를 읽고 선전하고 공연했다. 이 시가 민족 탄압에 저항하는 정신적 무기였던 셈이다.

배우와 관객이 하나가 되어 차르에 반기를 들다

시극 《조상의 황혼》은 출간 직후부터 한 세기가 넘도록 상연이 금지되었다. 당시 소련의 통제와 간섭으로 폴란드의 앞날에는 짙은 먹구름이 드리워 있었다. 이런 가운데 폴란드인들을 더욱 분개시키는 사건이 일어났다. 1940년 소련군이 리투아니아를 침공해 소련으로 편입시킨 것이었다. 1968년 바르샤바의 한 극장에서 《조상의 황혼》을 재상연했는데 매 회 관객석이 가득 차 대성황을 이루었다. 무대 위 배우들이 차르에 반대하는 대사를 낭송하면 무대 아래 관객들도 따라서 낭송했다. 이처럼 극장 안에 민족주의의 열기가 끓어 넘치자 바르샤바 주재 소련 대사가 항의의 뜻으로 객석을 박차고 나갔다. 이 대사는 《조상의 황혼》을 '반소련적인

---

* 폴란드를 통치했던 리투아니아 황실의 후예. 1816년 정치 활동에서 물러난 뒤 1830년 차르 통치에 반대하는 11월 봉기를 주도했다가 실패해 파리로 망명했다. '폴란드 망명 왕조의 국왕'이라고 불렸다.

저열한 공연'이라고 공공연히 폄하하며 폴란드 정부에 이 시극의 공연을 금지하라고 명령했다. 그러자 바르샤바 대학교 학생들을 중심으로《조상의 황혼》공연을 지지하는 시위가 벌어졌고 군인과 경찰이 무력 진압에 나서면서 많은 학생들이 수감되었다. 그 후 고전작품 공연으로 유명한 바르샤바의 극장에서는 두 번 다시 이 공연을 볼 수 없었다.

1973년 2월 폴란드 크라코브의 극장 스타리 테아트르에서《조상의 황혼》크라코브 초연 125주년을 기념해 이 시극을 다시 무대에 올렸다. 이 공연은 연출과 무대장치에서 모두 대담한 혁신을 시도했다. 극장 전체를 거대한 무대로 삼아 배우와 관객이 한데 섞이도록 무대 위와 관람석을 구분하지 않고 하나로 연결했다.《조상의 황혼》제3부에 이르자 관객들은 마치 감옥에 들어가듯 극장 안으로 끌려 들어갔다. 극장 벽 전체가 검은 천으로 뒤덮여 있고 긴 총을 멘 차르 러시아의 헌병들을 연기하는 배우들이 관객들 뒤를 저벅저벅 걸어 다니며 감시하고 극장의 각 출입구 앞을 지켰다. 이런 분위기에서 제3부 공연이 시작되었다. 애국청년들이 차르 러시아 헌병들에게 붙잡혀 관객들 옆을 지나 감옥으로 압송되었다. 그 청년들은 옥중에서도 차르의 폭정을 고발했다. 민족반역자를 처단하는 번개 소리가 극장 전체를 울리고 망명을 떠난 애국지사들을 실은 마차가 가까워졌다가 다시 멀어지더니 삐걱삐걱 마차 소리만 극장 안에 오랫동안 메아리쳤다…….관객들은 자신도 이 시극의 일부가 되어 차르의 노역과 탄압에 짓눌려 있는 듯한 착각에 빠졌다. 그리고 고문과 유배가 먼 옛날이야기가 아님을 몸소 느끼게 되었다.

이 공연은 폴란드 사회에서 거센 반향을 일으켰다. 한 평론가는 "놀라운 사고력을 지닌 이들이 탄생시킨 공연이다. 이보다 더 뜨겁고 깊이 사고하고, 작품을 이보다 더 깊이 이해할 수 있는 사람은 없을 것이다"라고 평가했다. 또 어떤 평론가는 "반드시 보아야 하는 공연이다!"라며 공개적으로 지지했다. 그러나 이 같은 언론의 쏟아지는 찬사에도 불구하고 이 공연은 단 3회 만에 중단되었다. 관객들의 민족주의 정서를 자극한다는 것이 이유였다.

차르 러시아 통치하 폴란드인의 고통스러운 삶

《조상의 황혼》은 총 4부로 이루어져 있지만 제1부는 현재 일부 단락의 친필 원고만 남아 있다. 나머지 부분은 작가가 마음에 들지 않아 폐기했다고 한다. 1920년대 초에 쓴 제2부와 제4부는 미츠키에비치의 시집 《그라지나(Grazyna)》에 실렸다. 제2부는 농노가 악덕 지주의 망령에 보복하는 내용으로 지주 계급의 흉악함과 잔혹성을 폭로했고, 제4부는 실연의 고통에 빠진 구스타프의 이야기다.

미츠키에비치는 제2부에서 조상에게 제사를 지내는 '지아디(Dziady)'라는 의식을 묘사했다. 미츠키에비치에 따르면, 지아디는 리투아니아, 프로이센, 쿠르제메 지역의 평민들이 죽은 조상을 기리기 위해 지내는 의식이다. 차르 러시아가 이 의식을 금지한 후에는 외딴 농촌의 작은 교회에서 몰래 의식을 행했다. 이 의식의 내용은 다음과 같다. 한밤중에 작은 교회에 제물을 차려놓고 제사장이 제문을 낭독하고 사람들이 함께 노래를 부르며 조상의 영혼을 부른다. 제사에 참석한 사람들은 합창을 하며 조상의 영혼에게 필요한 것이 있는지 물어보기도 한다. 그런데 생전에 착한 일을 하지 않았거나 가난한 이들을 괴롭힌 죄 많은 영혼은 교회 밖에서 벌을 받아야 한다. 그들은 교회 안으로 들어와 제물을 먹을 수 없는 것은 물론이고 다른 영혼들에게 공격당하고 사람들이 합창하는 주문에 고통받아야 한다.《조상의 황혼》에는 이런 의식이 반복해서 등장하며 극 전체의 분위기를 신비롭게 한다.

《조상의 황혼》중 가장 유명한 제3부에서는 차르 알렉산드르 1세 시대 폴란드인들의 고통스러운 삶을 보여준다. 미츠키에비치는 제3부 서문에 분노에 찬 어조로 이렇게 썼다.

1822년을 전후로 모든 자유를 적대시하던 알렉산드르 황제의 정책이 표면화되고 더 강화되었으며 방향이 명확해졌다. 이 시기에 폴란드 민족에 대해 전면적인 무력 박해가 이루어졌는데 나날이 그 잔혹성이 더해갔다. 이때 폴란드 역사에서 영원히 잊을 수 없는 상원의원 노보실리 초프*가 무대에 등장한다. 그는 러시아 정부가 폴란드인들에 대해 가지고 있는 본능적이고 야수적인 원한을 정치적으로 유리한 일이라고 표현한 첫 번째 인물이다. 그는 이런 증오의 감정을 자신이 하는 모든 행위의 근거로 삼아 폴란드 민족을 멸족하려고 했다. 그로 인해 폴란드 국토는 거대한 감옥으로 변하고 모든 행정기관은 폴란드인을 고문하는 거대한 형구(形具)가 되었다. 이 형구를 움직이는 수레바퀴는 바로 황태자 콘스탄틴**과 상원의원 노보실리초프였다.

---

* 니콜라이 노보실리초프(1762~1838). 알렉산드르 1세 시대의 러시아 귀족이다. 1815년 폴란드 주재 차르 정부의 총독으로 임명된 후 폴란드 애국청년들을 잔혹하게 박해했다.《조상의 황혼》제3부에 등장하는 상원의원이 바로 노보실리초프다.

** 콘스탄틴 파블로비치(1779~1831). 차르 알렉산드르 1세의 동생이다. 폴란드 헌법 의회 왕국의 육군 사령관으로 폴란드의 민족해방운동을 잔혹하게 진압했다.

1822년 차르 정부는 폴란드의 모든 애국비밀결사를 조사하기 시작했다. 당시 폴란드에는 폴란드어와 폴란드의 민족성 수호를 위해 대학생들이 결성한 문학단체가 많았다. 1823년 10월 23일 미츠키에비치와 그의 친구들이 라디언트(Radiant)* 사건에 연루되어 체포된 뒤 바실리안수도원을 개조해서 만든 감옥에 수감되었다. 이듬해 미츠키에비치를 비롯한 교수와 대학생 20여 명이 폴란드 민족사상을 가졌다는 죄로 영원히 러시아로 유배되었다. 나중에 미츠키에비치는 폴란드와 차르 러시아의 상황을 반영한 장편 서사시 〈콘라트 발렌로트(Konrad Wallenrod)〉를 썼다가 다시 박해당할 위험에 처하지만 경찰이 도착하기 전 배를 타고 러시아를 떠나 독일로 피신했다. 미츠키에비치와 함께 러시아로 유배당한 이들 중 러시아에서 도망친 사람은 그가 유일했다.

1830년 11월 29일 폴란드에서 봉기가 발생하고 러시아 군대가 바르샤바에서 쫓겨났다. 때마침 로마에 체류 중이던 미츠키에비치가 이 소식을 듣고 귀국하지만 바르샤바까지 들어가지 못하고 바르샤바의 봉기가 진압당했다는 소식을 듣는다. 이후 1832년 8월 그는 바르샤바에서 도망친 봉기지도자들과 함께 독일 드레스덴으로 돌아갔다. 미츠키에비치가 《조상의 황혼》 제3부를 집필한 것이 바로 이때이다. 그는 한 봉기 지도자에게 보내는 편지에서 "이 작품으로 전쟁을 계속할 것이오. 칼과 활을 내려놓았으니 펜을 들고 이 전쟁을 계속할 것이오"라고 했다. 실연의 괴로움을 표현했던 제4부와는 달리 제3부로는 바르샤바 봉기의 열정에 자극을 받아 시의 분위기가 분위기가 완전히 다르다. 제3부는 1823년 차르 러

---

* 1820년에 결성된 애국비밀결사. 미츠키에비치 등이 1817년에 조직한 필로마트회의 산하 조직으로 활동했다.

시아가 폴란드의 애국비밀결사 라디언트의 회원들을 체포하고 재판할 당시의 실제 사건과 인물들의 이야기로, 이 정치시극은 자전적인 성격을 띤다. 극중 인물 콘라트의 고독한 사색은 미츠키에비치가 감옥에서 홀로 사색했던 것들을 예술적으로 승화해낸다.

이 시는 차르 러시아의 통치자가 폴란드에 가하는 무자비한 탄압과 유린을 고발하고 "모스크바 통치하에서 애국심을 품는다면 틀림없이 죄수 호송차를 타고 법정에 나가게 된다"라며 애국자들의 뜨거운 민족애를 표현했다.

> 내 사랑은 한 사람을 위한 것이 아니다.
> 나는 나비처럼 장미꽃밭을 사랑한다.
> 한 가족과 한 시대를 위한 것도 아니다.
> 나는 민족 전체를 사랑한다! 나는 두 팔을 벌려
> 민족 전체의 과거와 미래를 끌어안고
> 친구처럼, 연인처럼, 남편처럼, 아버지처럼
> 단단히 품에 안는다.
> 나는 민족의 부흥과 행복을 바라고
> 민족이 전 세계에서 찬미받기를 열망한다.

폴란드가 차르 러시아의 통치하에 있지만 애국자들은 민족 전체가 일어나 자유를 위해 투쟁할 것임을 믿었다.

> …… 우리 민족은 화산과 같다.
> 겉은 차갑고 단단하고 바싹 마르고 비천하지만

그 속에 품고 있는 불꽃은 수백 수천 년을 태울 수 있다.
껍데기를 벗어던지고 화산 속으로 들어가자.

차르 러시아는 폴란드 애국지사들을 잔혹하게 탄압했다. 시극에는 한 애국청년이 수십 년간 수감 생활을 한 후의 비참한 상황이 그려져 있다. 석방된 후에도 그의 고통은 끝나지 않는다.

하지만 수천 개의 낮에 그는 심문을 받았고
수천 개의 밤에 뒤척이고 신음하며 잠을 이루지 못했다.
폭군은 얼마나 오랫동안 그에게 혹독한 고문을 했는가.
그는 얼마나 오랫동안 귀가 달린 높은 장벽에 둘러싸여 있었던가.
그의 유일한 무기는 침묵이었고
그의 유일한 벗은 그림자였다.
요란한 도시여, 어찌 한 달 만에 그가
십수 년 동안의 뼈아픈 교훈을 잊어버리게 만들었는가.
그에게 태양은 첩자이고 낮은 밀정이며,
가족은 경찰이고 손님은 적이다.
누가 집에 찾아오면
문 두드리는 소리만 나도 소환하러 온 줄 알고
급하게 몸을 피해 머리를 두 팔 사이에 파묻는다.
온몸의 신경이 곤두선 채 마음속으로 생각한다.
두 입술은 굳게 닫혀 한 글자도 내뱉지 않는구나.
그는 아직도 자신이 감옥에 있다고 생각한다.
누가 뭐든 물으면 집 안으로 뛰어들어가 어두운 구석에 몸을 숨긴다.

그는 언제나 두 마디만 외친다.

"나는 모르오! 말하지 않을 거요!"

이 두 마디가 그의 말버릇이 되었다.

체포된 라디언트 회원들은 채찍과 몽둥이로 두들겨 맞고 고문당한 상처가 온몸에 가득했으며 얼굴은 누렇고 몸은 깡말라 있었다. 차르 러시아는 그들의 발에 무거운 족쇄를 채워 유배지로 보냈다. 작가는 극 중에서 애국청년을 동정하는 표트르 신부의 입을 빌려 상원의원과 그를 따르는 민족의 반역자들을 저주한다. 그리고 나중에 그 저주가 실현되어 상원의원의 두 부하 중 한 명은 벼락을 맞고 또 한 명은 중풍으로 급사한다. 지아디를 치르는 날 밤, 벼락을 맞아 죽은 부하의 유령이 사람들 앞에 나타난다. 그는 뜨겁게 달구어진 은화를 두 손으로 번갈아 받아야 하는 벌을 받고 있다. 그러면서 이 벌은 상원의원 노보실리초프가 지옥에 갈 때까지 계속될 것이라고 말한다. 또 다른 부하는 시체가 검은 개 열 마리에게 갈가리 찢기는 벌을 받는다.

1973년에 열린 공연에서 민족 반역자가 번개를 맞아 죽고 그가 들고 있던 루블 은화가 번개를 맞아 녹아내리고 무대 위에 있던 한 사람이 "저것 좀 봐! 러시아 루블은 위험해!"라며 풍자적인 대사를 외치자 관객석에서 웃음과 갈채가 터져 나왔다. 무대 위의 연극은 이미 반세기 전의 이야기였지만 관객들에게는 새롭게 출현하고 있는 대국주의자들에 대한 멸시와 조롱을 연상시켰던 것이다.

미츠키에비치 생전에 금지된 작품 중에는 1834년 2월에 완성한 장편시 〈판 타데우스: 리투아니아에서의 마지막 습격(Pan Tadeusz: The Last Foray in Lithuania)〉도 있다. 이 작품은 1811년부터 1812년까지 나폴레옹이 러시아를 공격한 역사적 사건을 배경으로 리투아니아의 두 원수 가문의 젊은 남녀의 사랑 이야기를 그리고 있다. 폴란드 귀족들의 삶과 갈등, 조국의 부흥을 위해 차르 러시아 침략자들을 상대로 폴란드 애국지사들이 투쟁했던 정신이 시의 전반에 깔려 있다. 차르 러시아는 이 위대한 서사시를 금서로 지정했지만 폴란드인들은 헌병의 단속을 피해 몰래 이 서사시를 읽었고, 외국에서 망명생활을 하고 있던 폴란드의 애국지사들도 이 작품을 읽고 뜨거운 눈물을 흘리며 국가 부흥에 대한 열정을 불태웠다.

무엇을 할 것인가

[러시아] 니콜라이 체르니솁스키(Nikolay. G. Chernyshevsky, 1828~1889), 1863년 작

러시아 청년들의 인생 교과서

표면적으로는 남녀의 자유로운 연애와 결혼을 소재로 삼고 있지만, 그저 자신의 행복을 추구하는 듯 보이는 주인공들을 쫓다보면 자연스럽게 새로운 생활과 혁명가들에 대한 찬양을 느낄 수 있다. 이 소설 속에 그려진 '새로운 사람들'은 1860년대의 급진적인 청년들에게 본보기가 되어 러시아 차르 독재정부에 맞설 수많은 혁명가들을 탄생시켰다.

《무엇을 할 것인가》는 매우 독특한 장편소설이다. 레닌은 "이것이야 말로 진정한 문학이다. 이런 문학이 사람들을 가르치고 격려하고 앞으로 나아가도록 인도해줄 수 있다. 나는 어느 해 여름 이 소설을 다섯 번 읽었 고 읽을 때마다 깊이 성찰해야 할 새로운 사상을 발견했다"라며 이 작품 을 극찬했다. 이 작품은 1860년대 수많은 러시아 젊은이들의 인생 교과 서이자 행동지침이 되었다.

"《무엇을 할 것인가》의 작가와 주인공, 그들의 이상을 위해 건배!" 당 시 사람들이 모이는 곳마다 체르니솁스키와 그의 작품을 축복하는 외침 을 흔하게 들을 수 있었고, 진보적인 사상을 가진 사람이라면 누구나 이 책을 자신의 '복음서'로 추앙했다.

《무엇을 할 것인가》는 얼핏 보면 애정소설인 듯하다. 연애, 연인과의 도피, 결혼, 삼각관계 등이 줄거리를 이어가기 때문이다. 하지만 애정소설은 도서 검열관의 눈을 속이기 위한 '위장'이었을 뿐이다. 그 덕분에 당국의 주의를 끌지 않고 순조롭게 세상에 나올 수 있었다. 훗날 레닌은 체르니셉스키를 '검열을 통과한 글로 혁명의 씨앗을 심은 작가'라고 평가했다.

애정소설로 위장해 검열을 피하다

체르니셉스키는 사상가였다. 19세기 중반 모두가 인정하는 러시아 민주주의 운동의 지도자였다. 1862년 7월 2일 혁명을 우려한 차르 정부가 그를 체포했고 그 후로는 감옥과 유배지에서 감시 속에 살아야 했다. 장편 걸작《무엇을 할 것인가》와《프롤로그(Prologue)》등 몇몇 소설들은 모두 그가 감옥과 유배지에서 쓴 것이다.

《무엇을 할 것인가》는 체르니셉스키가 강한 사명감을 가지고 쓴 작품이다. 그는 러시아 문학이 푸시킨과 고골 이래로 어두운 현실에 대한 고발, 풍자, 비판에 주력했지만 현실적인 문제는 아무것도 해결하지 못했다고 생각했다. 이 소설에《무엇을 할 것인가》라는 제목을 붙인 것도 바로 그 때문이었다. 그는 자신이 구상하고 있는 소설을 세상에 내놓기 위해 자신의 재판을 맡은 공작에게 잡지 〈동시대인(Sovremennik)〉에서 원고료를 선불로 받았다며 애정소설을 집필할 수 있도록 허락해달라고 부탁했다. 체르니셉스키는 공작의 허가를 받아 작품을 쓰기 시작한 지 넉 달도 안 되어 소설을 완성했다. 내용에서 형식까지 까다로운 제약이 있었지만 소설가의 기지를 발휘해 주인공 로푸호프가 자살하는 장면을 첫머리로 끌어냄으로써 삼각연애 스토리인 것처럼 보이게 했다. 로푸호프의 자살은 아내가 다른 남자와 사랑에 빠졌기 때문이었고 그 때문에 체르니솁스키는 독자들의 입을 빌려 "이 소설은 여자가 주인공인 애정소설이다"라고 공공연하게 밝히는 효과를 낼 수 있었다.

체르니솁스키는 완성한 소설을 자신이 수감된 페트로파블롭스크 요새를 관리하는 검열 당국에 보냈고 검열관은 그 작품에서 정치성을 발견하지 못하고 작가의 요청에 따라 원고를 〈동시대인〉 잡지사로 전달했다. 편집부에서도 일반적인 규정에 따라 원고를 심사기관에 보내 심사를 요청했고 심사관은 이미 검열을 거친 원고이므로 문제가 없을 것이라고 판단해 읽어보지도 않고 통과시켰다. 〈동시대인〉의 편집장 니콜라이 네크라소프(Nikolai Nekrasov)는 검열이 통과되자마자 바로 원고를 인쇄소로 보냈다. 당국이 자신들의 실수를 알아차린다면 그 소설의 출판을 금지하리라는 것을 알고 있었기 때문이다. 그의 예상대로 《무엇을 할 것인가》가 〈동시대인〉 1863년 3월호와 4월호, 5월호에 발표되고 난 뒤 당국은 이 소설에 혁명적인 뜻이 내포되어 있음을 발견하고 판매를 즉각 금지하는 한편, 출판을 허가해준 심의관을 파면했다. 하지만 뒤늦은 조치였다. 《무엇을 할 것인가》가 실린 〈동시대인〉은 이미 널리 퍼져나간 후였고 금지령이 떨어진 후에도 필사본으로 비밀리에 전파되었다. 이 작품의 단행본은 1905년에야 처음으로 출간되었다.

체르니솁스키는 당국에 이 소설의 집필을 허락해달라고 요청하면서 연애, 결혼, 가정에 대한 내용만 쓸 것이며 정치적 색채는 전혀 포함시키지 않겠다고 약속했다. 그러고는 남녀 간의 애증이라는 주제를 강렬한 혁명성을 감추는 도구로 사용했다. 사랑 이야기라는 연막 장치가 있었음에도 이 작품이 독자들에게 혁명을 향한 뜨거운 열정을 북돋울 수 있었던 것은 이 소설이 완전한 허구가 아니라 실제 경험에서 나온 것이기 때문이었다. 이 소설 속 이야기는 체르니솁스키 자신과 친구가 직접 겪은 실화를 바탕으로 한 것이다.

체르니솁스키의 친구 보코프는 대학 시절 마릴라 오브루체바라는 여학생의 가정교사로 일했다. 그는 마릴라를 엄격한 집안의 속박에서 구해주기 위해 그녀와 위장결혼을 했지만 결혼 후 그녀를 진심으로 사랑하게 되었다. 그러나 서로 성격이 맞지 않아 둘의 관계는 그리 원만하지 않았고 그러다 마리아가 남편의 친구이자 유명한 생리학자인 세체노프를 사랑하게 되었다. 이 사실을 알게 된 보코프는 스스로 아내의 곁을 떠났고 마릴라는 세체노프와 재혼했으며 보코프는 그 후에도 두 사람과의 우정을 유지했다.

《무엇을 할 것인가》에는 작가 자신의 사랑 이야기도 담겨 있다. 체르니솁스키에게는 이반 표도로비치 사비스키라는 친구가 있었다. 그런데 체르니솁스키의 아내 올가를 사랑하게 된 그는 올가에게 함께 도망치자고 했다. 올가도 그를 사랑했지만 거짓말을 하지 못하는 순수한 성격 때문에 마음속 비밀을 남편에게 털어놓았다. 체르니솁스키는 아내를 매우 사랑했지만 그녀의 결정을 전적으로 존중해주며 "당신에게는 선택의 자유가 있소. 강요하지 않을 것이오. 당신이 원하는 대로 해요"라고 답했다. 결국 올가는 고민 끝에 사비스키와 도망치지 않고 남편 곁을 지키기로 결정했다. 올가가《무엇을 할 것인가》를 읽은 뒤 "베라는 바로 나고 로푸호프는 보코프다"라고 말했다고 한다.

불합리를 자각한 '새로운 사람들'

소설은 첫머리부터 파격적이다. 페테르부르크의 한 호텔에서 로푸호프라는 남자가 아내와 친구에게 남긴 유서가 발견되고 그날 저녁 다리 밑에서 총성이 울려 퍼진다. 그 자살 사건 소식은 도시 전체로 빠르게 퍼져나갔다. 하지만 죽은 사람은 없었으며 그것은 로푸호프의 자작극이었다. 그는 자신이 자살한 것처럼 위장한 후 미국으로 건너간다. 그의 아내는 베라이고 친구의 이름은 키르사노프다. 베라는 평범한 말단 관리 집안에서 태어난 여자다. 그녀의 욕심 많은 어머니는 어떻게 해서든 딸을 돈 많은 집 주인의 아들과 혼인시키려 했지만 그녀는 원치 않는 결혼을 거부했다. 그때 베라 남동생의 가정교사인 로푸호프가 베라와 위장결혼을 해 그녀를 위기에서 구했다. 하지만 두 사람의 결혼 생활은 순탄치 않았고 성격이 맞지 않는 두 사람은 다투기 일쑤였다. 그러던 중 베라가 남편의 친구 키르사노프에게 점점 사랑을 느끼게 된다. 그녀는 자신이 사랑하는 남자가 로푸호프가 아니라 키르사노프라는 것을 알았지만 차마 남편을 떠날 수 없어 고민한다. 키르사노프도 베라를 몹시 사랑했지만 친구의 행복을 깰 수 없어 일부러 베라를 피한다.

고민하던 베라는 마침내 이성적인 선택을 한다. 남편에게 자신의 감정을 솔직하게 털어놓은 뒤 남편을 사랑하기 위해 노력하기로 한 것이다. 그러나 로푸호프는 베라와 키르사노프의 행복을 위해 자신이 자살한 것처럼 위장한 후 외국으로 떠난다. 로푸호프가 죽었다고 생각한 베라와 키르사노프는 결혼을 하고, 그 후 로푸호프도 카테리나와 사랑에 빠져 결혼한다. 이로써 행복한 두 쌍의 부부가 탄생하고 두 부부는 가깝게 지내며 원만한 관계를 유지한다.

이 줄거리만 놓고 본다면《무엇을 할 것인가》는 자유로운 연애와 결혼을 주장하는 애정소설이다. 엄격한 차르 정부의 심의관조차 이 소설에서 정치적인 내용을 발견해내지 못했다.

이 작품을 정확하게 이해하기 위해서는 이 소설의 부제가 '새로운 사람들에 관한 이야기'라는 점에 주목해야 한다. 이 부제는 러브스토리의 밑에 감추어진 은밀한 또 다른 이야기가 있음을 암시한다.《무엇을 할 것인가》에는 두 종류의 '새로운 사람'이 등장한다. 하나는 성장하고 있는 '보통의 새로운 사람', 즉, 베라, 로푸호프, 키르사노프 등이고, 다른 하나는 '전형적인 새로운 사람'이다. "그들은 많지는 않지만 모든 사람의 생활을 윤택하게 할 수 있다. 그들이 없으면 생활은 시들고 위축되어 버린다." 전자의 '새로운 사람'은 깨달음을 얻은 평범한 이들이다. 그들은 새로운 사상('합리적 이기주의' 애정관 등)을 품고 자신의 사회적 이상을 실천하기 위해 열정을 바친다. 후자를 대표하는 등장인물은 라흐메토프(자신의 생활은 포기하고 민족과 사회를 위해 책임을 다하려는 비판적 지식인으로 등장한다)로, 그들은 자각을 통해 탄생했으며 가장 숭고한 인격을 가진 영웅이다. 그들에게 가장 중요한 것은 혁명이며 투쟁을 통해 불합리한 사회를 변화시키고자 한다.

소설에서 직접적으로 혁명을 논하지도 않고 혁명과 투쟁을 공개적으로 호소하지도 않았지만, 소설을 읽다 보면 혁명이라는 새로운 생활과 혁명가들에 대한 찬양을 느낄 수 있으며 이것이 바로 혁명 사상을 전파하는 실질적 역할을 했다.《무엇을 할 것인가》가 러시아 사회에 지대한 영향을 미쳤던 결정적 원인은 바로 '새로운 사람'이라는 이미지를 만들어내는 데 성공했다는 점이다.

개인의 행복을 위해서라도 혁명과 투쟁은 필요하다

체르니솁스키는 모든 사람이 이기주의자라고 생각했다. 사람들은 언제나 자신에게 가장 이익이 되거나 가장 손실이 적은 선택을 한다는 것이다. 그는 "겉으로는 모든 사람을 위한 것처럼 보이는 행위들도 자세히 들여다보면 그 바탕에는 개인의 이익과 행복, 즐거움 등등 이기주의라고 할 수 있는 감정이 깔려 있음을 발견할 수 있다"라고 말했다.

체르니솁스키가 《무엇을 할 것인가》를 통해 주장한 합리적 이기주의란 우리가 흔히 말하는 이기주의와는 다르다. 합리적 이기주의란 개인의 행위와 타인의 이익, 전체의 이익을 모두 아우르는 개념이다. 그는 정직한 사람은 불합리한 사회에서 진정으로 행복해질 수 없다고 생각했다. 타인의 노동과 고통, 죽음을 자신의 행복과 바꾸는 것을 양심이 용납하지 않기 때문이며 그러므로 개인이 행복하려면 혁명과 투쟁으로 사회를 변혁시켜야 한다는 것이 그의 생각이었다. 체르니솁스키는 투쟁의 결과는 물론이고 고된 투쟁의 과정 자체도 사람을 행복하게 한다고 여겼다. 투쟁이 사람을 정신적으로 발전시키고 개성을 더욱 풍부하게 만들기 때문이다. 그러므로 체르니솁스키가 주장한 합리적 이기주의는 우리가 보통 말하는 이기주의와 달리 긍정적 개념이다.

이 작품이 세상에 나온 후 사람들은 체르니솁스키가 예술을 사상에 복종시켰다고 비난하며 《무엇을 할 것인가》에 예술성이 부족하다고 폄하했다. 하지만 러시아 비평가 아나토리 루나차르스키(Anatorii V. Lunacharskii)는 이 소설이 '사상적인 작품'이며 소설의 가치 역시 사상성에서 찾을 수 있다고 비평했다. 그는 이렇게 말했다.

사회의 위선을 폭로하고, 또 다른 진리를 알고, 특정 계급을 변호하려는 위대한 사상가가 예술적 이미지로 자신의 세계관을 표현했다. 세계관을 이미지 속에 융화시키는 것이 아니라 그 이미지를 보조적인 도구로 사용해 세계관 속에 융화시킬 권리가 있는가? 물론이다! 그의 작품이 경향성을 띠는가? 물론이다! 여기에서 말하는 '경향성'이란 창작의 상상력이 실패했음을 의미하는 것이 아니라 이 작품이 자각적이며 자랑스러워할 만한 목적성이 있다는 뜻이다.

《무엇을 할 것인가》가 일으킨 사회적 효과는 루나차르스키의 평가가 옳았음을 증명해준다. 이 소설은 널리 회자되었을 뿐 아니라 소설 속에 그려진 '새로운 사람'의 이미지가 급진적인 청년들에게 본보기가 되었다. 많은 여자들이 베라를 본받아 단체를 만들고 인쇄, 타자, 의사 보조 등의 일을 하며 혁명을 도왔다. 《무엇을 할 것인가》를 읽지 않은 사람은 단체에 들어갈 수 없었다. 함께 모여 소설 속 인물들처럼 새로운 생활을 하며 사는 사람들도 생겨나고 《무엇을 할 것인가》의 주인공처럼 가정의 억압에서 벗어나기 위해 위장결혼을 하는 젊은이도 많아졌으며 급진적인 청년들은 이 '복음서'를 읽고 속속 혁명에 몸을 던졌다. 이 소설은 여러 세대에 걸쳐 광범위하게 영향을 미쳤다. 《무엇을 할 것인가》만큼 진정한 '인생의 교과서'가 된 작품은 일찍이 세상에 없었으며, 사회에 이렇게 길고 강렬한 변화를 몰고 온 작품도 전무후무하다.

1864년 5월 19일, 차르 정부는 모의처형으로 체르니솁스키의 인격을 모독하고 그의 명예를 짓밟았다. 체르니솁스키가 교수대로 끌려가는 것을 구경하러 몰려든 인파 속에서 한 젊은 여자가 뛰쳐나오며 교수대 위로 꽃다발을 던졌다. 그와 동시에 사람들이 약속이나 한 듯이 "체르니솁스키 만세!"를 외치기 시작했고 체르니솁스키 앞으로 꽃다발을 던졌다. 당시 러시아인들이 이 혁명가를 진심으로 존경하고 추앙했음을 알 수 있다. 체르니솁스키의 또 다른 장편소설《프롤로그》는 비밀리에 외국으로 전해져 1877년 런던에서 출간되었다. 또 다른 러시아의 위대한 사상가 알렉산드르 게르첸의 여러 저서도 외국에서 출간되었는데 그 책들은 모두 러시아에서 금서로 지정되었다.

원숭이의 모험

[러시아] 미하일 조셴코(Mikhail Zoshchenko, 1895~1958), 1946년 작

소련 사회를 헤집어놓은 원숭이 한 마리

동물원에서 도망쳐 나온 원숭이가 도시를 누비며 겪는 우스꽝스러운 이야기를 그린 이 소설은 원숭이의 입을 통해 소련체제를 비판하고 인간의 우매함을 비웃는다며 금서로 지정되었다. 소련 정부는 조셴코를 향해 '문학계의 무뢰한이자 쓰레기'라고 독설을 퍼부었다. 이 작품은 두 번 다시 소련에서 출판되지 못했고 조셴코는 1958년 극도의 사상적 고민과 우울함 속에서 세상을 떠났다.

미하일 조셴코는 1920~1930년대 소련의 유명한 작가다. 그의 전성기 시절에는 그의 책이 서점에 진열되기가 무섭게 다 팔려나갔고 그의 작품 《목욕탕》, 《귀족부인》, 《투병 이야기》 등의 낭독회가 열리지 않은 극장이 없었다. 그러나 1943년 유머러스한 풍자작가 조셴코의 창작 인생에 중요한 전환점이 찾아왔다. 그해 잡지 〈10월〉에 중편소설 《해 뜨기 전(Before Sunrise)》의 두 번째 부분이 실렸는데, 얼마 되지 않아서 잡지 〈볼셰비키〉에 그를 신랄하게 비판하는 글이 실리고 소설의 연재가 중단된 것이다. 이 소설의 두 번째 부분은 1972년 삭제를 거치고 '이성에 관한 이야기(A Tale About Reason)'로 제목을 바꾸고 나서야 다시 잡지 〈즈베즈다〉에 발표할 수 있었다. 하지만 이 사건은 그저 작은 경고에 지나지 않았다.

1946년 조셴코가 〈즈베즈다〉 5호와 6호에 단편소설《원숭이의 모험》을 발표했다. 이 소설은 조셴코가 그동안 발표해온 여느 단편소설처럼 유머러스한 풍자가 가장 큰 특징이었다. 하지만 그해 8-9월 이 짧은 소설이 소련 정부와 소련 문학계 최고 기관을 뒤흔들어놓았다.

《원숭이의 모험》이 혹독한 비판을 받은 것은 물론이거니와 조셴코 본인도 소련작가동맹에서 제명당했다. 이제 그를 향한 비판은 과거 작품(특히《해 뜨기 전》에)까지 확대되었다. "《원숭이의 모험》은 조셴코의 평소 작풍을 그대로 잇고 있다" "《원숭이의 모험》에서와 마찬가지로 조셴코는 줄곧 소련 생활과 제도, 소련인을 조롱해왔으며 공허한 장난과 따분한 유머라는 가면으로 그 조롱을 감추었다" 등의 비난이 쏟아졌다. 또《해 뜨기 전》에 대해서는 "조셴코는 자신의 저질스럽고 비열한 영혼을 고스란히 드러냈다. 그는 장난을 즐기듯 '이것 봐라, 나는 이런 건달이다!'라고 사람들을 향해 외쳤다"라고 혹평했다.

1946년 8월 14일 소련 정부는 〈즈베즈다와 레닌그라드, 두 잡지에 관하여〉라는 결의문에서 조셴코를 향해 '문학계의 무뢰한이자 쓰레기'라고 독설을 퍼부었다. 그 후 조셴코는 스탈린에게 서신을 보내 "저는 소비에트에 반대한 적이 없습니다. …… 제가 조롱한 것은 사람의 마음속에 남아 있는, 조롱받아 마땅한 불량한 인성입니다. …… 때때로 제 작품에서 관점이 모호하거나 불명확한 부분을 찾아낼 수 있다고 해도 그것은 순전히 우연이지 어떤 악의를 가지고 쓴 것이 아닙니다"라고 호소했다. 하지만 이런 자기변호도 끝내 그의 운명을 구제하지는 못했다.

조셴코는 소련작가동맹에서 제명된 후 이렇다 할 작품을 발표하지 못했다. 소련작가동맹은 1953년 6월 조셴코의 자격을 회복시켰지만《원숭이의 모험》이 명예를 회복한 것은 1988년 10월이었다. 당시 소련 정부는 1946년 〈즈베즈다〉 등의 잡지에 대한 의문을 발표하고 조셴코를 비판한 것이 '무리하고 폭력적인' 행위였음을 시인하고 이 '잘못된 결의'를 취소했다. 그 전까지 《원숭이의 모험》과 《해 뜨기 전》(앞부분)은 모두 소련에서 두 번 다시 출판되지 못했고 조셴코는 극도의 사상적 고민과 우울함 속에서 세상을 떠났다. 그는 소련작가동맹으로 복귀한 뒤에 한 발언에서 1946년에 자신에게 쏟아졌던 비난과 억울한 누명을 받아들일 수 없다고 했다. 그러자 일부 언론매체와 작가단체에서 또 한 번 그에게 집중포화를 쏟아냈고 조셴코는 거의 혼절에 가까운 상태에서 "풍자 작가는 윤리적으로 순결해야만 한다. 하지만 나는 가장 하등의 개처럼 모욕당했다!"라고 울부짖었다.

인간의 우매함과 이기심에 대한 풍자

《원숭이의 모험》은 독소전쟁 초기에 동물원이 파괴되면서 우리에서 도망쳐 나온 원숭이가 작은 도시를 누비며 겪는 우스꽝스러운 이야기를 그린 소설이다. 이 원숭이를 처음 발견한 것은 동정심 많은 군용차 운전수다. 동물원을 뛰쳐나온 원숭이가 거리를 헤매다가 어느 큰 길가의 나뭇가지 위에서 지쳐 잠이 든다. 잠든 원숭이를 발견한 운전수는 혹시라도 굶어 죽거나 얼어 죽거나 아니면 다른 사고로 죽을까 봐 걱정하며 원숭이를 안아다가 자기 차에 싣고 바리사프로 간다. 차가 바리사프에 도착한 뒤 몰래 도망친 원숭이는 그때부터 모험을 시작하게 된다.

식량 배급증이 없는 원숭이는 먹을 것을 구하려고 협동조합 상점에 들어간다. 길게 줄지어 서 있는 사람들의 머리 위를 지나 계산대로 뛰어 올라가지만 줄의 맨 앞에 가서도 먹을 것을 얻지 못하고 겨우 당근 하나를 훔치다시피 빼앗아 도망친다. 이에 분노한 사람들이 원숭이를 쫓기 시작한다. 소년이 앞에서 쫓고 어른들이 그 뒤를 따르며 맨 뒤에서 경찰이 경적을 울리며 뒤쫓는다. 결국 소년 알료샤가 원숭이를 집으로 데리고 가는데 할머니가 차를 마시다가 남겨둔 설탕 반 조각을 원숭이가 냉큼 먹어버리고 만다. 화가 난 할머니는 자신과 원숭이 둘 중 하나를 동물원으로 보내야 한다며 노발대발한다. 그 후 원숭이는 장애인인 가브릴리치에게로 가게 된다. 가브릴리치는 설탕 한 조각으로 원숭이를 유인해 목욕탕으로 데리고 간다. 원숭이를 깨끗이 씻긴 후 시장으로 데려가 비싼 값에 팔아 술을 사 마실 요량이다. 그런데 가브릴리치와 알료샤가 길에서 마주치게 되고 두 사람은 원숭이의 소유권을 놓고 다투기 시작한다. 그때 구경하고 있던 군용차 운전수가 나서서 싸움을 말리며 사람들 앞에서 이렇게 선언한다.

"나는 이 원숭이를 시장에 팔아 술을 사 먹을 사람(가브릴리치)이 아니라 잘 보살펴줄 사람(알료샤)에게 주겠소!"

이야기의 결말 부분에서 원숭이가 잘 지내는지 궁금했던 운전수가 알료샤의 집에 찾아온다. 그러자 알료샤는 이렇게 말한다.

"제가 사람을 가르치듯이 원숭이를 교육시켰어요. 이제 원숭이는 모든 아이들, 아니 어른들에게도 모범이 될 만큼 길들여졌답니다."

알료샤가 말한 모범이란 함부로 뛰어다니지 않고 고분고분 말을 잘 들으며 손수건으로 코를 닦고 남의 설탕에 손을 대지 않는 것이었다. 심지어 원숭이는 티스푼으로 묽은 죽을 떠먹을 줄도 알게 되었다.

자의적 해석으로 작품에 굴레를 씌우다

아무런 선입견이 없는 독자들은 《원숭이의 모험》이 호된 비판을 받았다는 사실을 의아하게 여길 것이다. 이 소설은 매우 훌륭한 작품이다. 원숭이의 낭만적 본성과 인간 사회의 문명, 질서 사이의 모순을 이용해 희극적인 효과를 만들어내는 동시에 인간의 정신적 피폐함을 들추어 보여주었다. 조셴코는 사회 곳곳에서 볼 수 있는 인간의 우매하고 따분하고 용속하고 이기적인 행위와 심리를 풍자적으로 묘사했다. 하지만 비평가들은 작품의 의도를 제멋대로 곡해했다. 이 소설에 대한 가장 권위적인 비평문을 보면 "조셴코는 원숭이를 우리 사회제도의 최고 재판관으로 내세워 인간의 행위를 평가했다. …… 원숭이 입에서 악랄하고 저열한 반소련 구호, 예컨대 동물원에서 사는 것이 자유로운 공기를 마시며 사는 것보다 낫고 우리 안에서 숨을 쉬는 것이 소련인들 사이에 있는 것보다 더 편하다는 말 등이 터져 나온다"라고 비판했다.

원숭이가 '이야기의 화자'이기 때문에 원숭이의 생각이 이야기에서 가장 큰 비중을 차지할 수밖에 없다. 하지만 조셴코가 원숭이를 사회의 재판관으로 내세운 것은 아니었다. 원숭이도 다른 인물들과 마찬가지로 풍자 대상이었다. 원숭이가 사람들 사이에서 살지 않고 동물원으로 다시 돌아가려고 한 것은 원숭이의 본성에 따른 아주 자연스러운 일이었다. 원숭이는 원래 실컷 놀고 배불리 먹고 깨끗이 씻고 나면 조용히 쉬고 싶어 한다. 그러므로 원숭이는 사람들 틈에 끼여 있는 것이 싫을 수밖에 없다. 더군다나 원숭이는 자신의 지나친 행동(물론 원숭이에게는 당연한 행동이다)이 사람들에게 비난받을 행동이라는 것도 전혀 모른다. 그러니까 원숭이는 "휴, 동물원을 떠나는 게 아니었어. 우리에서 살 때가 더 편했어. 동물원으로 돌아가야겠어"라고 중얼거리는 것이다. 사실 이것은 원숭이가 처음에 동물원에서 도망쳐 나와 도시의 거리를 헤맬 때처럼 아주 자연스러운 일이다. 그럼에도 당시 비평계 인사들은 소설의 내용을 정치와 연결해 건전하고 자연스러운 문학작품을 비정하고 잔인하게 박해했다.

러시아는 누구에게 살기 좋은가

[러시아] 니콜라이 네크라소프(Nikolay A, Nekrasov, 1821~1878), 1863~1876년 작

난도질로도 감출 수 없던 비참한 현실

"슬픔도 노여움도 없이 살아가는 자는 조국을 사랑하고 있지 않다"는 말을 남긴 네크라소프의 거의 모든 작품을 러시아 당국은 금서로 지정했다. 그중 이 작품은 네크라소프의 마지막이자 가장 훌륭한 작품인데, 러시아 구석구석의 비참한 현실을 날카로운 문체로 폭로해 당국의 간담을 서늘케 했다.

차르 독재 통치 시기에 러시아는 세계에서 가장 강압적이고 엄격한 출판 검열 제도를 시행했다. 수많은 문학작품이 어두운 현실을 폭로했다는 이유로 금서로 지정되었고 이런 작품을 쓴 작가들이 박해를 받았다. 라디셰프와 푸시킨이 대표적인 인물이며 심지어 대문호 톨스토이도 박해를 피하지 못했다. 톨스토이가 동방정교회를 비판했다는 이유로 파문당한 후 차르 정부는 그를 유배시키거나 정신병원으로 보내려고 했지만 톨스토이의 명성이 워낙 높았기 때문에 실행에 옮기지 못했다. 한 장군은 "톨스토이의 명성이 너무 높아서 러시아 감옥이 그를 감당할 수 없다"라고 말하기도 했다. 러시아 문학사에 등장한 비판적 현실주의 걸작이 대부분 숱한 좌절과 비운을 겪었다. 니콜라이 고골의 《죽은 혼(Mértovye dushi)》은 저명한 문학이론가 벨린스키가 개인적인 인맥까지 동원해 겨우 페테르부르크에 있는 검열 기관에서 검열에 통과할 수 있도록 했지만 검열관에 의해 일부가 삭제되거나 수정되었다. 고골의 또 다른 걸작 희극 《검찰관(Revizor)》이 상연될 수 있었던 것도 차르가 기분이 좋아 특별히 상연을 허가해준 덕분이었다.

잡지 〈동시대인〉이 지식인을 집결시키다

19세기 러시아에서 니콜라이 네크라소프처럼 걸출한 풍자시인에게 박해와 고난은 거의 숙명과도 같았다. 1846년 말 네크라소프는 우여곡절 끝에 푸시킨이 1836년 창간한 잡지 〈동시대인〉을 인수했고 그 후 20년 동안 주필로 지내며 이 잡지에 자신의 시를 발표했다. 〈동시대인〉은 간행될 때마다 러시아 사회의 관심을 모았다. 그 시대 우수한 작가들이 잇따라 투고하면서 이 잡지는 점점 지식인들이 러시아 사회에 대한 생각을 밝히는 포럼과 같은 역할을 하게 되었다. 그 때문에 네크라소프 뒤에는 언제나 당국의 스파이들이 따라다녔다. '가장 광적인 공산주의자'라며 네크라소프를 차르 정부에 밀고하는 이들도 있었다. 1848년 프랑스에서 브루주아 혁명이 발생한 후 러시아 차르 정부는 사상을 더욱 강하게 탄압하기 시작했다. 〈동시대인〉과 네크라소프의 시는 당국의 특별 '관심대상'이었고 주필이자 시인인 네크라소프는 점점 궁지에 몰렸다.

1861년 네크라소프는 농민들을 위한 장편 시 〈코로베이니키(Korobeiniki)〉를 발표했다. 이 시에는 차르 정부가 '농노 해방'을 선포한 개혁 이후 농민들이 겪은 비참한 생활이 반영되었다. 네크라소프는 사비를 털어 〈코로베이니키〉를 소책자로 출간해 농촌을 돌아다니는 코로베이니키(행상인)들을 통해 농민들에게 판매했다. 한 권에 3코펙이라는 매우 싼값이었는데 이는 모두 코로베이니키에게 판매 수수료를 지불하는 데 쓰였다. 〈코로베이니키〉가 빠르게 퍼져나가자 차르 정부는 이 책의 판매를 금지했다. 그 전에도 네크라소프의 시 중 일부 작품을 실었다는 이유로 〈동시대인〉이 감찰기관의 경고를 받은 적이 있었는데, 1862년에는 8개월 정간을 명령받았으며, 1865년에는 두 차례 경고를 받았다. 이 중 두 번째 경고는 네크라소프의 유명한 시 〈철도(The Railway)〉를 실었기 때문이었다. 이 시는 개혁 후 러시아에 나타난 중요한 문제들을 고발한 작품으로 민중이 처참하게 고통받는 장면이 독자들에게 깊은 인상을 남긴다. 검열관은 네크라소프의 시를 '끔찍한 비방'이며 사람들에게 '최고 정부에 대한 분노'를 불러일으키려고 쓴 것이라고 비난했다. 네크라소프는 〈동시대인〉이 폐간당하는 것을 막기 위해 안간힘을 썼고 심지어 '양심에 위배되는' 일까지 했지만* 그의 노력이 무색하게도 〈동시대인〉은 이듬해 폐간되었다. 편집자들이 줄줄이 수감되고 네크라소프도 체포되어 구금당했다. 이 사건으로 큰 충격에 빠진 네크라소프는 집필하고 있던 풍자시를 폐기하고 창작을 중단할 수밖에 없었다. 당시의 공포스러운 분위기에서는 시를 창작한다 해도 세상에 발표할 수 있는 가망이 없기 때문이었다.

---

* 드미트리 카라코조프라는 학생의 차르 암살 시도를 막아낸 오시프 코미사로프를 축하하는 시를 쓰고, 한 축하연에서 1863년 폴란드혁명을 무자비하게 진압한 '교수형 무라비요프'를 찬양하는 시를 낭독했다.

19세기 러시아의 실상을 극명히 드러낸 대서사시

《러시아는 누구에게 살기 좋은가》는 네크라소프의 마지막 서사시로 미완성 작품이며 네크라소프의 작품을 통틀어 가장 훌륭한 작품이기도 하다. 벨린스키는 이 시를 '러시아 생활 백과사전'이라고 극찬했고, 한 비평가는 이 작품을 "푸시킨의《예브게니 오네긴(Evgeny Onegin)》과 고골의《죽은 혼》에 버금가는" 걸작이라고 평가했다. 하지만 이 걸작은 책으로 나오기도 전에 차르 정부의 박해를 받았다. 네크라소프가 이 서사시의 1부를 집필한 것은 1863~1865년이지만 출판 검열 기관의 탄압으로 전체를 다 발표하기까지는 꼬박 5년(1866~1870)이 걸렸다. 이 서사시를 차례로 발표할 때마다 검열 기관은 이 시에는 지주가 '극단적으로 졸렬하게' 묘사되어 있으며 이 시는 '귀족 계급 전체에 대한 비방'을 목적으로 쓴 것이라고 주장했다. 그중 가장 많은 시련을 겪은 것은 제4부다.

1876년 네크라소프는 병마와 싸우면서 이 서사시의 제4부인《향연》을 완성했다. 원래는 이듬해에 잡지 〈조국의 기록(Otechestvenniye zapiski)〉을 통해 발표하려고 했지만 인쇄도 하기 전에 검열 기관에 걸려 어쩔 수 없이 날카로운 표현을 삭제하고 수정해야 했다. 네크라소프는 이것을 시를 '고친다'고 하지 않고 시를 '짓밟는다'고 표현했다. 하지만 그렇게 한 뒤에도 검열을 통과하지 못했다. 당시 검열관은 "시인이 한쪽은 고통받는 모습으로, 또 한쪽은 극악무도한 모습으로 묘사했는데 그 표현이 허용치의 한계를 넘어섰다. 이 시가 두 계급 간의 분노와 증오를 불러일으킬 것이다"라고 했다. 그로부터 얼마 후 네크라소프는 한을 품은 채 세상을 떠났다.

제4부는 여기저기 가위질당한 후 1881년에 발표되었고, 당시 삭제당한 부분은 10월혁명 이후에야 모두 복원되었다. 이 서사시의 초고와 최종 원고를 비교해보면 네크라소프가 작품을 집필할 당시부터 이미 당국의 탄압을 염두에 두고 특정 관점이 두드러지게 드러난 문장이나 단락을 삭제하거나 수정한 흔적을 발견할 수 있다. 한 예로 제4부 2장에 경찰에게 욕을 해대는 이상한 노인이 등장하는데 그가 마을사람들에게 고함을 지를 때 원래 초고에는 이런 내용이 있었다.

> 법정에서 정의를 기대하지 말라.
> 한밤중에 태양을 찾지 말라.
> 이 세상에서 평온하게 살기를 기대하지 말라.

하지만 최종 원고에서는 이 세 줄이 통째로 '실종'되었다.

《러시아는 누구에게 살기 좋은가》는 '제1부', '막내 아이', '여자 농부', '향연'의 총 4부로 이루어져 있다. 각 부가 독립적인 이야기로 이루어져 있지만 서로 연결되기도 한다.

이 장편 서사시는 첫머리에서부터 농민들의 극단적인 빈곤이 암시되어 있다. 의무 부역농* 일곱 명이 등장하는데 '허리띠를 졸라맨 성(省) 고통을 참는 현(縣) 텅텅 빈 향(鄕)'의 일곱 마을 출신이다. 그 마을들은 각각 누더기 마을, 구멍 난 마을, 맨발 마을, 추운 마을, 불타는 마을, 굶주림

---

* 러시아에서 농노제가 폐지된 후 농노들은 지주에게 거액을 내고 토지를 나누어 받았다. 토지 분배 수속이 완료되기 전에는 지주를 위해 계속 농사지어야 했는데 이런 농민을 '의무 부역농'이라 불렀다.

마을, 흉년 마을이다. 그들이 비참한 생활을 참지 못하고 한데 모여서 '러시아는 누구에게 살기 좋은가?'라는 주제를 놓고 엄숙한 논쟁을 벌인다. 하지만 논쟁으로도 격한 감정이 누그러지지 않자 그들은 처자식과 부모도 내팽개친 채 러시아 곳곳을 돌아다니기로 결정하고 논쟁이 해결되기 전까지는 집에 돌아가지 말자고 굳게 다짐한다. "우리가 찾는 곳은 채찍으로 맞지 않는 성 착취당하지 않는 향 굶주리지 않는 마을이다"라고 외친다.

네크라소프는 그들을 좇아 러시아 곳곳을 돌아다니며 '개혁' 후 러시아 농촌의 생활을 묘사했다. 그는 농민들이 '해방'을 통해 작은 행복조차 얻지 못하고 오히려 모조리 빼앗겼으며, 농부의 행복이란 "누더기에 구멍이 뻥뻥 뚫린 행복이고, 굳은살 박이고 허리가 구부정한 행복"이라고 말한다. 농민들의 인내심은 이미 한계에 다다라 있었다.

> 모든 농부의 마음이
> 검은 먹구름처럼
> 분노와 증오로 가득 찼다!
> 번개가 내리치고
> 피의 비가 쏟아져야 하겠지만
> ……

누가 농촌에서 농민의 마지막 남은 피 한 방울을 짜내는가? 일곱 사람 중 한 명인 야킴은 "일할 때는 혼자지만 일을 마치고 나면 세 사람이 이익을 나누어 갖지. 바로 신, 차르, 지주야!"라고 말한다. 착취자의 행복은 농민들의 더 큰 재난을 의미할 뿐이었다.

내가 말하면

누구도 거역하지 못하지.

내가 용서하고 싶으면 용서해주고

죽이고 싶으면 죽였다.

나의 의지는 곧 법이다!

내 주먹이 곧 경찰이다!

주먹질 한 번에 눈에 불꽃이 튀고

주먹질 한 번에 이가 부러지고

주먹질 한 번에 광대뼈가 부러진다!

'자유를 하사한' 차르의 신화에 대해 시에서는 "차르의 조서는 참으로 좋지만 우리는 보아도 알아들을 수가 없다. …… 차르는 청년을 붙잡아 가고 지주는 처녀를 빼앗아 간다!"라고 풍자했다. 시인은 여기에서 한 걸음 더 나아가 "러시아는 깊이 잠들어 꿈쩍도 하지 않는다! 하지만 땅속에서 불꽃이 활활 타오르고 있다"고 말한다. 이 장편 서사시의 행간에서 농민들이 이미 소란을 일으키고 있었음을 짐작할 수 있다. 감사함이 극에 달해 폭동을 일으킨 것이다!

러시아의 용사 사벨리는 농민들의 잠재력을 상징한다. 탄압과 착취에 분노한 사벨리는 농민 몇 명과 함께 독일인 공장주를 산 채로 우물에 묻어버린 후 체포되어 감옥에 수감되었다가 시베리아로 유배된다. 하지만 어떤 처벌도 그의 저항정신을 꺾을 수는 없었다. 사벨리는 "낙인이 찍혀도 노예는 아니다!"라고 외치며 농부들에게 불굴의 힘이 있다고 굳게 믿는다.

두 발이 족쇄로 묶이고

두 팔이 쇠사슬로 동여 매이고

등짝에

무수히 매를 맞아

끝내는 부러지고 말았다.

가슴은

선지자 일리야가 불마차를 타고

우릉우릉 울리며 달리면서 짓누른다.

용사들은 모두 다 참는다!

네크라소프의 작품 초고에는 사벨리가 유형지에서 도망쳐 차르 정부에 보복하는 내용도 있었지만 검열관에게 삭제당해 최종 원고에서는 사라졌다. 그러나 이 서사시에 등장하는 용사 싸벨리는 착취자들의 간담을 서늘하게 하기에 충분했다.

일곱 사람의 의문은 결국 그리샤에게서 해답을 찾게 된다. 민중의 행복을 위해 싸우고 헌신하는 용사들과 착취당하는 사람들을 지켜주는 수호자가 있어야만 '러시아에서 행복하고 자유롭게' 살 수 있다는 것이었다. 그리샤가 행복한 것은 민중의 행복을 위해 투쟁하는 것을 인생의 의의로 삼기 때문이다. 이 시에 등장하는 그리샤라는 평민 혁명가의 원형은 바로 러시아의 혁명적 민주주의자이자 네크라소프의 동지인 니콜라이 도브롤류보프다. 그의 고귀한 인격은 민중이라는 토양 속에 깊이 뿌리내리고 있었다.

《러시아는 누구에게 살기 좋은가》는 차르 당국을 두려움에 떨게 만들었다. 이 시가 러시아의 어두운 현실을 폭로했을 뿐 아니라 러시아의 미래까지 예언했기 때문이다. 검열 기관이 이 작품을 출간하기도 전에 말살하려 한 것은 그만큼 이 작품의 영향력과 호소력, 예술적 감화력이 대단했음을 반증한다. 러시아 작가 이반 투르게네프(Ivan S. Turgenev)는 네크라소프의 시집이 러시아에 "불을 붙였다"고 평가했다. 차르 정부의 검열기관은 네크라소프의 모든 작품을 박해하고 번번이 금서로 지정했다. 도브롤류보프는 "검열 기관이 탄압하지 않았더라면 네크라소프가 얼마나 더 많은 위대한 작품을 써냈을까?"라며 탄식했다.

파스쿠알 두아르테 가족

[스페인] 카밀로 호세 셀라(Camilo Jose Cela, 1916~2002), 1942년 작

다중 인격 살인범 사형수의 최후 진술

1936~1939년 스페인 내전 직후 불안하고 황폐해진 사회 심리를 주인공에게 투영한 작품이다. 주인공 두아르테는 끊임없이 불안 속에 악행을 저지르다 결국에는 어머니까지 제 손으로 죽이고 만다. 이 작품은 비윤리적이고 잔혹하다는 이유로 1943년에 스페인 정부가 판매를 금지했으나 삶에 대한 환멸과 좌절을 은유적으로 탁월하게 묘사한 작품으로 평가받고 있다.

카밀로 호세 셀라는 스페인 내전* 이후 문단의 침묵을 깨고 나타난 문학투사였다. 그는 내전에 참전해 반군인 프랑코 군대에 들어가 싸웠으나 피비린내 나는 무의미한 살육과 왜곡된 인성을 경험하고 충격에 빠졌다. 내전이 끝난 후 프랑코의 파시즘 정부가 독재 통치를 시행하자 셀라는 더욱 분노하고 실망했다. 그는 전역 후 마드리드로 돌아가 한 회사에 취직했는데 소설을 쓰기 시작한 것은 단조로운 일상에 활력소가 필요했기 때문이었다. 그때까지 그의 글쓰기 경력은 내전 이전에 시집 한 권을

---

* 1936~1939년 스페인 파시즘 진영의 군인들이 공화정에 반대해 일으킨 군사 쿠데타. 파시스트인 프랑코 진영의 승리로 막을 내렸다.

발표한 것이 전부였고 그다지 주목받지도 못했다.

1942년 프랑코 정부의 탄압에 신음하던 스페인 문단에서 뜻밖에도 무명작가의 소설이 불쑥 튀어나와 세상을 뒤흔들었다. 바로 셀라가 쓴 《파스쿠알 두아르테 가족》이었다. 당시 지배 계층에서 원하는 것은 민중을 교화할 수 있는 책이었다. 제일 바람직한 것은 태평성세를 묘사한 책이었다. 하지만 셀라의 이 소설은 '다중 인격을 가진 살인범이 처형당하기 전에 털어놓는 자신의 인생사'에 관한 것이었다. 그의 첫 번째 소설로 매우 독특한 분위기의 작품이었다. 어떤 이는 그의 작풍을 '전율주의 (tremendismo)'라고 명명했다. 섬뜩하고 잔인한 행위들이 소설 곳곳에 묘사되어 있으며 작품 전체를 보아도 폭력을 강조하고 엽기적 이미지로 가득하기 때문이다. 셀라는 '스페인의 재앙과도 같은 고통'을 치밀하게 묘사하고자 했다.

독자의 영혼을 전율케 하다

"아니, 이런 짓을 하다니!" 이 소설을 읽다 보면 누구나 한 번쯤 이렇게 외치게 될 것이다. 소설은 고백 형식으로 농부 파스쿠알 두아르테가 저지른 몇 건의 살인 사건과 그가 교수형에 처해지기까지의 이야기를 그리고 있다. 읽는 이들을 불안하게 하는 것은 이 소설이 평범한 한 청년이 살인범으로 전락할 수밖에 없도록 만든 악하고 부패한 사회와 가정을 똑바로 들여다보고 있기 때문이다.

파스쿠알이 태어나면서부터 악인이었던 것은 아니다. 그는 총명하고 재주도 있었으며 행복한 삶에 대한 동경도 품고 있었다. 하지만 그의 불행은 그가 우매하고 낙후된 농촌에서 태어났다는 것이었다. 그는 가난, 매춘, 술주정, 난동이 일상인 환경에서 자랐다. 아버지는 주정뱅이고 어머니는 그악스러운 농촌 아낙이었다. 그는 거의 매일 폭력과 주정, 싸움에 시달렸고 혼자 조용히 있을 수 있는 시간이 없었다. 고단한 운명을 더이상 견딜 수 없었던 그는 자신을 못살게 구는 사람들에게 복수하기 시작한다. 술집에서 자신을 조롱하는 손님을 칼로 찔러 상해를 입히고 자신의 여동생과 아내를 농락한 건달 에스티라오를 때려 죽이며, 급기야 자신에게 숱한 불행과 굴욕을 안겨준 어머니까지 죽인다. 어머니를 죽이는 장면은 소름 끼칠 만큼 잔인하다.

나는 어머니를 덮쳐 움직이지 못하게 눌렀습니다. 그녀는 필사적으로 빠져나갔고 …… 내 목을 잡았습니다. 그러고는 미친 사람처럼 고래고래 소리를 질렀습니다. 우리는 몸싸움을 벌였습니다. 아주 격렬했죠. 상상도 못할 만큼 끔찍했습니다. 우리는 맹수처럼 울부짖었고 침이 사방으로 튀었습니다. …… 그러다가 고개를 획 돌려 마누라를 보았는데 시체처럼 창백한 얼굴로 문 앞에서 들어오지도 못하고 서 있더군요. 마누라가 등불을 들고 있었는데 그 불빛에 어머니 얼굴을 볼 수 있었습니다. 신부의 예복처럼 흑자두색이었죠. …… 우리는 계속 부둥켜안고 싸웠습니다. 내 옷이 찢겨져 가슴이 드러났습니다. 그 망할 여자는 악마보다도 더 힘이 셌습니다. 내가 안간힘을 써야 겨우 제압할 수 있었지요. 그런데 내가 열 번도 넘게 붙잡았지만 그녀는 번번이 빠져나갔습니다. 그녀는 나를 붙잡고 주먹으로 치고 발로 차고 입으로 물어뜯었습니다. 그러다가 내 왼쪽 젖꼭지를 물더니 그대로 뜯어버렸지요. 바로 그때 내가 그녀의 숨통에 칼을 쑤셔 넣을 수 있었습니다.

셀라는 소설에서 자연주의에 가까운 묘사 기법을 사용했다. 덕분에 이 소설은 잔인한 행위 묘사로 유명해지고 셀라 역시 '전율주의' 문학의 창시자로 불리게 되었다. 전율주의 문학은 작가가 정의롭지 못한 내전에서 겪었던 경험과 무관하지 않다. 스페인내전 중 사망자 수가 약 50만 명에 이르렀고, 스페인이 전쟁으로 얻은 것은 독재, 빈곤, 황량함 그리고 타락이었다. 훗날 몇몇 젊은 작가들도 내전이 남긴 고통스러운 기억을 묘사할 때마다 전율주의 기법을 흔히 사용했다.

당시 도서 검열 제도하에서는 작가가 중대한 정치적 사건에 개입하는 것을 허락하지 않았기 때문에 이 소설에 내전 시기의 사회적 현실을 직접적으로 반영할 수 없었다. 그래서 셀라는 결말 부분에서 파스쿠알이 내전 시기에 자기 마을에서 가장 지위가 높은 귀족을 살해했음을 암시하는 것으로 그칠 수밖에 없었다. 하지만《파스쿠알 두아르테 가족》의 독특한 서술 기법이 작품의 내용을 격화시키고, 더 나아가 독자들의 영혼을 전율시켜 사회와 현실을 진지하게 생각해보게 만드는 효과를 가져왔다. 이 소설은 스페인 부르고스의 한 차고 안에서 비밀리에 인쇄했다고 한다. 정부가 이 소설에 주의를 기울이기 시작했을 때는 이렇게 인쇄된 초판이 거의 다 팔린 후였다. 이 소설은 발표 직후부터 비평계의 이목을 집중시켰다. 많은 비평가들이 이 작품에 대해 전후 스페인 민중이 경험한, 삶에 대한 환멸과 절망을 핍진하게 그려냈다고 평가하고 주인공을 신산한 삶의 무게에 짓눌린 스페인 민중의 화신이라고 분석했다.

어떤 이들은《파스쿠알 두아르테 가족》을 스페인 내전 이후 가장 대표적인 작품이라고 극찬했지만, 프랑코 정부는 어용신문을 통해 이 소설이 잔혹한 행위를 선전했다고 비난하며 이 소설을 '대중에게 해롭고' '비윤리적인' 작품으로 규정했다. 소설이 출간된 이듬해인 1943년 스페인 정부는 이 책의 판매를 금지했다. 하지만 독자들의 항의가 빗발치자 2년 후 다시 판매를 허용했다.

잔인함 속에 감춰진 깊은 고뇌와 슬픔

1951년 셀라가 5년에 걸쳐 집필한《벌집(La colmena)》이 출간되자 스페인 사회가 다시 한 번 들썩였다. 이 작품은 소설 창작기법에서 또 한 번 혁신을 이루었다. 주관적인 서술을 최대한 배제하고 영화의 스토리보드식 기법으로 독립적인 듯한 사건들을 하나하나 객관적으로 재연했다. 그 어떤 해설이나 평론도 없이 모든 판단은 독자의 몫으로 남겨놓았다. 물론《벌집》이 금서로 지정된 것은 창작기법 때문이 아니라 그 내용 때문이었다.

이 소설은 스페인 내전 직후 세계대전이 벌어지던 시기를 배경으로 마드리드 하층사회의 모습을 묘사하고 있다. 곳곳에 황량하고 쓸쓸한 광경뿐이고 희망도 없다. 작가는 이런 마드리드의 현실을 작품에 그대로 옮겨놓음으로써 현실을 아름답게 포장하려는 프랑코의 의도에 반기를 들었다.

《벌집》은 언론과 출판의 자유를 억압하는 정부에 대한 도전이었다. 소설은 1943년 12월의 사흘 동안 벌어진 이야기를 담고 있다. 주인공 마르틴은 성공하지 못한 시인이다. 그는 카페에서 커피를 마시고 돈을 내지 못해 카페 여주인에게 모질게 쫓겨난다. 로사는 냉정하고 속물적이며 이기적인 소시민이다. 그녀는 언제나 거침없다. 교황과 히틀러 외에는 아무도 무섭지 않다. 소설은 프티부르주아, 회사원, 창녀, 경찰, 야경꾼, 심부름꾼, 방물장수 등 카페를 둘러싼 갖가지 군상을 보여준다. 소설에서 보여주려는 것은 이들의 삶과 상호관계다. 등장인물이 80명이 넘고 엑스트라처럼 등장하거나 등장하지는 않지만 대화 속에 언급되는 인물들까지 모두 합치면 300명이 넘는다. 소설의 제목 '벌집'은 이 카페가 쉬지 않고 움직이는 벌집과 같음을 암시한다.

이 카페는 마드리드 사회의 축소판이기도 하다. 카페 손님들은 모든 일은 하늘이 결정하며 운명 앞에서는 누구나 무력한 존재라고 생각한다. 그들은 원래 묘비였던 대리석 테이블 앞에 앉아 생기라곤 전혀 없는 화제를 놓고 대화를 나누거나 우울감이 가득한 눈으로 폭풍우가 몰아닥쳤다가 잠잠해진 듯한 바다를 바라본다. 이곳 사람들은 누구나 입에 풀칠할 돈 몇 푼을 위해 억척스럽게 매달린다. 그들의 행동과 상호관계를 지배하는 준칙은 돈과 섹스 두 가지뿐이다. 소설의 끝부분은 창녀 마고가 변소에서 목 졸려 죽고 경찰이 마르틴을 체포하려는 장면에서 끝을 맺는다. 작가는 "이 소설은 삶의 단편일 뿐이다. 무언가를 감추지도 않고 대단한 비극도 아니며 선심을 베풀지도 않는다. 그저 우리네 삶의 모습을 있는 그대로 서술할 뿐이다. 우리가 그걸 좋아하든 좋아하지 않든 말이다"라고 말했다. 소설의 묘사가 과도하다는 비판에 대해서 "내 펜 끝에서 그려지는 어두운 그림자가 너무 강렬하지도, 너무 진실하지도 않도록 하기 위해 내가 잉크병에 몇 번이나 물을 섞었는지 아무도 모를 것이다"라고 말했다.

스페인 소설가 최초로 노벨문학상을 수상하다

작가 본인이 '사막 속의 외침'이라고 부른 이 소설은 출간되기도 전에 금서로 지정되었다. 이 책의 초판은 1951년 아르헨티나 부에노스아이레스에서 출간되었으며 출간 즉시 베스트셀러가 되었다. 비평가들도 이 작품이 전후 스페인에 가장 큰 영향을 미친 소설 중 하나라고 입을 모았다. 셀라는 검열관의 금지령에 항의하기 위해《벌집》을 해외에서 출간한 뒤 스페인 동부 팔마데마요르카 섬으로 이주해 마드리드에는 거의 가지 않았다.《벌집》은 1962년에야 비로소 스페인에서 출간되었다.

《벌집》이후에 쓴 유명한 작품으로《두 망자를 위한 마수르카(Mazurca Para Dos Muertos)》가 있다. 이 소설로 셀라는 스페인 문학상을 수상했으며 작가로서 최고의 명성을 누렸다. 그는 1989년 노벨문학상을 수상했다. 이전에 네 명의 스페인 작가(시인 두 명, 극작가 두 명)가 노벨문학상을 수상한 적이 있었지만 소설가로서는 처음이었다. 스웨덴 한림원은 셀라의 작품이 '스페인의 오랜 전통'과 독특한 기교 및 열정을 결합했다고 평가했다. 심지어 사람들은 그의 작풍을 300여 년 전 세르반테스(Cervantes)의《돈키호테(Don Quixote)》와 연결시키기도 했다. 그의 작품에 묘사된 폭력이 읽는 이를 섬뜩하게 할 만큼 잔인하기는 하지만 그 모든 것이 '블랙 유머'라는 희극의 형식으로 이루어지기 때문이다. 셀라의 이런 풍자에서 환경과 인물을 우스꽝스럽게 표현했지만 그 속에 감추어진 것은 깊은 고뇌와 슬픔이었다.

셀라의 소설은 스페인 정부가 금서로 지정하고 어용신문과 비평가들의 비난을 받았다. 그는 노벨문학상 수상 소감에서 작가로서의 고충을 밝히며 "사소한 정치적 원인으로 언어―모든 언어―가 공격자들 앞에서 웃는 얼굴로 뒷걸음질 칠 수밖에 없다"라고 말했다. 또한 작가는 "힘들지만 언제나 환영받지 못하는 임무를 지고 자유와 인간의 창의성을 높여야 한다. 그래야만 문학이 본연의 기능을 발휘할 수 있다"라고도 했다.

나에게 손대지 마라

[필리핀] 호세 리살(José Rizal, 1861~1896), 1887년 작

스페인 식민정부를 향한 필리핀 애국청년의 외침

스페인은 19세기 말까지 필리핀을 식민 지배했는데 식민정부와 더불어 그 주도적인 역할을 한 것은 천주교 신부들이었다. 호세 리살은 이 작품을 통해 식민 지배하에서 고통받는 민중의 실상, 교회와 신부들의 오만과 위선을 폭로해 필리핀의 독립의식을 일깨웠다. 리살은 1896년 비밀혁명조직인 카티푸난의 혁명 당시 체포되어 '반식민 폭동 배후조종'이라는 죄명으로 사형당했다.

필리핀 작가 호세 리살은 여느 필리핀 애국청년들과 마찬가지로 민족 독립 운동에 열정적으로 몸을 바쳤다. 그는 1892년 마닐라에서 최초의 민족주의 정치결사인 필리핀민족동맹을 결성했다. 그리고 1896년 필리핀에서 카티푸난 혁명이 발생했을 때 체포되어 불법단체 조직과 반식민 폭동 배후 조종이라는 죄목으로 사형당했다. 《나에게 손대지 마라》는 리살이 유럽 유학 기간에 쓴 작품이다. 1887년 2월 베를린에서 스페인어로 이 소설을 쓴 뒤 필리핀 친구 막시모 비올라로부터 자금을 지원받아 2000부를 인쇄했다. 《나에게 손대지 마라》가 필리핀으로 전해지자 사람들이 앞 다투어 읽으면서 커다란 반향이 일어났다. 필리핀인들은 크게 공감했지만 스페인 식민정부와 천주교회는 두려워하며 이 소설을 금서

로 지정했다. 같은 해 7월, 리살은 필리핀으로 돌아온 지 반년도 되지 않아 국외로 추방당했다.

의심할 수 없는 단 하나의 진실

리살은 친구 페릭스 히달고에게 쓴 편지에서 '나에게 손대지 마라'라는 제목을 성경 요한복음 20장 17절의 "나를 만지지 말라"에서 따왔다고 밝혔다. 작가는 이 작품이 필리핀에서 어떤 사회적 반향을 일으키게 될지 잘 알고 있었다. 그는 "이 책에서 말하고 있는 것은 우리 중 누구도 아직 말한 적이 없다. 누구도 쉽게 언급할 수 없을 만큼 아주 민감한 문제다. …… 나는 사회상황, 생활, 우리의 신념과 희망, 분노, 우리의 고난에 대해 썼다. 나는 위선을 폭로했다. …… 나는 장막을 걷고 정부의 달콤한 말 뒤에 무엇이 숨겨져 있는지를 사람들에게 보여주었다. …… 내가 말하는 것은 모두 사실이며 실제로 일어난 일이다"라고 말했다.

리살은 퍼디낸드 블루멘트리트 교수에게 이 책을 보내며 동봉한 편지에서 "이것은 타갈로그인(필리핀 소수민족 중 하나)의 삶에 대해 처음으로 편견 없이 대담하고 솔직하게 쓴 책입니다. …… 나의 이야기가 다른 작가들의 이야기와 어떻게 다른지 보아주길 바랍니다. 정부와 선교사들은 아마 이 책을 싫어할 것입니다. …… 우리에 대한 이야기와 그들이 우리에게 저지른 갖가지 모욕에 대한 모든 대답을 이 책에 담아놓았습니다"라고 말했다. 《나에게 손대지 마라》의 진실성은 이미 공인받았다. 미국의 저명한 문학비평가 윌리엄 딘 하월스는 이 작품을 위대한 소설이라고 극찬하며 "이 소설의 가장 강렬한 효과는 이 속에 담긴 의심할 수 없는 진실에 있다"라고 말했다.

위선적인 신부의 모습에 투영된 스페인 식민정부의 악행

《나에게 손대지 마라》는 음탕하고 위선적인 스페인 신부를 풍자적인 필치로 그리고 있다. 프란시스코 수도회 신부 다마소는 언제나 웃음 넘치는 인물이다. 그의 말은 속되고 거칠다. 마치 고칠 기회가 한 번도 없었기에 자신의 말이 가장 선하고 아름답다고 믿고 있는 사람 같다. 하지만 그의 솔직하고 유쾌한 웃음소리가 그 불쾌한 인상을 희석시킨다. 그는 이 도시의 시장 티아고의 아내 도냐피아를 이용해 자식을 낳으려는 생각을 가지고 있다. 그는 오벤느에서 열리는 종교축제에 가서 성모 마리아에게 아이를 갖게 해달라고 기도하라며 그녀를 꼬드긴 후 그 틈을 타 그녀를 강간한다. 얼마 후 도냐피아가 딸 마리아 클라라를 낳자 다마소는 자기 친딸의 대부가 된다.

다마소는 애국청년 이바라를 몹시 미워해 그의 아버지 돈 라파엘이 이교도라고 공개적으로 비난하고 돈 라파엘의 시신이 그의 교구에 안장되는 것조차 허락하지 않는다. 심지어 돈 라파엘의 무덤에서 시신을 파내 호수에 던져버린다. 이바라가 유럽에서 유학을 마치고 돌아오자 다마소는 학교를 건립하려는 그의 계획을 무산시키기 위해 애를 쓰고, 은밀히 함정을 파 학교 건립 기공식에서 건물의 주춧돌로 이바라를 압사시키려는 음모를 꾸민다. 다행히 이바라는 누군가의 도움으로 가까스로 목숨을 구한다. 하지만 다마소는 포기하지 않고 이바라의 교적을 박탈하려고 한다.

후임 본당 신부 샐비도 '독실한 척하는 건달'이다. 자신에 대한 추악한 소문을 들을 때마다 그저 빙그레 미소를 지으며 성호를 긋고 주기도문을 외운다. 사람들이 자신을 사기꾼, 위선자, 수전노라고 불러도 대꾸 대신 한번 웃고는 더 많은 경문을 중얼거릴 뿐이다. 샐비 신부는 비열한 수단으로 이바라와 마리아의 결혼을 방해하고 이바라에게 폭동을 계획했다는 누명을 씌워 옥에 가둔다. 이 밖에도 샐비는 일곱 살짜리 아이를 잔인하게 때려죽이고 식민정부에 협조해 정보를 수집하고 민중봉기를 진압한다.

필리핀 민중들이여, 깨어나라!

이 소설은 식민 통치의 주축인 천주교를 향해 날카로운 창끝을 들이댔으므로 천주교의 탄압을 피할 수 없었다. 마찬가지로 《나에게 손대지 마라》는 식민정부도 분노하게 했다. 이 소설이 필리핀 민중이 받고 있는 고통을 묘사하고 민중에게 각성과 투쟁을 호소했기 때문이다. 소설 속에서 도적떼의 두목 파블로는 가족이 비참하게 죽임을 당하자 복수심이 활활 타올라 불과 피로써 복수하겠다고 맹세한다. 애국청년 이바라는 한때 스페인에 대한 환상을 품고 스페인과의 동맹을 바탕으로 필리핀이 행복해질 수 있을 것이라고 믿는다. 그래서 그는 폭력적인 혁명에 반대하고 교육으로 나라를 구해야 한다고 주장한다.

하지만 숱한 박해와 탄압을 당하고 필리핀이 처한 슬픈 현실을 직접 목도한 후 식민통치가 필리핀 사람들의 행복을 가로막는 가장 큰 장애물임을 깨닫는다. 이바라는 "나는 우리 사회를 갉아먹고 있는 가장 무서운 암 덩어리를 보았다. …… 이것을 뿌리째 뽑기 위해 치열하게 투쟁해야 한다"라고 말한다. 그뿐 아니라 '무지한 사람들'을 일깨워 압제에 저항하도록 부추긴다.

작가 리살은 자신의 사상이 변화되어가는 과정을 이바라라는 인물에게 투영한 듯하다. 리살은 필리핀 민중에게 민족독립의식을 고취시키는 데 중요한 역할을 했고 훗날 필리핀 사람들은 그를 민족 영웅이자 국부로 칭송한다. 그가 처형당한 12월 30일은 '리살 기념일'로, 해마다 성대한 기념식이 거행된다.

금서의 세계 2

감히 권위에
맞서지 말라

권력층에 대한 비판과 풍자로 금서가 된 명작

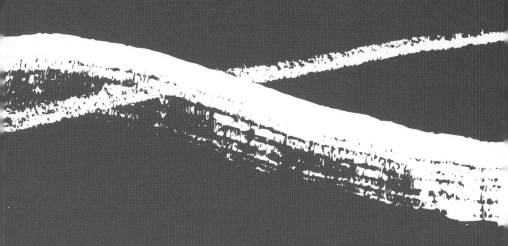

"비열한 자들은 이 말에 담긴 진정한 의미를 절대로 이해할 수 없다.

아무리 좋은 말도 그들의 귀에는 들리지 않는다.

반대로 인격을 갖춘 사람들은 저열한 말을 들어도 그 인격이 더럽혀지지 않는다.

진흙이 찬란한 햇빛을 더럽힐 수 없고,

땅 위의 더러움이 아름다운 하늘에 오점을 남길 수 없는 것과 같다."

|

조반니 보카치오, 《데카메론》 중에서

악마의 시

[영국] 살만 루슈디(Salman Rushdie, 1947~), 1989년 작

인간을 재물로 삼은 악마의 실험

이슬람교의 율법에 따르면 선지자 무함마드를 모독하는 것은 사형죄였기에 이란의 종교 지도자 호메이니는 방송을 통해 살만 루슈디에게 사형을 선고하는 판결문을 내렸다. 살만 루슈디뿐만 아니라 출판사, 서점, 번역자 등 책과 관련 있는 모든 사람들에 대한 테러도 감행되었다. 그러나 아이러니하게도 이러한 공개적인 비난과 위협은 오히려 이 소설을 전 세계적으로 홍보해주는 효과를 낳아 '사형선고'가 내려진 후 단 며칠 만에 10만 부 이상의 판매량을 기록하게 된다.

나는 영국 작가 살만 루슈디가 자신의 작품이 순탄하게 세상에 태어나는 것을 바라지 않았을 것이라고 단언한다. 이 작품이 만약 비평계의 우아하면서도 무미건조한 예찬 속에서 세상에 나왔다면 아마 루슈디는 크게 상심했을 것이다. 인도 출신의 이 소설가는 더 많은 잡음이 고막을 두들겨도 상관없었다. 비판이든 분노에 찬 욕설이든, 심지어 위협이든 저주든 뭐든 기꺼이 들을 준비가 되어 있었다. 아니, 오히려 그것을 즐기고 감상했다.

많은 서양 작가들이 그렇듯 루슈디도 센세이션이 일어나길 원했다. 서양 문학계에서 작가가 하루아침에 유명해지려면 참신함, 대담한 기법, 숙련된 기교 외에도 작품의 내용이 광범위하고 강렬한 항의를 일으킬 수

있어야 한다. 이는 작가의 이름을 알리기에 더없이 좋은 기회이기 때문이다. 하지만 루슈디는 불장난이 불러올 수 있는 재앙을 과소평가했던 것 같다.《악마의 시》는 너무 심한 불장난이었다. 심지어 지금까지도 그가 직접 부채질한 거센 불길이 어느 순간 그를 한 줌의 재로 만들어버릴지 모를 위험이 남아 있다.

종교 모독과 표현의 자유 사이에서

루슈디는 고분고분 규칙을 준수하며 그럭저럭 평범한 인생을 살 수 있는 사람은 아닌 듯하다. 그러기에는 재능이 너무 특출하며, 스스로 현실에 안주하지 않고 튀는 행동을 하는 자신의 성격을 자랑스러워하는 듯하다.

루슈디는 1947년 인도 뭄바이의 부유한 무슬림 가정에서 태어났다. 그는 철이 들 무렵 자신의 뜻으로 이슬람교를 버렸으며 18세에 영국으로 이민을 가 1968년 케임브리지 대학교 사학과를 졸업했다. 영국에서 공부하는 동안 이슬람교에서 금지하는 책들을 섭렵하고 이슬람교의 역사와 선지자 무함마드에 대해 연구했다. 그 후 그는 작가가 되기로 결심했다.

루슈디는 자신이 글을 쓰는 작가가 된 이유와 창작 영감을 '이민자'라는 신분에서 찾았다. 그가 영국 국적을 취득하기는 했지만 일반 독자에게 그는 여전히 영어로 작품을 쓰는 식민지 출신의 유명한 작가일 뿐이었다. 그는 "내가 작가의 길을 선택한 것은 …… 다른 모든 이민자들과 마찬가지로 나와 내 세계, 모든 것을 창조해내야 했기 때문이다"라고 말했다. 또 그는 "글을 쓸 때는 나 자신도 나를 어쩔 수 없다. 내가 책을 쓰는 것은 그것을 쓰지 않을 방법이 없기 때문이다"[1]라고 말했다.

창작의 충동은 소중한 것이고, 루슈디처럼 작가가 자신이 쓰고 싶은 것을 쓰는 것은 잘못된 일이 아니다. 하지만 루슈디는 자신의 세계를 창조할 때마다 의도적으로 특정한 누군가를 화나게 했다. 특히 영국으로 이주하기 전 자신이 살았던 그 땅에 사는 사람들과 아직도 자신이 배신한 종교를 믿고 있는 이슬람교도들을 대상으로 했다. 그는 작품에서 동양 사회의 우매함과 낙후함, 인간과 인간 사이의 속임수와 잔인함을 묘사했다. 《악마의 시》는 루슈디의 네 번째 소설이다. 그는 이미 1981년에 발표한 《한밤의 아이들(Midnight's Children)》과 1983년에 발표한 《수치심(Shame)》으로 상당한 명성을 얻고 있었다. 그중 《한밤의 아이들》은 부커상을 수상했지만 그의 명성이 높아짐과 동시에 논란 역시 점점 거세졌다. 《한밤의 아이들》이 출간되자 당시 인도 총리였던 인디라 간디(Indira Gandhi)가 루슈디를 비방죄로 고소했다. 이 소설이 그녀가 남편의 죽음에 책임이 있다는 암시가 담겨 있기 때문이었다. 또 《수치심》은 파키스탄 정치계를 묘사해 파키스탄 정부가 금서로 지정했다.

《악마의 시》가 세상에 나오기 전부터 루슈디는 이 소설이 이슬람교도들을 격분시킬 것임을 예상했을 것이다. 비록 그렇게 광포한 반응을 불러일으킬 줄은 예상하지 못했을 수도 있지만, 격노한 무슬림을 피하기 위해 무언가를 할 생각은 없었던 것 같다. 그는 유명해진 후 영국 문단에서 일종의 전형적인 모델이 되었다. 어둡고 음침한 것을 집요하게 파고들어 독자의 관심을 끄는 수법이 인도 출신 이민 작가들을 비롯해 영국의 많은 젊은 작가들에게 본보기가 된 것이다.

심지어 루슈디는 언론에 잘 보이려고도 하지 않았다. 그는 더 이상

소탈하고 우호적으로 사람들을 대하지 않았으며 서방 언론은 그런 그를 비꼬고 빈정대기 일쑤였다.

선과 악에 관한 문학적 고찰

《악마의 시》는 1987년에 완성해 1988년 9월 영국 펭귄 출판사에서 출판했다. 이 작품은 환상 소설이다. 독자들은 이 안에 담긴 이야기가 순전히 허구라는 중요한 전제를 염두에 두고 이 작품을 이해해야 한다. 하지만 루슈디가 공개적으로 밝힌 자신의 창작관과 일관된 작풍은 독자들의 의혹을 불러일으킬 수밖에 없었다. 루슈디는 "내가 글을 쓰는 것은 내가 허구를 좋아하고 거짓말을 즐기기 때문이다. 이것은 비진실을 통해 진리의 단서를 보여주는 가장 절묘한 반론이다"라고 말한 적이 있었다. 그렇다면《악마의 시》가 '비진실'을 통해 보여주려는 진리의 실마리는 과연 무엇일까?

《악마의 시》 출판 전후로 루슈디가 한 말은 책을 홍보하는 목적 외에도 자신의 소설을 변호하고 해석하는 의도를 가지고 있었다. 루슈디는 자신의 소설이 다층적 작품이라고 설명했다. 또 "이 소설은 종교의 시작, 즉 유혹과 타협의 문제에 관한 작품이다"라고 밝혔다. 그는 이슬람교의 몇몇 역사적 사건을 이름을 바꿔 소재로 사용했음을 시인했다. 그는 이렇게 말했다. "나는 책에 나오는 사건과 역사적 사건 사이에 일정한 거리를 유지하고자 했다. 문제는 이 책 속 이야기들이 역사적 진실인지의 여부가 아니라, 이 세상에는 양보할지 말지를 반드시 선택해야 하는 관넘이나 새로운 사물이 있다는 것이다. 또 이 책은 산 속으로 들어간, 천사와 악마의 차이를 말하지 못하는 선지자의 이미지를 그려내고 있으며, 둘 사이의 힘겨루기에 관한 것이기도 하다." 그는 《악마의 시》를 쓰지 않을 수 없었다. 그는 또 이렇게 말했다. "나는 이런 문제, 즉 내가 흥미를 느끼고 일생 동안 주목하고 있는 주제를 완전히 포기하는 것에 대해서는 생각하고 싶지도 않았다." 그는 자신의 소설을 불쾌하게 여기는 사람들이 있을 것이라 예상하면서도 "하지만 중요한 것은 이것이 세속적인 한 인간의 관점으로 종교와 계시에 대해 논하려는 엄숙한 시도라는 점이었다"라고 말했다. 그리고 "이것은 내가 가장 진지하게 쓴 소설이지만 또 가장 유머러스한 소설이기도 하다"라고 밝혔다.[2]

《악마의 시》는 이렇게 시작된다. 테러리스트의 공격으로 여객기 한 대가 영국해협 상공에서 폭발한다. 그런데 이 여객기에 탑승하고 있던 두 승객이 기적적으로 생존한다. 그들은 인도 배우 지브릴 파리쉬타와 살라딘 참차다. 그 후 두 사람은 '새로 태어나게' 된다. 지브릴에게 신성한 광륜이 나타나고 자신이 천사 지브릴*의 화신이 된 꿈을 꾼다. 반면에 살라딘은 머리에서 뿔이 자라고 발에 기다란 발톱이 돋아나며 악마로 변한다. 그런데 이렇게 신분은 각자 확정되었지만 누가 선하고 누가 악한지는 구분하기 어렵다. 그들이 수난지를 벗어나 사회와 접촉하기 시작하면서 이상한 일이 연이어 발생한다. 이 소설 속 인물들이 활동하고 줄거리가 전개되는 무대는 현대화된 도시 런던과 중고 시대 아라비아반도의 사

---

* 지브릴(Jibril, 가브리엘)은 이슬람교의 4대 천사 중 하나이다. 알라신의 심부름으로 메카 교외의 히라 산 동굴에서 명상하고 있는 무함마드에게 신의 계시를 전하고 《코란》의 일부 경문에 대한 계시를 준다.

막이다. 그곳은 이슬람교의 발상지다. 지브릴과 살라딘은 몽상 속에서 마훈드라는 상인을 만난다. 그는 신의 계시를 받아 선지자가 된 후 한 도시로 가서 종교를 창시한다. 이 선지자는 사기에서 음탕함까지 악행이란 악행은 모두 저지르지만, 그러면서도 신도들에게는 경전을 지킬 것을 강요한다. 그의 추종자 중 한 명인 페르시아 유민 살만은 마훈드가 매력적인 사기꾼일 뿐임을 점점 깨닫게 된다.

《악마의 시》에서 추상적이고 심오한 주제를 이끌어내는 것은 조금도 어렵지 않다. 루슈디는 우화적인 이야기를 통해 선과 악이라는 영원한 인간의 주제를 탐구했다. 그런데 이 소설에서 이슬람교도들을 격분시키고 그들의 종교적 감정에 상처를 입힐 수 있는 대목들을 아주 쉽게 찾을 수 있다. 이슬람교도들은 이 소설이 이슬람교의 선지자 무함마드를 모독했다고 생각했다. 마훈드라는 인물이 무함마드를 빗대었다고 본 것이다. '마훈드(mahound)'는 '악마', '거짓 선구자'를 의미한다. 작가는 그를 사생아로 묘사했다. 또 이슬람교와 매우 흡사한 종교가 탄생하는 과정을 묘사한 대목이 특히 눈길을 끄는데, 그 종교를 악마의 종교로 묘사했다. 지브릴의 꿈 속에서 일어난 일로 묘사한 전체적인 과정이 이슬람교 경전에 기록된 무함마드의 일생을 암시하고 있음을 대번에 알 수 있다.

루슈디는 사료들을 가공해 소설의 예사롭지 않은 줄거리에 포함시키고 지저분한 섹스, 우스꽝스러운 해프닝, 정치적 내용까지 섞어놓았다. 이슬람교도들은 이 소설이 성지(이슬람교의 성지는 메카와 메디나다)와 《코란》까지 모독했다고 여겼다. 종교가 창시된 도시를 창녀의 도시로 묘사하고 마훈드가 선교에 사용하는 경전에도 사악한 단어가 넘쳐나기 때문이다. 이슬람교도들이 가장 용납할 수 없는 대목은 열두 명의 창녀가 마훈드의 아내라는 신분을 이용해 큰돈을 버는 내용이다. 창녀들 모두 이슬람교 선지자 무함마드의 아내들과 이름이 같다.

　루슈디는 무함마드의 일생과 관련한 사료들을 이용했음을 부인하지 않았지만(부인할 수도 없었다) 모독할 뜻은 전혀 없었다고 말했다. 그는 이렇게 말했다. "나는 무함마드가 천재라고 생각한다. 또 그는 전형적인 신화적 인물이다. 그는 자기 자신조차 믿을 수 없는 특별한 일을 겪었다. 그것은 천사 지브릴의 발밑에 앉아서 기록한 것처럼 그리 간단하지 않으며 매우 감동적인 이야기다. 그러므로 작가에게는 쉽게 얻을 수 없는 매우 소중한 제재다." 작가는 이미 이슬람교를 버렸으므로 이슬람교의 사료들을 다룰 때에도 충분한 공경심을 갖고 있지 않았을 것이다. 그는 자신이 역사와 현실을 투시했다고 자부했지만, 사실 그는 개인적인 종교관에 따라 낙서하듯 환상의 세계를 그려냈을 뿐이다. 게다가 〈뉴욕타임스 북 리뷰〉가 이 소설을 조너선 스위프트(Jonathan Swift)의 《걸리버 여행기(Gulliver's Travels)》나 볼테르의 《캉디드》와 같은 풍자 작품으로 평론하자 사람들은 이 작품의 진정한 의도가 이슬람교 풍자에 있다고 더욱 확신하게 되었다.

이란 종교 지도자 호메이니가 사형선고를 내리다

　《악마의 시》가 이슬람 세계의 거센 비난과 반발을 불러온 것은 조금도 이상한 일이 아니다. 6억 명에 이르는 이슬람교도들이 세계 각지에 퍼져 있다. 이 소설이 출판되자마자 40여 개국에서 자국 내 출판을 금지했고 많은 국가의 이슬람교도들이 이 책에 항의하는 시위를 벌였다. 영국 이슬람 위원회는 이 책의 출판과 관련된 이들을 처벌해달라고 영국 사법기관에 기소했지만 영국 법률에는 이슬람교 보호 조항이 없어 기각되었다. 그러자 영국 이슬람 위원회는 책의 표지에 "이 책은 이슬람교를 폄하했다"라는 문구를 넣어줄 것을 출판사에 요청했지만 역시 거절당했다. 영국 내 이슬람교도 약 2000명이 펭귄 출판사 앞에서 집회를 벌이며 이 소설 출판에 항의하고 책을 불태웠다. 남아프리카공화국에서 루슈디의 강연회가 열린다는 소식을 들은 그곳의 이슬람교도들이 공항으로 몰려가 작가가 비행기에서 내리지 못하도록 항의시위를 벌였고 그 바람에 그는 타고 왔던 비행기 그대로 탄 채 영국으로 돌아가야 했다. 하지만 이런 대대적인 항의와 논란 속에서도《악마의 시》는 단숨에 베스트셀러가 되었다. 보도에 따르면, 하드커버판《악마의 시》가 영국에서 9만 부가 팔려 베스트셀러 2위에 오르고 미국에서는 무려 70만 부가 팔렸다고 한다. 이 정도 성공은 출판사도 예상하지 못한 것이었다.

하지만 이것으로 끝이 아니었다. 수많은 이슬람교도들이 루슈디가 결코 용서받지 못할 죄를 저질렀다고 생각했다. 이슬람교의 율법에 따르면 선지자 무함마드 모독은 사형죄였다. 그런데 루슈디는 무함마드는 물론 성지와《코란》까지 모독했으므로 죽어 마땅했다. 그러나 루슈디는 이슬람교도가 아니고 영국 국적자이므로 이슬람교의 율법은 그에게 아무런 구속력도 없었다. 하지만 1989년 2월 14일 사건의 양상이 완전히 뒤바뀌었다. 그날 이란 방송은 이란의 종교 지도자 호메이니의 판결문을 보도했다. 루슈디에 대한 사형선고를 선포하는 판결문(파트와)이었다. 호메이니는 이 판결문에서 "설사 루슈디가 참회하고 역사상 가장 독실한 신자가 된다고 해도 모든 이슬람교도는 생명과 재산 등 가지고 있는 모든 것을 바쳐서라도 루슈디를 지옥에 보낼 의무가 있다"라고 선언했다. 또 루슈디를 죽이려다가 희생된 사람은 모두 천국에 가게 될 것이라고 말했다. 게다가 이 88세 고령의 종교 지도자는 호메이니의 '머리'에 현상금을 걸었다. 누구든 루슈디를 죽이는 자에게 2억 리알(260만 달러)을 주겠다는 것이었다. 며칠 후 루슈디가 공개적으로 사과했지만 영원히 용서하지 않겠다는 호메이니의 생각에는 조금도 변함이 없었다. 현상금도 500달러까지 올랐다.

호메이니가 사형선고를 내린 직후 이란 과격 분자가 수의를 입고 찾아와 루슈디 암살을 위한 자살 부대를 조직해줄 것을 요청했고, 이란혁명수비대도 루슈디를 반드시 죽이겠다고 맹세했다. 수많은 국가의 이슬람교도들도 이를 적극 지지하며 피를 흘릴 준비가 되어 있다고 각오를 다졌다. 당시 파키스탄을 비롯한 여러 이슬람 국가에서 파견한 자살테러 부대가 이미 런던에 잠입했다는 첩보가 입수되었다.《악마의 시》홍보를 위해 미국에 갈 예정이었던 루슈디는 생명의 위협을 느껴 미국행을 취소할 수밖에 없었고 영국 정부로부터 특별 무장 경찰의 보호를 받았다. 화를 자초한 소설가 루슈디는 몇 주면 사태가 진정될 것이라고 생각했지만 예상과 달리 몇 년이 지나도록 진정될 줄 몰랐다. 1989년 호메이니가 사망한 후에도 루슈디는 여전히 불안한 도피생활을 하고 있다.

국제 문제로까지 번진 《악마의 시》 사건

《악마의 시》는 베스트셀러가 되었지만 서점업자들의 상황은 그리 편치 않았다. 이 책을 판매한다는 이유로 서점이 위협받고 어떤 서점은 누군가 불을 질러 화재가 발생하기도 했다. 미국 최대 서점 체인인 월든 북스는 어쩔 수 없이 이 책의 판매방식을 바꾸어야 했다.《악마의 시》재고를 5천 부나 보유하고 있었지만 공개적으로 진열하지 못하고 이 소설을 찾는 고객이 있을 때마다 창고에서 꺼내주었다. 월든북스의 사장 해리 호프만은 "우리는 외교관이 아니다. 일개 서점체인으로서 국제적인 테러리즘 앞에서 아무런 힘이 없다."[3]라고 말했다.《악마의 시》를 번역한 번역자들도 테러 공격의 대상이 되었다. 1991년 7월 일본어 번역자 히토시 이가라시가 칼에 찔려 사망하고 이탈리아어 번역자도 테러로 중상을 입었다. 2년 후 노르웨이의 출판업자가 총에 맞아 중상을 입었다.

《악마의 시》사건은 호메이니의 사형선고를 계기로 세계 여러 나라에서 외교 문제로 비화되었다. 영국은 호메이니가 영국 국민에게 사형을 선고한 것이 국제법에 위배된다고 비난하며 유럽공동체 회원국과 함께 주이란대사를 본국으로 소환했다. 3월 7일, 이란은 회복된 지 석 달밖에 되지 않은 영국과의 외교관계를 단절한다고 공식 선포했다. 다른 서방국가들도 강경한 태도를 취했다. 이 나라들은 이란이 잘못된 책 한 권 때문에 외국인에게 공개적으로 사형선고를 내리는 것은 서방의 가치관과 이데올로기에 대한 심각한 도전이라고 여겼다. 일부 국가의 정부는 유엔안전보장이사회에서《악마의 시》사건에 대해 논의해줄 것을 요청하고, 심지어 이란에 대해 경제적 제재를 가해야 한다고 주장하기도 했다. 하지만 안전보장이사회는 이 사건으로 회의를 열거나 그 어떤 공식성명도 발표하지 않을 것임을 분명히 밝혔다. 당시 유엔 사무총장인 하비에르 페레스 데 케야르가 개인적인 자격으로 이란 정부에게《악마의 시》작가에 대한 사형선고를 취소해줄 것을 요청했지만 이란 정부는 강경한 언사로 이 요청을 거부했다. 호메이니는 성명을 통해 서방국가들의 위협 때문에 이미 내린 명령을 취소하는 일은 없을 것이라고 단언했다.

경찰의 특별 보호를 받고 언론, 인권단체 및 수많은 영미권 작가들이 사면을 강력하게 요구했지만, 루슈디는 세상과 단절된 생활을 하지 않을 수 없었다. 그는 약 3년간 50번 넘게 거주지를 옮겨 다녀야 했고, 그의 두 번째 부인이자 미국 작가인 마리안느 위긴스(Marianne Wiggins)는 극심한 정신적 부담감과 불안정한 생활을 견디지 못해 그와 이혼했다. 루슈디는 항상 운동복 바지 차림으로 언제든 나타날지 모를 킬러 앞에서 '가볍게' 죽을 준비를 하고 있었다. 그의 전처가 언론에 밝힌 것처럼, 그는 살기 위해 수단과 방법을 가리지 않았다. 심지어 그는 자신이 다시 이슬람교로 돌아가기를 원하고 있으며 《악마의 시》 집필을 후회한다고 공개적으로 밝혀 이란 정부에 용서를 구할 생각도 했다. 하지만 이란 정부는 점점 더 그에 대한 현상금 액수를 올릴 뿐이었다.

《악마의 시》 사건은 이란의 외교 전략이 바뀐 1998년에야 비로소 전환점을 맞이했다. 그해 9월 21일 제53차 유엔총회에 참석한 모하마드 하타미 이란 대통령이 기자의 질문에 답하면서 "루슈디 사건은 완전히 종결되었다. 이제 우리는 다른 문명과의 충돌을 지양하고 대화를 추구할 것이다"라고 발언한 것이다. 9월 24일 카말 하라지 이란 외무장관도 뉴욕 유엔 본부에서 열린 기자회견에서 이란 정부가 더 이상 《악마의 시》의 작가 루슈디를 비롯해 이 책의 관련자들에게 생명의 위협을 가하지 않을 것이며, 그 어떤 단체도 루슈디 암살을 독려하거나 지지하지 않을 것이라고 밝혔다. 이것은 루슈디가 다시 세상으로, 영국 문학계로 돌아갈 수 있음을 의미하는 긍정적인 신호였다.

《악마의 시》 사건은 복잡한 종교적·정치적 배경이 깔려 있다. 과거 이란 외무부는 영국과의 국교단절을 선언하는 성명에서 이슬람과 이슬람의 가치를 수호하는 것은 이란의 신성하고 합법적인 직무라고 밝혔다. 그런데 《악마의 시》를 비판하고 제재해야 한다는 점에서는 이슬람 세계 전체가 상당히 일치된 견해를 보였지만 이 사건의 처리방식에 대해서는 저마다 의견이 달랐다. 사실 격렬하고 공개적인 비난과 위협은 오히려 《악마의 시》를 홍보해주는 효과를 낳았다. '사형선고'가 내려진 후 단 며칠 만에 이 소설의 판매량이 10만 부 이상으로 껑충 뛰었다. 수억 달러의 광고비를 쏟아부어도 얻을 수 없는 대단한 광고 효과였다. 또한 많은 이슬람교도 학자와 작가들도 타국 국민에게 공개적으로 암살 위협을 하는 것은 부당한 일이라고 주장했다. 노벨문학상 수상자인 이집트 작가 나기브 마푸즈(Naguib Mahfouz)는 이슬람교는 테러주의 종교가 아니며 공정한 재판을 거치지 않고 인간의 생명을 짓밟는 것을 용납할 수 없다고 말했다. 또한 소설이 아무리 잘못됐더라도 대화를 통해 이성적으로 해결해야 한다고 주장했다.

그런데 다른 관점에서 이 사건을 바라보면, 루슈디가 억울하게 수난을 겪었다고 보기 어렵다. 그는 수많은 이슬람교도들의 종교적 신념을 고려하지 않은 채 그저 센세이션을 일으키려 했다는 의심을 피할 길이 없다. 오늘날 인류에게 중대한 영향을 미치고 있는 문화를 경솔하고 경박하게 다룬 것은 책임 있는 작가가 할 일이 아니다. 이제 《악마의 시》 사건은 역사가 되었지만 공격한 사람과 공격당한 사람 모두에게 깊은 교훈을 남겼다. 책임감과 이성을 조금만 더 갖는다면 이와 같은 사건은 재연되지 않을 것이라는 사실이다.

Im Westen Nichts Neues

서부 전선 이상 없다

[독일] 에리히 마리아 레마르크(Erich Maria Remarque, 1898~1970), 1929년 작

강요된 영웅주의에 대한 고발

1차 세계대전을 배경으로 한 이 작품은 전쟁에 대한 반성을 담고 있다. 그러나 이런 사실적인 묘사는 출간 후 통치자들을 불쾌하게 만들어 미국, 오스트리아 등에서 금서로 지정되었다. 1933년 5월 10일에는 베를린 베벨광장에서 히틀러 청년단원들에 의해 화형에 처해지기도 했다. 그럼에도 이 책은 끝까지 살아남아 정의롭지 못한 전쟁이 얼마나 많은 이들에게 치유할 수 없는 상처를 남기는지를 보여주는 20세기 가장 중요한 작품으로 기록되었다.

1933년 5월 10일은 독일 문화사에 검은 리본이 둘러진 날이다. 그 검은 리본은 누군가의 죽음 때문이 아니라 독일 문화사에서 벌어진 전무후무한 야만적인 파괴 때문이다. 그날 독일의 돌격대원과 나치를 따르는 대학생, 히틀러의 청년단원들이 나치 선전장관 괴벨스의 지시에 따라 베를린 베벨 광장에서 금서를 불태웠다. 마르크스의 책, 칼 카우츠키의 책, 하인리히 만의 책, 레마르크의 책, 슈테판 츠바이크의 책 등이 모두 광란의 불길 속으로 던져졌다.

에리히 마리아 레마르크는 당시 독일 문단의 신인 작가였다. 그런데 그의 첫 대표작 《서부 전선 이상 없다》가 출간되자마자 1년 만에 독일에서 120만 부(각종 언어로 번역한 것까지 합치면 판매량이 500만 부에 이른다)나 팔

려나갔다. 출판업계에서는 이것을 '고금을 통틀어 유럽 출판계의 가장 큰 성과'라며 흥분했고 이 소설의 성공으로 레마르크는 단숨에 유명작가의 반열에 올라섰다.

당시 외국에 체류 중이던 레마르크는 자신의 책이 불태워졌다는 소식을 듣고도 그다지 놀라지 않았다. 이미 《서부 전선 이상 없다》를 원작으로 한 미국 영화를 나치가 상영 금지한 바 있었기 때문이다. 나치가 집권한 후 많은 독일 작가들이 억울하게 투옥되었다. 나치 선전부는 작가 149명의 책 1만 2400종을 금서로 지정했고 《서부 전선 이상 없다》가 그중에 포함된 것은 피할 수 없는 일이었다.

사실 이 소설은 세상에 나오자마자 논란의 중심이 되었고 일부 서방 국가에서는 이미 금서로 지정되어 있었다. 미국에서는 보스턴 당국이 이 책의 출판을 금지하고(삭제판 포함), 시카고 세관은 영문판을 몰수했다. 오스트리아와 체코슬로바키아에서도 군인이 읽어서는 안 되는 금서였다. 독일에서도 이 책이 출간되자마자 맹렬한 비판을 받았지만 전국적으로 판매가 금지된 것은 히틀러가 집권한 후였다.

나치 집권 이전에 이 책을 비판하고 출간 및 판매를 금지했던 것은 작가가 전쟁의 참상과 공포를 재연하고 제1차 세계대전에 대한 그의 반성이 통치자와 민족주의자, 파시즘 정부를 불쾌하게 했으며 이 전쟁의 정의성을 부인했기 때문이었다. 하지만 1933년 나치가 집권한 후에는 나치의 위대한 신화에 조금이라도 위배되는 것들은 모두 제거명단에 올랐다. 《서부 전선 이상 없다》가 전쟁 문제에 대해 반영웅주의적 태도를 보였다면 그것은 독일 민중의 영혼을 '독살하는' 결과를 낳을 수밖에 없고 이른바 국가사회주의에 대한 공공연한 저항을 의미했다. 그러므로 나치는 이 소설을 불태울 수밖에 없었다. 레마르크는 나치 통치하의 독일로 돌아가기를 거부했고 1938년 독일 국적을 박탈당했다.

전쟁으로 파멸에 이른 세대에 관한 기록

《서부 전선 이상 없다》는 제1차 세계대전을 배경으로 한다. 레마르크는 1915년부터 종전 때까지 서부 전선의 참호에서 군인으로 복무했으며 다섯 차례나 부상을 입었다. 이 소설은 어느 정도 자전적인 성격을 띤다. 레마르크가 직접 겪은 전쟁의 모습이 소설에 투영되어 있다. 작가는 소설을 시작하기 전 먼저 이렇게 밝혔다.

이 책은 고발도 아니고 고백도 아니다. 간신히 포탄은 피했지만 전쟁으로 파멸된 세대를 기록하려는 것뿐이다.

이 말이 책 전체의 방향을 결정 짓는 역할을 한다.

제1차 세계대전이 발발했을 때 파울 보이머(소설 속의 나)와 그의 동료들은 스무 살도 되지 않은 청년이었다. 그들은 학교에서 교사의 선동에 이끌려 입대 신청을 하고 포화가 쏟아지는 서부 전선의 참호로 보내졌다. 그때부터 매일 죽음과 대면해야 했다. 그들이 그토록 비참해진 것은 광적인 전쟁을 선전한 윗세대를 너무 믿었기 때문이다. 속았다는 감정이 이 소설에서 전쟁을 반성하는 출발점이 된다.

그들은 열여덟 살인 우리들을 성숙한 세계로 이끌어주어야 했다.

…… 하지만 처음으로 동료의 죽음을 목도한 후 우리의 믿음이 무너져버렸다. 우리 세대가 그들보다 더 정직하다는 사실을 인식하지 않을 수 없었다. 그들이 우리보다 나은 점은 공허한 이야기를 하고 노련하게 일을 처리한다는 것뿐이다. 처음으로 쏟아지는 포탄을 뚫고 돌격하면서 우리의 잘못을 알게 되었다. 그들이 우리에게 가르쳐준 세계관이 포화 속에서 함께 무너졌다. 그들이 여전히 글을 쓰고 연설하는 동안 우리는 야전병원과 동료의 죽음을 보았다. …… 우리는 대번에 문제를 알아차렸다. 그들의 세계에 이미 아무것도 남아 있지 않다는 사실을 보았다. 우리는 갑자기 섬뜩할 정도로 고독해졌다. 그리고 우리는 그 고독과 계속 싸워나가야 했다.

그들은 죽음의 공포 속에서 고독감을 느꼈다. 자신이 이미 이 세상에서 불필요한 존재가 되었다고 느낄 만큼 고독했다. 그들은 '강철 청년'의 기개로 죽음을 불사해야 하는 의무를 강요당했지만 자신들의 상황을 남들에게 이해받지 못해 고뇌했다. 전쟁은 계속되었고 보이머와 동료들이 하나씩 전사했다. 보이머 자신도 평화가 코앞에 닥쳤을 때 죽고 만다. 그들에게 죽음은 하나의 은총이었다. 죽음만이 그들을 죽음의 공포와 끔찍한 고독에서 해방시킬 수 있었기 때문이다. 보이머가 쓰러져 죽어갈 때 사람들은 그가 만족스럽다는 듯 태연한 표정을 짓고 있는 것을 보았다. 상황이 그렇게 해서 끝나게 되었기 때문이다. 하지만 이 모든 것이 당시 신문에서는 이런 냉혹한 한마디로 표현되었다. '서부 전선 이상 없음.' 그들은 무의미하게 죽어갔다. 그들은 살인기계였으며 전선의 반대편에 있는, 똑같이 파멸된 이들과 싸웠다. 그들에게는 살아남아서 비인도적인 전쟁과 그 전쟁을 만들어낸 비인도적인 세계를 고발할 기회조차 없었다.

보이머의 사색 외에도 이 소설에는 우스운 장면이 자주 등장한다. 보이머와 카친스키가 거위를 훔치는 일이나 보이머와 크로프, 뮐러 세 사람이 빈 통 위에서 대변을 보면서 통 뚜껑을 테이블 삼아 카드놀이를 하는 장면, 그리고 보이머와 레어 등이 밤에 몰래 강을 건너가 프랑스 여자와 밤을 보내는 대목 등이다. 죽음의 기운이 도사린 참호 속 생활과 어울리지 않는 것 같지만 사실은 고통받는 자들의 몸부림이 그 속에 반영되어 있다. 그들은 죽음의 공포와 고독에 침식당하지 않기 위해 자신들이 찾을 수 있는 삶의 즐거움을 최대한 누리며 발버둥치는 것이었다. 보이머는 프랑스 여자와 뒹굴며 이런 생각을 한다.

두 눈을 감는다. 이대로 전쟁, 공포, 비열함이 다 사라지고 젊음과 행복이 다시 깨어났으면 좋겠다. …… 문득 그녀를 손에 넣어야만 내가 살 수 있을 것 같았다. 나를 감싸고 있는 두 팔을 꼭 끌어안으면 혹시 기적이 일어날지도 모른다는 생각이 들었다.

레마르크는 단 6주 만에 《서부 전선 이상 없다》를 탈고했다. 하지만 출판업자들은 이 작품에 큰 관심을 보이지 않았고 결국 서랍 속에서 반년이나 묵었다가 〈포시셰 차이퉁(Vossische Zeitung)〉에 연재되었다. 연재는 아주 성공적이었다. 〈포시셰 차이퉁〉의 판매량이 단숨에 세 배로 껑충 뛰었고 1929년 1월 《서부 전선 이상 없다》를 단행본으로 출간했을 때는 독일 사회 전체를 뒤흔들며 큰 반향을 일으켰다.

비난받고 금서로 지정되고 불태워진 것 외에도 소설 곳곳에서 슬픈 감상, 자극적인 공포, 섹스에 대한 묘사가 등장한다는 이유로 대중의 구미에 맞추어 쓴 통속소설이라고 폄하당하기도 하고, 심지어 "썩 잘 쓴 포르노 소설보다 조금 나은 정도"라고 평론하는 이도 있었다. 그들은 장님 코끼리 다리 만지는 격으로 소설의 특정 부분만을 붙잡고 늘어졌을 뿐 소설에서 말하고자 하는 심각한 주제에 대해서는 모른 척했다. 그 주제는 바로 정의롭지 못한 전쟁이 얼마나 황당무계한지에 대한 것이었다. 정의롭지 못한 전쟁은 헤아릴 수 없이 많은 이들의 육신을 소멸시켰을 뿐 아니라 모든 참전자들의 영혼에 치유할 수 없는 상처를 남겼다.

레마르크를 20세기의 가장 위대한 작가라고 부를 수는 없지만 그의 이 특별한 소설이 20세기의 가장 중요한 작품 중 하나라는 점에는 의심의 여지가 없다.

피가로의 결혼

[프랑스] 피에르 보마르셰(Pierre Beaumarchais, 1732~1799), 1784년 작

프랑스대혁명을 촉발시킨 국민영웅의 투쟁

《세비야의 이발사》와 《피가로의 결혼》의 주인공 피가로는 사회 상류층의 사악한 세력과 맞서 싸우는 영웅이다. 국민들은 통쾌함을 느끼며 이 공연에 전폭적인 지지를 보냈지만, 이를 위협으로 느낀 왕실은 공연의 상연을 금지했다. 그러나 상연 금지 조치를 자신들의 권리 박탈로 여긴 국민들의 투쟁으로 6년 만에 상연 금지령은 취소되었고 이는 그로부터 5년 뒤 발발한 프랑스대혁명의 도화선이 되었다.

피에르 보마르셰에게 '난세의 괴짜 천재'라는 별명이 있다. 그는 희곡 분야에서 비범한 성공을 거두었을 뿐 아니라 다른 분야에서도 다양한 재주를 발휘하고 대담한 모험을 펼쳤다. 특허 문제로 소송에 휘말렸을 때 법정에서 훌륭한 변론을 펼치고, 프랑스 국왕에게 받은 비밀 외교 임무를 완수했으며, 투기로 큰돈을 벌고, 미국 독립운동가들에게 무기를 팔았다. 또 인쇄와 발행이 엄격하게 금지된 볼테르의 책을 외국에서 인쇄해 몰래 프랑스로 들여오기도 했다.

보마르셰는 일생 동안 여러 번 감옥 신세를 졌는데 처음에는 한 공작이 그를 모욕하고 구타한 후 권세를 이용해 구속시켰고, 나중에는 혁명정부가 그를 망명귀족으로 지목해 체포하고 재산도 몰수했다.

보마르셰는 피가로를 주인공으로 한 세 편의 희곡《세비야의 이발사 (Le Barbier de Séville)》(1775),《피가로의 결혼(Le Mariage di Figaro)》(1784),《죄 지은 어머니(La Mère coupable)》(1792)를 발표했다.《세비야의 이발사》와 《피가로의 결혼》은 당시 커다란 반향을 일으켰고 로시니와 모차르트가 각각 동명의 오페라를 창작해 후대에까지 널리 알려졌다. 하지만 두 희 곡을 프랑스 왕실에서 모두 금서로 지정했다.

보마르셰가 구속되는 바람에《세비야의 이발사》공연 연습이 연기 되었고 1774년에는 정식으로 공연이 금지되었다. 프랑스 왕실은 이 극작 가를 위험인물로 지목해 단속할 필요가 있다고 여겼다. 보마르셰는 1773 년과 1774년에 재판의 부패성을 폭로한 소책자 네 권을 발표했다. 왕실 은 그 소책자를 모두 몰수해 폐기했지만 여전히 보마르셰가 이미 공연 중인 희극에 법원의 추악한 면을 고발하는 내용을 끼워 넣지 않을까 전 전긍긍했다. 하지만 상연 금지는 그리 오래가지 못했고, 마침내 1775년 2월 코미디 프랑세즈 극장에서《세비야의 이발사》가 상연되었다. 하지만 《피가로의 결혼》은 음모가 담긴 희곡이라는 이유로 루이 16세가 꼬박 6년 간 상연을 금지했다.《피가로의 결혼》공연을 허가받기 위한 투쟁이 파리 에서 혁명의 한 도화선이 되었다.

특권층에 맞선 서민영웅 피가로

《세비야의 이발사》와《피가로의 결혼》두 희극에는 공통으로 등장하 는 인물이 있다. 우선 주인공 피가로다. 그는 가난 때문에 이발사, 귀족의 하인 등 여러 직업을 전전했다. 알마비바 백작은 전작《세비야의 이발사》에서는 로진을 진심으로 사랑하지만 후속작인《피가로의 결혼》에서는 다른 여자에게 눈독을 들이는 바람둥이 남편이 되어 있다. 로진은 전작에서는 절망 속에서 마침내 사랑을 얻게 되지만, 후속작에서는 백작부인이 되어 속임을 당한 후에도 기지를 발휘해 남편의 마음을 되찾는다. 전작에서 소녀에게 결혼을 강요했던 바르톨로는 후속작에서는 비열하게 책임을 회피한다. 바질은 전작과 후속작에서 모두 음악교사로 나오는데 전작에서는 조금 중요한 역할을 한다. 욕심 많은 성격이 그의 가장 큰 특징이다.

《세비야의 이발사》에서 피가로는 지혜롭고 명랑하며 남을 돕기를 좋아하는 이발사다. 어느 날 그는 길에서 사랑 때문에 괴로워하고 있는 알마비바 백작을 만난다. 백작은 의사 바르톨로가 후견인으로 보호하고 있는 소녀 로진을 사랑하고 있었다. 그는 쉽게 손에 넣을 수 있는 사랑에는 더 이상 흥미가 없었다. 여자들이 원하는 것이 돈이나 가문, 권세였기 때문이다. 그는 자기 신분이 아니라 자기 자신을 사랑하는 여자를 만나야만 그 사랑이 진정으로 달콤할 것이라고 믿었다. 알마비바 백작은 로진느의 마음을 얻기 위해 린도르라는 대학생으로 위장한다. 그런데 그때 로진이 위험에 빠져 있었다. 바르톨로가 그녀의 자유를 빼앗고 비밀리에 그녀와 결혼하려고 하고 있었던 것이다. 피가로는 재주를 발휘할 수 있는 기회를 얻었다. 그는 백작을 술 취한 군인과 음악교사로 위장시켜 로진에게 접근하게 하고 중간에서 교묘하게 일을 꾸며 마침내 바르톨로의 계획을 무산시키고 결국 백작과 로진의 결혼을 성사시킨다.

피가로는 사회의 각종 사악한 세력과 싸우는 영웅이다. 그는 마드리드의 문단(프랑스 문단이 투사된 것이 분명하다)을 '늑대의 세계'라고 비난하고 법관을 저주한다(이 희곡이 금서가 된 원인이다). 그는 자신은 가난에 개의치 않고 흉악한 사람을 만나면 그와 재주를 겨루어 보고 싶다고 말한다. 이번에 피가로가 재주를 겨룬 사람은 바로 폭력과 어리석음의 상징인 바르톨로였다.

《피가로의 결혼》에서 피가로는 전작보다 더 강하고 예리해진다. 작가는 인물 성격을 묘사하면서 "배우가 그 인물에게서 즐거우면서도 가시 돋친 이성적 표현이 아니라 다른 것을 본다면, 특히 그의 연기가 약간 과격하다면, 그 역할을 망치게 된다"라고 특별히 당부했다. 알마비바는 이번에는 동정받을 수 없는 인물로 나온다. 당시 관습에 따르면 귀족들은 모든 여자를 유혹할 수 있었다. 이 역할을 연기할 때 비록 알마바바의 영혼이 타락했어도 화려함과 고귀함은 잃지 않아야 한다고 했다.《세비야의 이발사》에서 '공동모의자'였던 두 사람이 후속작에서는 적수가 된다. 백작이 손에 넣으려는 여자가 바로 피가로의 약혼녀인 영리한 수잔이기 때문이다. 게다가 피가로는 멍청한 판사 브리두아종까지 상대해야 한다.

피가로는 백작과 로진의 결혼을 성사시킨 후 백작의 하인이 된다. 그는 백작부인의 하녀 수잔과의 결혼을 준비한다. 그런데 로진에게 싫증이 난 백작이 수잔에게 눈독을 들인다. 몇 번의 유혹에도 수잔에게 거절당하지만 백작은 포기하지 않는다. 예전에 백작은 로진과 결혼할 때 기쁨에 도취된 나머지 하인이 결혼할 때 귀족이 먼저 신부와 동침하는 초야권을 포기하겠다고 선언했는데 이제 와서 돈과 권세를 이용해 그 권리를 부활시키려 한다. 극에서는 결국 피가로와 백작이 지혜를 겨룬 끝에 피가로와 수잔이 결혼을 하고 백작은 망신을 당한다. 피가로는 또 친부모를 만나는 의외의 수확까지 얻는다.

프랑스대혁명의 도화선이 되다

이 희곡에서 상대가 백작이기 때문에 피가로는 신랄한 언어로 귀족 전체를 비난한다. 당시 프랑스는 농노제가 폐지된 직후였고 농노에서 해방된 이들은 수잔의 정절과 피가로의 존엄에 갈채를 보냈다. 그들은 피가로를 자신들의 대변인으로 여기고 피가로의 승리를 자신들의 승리로 생각했다. 피가로가 이런 말로 귀족들을 꾸짖을 때 그들은 통쾌함을 느꼈다.

당신은 대귀족이니까 스스로 위대한 천재라고 생각하고 있겠지! …… 귀족, 재산, 작위, 관직, 이 모든 것이 당신을 자만하게 만들었어. 그것을 얻으려고 당신은 무엇을 했지? 고작 어머니 배 속에서 나오는 수고 밖에 더 했나? 그 외에는 아무것도 아니지. 하지만 나는, 제기랄! 소리 없는 사람들 사이에 파묻혀 오로지 목숨을 부지하기 위해 지혜와 재주를 펼쳐야 했어. 왕이 100년 동안 스페인을 다스리기 위해 발휘했던 것 이상으로 말이야.

피가로는 정치와 음모를 '쌍둥이 자매'에 비유했다. 극 중 마르살렌이 처음에는 피가로와 재판을 벌이다가 나중에 피가로가 자기 친아들임을 알게 되자 절망 속에서 이렇게 외친다. "누가 판사에게 뇌물을 주고 판사는 또 다른 사람에게 뇌물을 주었어!" 극의 마지막에 나오는 노래에서 극작가의 의도가 더 분명하게 드러난다. "이 희극은 선량한 평민들의 생활을 그린 것입니다. 그들은 탄압당하고 저주하고 분노에 소리치지만 모든 것은 결국 노래로 끝납니다."

　공포에 휩싸인 극도로 나약한 당국자들은 이 희극이 혁명 일촉즉발의 위기에 있는 프랑스에 무엇을 의미하는지 잘 알고 있었다. 《피가로의 결혼》을 탈고한 것은 1778년이지만 희곡검열관은 꼬박 6년이나 이 희곡에 관용을 베풀지 않았다. 보마르셰 본인 역시 조금도 타협하지 않았다. 심지어 그는 도발적인 언사로 "루이 16세는 이 희곡의 공연을 원치 않지만 나는 기어이 공연해야겠다. 언젠가는 노트르담 대성당에서 상연하게 될 것이다"라고 말했다. 루이 16세가 궁궐 안팎에서 상연이 금지되고 본인도 한때 감옥에 수감되었지만 보마르셰는 여러 가지 방식으로 파리의 각 계층 사람들이 《피가로의 결혼》에 흥미를 갖도록 유도했다. 그는 상류층의 살롱에서 희곡을 낭독하고 극 중에 나오는 노래를 일반 시민들 사이에서 퍼뜨렸다.

　왕실은 압력이 점점 커지는 것을 느꼈다. 시간이 갈수록 사람들이 《피가로의 결혼》의 상연 금지를 자신들의 권리 박탈로 받아들였기 때문이다. 보마르셰가 극 중에서 '출판 자유' 제도의 허구를 비난했기 때문에 검사가 상연 금지의 이유로 내세운 '비윤리적'이라는 말은 더욱 설득력을 잃었다. 피가로는 "내 작품에서 왕실, 종교, 정치, 도덕, 권력자, 명망 높은 단체, 가극원, 하급 계층에 대해 언급하지만 않는다면 검사 두세 명의 검열을 거친 후 모든 작품을 자유롭게 출판할 수 있다"라고 말했다. 프랑스 왕실의 독재가 어느 정도였는지 엿볼 수 있는 대목이다.

　프랑스 왕실에 맞서 보마르셰와 그를 동정하고 지지하는 파리 시민들은 희극 상연을 위해 6년 동안 투쟁했고 마침내 상연 금지령이 취소되었다. 1784년 4월 27일 《피가로의 결혼》이 코미디 프랑세즈 극장에서 초연되었다. 그로부터 5년 후 프랑스에서 대혁명이 발생했다. 프랑스대혁명이 《피가로의 결혼》에서 촉발되었다고 평가하기도 하는데 이 희곡의 상연 금지령이 취소되었을 때 나폴레옹은 "혁명은 이미 시작되었다"라고 말했다. 그는 이 희곡의 상연이 허가된 후 격노한 파리의 민심을 보았던 것이다. 그리고 그 민심은 오랫동안 쌓이고 쌓여 결국 거스를 수 없는 힘이 되었다.

데카메론

[이탈리아] 조반니 보카치오(Giovanni Boccaccio, 1313~1375), 1471년 작

500년 전의 황색신문

페스트를 피해 시골마을로 모여든 10명의 젊은 남녀가 10일간에 걸쳐 100편의 이야기를 주고받는 형식으로 구성되어 있다. 거의 모든 이야기에는 사랑 또는 육체적 쾌락이 담겨 있는데 수도원과 신부의 이야기도 예외는 아니다. 이 대작은 음란함을 이유로 천주교회 등에 의해 금서라는 오명을 쓰게 되었는데, 오늘날에는 당시 이탈리아의 부패한 사회상을 그대로 재현해냈다는 점에서 고전 중의 고전으로 불린다.

일부 평론가들은 《데카메론》의 행간 곳곳에서 남녀 간의 억누를 수 없는 성적 욕망의 불길이 타오르고 있다는 평론에 반대하지만, 어쨌든 이 소설의 절반 이상이 섹스 이야기이기 때문에 독자들은 이것이 섹스를 주제로 한 책이라는 인상을 받을 수밖에 없다. 《데카메론》이 음란서적으로 분류된 것도 그런 관점에서 이 작품을 바라보았기 때문이다. 하지만 보카치오는 《데카메론》의 서문에 순전히 자신의 개인적인 감정 표출을 위해 이 작품을 썼다고 매우 솔직하게 다음과 같이 고백했다.

젊었을 때부터 지금까지 저는 제 비루한 처지보다 훨씬 숭고하고 고귀한 사랑을 불태웠다는 점을 미리 말씀드려야겠습니다.

분별 있는 사람들 사이에서 저에 대한 평판이 좋고 또 제 이름이 널리 알려졌다는 소문을 들었습니다. 그러나 저는 이루 말할 수 없는 인내와 고통의 시간을 보냈습니다. 사랑하는 여인의 무정함 때문이 아니라 제 가슴속에서 왕성한 욕구가 뜨거운 불길처럼 타올랐기 때문입니다. 그 불길이 너무도 강렬했기 때문에 늘 뭔가 부족한 듯했으며 필요 이상으로 괴로움을 느끼곤 했습니다.

근대소설의 선구자, 보카치오

보카치오는 피렌체에 사는 한 상인의 사생아로 태어났다. 어머니는 프랑스인이었다. 그의 출생지가 어머니의 고향인 토스카나의 체르탈도였는지 파리였는지에 대해서는 아직까지도 논란이 있다. 하지만 분명한 사실은 그의 아버지가 프랑스 아가씨를 유혹했다가 얼마 안 가서 그녀를 배신한 후 어린 보카치오를 자신이 사업을 하고 있는 나폴리로 데려왔다는 사실이다. 하지만 보카치오는 장사에는 전혀 관심이 없었다. 그의 아버지는 하는 수 없이 아들의 뜻에 따라 그가 고대 그리스와 로마 문화 연구에 매진하도록 허락했다. 그 후 보카치오는 우연한 기회에 나폴리 부근에 있는 고대 로마의 시인 베르길리우스의 무덤에 가게 되었고, 그곳에서 평생 시를 지으며 살겠다고 맹세하게 된다.

보카치오는 1341년 부활절 전야에 성 로렌초 성당에서 귀한 신분의 마리아(나폴리 왕이 혼외정사로 낳은 딸)를 처음 만났다. 그는 마리아에게 첫눈에 반했고 마리아는 높은 신분과 유부녀라는 현실의 벽 때문에 주저하지만 결국 보카치오의 사랑을 받아들였다. 그러나 얼마 후 보카치오가 아버지의 부름으로 피렌체로 돌아가게 되고 두 사람은 이별할 수밖에 없었다. 이 일은 보카치오에게 평생의 한으로 남았다.

어렵게 얻었다가 다시 잃은 사랑과 가슴속에서 타오르는 억누를 수 없는 욕망의 불길로 인해 보카치오는 작품에서도 섹스, 특히 남녀 간의 혼외정사라는 주제에 집착하게 되었고, 부패와 위선으로 가득 찬 사회 현실에 불만을 품고 인간의 비열한 본성을 가차 없이 들추어내는 소설을 쓰기 시작했다. 그의 작품은 개인적인 분노와 감정이 발산된 산물이었던 것이다. 《데카메론》의 가장 중요한 주제는 섹스다. 이 소설은 섹스에 대한 기이하고 흥미로운 이야기로 가득 차 있다. 그중 몇 가지 이야기의 줄거리는 다음과 같다.

한 젊은 수도사가 수행과 밤 기도로도 욕정을 억누르지 못하다가 어느 날 낮에 한 아리따운 아가씨를 자신의 방으로 데려다 밀회를 나눈다. 그런데 수도원장에게 이 사실을 들켜 엄한 징계를 받게 될 처지에 놓인다. 그러자 수도사는 징계를 면할 수 있는 교묘한 꾀를 낸다. 아가씨를 이용해 수도원장을 유혹한 다음 자신과 같은 잘못을 저지르도록 만든 것이다. 이렇게 해서 수도사는 징계를 면할 수 있었다.

(첫째 날, 루니지아나 수도원장의 이야기)

수도원장이 농부의 아내를 사랑한 나머지 농부에게 수면제를 탄 술을 먹여 죽은 듯 인사불성이 되게 만든 뒤 지하실에 가두어버렸다. 깨어난 농부는 그런 사실을 모른 채 자신이 죽어서 지옥에 떨어져 벌을 받고 있다고 생각한다. 그사이 수도원장은 농부의 아내와 은밀히 정을 통하고 임신까지 하게 된다. 이에 수도원장은 농부가 부활을 해서 아내를 임신시킨 것처럼 꾸민다.

(셋째 날, 라우레타의 이야기)

질투심이 강한 한 남자가 신부로 변장하고 자기 아내의 참회를 듣는다. 아내는 자신이 신부를 사랑하게 되었으며 그 신부가 매일 밤 자신을 찾아와 환락을 즐긴다고 고백한다. 그날 밤 남자는 신부가 들어오지 못하도록 집 문 앞을 지키고 그의 아내는 그 틈을 타 지붕을 통해 몰래 들어온 신부와 밤을 보낸다.

(일곱째 날, 피암메타의 이야기)

베아트리체가 남편을 속이기 위해 낮에 자신을 희롱한 남자 하인이 있으니 자신의 옷을 입고 정원에 가서 그를 잡아달라고 한다. 그 틈을 타 그녀는 남자 하인과 밀회를 즐긴 후 하인에게 정원에 가서 자기 남편을 실컷 때리라고 시킨다.

(일곱째 날, 필로메나의 이야기)

팜필로가 사랑을 시험하기 위해 정부에게 세 가지 힘든 과제를 제시하지만 그녀가 모두 해낸다. 게다가 그녀는 교묘한 꾀를 내어 자기 남편 앞에서 팜필로와 사랑을 나눈 뒤 거짓말로 남편을 속여 그가 본 것이 모두 착각이라고 믿게 만든다.

(일곱째 날, 팜필로의 이야기)

여자 수도원장이 한 수녀가 남자와 밀회를 즐기는 것을 발견한다.

수도원장은 수녀에게 엄한 징계를 내리려고 하지만 자신의 머리에 쓴 것이 두건이 아니라 애인의 바지라는 사실을 들킬까 봐 두려웠다. 수도원장은 하는 수 없이 용서하고 다시는 수녀의 밀회를 문제 삼지 않는다.

(아홉째 날, 엘리사의 이야기)

보카치오의 소설 속 연애에는 모두 육체적 쾌락이 동반된다. 본능이란 거부할 수 없는 것임을 직접 경험한 보카치오는 은밀한 불륜을 비롯해 모든 금기된 행위와 함께 발생할 수 있는, 교묘하고 해학적이며 흥미로운 이야기에 집착했다.《데카메론》에서 최고로 꼽을 수 있는 섹스 이야기라면 아마도 '악마를 지옥에 가두는 법'에 관한 이야기일 것이다.

테베 사막에서 수도사 루스티코가 수행 중인 알리베크라는 여인에게 신에게 봉사하는 법을 가르쳐준다. 그는 이 젊은 여인에게 자신이 하는 대로 따라 하라면서 입고 있던 옷을 모두 벗고 기도하는 것처럼 엎드린다. 알리베크가 그를 따라 옷을 모두 벗자 더 이상 참지 못한 루스티코에게 자기도 모르게 성적 충동이 일어났다. 알리베크가 의아한 표정으로 그게 무엇이냐고 묻자 루스티코는 슬픈 표정으로 "이것이 바로 내가 말한 악마다"라고 답한다. 루스티코는 알리베크의 몸 안에 지옥이 있다며 자신의 악마를 그녀가 가진 지옥에 집어넣게 해준다면 그것이 바로 하느님께 봉사하는 일이라고 한다. 독실한 신도 알리베크는 그의 요구에 흔쾌히 동의한다. 그러자 루스티코는 그녀를 침대로 데려가 자신의 악마를 알리베크의 지옥 속으로 몰아넣는다. 알리베크는 자신이 느낀 아픔마저 악마의 흉악함이라고 생각한다. 악마를 지옥에 몰아넣는 일이 끝난 후 알리베크는 '하느님께 봉사하는 일은 인생에서 가장 즐거운 일'이라며 감격스러워한다. 그 후 알리베크의 욕망은 점점 강해진다. 풀과 물만 먹으며 수행하고 있는 루스티코로서는 도저히 그녀를 감당할 수 없는 지경에 이르고, 그녀는 '하느님에게 마음껏 봉사할 수 없다'며 날마다 원망을 쏟아놓는다.

전염병처럼 잔인하고 비참한 인생의 불행

《데카메론》은 피렌체에서 발생한 무서운 전염병 이야기로 시작된다. 당시 도시의 사람들은 무시무시한 재앙 앞에서 모든 것을 내던지고 오로지 환락에만 집착했다. 이는 번화한 피렌체의 몰락을 가속화할 뿐이었다. 머지않아 수많은 사람들이 죽고 피렌체는 텅 빈 도시가 되고 만다. 전염병이 창궐하자 이를 피해 귀부인 7명과 청년 3명이 웅장하지만 황량한 산타마리아 노벨라 성당에 모이게 된다. 그들은 함께 피렌체를 도망쳐 시골마을로 내려간다. 마을에 머무는 동안 무료함을 달래기 위해 매일 한 사람이 이야기 한 가지씩을 들려주기로 한다. 《데카메론》은 그들이 열흘 동안 들려준 총 100편의 이야기로 이루어져 있다.

보카치오는 이들 10명의 남녀가 무시무시한 페스트의 목격자라는 사실을 굳이 강조하지 않았다. 그렇지만 페스트는 작품 속에서 그 자체만으로도 매우 상징적이며 특별한 의미를 지닌다. 그것은 인생의 불행함은 전염병처럼 잔인하고 비참한 것임을 의미한다. 보카치오는 서문에 이렇게 썼다.

불행한 이를 동정하는 것은 인정 있는 일이다. 이런 인정은 누구에게나 있다. 특히 동정을 간절히 원한 적이 있고 동정의 소중함을 직접 경험한 사람이라면 더욱 그러하다.

누구나 걷잡을 수 없는 본능 때문에 고통을 겪는다. 그러므로 인간은 어느 정도는 다 불행하며 모든 사람이 불행의 목격자이기도 하다. 죄악 역시 인간의 본능에서 그 근원을 찾을 수 있다. 마땅히 동정받아야 하는 인간의 불행, 그것이 바로 '인곡(人曲)'이라 불리는 이 작품의 출발점이다. 이 속에 담긴 많은 이야기의 시작과 결말이 희극적임에도 불행은 여전히 작품 전반에 유령처럼 떠돈다. 바로 그렇기 때문에 인간 세상과 단절되어야 하는 수도원장, 수도사, 수녀의 위선이 더욱 가소롭게 느껴지는 것이다.

넷째 날 팜필로의 이야기에 나오는 안드레우올라는 죽은 애인에 대한 변치 않는 사랑을 지키기 위해 죄악으로 가득 찬 속세를 피해 여수도원으로 들어가지만, 다른 이야기에서는 수도원이 남녀가 밀회를 즐기고 욕정을 발산하는 장소가 된다. 인간의 비극은 바로 악의 굴레를 벗어날 수 없다는 사실에 있다. 이 악의 굴레를 가지고 장난을 치는 것은 아마 조물주일 것이다. 기독교의 성경에 나와 있듯, 조물주가 걱정 근심 없이 살 수 있는 에덴동산에서 인류의 시조를 쫓아냈기 때문이다. 하지만 조물주보다는 인간 스스로 악의 굴레를 만들어 그 속에서 헤어 나오지 못하는 경우가 훨씬 많다. 보카치오는 이 작품에서 인간 스스로 고통에 빠져들지 말고 타고난 본능에 순종하며 순수한 사랑에 따라야만 악의 굴레에서 벗어날 수 있음을 알려주고자 했던 것 같다. 보카치오에게는 과거의 연인 마리아보다 더 자신의 본능을 움직이고 열정의 불길을 치솟게 만들 수 있는 사람은 없었다. 그래서 이야기를 들려주는 열 명의 사람들 속에

마리아의 화신인 피암메타를 포함시켰다.

보카치오는 인간의 불행은 인간이 스스로를 괴롭히는 데 있으며 타고난 본능에 충실할 때 비로소 즐겁고 행복할 수 있다고 생각했다. 그리고 이렇게 말했다.

인간의 천성을 억압하고 싶다면 한번 해보십시오. 아무리 인간의 천성과 맞서서 억압하려고 해도 괜한 헛수고이며 결국에는 무참하게 패배하고 말 것입니다. 나는 그럴 능력도 없고 그럴 생각도 없습니다. 설령 내게 그런 능력이 있다고 해도 남에게 그 능력을 빌려줄지언정 내가 사용하지는 않을 것입니다. 나를 비판하는 사람들은 몸에 뜨거운 피가 부족한 것입니다. 그들이 평생을 차갑게 살도록 내버려둘 것입니다. 그들도 원한다면 자기만의 즐거움 또는 더러운 취미를 찾을 수 있을 것입니다. 나도 이 짧은 인생에서 나만의 즐거움을 추구할 것입니다.

14세기 이탈리아의 비도덕적 사회상을 재현하다

《데카메론》에 등장하는 사랑은 대부분 육체적 쾌락으로 표출된다. 그것이 이 대작이 '음탕하다'고 평가받는 이유다. 이것은 작가의 잠재의식에서 기인한 것이지만 당시 이탈리아의 사회적 분위기가 반영된 것이기도 하다. 르네상스 시기의 수많은 사상가와 작가들이 이탈리아의 부패한 사회상을 언급한 바 있다. 그들은 "우리 이탈리아 사람들은 다른 나라 사람들에 비해 종교를 덜 신봉하고 더 부패했다", "교회와 교회의 대표들이 우리에게 가장 나쁜 본보기를 보여주었다"라고 말했다. 또 이렇게 쓰기도 했다.

지금 우리는 과거에는 매우 당연하게 도덕적이고 종교적이라고 여겼던 제약에서 벗어났다. 우리는 외부의 법률을 경시하고 있다. 그것은 우리의 통치자가 정통성과 합법성을 가지지 못했고, 그들의 재판관과 관리가 모두 나쁜 사람들이기 때문이다. 오늘 우리는 한 여인이 자신의 음욕을 만족시키기 위해 남편을 독살한 것을 보았다. 과부가 되면 자기 마음대로 살 수 있다고 생각했던 것이다. 또 다른 여인은 자신이 외간남자와 은밀히 정을 통했다는 사실을 들킬까 두려워 자신의 정부를 시켜 남편을 죽이게 했다. 그 여자의 부모와 남편이 독약과 칼, 그 외의 모든 수단을 사용해 그 더러운 치욕을 지워버리려 했지만 그 여자는 여전히 자신의 명예와 생명을 내던진 채 욕정에 지배당하고 있다.[4]

프랑스의 대작가 프랑수와 라블레(François Rabelais)는 이렇게 말했다. "그들의 규칙은 오로지 한 가지뿐이었다." 아무런 제약도 받지 않은 채 자기가 하고 싶은 대로 한다는 뜻이다. 이탈리아의 도시국가에서는 정치가들이 자신의 야심과 잔혹성을 굳이 감추지 않았다. 보카치오가 평생 흠모하고 존경했던 선배인 시인 단테는 이렇게 말했다. "그들(통치자)의 호루라기와 종, 나팔, 피리는 어떤 의미가 있을까? 그건 단지 교수형을 집행하는 관리와 대머리독수리 한 무리가 왔음을 알리는 수단일 뿐이다."
교회, 특히 수도원의 순결성에 대한 보카치오의 비판은 더할 나위 없이 냉혹했다. 당시 수도원의 타락과 도덕적 해이는 매우 흔한 일이었다. 수도사와 수녀가 문란한 관계를 맺는 일도 비일비재했다. 1430년대 몬티

첼리 수도원의 프란체스코회 수도사와 클라라회 여수도사 사이의 염문이 교황의 귀에 들어가 교황이 그들을 각자 다른 수도원으로 보낸 일도 있었다. 옹벽처럼 높다란 수도원 담장은 겁 없고 패기 넘치는 피렌체 청년들에게 강한 도전욕을 불러일으켰다. 게다가 실제로 형사법정의 사건 기록 중에도 수도사들의 문란함과 관련된 사례가 무궁무진하게 많았다. 또한 어느 귀족 가문이나 '곱상하게 생긴 미소년'이 있는 법이었고, 사람들은 그가 여러 명의 애인과 동시에 사귄다는 사실에 크게 분노하지 않았다. 이러한 사회적 현실이 바로 《데카메론》에 수많은 비도덕적 요소가 담기게 된 중요한 원인이다.

당시에는 선정적인 내용을 주제로 한 작품이 크게 유행했다. 주로 남녀 간의 성을 주제로 작품을 쓴 15세기 이탈리아의 유명 작가 포조 브라치올리니(Poggio Bracciolini)는 오랫동안 교황의 비서로 일한 이력이 있다. 성애를 주제로 한 그의 작품 《유머전서(Liber Facetiarum)》는 주교와 추기경들이 매우 좋아했으며 심지어 교황까지도 즐겨 읽었다고 한다. 따라서 당시의 문학적 배경을 감안하면 《데카메론》은 성적 묘사가 크게 파격적이거나 과도한 작품이 아니었다. 이 작품은 굳이 음란서적이라고 할 수 없었으며 오히려 당시 통속문학의 가치를 높여주었다. 방대하고 복잡한 풍속화처럼 한 시대가 고스란히 재현되었기 때문이다.

천주교 성직자들의 노여움을 불러일으키다

보카치오는 이탈리아 르네상스 시기 인문주의의 선구자로 불리는 인물인 만큼 당연히《데카메론》은 그가 남긴 유일한 작품이 아니다. 그가 유럽에서 이름을 날리고 있을 때 사람들은 그가《데카메론》을 썼다는 사실조차 잘 알지 못했다. 보카치오는 라틴어 신화와 지리서, 전기를 다수 편집한 고전학자로 단테의 작품을 깊이 연구했으며 일생 동안 많은 문학 작품을 남겼다. 그러나 영향력으로 본다면 그중 어느 것도《데카메론》을 넘어서지 못한다. 1375년 보카치오가 세상을 떠났을 때 피렌체의 유명한 문학가 프랑코 사케티는 보카치오를 애도하는 시를 발표했다. 그는 이 시에서 "보카치오의 죽음으로 시단이 암울해졌다. 꽃밭처럼 화려했던 문화·예술계도 그의 죽음과 함께 시들어버렸다"라며 슬퍼했다.

《데카메론》은 1348년에 창궐한 페스트가 잦아든 후인 1471년 베니스에서 최초로 출간했다. 그러나 그의 원고는 보카치오의 생전에, 심지어 이 대작이 채 완성되기도 전에 이미 여러 경로로 널리 퍼져 있었다. 이 작품이 알려진 후 각계로부터 비난이 쏟아졌다. 보카치오는 "그 무정한 광풍이 하늘을 어지럽히고 땅을 어둡게 하여 나는 똑바로 서 있기조차 힘들었다"라며 당시 상황을 회고했다. 특히 금욕주의를 표방한 에세네파 신부들에게 저주에 가까운 거센 비난을 받았다. 그래서《데카메론》을 다른 책들과 함께 불태워버릴까 고민한 적도 있었다.

그러나《데카메론》의 진정한 불행은 보카치오가 세상을 떠난 후에 찾아왔다. 1497년 천주교에서 일어난 종교개혁운동의 광풍 속에서《데카메론》이 음란서적으로 낙인찍힌 것이다. 그로 인해 원판 원고와 함께 이미 인쇄된 책들이 피렌체 광장에서 불태워졌다. 16세기 중엽에는 교황 바오로 4세가《데카메론》을 정식으로 금서로 지정했다. 하지만 1573년 피렌체에서 출판되어 교황에게 승인받은 삭제판《데카메론》은《금서목록》에 포함되지 않았다. 이 삭제판에서는 나쁜 일을 저지른 신부가 모두 일반 사람으로 바뀌어 있었다. 그 후에도 각 시대마다 윤리학자와 천주교 성직자들이 《데카메론》에 금서라는 꼬리표를 붙였다. 금서를 판단하는 기준은 각기 달랐지만 '음란함'이라는 이유는 변하지 않았다. 사람들은 심지어 체르탈도의 성당에 있는 보카치오의 무덤에서 묘비를 뽑아버리기까지 했다. 작가의 모든 저서와 흔적을 역사에서 지워버리려고 했던 것이다. 20세기 중반까지도 《데카메론》은 영국과 미국 정부가 번번이 판매중단 및 몰수 조치했으며 일부 출판단체의 블랙리스트에 오르기도 했다.

비열한 자들은 진정한 의미를 이해할 수 없으리라

그러나 무엇보다 감탄스러운 것은 바로 《데카메론》의 대단한 생명력이다. 보카치오가 이 작품의 끝부분에 쓴 말은 훗날 자신의 책을 금서로 지정한 이들에게 남긴 말인 듯하다.

비열한 사람은 이 말에 담긴 진정한 의미를 절대로 이해할 수 없다. 아무리 좋은 말도 그들의 귀에는 들리지 않는다. 반대로 인격을 갖춘 사람은 저열한 말을 들어도 그 인격이 더럽혀지지 않는다. 진흙이 찬란한 햇빛을 더럽힐 수 없고, 땅 위의 더러움이 아름다운 하늘에 오점을 남길 수 없는 것과 같다.

《데카메론》이 세상에 나온 후 이를 모방한 작품이 잇따라 쏟아져 나왔다. 그중 가장 유명한 것이 영국 시인 제프리 초서(Geoffrey Chaucer)의

《캔터베리 이야기(The Canterbury Tales)》와 마르그리트 드 발루아(Marguerite de Valois)*의《엡타메론(The Heptameron)》이다.《엡타메론》은《데카메론》에서 가장 사람들의 흥미를 끄는 부분을 더 부각해 성욕과 사랑에 관한 이야기만 담은 책이다. 발루아는 여류 작가 특유의 섬세한 기법으로 섹스의 기교를 묘사하는 데 각별한 공을 들였다.《엡타메론》도《데카메론》과 마찬가지로 각 시대마다 금서목록에 포함되었다.

---

* 프랑스 국왕 프랑수아 1세의 누이로 인문주의자와 신교도들을 보호한 것으로 유명하며 문학 애호가였다.

Le Tartuffe

타르튀프

[프랑스] 몰리에르(Moliere, 1622~1673), 1664년 작

종교라는 가면 뒤에 숨은 위선자의 악행

몰리에르는 1664년 베르사유 궁전에서 《타르튀프》를 처음으로 무대에 올렸다. 그러나 경건한 선교사의 가면을 쓰고 온갖 악덕을 일삼는 타르튀프를 주인공으로 한 이 재미있는 희극을 보며 교회인사들은 마음껏 웃을 수가 없었다. 결국 파리대주교는 "모든 이들을 분별없이 비난함으로써 종교를 해친다"는 성명을 발표하고 이 희극을 관람하는 자, 출판하는 자까지도 빠짐없이 처벌하겠다고 나섰다.

17세기 프랑스의 극작가 몰리에르는 평생 동안 풍자할 권리를 지키기 위해 싸웠다. 당시 그는 변변찮은 배우였다. 본명은 장밥티스트 포클랭(Jean-Baptiste Poquelin)으로 '몰리에르'라는 이름은 배우로 활동할 때 사용한 가명이다. 그는 자신의 극단을 이끌고 있었고 극단의 주요 배우이자 극본 제공자 겸 모든 일을 처리하는 행정책임자였다. 당시 극단이 명성을 유지하기 위해서는 권세가의 '은총'을 받아야 했다.

몰리에르가 지방에서 창단한 자신의 극단을 이끌고 루브르 궁으로 들어간 것은 1658년 10월이었다. 그들은 프랑스 국왕 루이 14세를 위해 《사랑에 빠진 의사(Le Docteur Amoureux)》를 공연했다. 다행히 이 공연은 국왕을 박장대소하게 만들어 큰 성과를 거두었고 극단은 파리에서 기댈

언덕을 찾았다. 물론 이것은 파리에서 공연해도 좋다는 허가증을 받은 것에 불과했고 공연을 순조롭게 상연할 수 있느냐는 별개의 문제였다. 하지만 몰리에르는 루이 14세의 지지를 받고 있었으므로 크게 걱정하지 않았다. 귀족과 교회 세력을 증오하며 실권을 잡으려 하던 루이 14세와 그들의 사악함을 풍자하는 몰리에르 사이에 공통의 언어가 존재하고 있었다. 그러나 국왕의 권력은 몰리에르의 기대만큼 절대적이지 않았다. 루이 14세는 온갖 압력에 못 이겨 잠시 몰리에르에게 등을 돌렸다. 몰리에르의 5막 희극《타르튀프》도 5년 동안이나 상연을 금지당했다.

시대의 위선에 날카로운 펜 끝을 겨누다

《타르튀프》는 타르튀프라는 사기꾼의 이야기다. 그는 경건한 선교사인 척하며 부유한 시민인 오르공을 속여 자신의 신자로 만든다. 겉으로 보면 성인처럼 보이지만 사실 그는 비열한 꿍꿍이를 품고 있다. 오르공은 타르튀프의 말이라면 뭐든 다 따른다. 심지어 자신의 딸을 타르튀프에게 시집보내고 전 재산을 그에게 넘겨주기까지 한다. 타르튀프는 겉으로는 대단히 금욕적인 척한다. 여자의 작은 유혹에도 손사래를 치며 거부하고 하녀가 가슴이 파인 옷을 입은 것을 보고 그대로 넘어가지도 않는다. 다음은 타르튀프가 처음 등장하는 대목이다.

타르튀프 : (주머니에서 손수건을 꺼내 건네며) 아! 신이시여. 저를 구하소서! 말하기 전에 이 손수건을 받으시오.

도린 : 왜죠?

타르튀프 : 제발, 그 가슴을 가려주시오. 도저히 눈 뜨고 볼 수가 없소. 그런 것에 영혼이 상처받고 사악한 생각이 꼬리를 문답니다.

하지만 이러던 타르튀프가 남 몰래 여주인 엘미르를 유혹한다. 엘미르와 단둘이 있게 되자 사랑에 넋이 나간 표정으로 달콤한 밀어를 속삭인다. "나는 독실한 신자이지만 남자가 아닌 것은 아니랍니다. 천상의 매력을 지닌 부인을 보면 마음을 빼앗겨 주체할 수가 없군요."

몰리에르는 이런 양면성을 통해 타르튀프의 위선적인 면을 낱낱이 드러낸다. 볼테르는 몰리에르를 '프랑스를 그린 화가'라고 평가했다. 그런데 이 화가는 특히 프랑스의 추악한 면을 고발하는 데 몰두했다. 풍자 대상에 대해 일말의 관용도 베풀지 않았다. 《타르튀프》는 이른바 고상한 인격과 독실한 신앙심을 가진 척하는 위선자들을 고발하고 그들의 수법을 폭로하기 위한 작품이었다. 몰리에르의 '예리한 칼날'이 그 시대에 '가장 유행하고 가장 골치 아프고 가장 위험한 악습 중 하나'인 위선을 정면으로 찔렀다.

타르튀프가 사기꾼임이 무대 위에서 완전히 폭로되기도 전에 교회 인사들은 이미 가시방석에 앉은 듯 안절부절못했다. 몰리에르가 왕에게 한 말처럼 '몰리에르의 희극이 그들을 무대 위로 올려놓았기 때문에' 그들은 그 희극을 용납할 수가 없었다. 하지만 몰리에르의 태도는 단호했다. 나중에 상연이 금지되자 그는 국왕에게 바치는 진정서에서 이렇게 말했다.

"만일 타르튀프(교회 인사)들이 득세한다면 저는 더 이상 희극을 쓰지 않을 것입니다."

《타르튀프》가 상연 금지된 후 금지령이 풀리기까지 긴 시간 동안 몰리에르는 위선을 비난할 권리를 수호하기 위해 힘겹게 싸웠다. 이 싸움에서 단 한 번 승리한 적이 있는데, 1659년에 상연된 희극《웃음거리 재녀들(Les Precieuses ridicules)》이 상연 금지된 지 단 보름 만에 국왕의 지지를 얻어내 상연할 권리를 되찾은 것이다. 하지만《타르튀프》를 재상연하기까지 몰리에르는 길고 힘든 싸움을 해야만 했다.

부패하고 타락한 인사들을 가시방석에 앉히다

1664년 5월 몰리에르는 베르사유 궁전에서 열린 성대한 축제에서 아직 미완성인《타르튀프》의 전반부 3막을 초연했다. 왕비, 종교계 인사, 귀족들이 그 자리에서 함께 관람했다. 그런데 공연이 다 끝나기도 전에 왕비의 지지를 받는 성체회 인사들이 행동을 시작했다. 주임사제가 나서서 몰리에르가 '성인으로 위장하고 겉모습만 사람인 마귀이며 사람들이 똑똑히 보고 있는 자리에서 신을 모독한 자유사상가'라고 비난했다. 주임사제는 국왕에게 '몰리에르를 공개적으로 극형 또는 화형에 처해 일벌백계할 것'을 요구했다. 루이 14세의 고해성사를 듣는 파리대주교도 직접 나서서 국왕에게 이 연극이 종교를 부정하므로 상연을 금지시켜야 한다고 종용했다. 루이 14세는 교회의 압력에 못 이겨《타르튀프》의 공연을 중단시켰다.

그런데 교회 인사들의 격렬한 반대는 오히려 끝까지 싸우겠다는 몰리에르의 투지를 부추겼다. 그는 기회가 있을 때마다 상연 금지를 취소해달라고 국왕에게 청원을 올리는 한편 서둘러 희극을 완성했다. 또 부르봉 공작 등 그의 처지를 동정하는 귀족들의 저택과 거실에서 희곡을 낭송하거나 비공개로 연극을 공연했다.

성체회 후원자인 왕비가 세상을 떠난 이듬해인 1667년 수정된《타르튀프》가 상연 기회를 얻게 되었다. 그러나 논란이 많은 대사를 사전에 타협해 삭제했음에도 상연된 지 단 하루 만에 성체회의 비밀회원이자 파리 고등법원장인 말제르브(Malesherbes)가 다시 상연 금지령을 내렸다. 얼마 후 파리대주교는 또 다시《타르튀프》는 "아주 위험한 희극이며, 특히 위선을 비판한다는 명분으로 진심으로 종교를 섬기는 모든 이들을 분별없이 비난함으로써 종교를 해치고 있다"라 성명을 발표했다. 그는 이 희극을 관람하거나 낭송을 듣는 이들은 모두 교회에서 추방하겠다고 선포했다. 물론 이 희극을 출판하는 행위도 동일하게 처벌했다.

1669년 교황 클레멘스 9세가 평화조약을 발표해 종교박해가 약해진 틈을 타, 2월 5일 국왕이《타르튀프》에 대한 공연 금지령을 취소했다. 그날 밤《타르튀프》는 수정하기 전 원작 그대로 정식으로 공연되었다. 이날 희극을 공연한 극장에 수많은 사람들이 몰려들었다. 밀려든 관객으로 극장 문이 부서질 정도였다. 그 후 극장이 문을 닫을 때까지《타르튀프》공연 포스터가 극장의 벽에서 한 달 이상 내려진 적이 없었다.

《타르튀프》는 몰리에르의 모든 희곡 가운데 가장 심하게 탄압받은 작품이자 공연 횟수가 가장 많은 작품이다. 이는 프랑스인들이 '선악과'에 유난히 강한 호기심을 느끼기 때문이 아니라《타르튀프》가 작품성, 희곡적 효과, 문학적 가치 등 여러 면에서 세계 희곡사상 가장 생명력 있는 작품 중 하나이기 때문이다.

위험한 관계

[프랑스] 피에르 쇼데를로 드 라클로(Pierre Choderlos de Laclos, 1741~1803), 1782년 작

사랑을 담보로 한 두 남녀의 위험한 게임

앙드레 지드가 꼽은 '세계 10대 소설' 중 하나. 프랑스 상류사회에서 일어난 애정스캔들을 편지 형식으로 대담하게 그려냈다. 난봉꾼 발몽과 메르퇴유 후작 부인 간의 위험한 내기로 수많은 주변 사람들은 물론 그들 자신까지도 결국에는 헤어날 수 없는 함정에 빠져들고 만다. 라클로는 윤리적으로 타락한 사람들이 윤리적인 사람들을 어떻게 물들이는지 그 수법을 폭로하기 위해 이 소설을 썼다고 밝혔다.

라클로는 "나는 남다르면서도 널리 호평받고 사후에도 후대에 영향을 미칠 수 있는 작품을 쓰고 싶다"라고 말했다.

그는 일생 동안 대부분 군인으로 복무했지만 이름을 후대에 알린 것은 그가 쓴 남다른 소설 한 편이었다. 《위험한 관계》는 출간과 동시에 초판 2000부가 다 팔려나갔고 라클로는 출판업자와 다시 2000부를 찍기로 계약했다. 이 소설을 출간한 후 불과 1년 만에 10여 종의 해적판이 등장했다. 상류층 인사도 겉으로는 이 책을 혐오하는 척했지만 남몰래 숨겨놓고 읽었다. 라클로의 소설은 한 재능 있는 후배에게 영향을 미쳤는데 바로 프랑스의 위대한 작가 스탕달(Stendhal)이다. 두 사람은 1800년에 서로 만난 적이 있다. 두 사람 모두 군인이었다. 라클로는 이미 장군이었고 스탕

달은 소위였다. 스탈당은《위험한 관계》의 저자인 라클로에게 경의를 표하는 것을 잊지 않았다. 라클로의 팬이었던 그는 라클로가 한때 자신의 고향에서 살았다는 사실을 알고 더 친근감을 느꼈다.

연애의 기교를 알려주는 지침서라는 오해를 받은 소설《위험한 관계》는 파리의 군중들이 바스티유 감옥을 습격하기 7~8년 전에 세상에 나왔다. 재미있는 사실은 지금까지도 일부 비평가들은 이 소설을 논할 때 작가 라클로가 일생 동안 좋은 남편이자 훌륭한 아버지였음을 강조한다는 점이다. 심지어 어린 시절에 말 잘 듣는 얌전한 아이였다는 점까지 언급하기도 한다. 마치 그렇게 해야만 작가의 순수한 창작동기가 의심받지 않는다는 듯이 말이다.

《위험한 관계》가 탄생했을 때 유럽 문학계의 상황은 프랑스에서 유행하던 연애소설이 유럽 전체로 퍼져나가며 겉치레를 중시하고 문화생활을 즐기는 유한계층에 환영받고 있었지만, 다른 한편으로는 상류사회의 애정스캔들을 대담하게 표현하고 섹스에 대한 탐색을 주제로 한 작품이 사회에 해를 끼친다는 혐의로 속속 금서로 지정되고 있었다. 당시 프랑스 사회에는 문란한 성생활도 귀족적인 장식을 거치면 더 쉽게 용인되는 경향이 있었다. 탕아나 탕부에게 씌워진 매미 날개 같은 장밋빛 베일을 벗기는 것은 커다란 죄악이었다.

《위험한 관계》의 등장은 사탄의 강림과도 같았고 라클로는 당연히 위험한 인물로 여겨졌다. 파리의 살롱은 그를 문전박대하고 그의 군인 신분마저 위협받았다. 얼마 지나지 않아서 귀족, 선교사, 심지어 국왕 본인까지도 줄줄이 단두대에 올랐지만 이 소설에 드리운 불운은 여전히 가시지 않았다. 19세기부터 20세기 초에 이르는 동안 이 책은 법원에서 번번이 금서 판결을 받았다. 라클로의 억울한 영혼이 방황을 끝낸 것은 20세기 중반이었다. 그 후《위험한 관계》의 문학적 지위가 계속 상승해 프랑스 작가 앙드레 지드(André Paul Guillaume Gide)는 이 소설을 '세계 10대 소설' 중 하나로 꼽았다.《위험한 관계》현대판의 발행 부수가《라 트라비아타(La Traviata)》,《적과 흑(Rouge et le Noir)》,《마담 보바리(Madame Bovary)》,《파르마의 수도원(La Chartreuse de Parme)》등 명저를 뛰어넘고, 프랑스 문학사에 관한 저서에도 라클로를 전문적으로 평가하는 글이 실리기 시작했다.

타락한 이들이 어떻게 윤리적인 사람들을 물들이는가

라클로는 소귀족 출신으로 사상이 자유로웠다. 그는 자코뱅파의 일원으로 루이 16세를 하야시키는 음모에 참여했다가 두 차례 감옥에 갇혔다. 나중에 나폴레옹의 신임을 얻어 포병 소위가 되었지만 실제 전투에는 참여하지 않고 이탈리아 원정군으로 배치되었다. 사망하기 전에는 나폴리의 포병사령관으로 임명되었다. 라클로는 프랑스 귀족층의 애정 행각을 자세히 관찰하고 직접 체험했다.《위험한 관계》는 파리를 무대로 하고 있지만 라클로가 귀족 사교계를 직접 관찰한 것은 프랑스 남부 그르노블에서였다. 그는 그곳에서 7년 동안 군인으로 복무했다. 당시 그의 상사는 "라클로가 사교계 최고 인사들과 폭넓게 교류했다"고 말했다. 그르노블은 스탕달의 고향이기도 하다. 스탕달은 자기 고향의 젊은이들이 "부유한 정부에게서 돈을 받아 그 돈으로 화려한 옷을 사 입고 다른 가난한 정부를 부양한다"고 말한 바 있다.

그르노블 상류층의 생활은 라클로의 소설에 풍부한 소재가 되었다. 전기작가들은 라클로가 접촉했던 사교계 인사들에게서 소설 속 등장인물의 원형을 어렵지 않게 찾아낼 수 있었다. 《위험한 관계》를 출간한 후 이 소설의 주인공이 실제 인물과 너무 흡사하다고 비난한 사람도 있었다. 라클로를 아는 한 후작 부인은 문지기에게 "공관에 자주 오는 그 누렇고 마르고 검은 옷을 입은 키다리 놈이 다시 오면 내가 집에 없다고 해라. 그와 단둘이 만나는 게 두렵구나"라고 말했다.

《위험한 관계》 집필은 라클로에게 군대 생활의 무료함을 달래는 한 방법이었다. 남다른 작품을 쓰는 것은 그에게 아주 매력적인 심심풀이였다. 하지만 라클로는 '윤리적으로 타락한 사람들이 윤리적인 사람들을 어떻게 물들이는지 그 수법을 폭로하기 위해' 작품을 썼다고 밝혔다. 이 책의 맨 앞에 실린 '발행인의 말'을 보면 작가와 출판업자는 이 작품의 출간이 위험하다는 사실을 알고 있었다. 하지만 자기변호와 비슷한 이 서문 자체도 풍자적 의의가 있다. 이 서문은 신경이 예민한 이들을 불안하게 만들었다. 이 소설은 그 자체로 사회와 당시 세속관념에 대한 도전이었기 때문이다. 이런 도전은 '발행인의 말'에서 이미 시작되었다. 다음의 풍자적인 인용문을 살펴보자.

작가가 사실성을 추구했지만 기법이 서툴러 오히려 사실성을 해치고 말았다. 작가는 소설 속 내용의 시대 설정에서 잘못을 범했다. 이 소설에 묘사된 인물 중 대다수가 윤리적으로 지나치게 타락해 과연 그런 인물이 우리가 사는 이 시대에 실제로 존재한다고는 도무지 믿을 수 없다. 지금 우리가 살고 있는 시대는 철학의 시대다. 지혜의 빛이 세상 구석구석 비추고, 누구나 알고 있듯이 남자들은 모두 점잖고 여자들은 모두 정숙하다.

그러므로 이 책에 등장하는 사건들이 만약 사실이라면 다른 나라, 다른 시대에나 일어날 것이라고 우리는 생각한다. 작가는 독자들의 흥미를 끌기 위해 우리가 사는 이 시대, 이 나라를 배경으로 설정하고, 우리의 옷을 입히고 우리의 관습으로 위장하여 우리에게는 낯선 풍속을 대담하게 그려냈다. 우리는 작가의 이런 방식을 강하게 비난한다.

175통의 편지에 적힌 18세기 프랑스 상류사회의 스캔들

당시 연애소설은 프랑스 상류사회의 유행을 따르려고 존재했고 세련된 신사숙녀들의 눈물, 탄식, 부자연스러운 낭만 등과 뒤섞이기는 했지만 다른 시대와 마찬가지로 이 시기 프랑스 상류사회에도 보수적인 윤리학자들이 있었다. 그들은 중세 이래로 사상계를 장악하고 있는 금욕주의를 철저히 고수하고 자신들의 기준에서 궤도를 벗어난 작품에 대해서는 가차 없이 비난했다. 사회가 극도로 부패하고 타락했을 때에도 그들은 기적적으로 사회의 여론을 좌우했다. 그들이 가장 흔히 쓰는 방법은 감추고 숨기는 것이었다. 그들의 고집스러운 외침 속에서 라클로는 유죄, 종교 모독 같은 죄명을 쓰고 말았다.

도덕적이고 어떠한 악습에도 거의 물들지 않은 사랑스러운 부인이 결국 유혹을 뿌리치지 못하고 사회에서 용서받지 못할 간통죄를 저지른다. 이것은 프랑스 소설의 전통적인 주제였다.《위험한 관계》에 등장하는 투르벨 법원장 부인은 스탕달의《적과 흑》에 나오는 드 레날 부인이나 플로베르의 소설 속 보바리 주인 등 다른 명작들 속 인물들을 연상시킨다. 이것이 유럽 소설의 전통적인 주제일 수도 있다. 러시아 작가 톨스토이의 소설 속 주인공 안나 카레니나도 투르벨 법원장 부인과 비슷한 아픔을 겪는다. 그녀들의 연애가 항상 자기파멸의 결말을 맞이하는 것은 아마도 '인과응보'의 의미를 가지고 있을 것이다. 하지만 작가들이 소설 속에서 그 인물들을 깊이 동정하기 때문에 이 걸작들은 거의 예외 없이 비윤리적인 작품으로 비난받았다.

《위험한 관계》는 서간체 소설이다. 이런 문학형식은 18세기에 매우 유행했다. 영국 소설가 리처드슨의 《파멜라》가 1742년 프랑스어로 번역된 뒤 큰 성공을 거두고, 1764년 루소의 《신 엘로이즈》가 등장하면서 이런 문체가 완전히 프랑스화되었다. 《파멜라》와 《신 엘로이즈》는 라클로가 가장 좋아하는 소설이기도 했다. 비평가들은 라클로의 《위험한 관계》가 필연적으로 서간체를 구사해야 하는 작품이었으며 그 필요성이 《파멜라》와 《신 엘로이즈》를 뛰어넘는다고 평가했다. 《위험한 관계》는 사교계에서 이미 발생했거나 곧 발생할 사건들을 당사자가 고백하고 예언하는 편지와 외부인들이 비판하고 조소하고 공격하고 감탄하는 편지를 교묘하게 섞어 서간체의 효과를 극대화했다.

《위험한 관계》는 여러 사람들이 주고받은 총 175통의 편지로 이루어져 있다. 작가가 애초에 '연애 테크닉 지침서'를 쓰려고 한 것이 아니었으므로 소설 속 인물들의 깊은 속내를 들여다볼 수 있는 형식으로는 가장 적합했다.

라클로는 이 소설이 상류사회의 타락한 남녀들의 이익을 해칠 수 있음을 예상하며 이렇게 말했다. "그들은 교활하기 때문에 고루한 윤리학자들을 부추겨 이 책을 반대하는 편으로 끌어들일 수도 있다. 그 윤리학자들은 이 책에 대담하게 묘사된 음란한 장면을 두려워할 것이다." 이 소설은 두 세기 이전에 발표됐지만 요즘 읽어도 지옥의 문이 열린 듯한 강렬한 인상을 받을 수 있다. 작가의 진심이 작품에 사라지지 않는 생명력을 불어넣었기 때문이다.

사랑을 담보로 한 두 남녀의 위험한 심리 게임

볼랑쥬 부인이 수녀원에 있던 딸 세실을 집으로 데리고 온다. 부인은 아름답고 순결한 딸을 자신이 직접 고른 제르쿠르 백작에게 시집보내려고 한다. 그는 이 비밀을 친척이자 친한 친구인 메르퇴유 후작부인에게 이야기한다. 불행은 그때부터 시작되었다. 볼랑쥬 부인은 메르퇴유 후작부인과 제르쿠르가 과거에 연인이었다는 사실을 모르고 있었다. 제르쿠르는 과거 메르퇴유 후작부인을 버리고 총독 부인을 선택한 남자였다. 제르쿠르가 자신의 친척이 될 거라고 생각하자 메르퇴유 후작부인은 화가 나서 참을 수가 없었다. 이 소설에서 가장 악한 인물인 그녀는 그때부터 복수를 계획한다. 제르크루를 파리의 웃음거리로 만들기로 결심한 그녀는 옛 연인인 발몽 자작을 꼬드겨 계획을 실행에 옮긴다. 발몽을 시켜 제르쿠르의 약혼녀를 유혹하게 함으로써 제르쿠르에게 타락한 여인과 혼인하는 불명예를 안기는 것이 그녀의 계획이었다. 그런데 호색한 발몽에게 새로운 사냥 목표가 나타난다. 미덕의 화신으로 불리는 투르벨 법원장 부인이다. 그 때문에 발몽은 메르퇴유 후작부인의 제안에 시큰둥하다. 그런데 공교롭게도 바로 그때 젊은 기사 당스니가 세실에게 반한다.

메르퇴유 부인은 하는 수 없이 원래 발몽이 하려던 역할을 당스니에게 시키지만 당스니의 순수함과 선량함으로 인해 메르퇴유 부인의 계획이 수포로 돌아갈 위기에 처한다. 메르퇴유 부인은 발몽에게 이 계획을 실행해달라고 부탁한다.

메르퇴유와의 재결합을 원하는 발몽은 그녀의 부탁을 거절하지 못한다. 하지만 그는 처음에는 이 일에 그리 열성적이지 않았다. 법원장 부인을 정복하는 일에 시간과 정력을 온통 쏟아부어야 했기 때문이다. 그러던 중 볼랑쥬 부인이 법원장 부인에게 계속해서 자신을 조심하라고 충고해왔음을 알게 되면서 사건은 전환점을 맞이한다. 발몽이 메르퇴유 부인의 복수 계획에 적극적으로 가담해야 할 동기가 생긴 것이다. 발몽은 자신에 대한 당스니의 신뢰를 이용해 당스니와 세실을 중간에서 이어주는 역할을 자처하고 이를 기회로 세실에게 접근해 그녀를 자신의 연인으로 만들어버린다. 독자들은 그들이 서로 주고받는 편지를 통해 발몽이 세실을 임신시켰음을 알게 된다. 메르퇴유 부인은 발몽을 축하하지만, 이와 동시에 투르벨 법원장 부인을 유혹하려던 발몽의 계획도 성공한다. 그 후 발몽은 메르퇴유 부인에게 보내는 편지에 이렇게 쓴다.

그 여자를 드디어 정복했습니다! 내게 저항하던 그 대단한 여자를 말입니다. 그렇습니다. 그 여자가 드디어 내 것이 되었습니다. 온전히 내 것이 되었습니다. 어제 내게 모든 것을 다 바쳤습니다. …… 예전처럼 명예롭지 못하고 내게 이득만 되는 단순하고 값싼 항복을 얻어낸 것이 아닙니다. 이번에는 힘겨운 전투를 치르고 치밀한 전술을 통해 얻어낸 완벽한 승리입니다. 혼자 힘으로 얻어낸 승리이기에 더 없이 소중하다는 것을 이해하시겠지요? 그 여자를 정복하면서 느꼈고 또 지금도 느끼고 있는 이 쾌감이 바로 영광의 달콤함일 겁니다.

하지만 투르벨 부인은 발몽의 고모에게 보내는 편지에서 슬픈 어조로 말한다.

제가 드릴 수 있는 말씀은 한 가지뿐입니다. 발몽 님께서 자신의 죽음과 행복 중 하나를 제게 선택하라고 하셨고 저는 행복을 택했습니다. …… 저는 부인의 조카분께 저를 바쳤습니다. 그분을 위해 저 자신을 짓밟았습니다. 그분은 이제 제 생각과 감정, 행동의 유일한 중심이자 제 생명이십니다.

발몽이 투르벨 부인을 정복한 후 메르퇴유 부인과 발몽 자작의 협력 관계는 위험해지기 시작한다. 두 사기꾼이 도박판에서 서로를 알아보고 적수가 된 것과 같다. 메르퇴유 부인은 발몽에게 보낸 편지에서 이렇게 묻는다. "그렇다면 이제 우리 둘 중 누가 상대를 속이는 임무를 맡을지 말해 보세요." 발몽은 메르퇴유 부인의 은근한 이야기에 법원장 부인과 이별한다. 그렇게 하면 승리자의 당당한 자태로 메르퇴유 부인 곁으로 다시 돌아갈 수 있을 것이라고 생각한 것이다. 하지만 이 역시 메르퇴유 부인의 또 다른 사기극이었다. 그녀에게는 이미 새로운 남자가 있었다. 그녀가 당스니와 친밀한 관계를 맺은 것도 발몽을 자극하기 위한 수단이었다.

발몽은 복수를 결심한다. 메르퇴유 부인이 쓰고 있는 미덕의 가면을 벗기고 악한 본색을 만천하에 공개하기로 한 것이다. 하지만 메르퇴유 부인은 이번에도 당스니를 이용한다. 그녀는 발몽이 세실과 정을 통했다는 증거를 당스니에게 보여주며 발몽과의 결투를 부추긴다. 마침내 발몽은 당스니의 손에 죽임을 당하지만 죽기 직전 메르퇴유 부인이 자신에게 보낸 편지를 당스니에게 건넨다. 모든 사실을 알게 된 당스니는 자신의 진정한 복수 대상이 누구인지를 분명히 알게 된다. 얼마 후 파리 상류사회에 메르퇴유 부인을 둘러싼 소문이 자자하게 퍼진다. 그녀는 결국 명예도 재산도 모두 잃은 채 홍역에 걸려 한쪽 눈이 멀고 추한 모습으로 변한다. 가장 가련한 사람은 투르벨 법원장 부인이다. 그녀는 발몽과의 이별로 인한 충격에 정신착란을 일으킨다. 그녀는 발몽보다 조금 더 살았을 뿐이지만 그 사이에 발몽이 죽었다는 소식을 듣게 된다. 마지막 기도에서 발몽을 향한 그녀의 사랑을 느낄 수 있다.

전지전능하신 하나님! 당신의 심판을 달게 받겠습니다. 발몽 님은 용서해주십시오. 모든 불행은 저로 인한 것입니다. 제 불행 때문에 그를 벌하지 마십시오. 그 사람의 불행은 저로 인한 것이니 제발 그 사람을 벌하지 말아주십시오!

순수한 사랑을 조롱한 자의 비참한 최후

메르퇴유 부인과 발몽 자작 사이에 오간 편지가 소설을 이끌어나가는 주체이다. 그 편지에서 그들은 자신의 악한 생각을 숨김없이 드러내고 자신들로 인해 고통받는 사람들을 보며 우월감에 도취되어 희희낙락한다. 메르퇴유 부인이 자신이 겪어온 일들과 인생의 원칙에 대해 이야기한 편지가 있는데 그 편지는 추악함 그 자체라고 할 만하다. 그녀는 자신의 원칙은 스스로 깊이 생각해서 만들어낸 결실이라면서 "내가 나 자신의 작품입니다"라고 말한다. 그리고 또 이렇게 말한다.

　　나는 진심으로 사랑을 느끼기 위해서가 아니라 상대의 사랑을 부추기기 위해 사랑에 빠진 척했답니다. 사랑이라는 감정은 꾸며낼 수 없는 것이라고 들었습니다. 또 책에서도 보았죠. 하지만 그 말을 믿지 않았습니다. 작가의 재능과 배우의 연기를 합치면 충분히 가능하다고 생각했습니다. 나는 그 두 가지를 단련했고 어느 정도 성공한 것 같습니다. 하지만 무대 위에서 무의미한 갈채를 구하고 싶지는 않습니다. 다른 여인들은 허영심 때문에 희생하지만 나는 그 희생을 내 행복으로 바꾼 겁니다.

　메르퇴유 부인은 뛰어난 연기로 명예를 얻었다. 누가 그녀의 험담이라도 할라치면 점잖은 부인들이 나서서 두둔해주었다. 하지만 사실 그녀는 방탕한 생활을 그만둔 것이 아니었다. 여전히 자기 앞에 엎드려 사랑을 갈구하는 남자들에게서 무한한 쾌락을 찾았다. 여자를 정복하는 능력에 자부심을 가진 발몽 자작마저 메르퇴유 부인 앞에서는 속수무책이었다. 그녀는 발몽과의 과거를 이렇게 회상한다.

　　나는 우리가 만나기 전부터 당신을 원했어요. 당신의 명성이 아주 매력적이었죠. 내 영예가 온전해지기 위해 당신이 꼭 필요했어요. 당신과 진심으로 대결해보고 싶었답니다. 한때 당신을 사랑했지만 그런 일은 내 인생에서 처음이었어요. 만일 그때 당신이 나를 파멸시키려 했더라면 나는 아무런 대책도 생각해내지 못했을 거예요. 아무런 흔적도 남지 않는 공허한 이야기를 했겠죠. 당신의 명성 때문에 아무리 진지한 말이라도 당신 입에서 나오면 믿을 수 없는 말이 되어버리죠.

메르퇴유 부인은 발몽에게 자신의 복수 계획을 도와달라고 했지만 그건 그저 그를 이용하는 것이었을 뿐이고 발몽은 바라던 대가를 얻지 못했다. 게다가 발몽은 결국 메르퇴유 부인이 벌인 사기극의 희생양이 되었다.

메르퇴유 부인이 프레방을 유혹했던 일에서도 그녀의 사악한 재능이 고스란히 드러난다. 그녀는 프레방이 자신을 유혹하도록 곳곳에 함정을 파놓은 다음, 프레방의 유혹에 굴복해 어쩔 수 없이 한밤의 밀회를 허락하는 척한다. 그런데 프레방이 정복자의 희열에 도취되어 그녀의 침실로 들어온 순간 그녀는 무례한 침입자를 다루듯 종을 울려 하인들을 부르고 불운한 기사 프레방은 그녀의 집에서 쫓겨난다. 그 일로 프레방은 사교계에서 완전히 매장당했을 뿐 아니라 군인 신분으로 불명예스러운 일을 저질렀다는 이유로 영창에 보내진다. 그녀가 그런 일을 꾸민 것은 프레방이 예전에 사람들 앞에서 그녀를 얕보는 발언을 했기 때문이었다. 그녀는 발몽에게 보내는 편지에서 "자, 이제 판단해보세요. 자랑스러워해야 할 사람이 누구인가요? 그인가요, 아니면 나인가요?"라고 했다. 프레방에게 망신을 준 행동은 객관적으로 볼 때 발몽을 크게 도와준 것이었다. 프레방의 몰락으로 사교계에서 발몽의 강력한 경쟁자 하나가 줄어들었으니 말이다.

한편 볼랑쥬 부인은 투르벨 법원장 부인에게 보내는 편지에서 계속해서 발몽 자작이 위험한 인물임을 강조한다.

부인과 발몽 사이에 무슨 공통점이 있나요? 부인은 그런 사람을 알지 못합니다. 부인이 그런 방탕한 영혼을 어떻게 꿰뚫어볼 수 있겠어요? 그가 '보기 드물게 솔직한' 사람이라고 하셨던가요? 그래요. 발몽의 솔직함은 아주 보기 드물죠. 겉보기에는 상냥하고 매력적인 것 같지만 사실은 위선적이고 위험한 인물입니다. 젊었을 때부터 그는 행동거지 하나, 말 한마디까지 모두 계획적이었죠. 모든 계획이 거짓이고 사악했어요. …… 그의 행동은 그의 처세원칙에서 나온 결과랍니다. 그는 어떻게 하면 자기 명예를 더럽히지 않으면서 추악한 일을 저지를 수 있는지 잘 알고 있답니다. 그는 여자를 희생시켜 자신은 모든 위험을 피해가면서도 흉악하고 잔인한 짓을 하죠. 그에게 유혹당한 여자가 헤아릴 수 없이 많은데 그중에 상처를 입지 않은 여자는 아마 없을 거예요.

볼랑쥬 부인의 투시력에 유감을 표하지 않을 수가 없다. 메르퇴유 부인의 친한 친구인 그녀는 자기 옆에 웅크리고 있는 더 큰 사악함을 보지 못하고 메르퇴유 부인이 자신의 딸에게 마수를 뻗고 있다는 사실을 전혀 눈치채지 못한다. 메르퇴유 부인에 비하면 발몽 자작은 위험한 인물도 아니다. 그가 바라는 것이라고는 사교계에서 유명해지는 것뿐이다. 그가 사교계에서 숱한 기적을 창조한 '동종 업계 종사자' 프레방을 몹시 질투했던 것도 그 때문이다. 자신의 꿈을 실현하기 위해 발몽은 쉽게 손에 넣을 수 없는 사냥감을 찾아 정복해야 했다. 그가 중요하게 여기는 것은 여자를 정복한 남자의 사악한 우월감이다. 타인의 고통은 그가 동경하는 면류관을 아름답게 장식하는 무늬였다. 정복 계획을 실현하기 위해 그에게 필요한 것은 극단적인 몰염치였다. 경험이 없는 세실을 대할 때 발몽은 간단한 습격 전략을 사용하고 한 번도 장애물을 만난 적이 없다. 그는 우선 속임수로 세실의 방 열쇠를 손에 넣은 후 그날 밤 바로 그녀의 방으로 들이닥친다. 하지만 온화하고 선량한 투르벨 부인에 대해서는 오랫동안 공을 들여 유혹한다. 발몽은 바로 곁에서 구애하는 것보다 멀리 떨어져 편지를 주고받는 것이 투르벨 부인의 마음을 흔들어놓는 데 더 효과적임을 알고 그녀의 곁을 떠나는 척하며 격정적인 언사로 그녀를 자극한다. 그중 한 통은 옛 연인 에밀리의 침대 위에서 에밀리의 몸을 탁자 삼아 쓴 것이다. 그는 메르퇴유 부인에게 보내는 편지에서 "여인의 침대에서 여인의 품 안에 누워, 중간중간 연인을 배반하는 행위를 하느라 쉬어가며 편지를 쓰는 것이 재미있더군요"라고 말한다. 하지만 그가 침대 위에서 투르벨 부인에게 쓴 편지에는 이렇게 적혀 있다.

당신에게 편지를 쓰면서 이렇게 기뻤던 적이 없습니다. 이토록 달콤한 감정을 느껴본 적이 없습니다. 모든 것이 나를 격정으로 불타오르게 합니다. 내가 숨 쉬는 공기는 쾌감으로 가득 차 있고 편지를 쓰고 있는 탁자 역시—이런 용도로는 처음 쓰는 겁니다. — 성스러운 사랑의 제단 같군요. 이 얼마나 아름다운지! 이 탁자 위에 당신과 영원히 사랑하겠다는 서약을 남기겠습니다! 부디 뒤죽박죽인 나의 생각을 용서해주시길! 당신과 함께 누리지 못하는 격정에 주체할 수 없이 빠져들어서는 안 되겠죠. 시시각각 더해지는, 이 참을 수 없는 흥분을 가라앉히기 위해 잠시 편지를 멈춰야겠습니다.

발몽은 사냥감을 방심시키기 위해 낙천적이고 선량한 척 위장한다. '가장 아름다운 영혼의 가장 아름다운 미덕'을 꾸며냄으로써 투르벨 부인을 감탄하게 만든다. 하지만 마지막에 자신이 메르퇴유 부인의 또 다른 사기극에 빠졌음을 깨달은 후 보기 드문 솔직함을 되찾는다. 당스니와의 결투 후 죽기 전 그는 당스니를 끌어안고 그를 친구라고 부르면서 사건의 진상이 담긴 증거물로 자신과 메르퇴유 부인 사이에 주고받은 편지 뭉치(편지 위에 '메르퇴유 후작부인과 발몽 자작 사이에 오간 편지'라고 적혀 있었다)를 건네준다.

발몽은 죽은 후 누군가 자신을 위해 눈물을 흘려주는 행운을 누리지만 메르퇴유 부인은 그런 행운을 얻지 못했다. 그녀 앞에 놓인 현실은 병, 파산 그리고 사교계의 야유뿐이었다. 그녀가 파리를 떠나 피신해야 했을 때 그녀의 하인들 중 단 한 명도 그녀를 따라가지 않았다.

페테르부르크에서 모스크바까지의 여행

[러시아] 알렉산드르 라디셰프(Alexander N. Radishchev, 1749~1802), 1790년 작

재앙이 된 국가에 대한 충심의 기록

라디셰프는 여행 형식을 통해 18세기 후반 농노제와 전제체제하에서 고통받는 러시아 민중의 모습을 현실적으로 그려냈다. 당시 예카테리나 여왕은 프랑스대혁명으로 인해 잔뜩 신경이 날카로워 있었는데 이 책이 '프랑스의 불량한 사조'를 전파하고 있다며 라디셰프를 시베리아에서도 가장 황량한 이림스크로 유배 보냈다. 이후 사면되기는 했으나 그 어떤 것도 나아지지 않은 현실에 좌절한 라디셰프는 1807년에 독약을 마시고 자살했다.

"말단 관리가 아무 권력도 후원자도 없이 공공질서에 반대하고 군주제와 예카테리나에게 반기를 들었다! …… 그가 비범한 용기를 지닌 범죄자이자 정치에 열정을 가진 사람임이 분명하다. 그는 남들과 다른 길을 갔지만 그의 행동에는 놀라운 헌신이 깃들어 있었고 불의를 참지 못하는 정의심도 품고 있었다."

당시의 엄격한 출판물 검열 제도 때문에 푸시킨은 〈알렉산드르 라디셰프〉라는 글에서 《페테르부르크에서 모스크바까지의 여행》을 쓴 선배 작가 라디셰프에 대한 경의를 충분히 표현할 수 없었다. 그럼에도 이 글은 역시 검열관의 매서운 눈을 피해 가지 못했고 교육대신은 "라디셰프와 이 책은 사람들에게 완전히 잊혔으며 마땅히 그래야 했다. 사람들에

게 이 사람과 책을 다시 상기시킬 필요가 없다"라고 말했다.

어째서 반세기 가까이 지난 후에도 차르 황실은 라디셰프와《페테르부르크에서 모스크바까지의 여행》이 완전히, 심지어 영원히 사람들에게 잊히기를 바랐을까? 차르 고등법원이 라디셰프에게 유죄 판결을 내릴 때 그들이 적용한 죄목은 국가반역죄였다. 하지만 라디셰프가《페테르부르크에서 모스크바까지의 여행》에서 보여준 사회문제는 푸시킨이 사망하기 몇 년 전까지도 여전히 '가장 현실적이고 전국적인 문제'였다.

라디셰프의 책이 여왕을 화나게 하다

라디셰프는 귀족 출신으로 사라토프 주 노보쿠즈네츠크에 있는 아버지의 영지에서 어린 시절을 보냈다. 여덟 살이 되던 해에 모스크바로 유학을 떠났고 열세 살 때 귀족 자제 40명을 선발해 귀족 군사 학교에 입학시키라는 예카테리나 2세의 명령에 따라 그 중 한 명으로 선발되었다. 이 학교는 학생들에게 '궁정의 예법'을 교육시키기 위한 목적으로 설립했으며 학생들이 순번제로 궁정에 들어가 여왕과 황족을 보필해야 했다. 훗날 라디셰프는《페테르부르크에서 모스크바까지의 여행》에서 궁정의 부패하고 타락한 생활풍조와 굽실거리고 알랑거리는 분위기를 분개한 어조로 묘사했다. 열일곱 살 때는 독일 라이프치히에서 법률을 공부했다. 1771년 늦가을 독일에서 러시아로 돌아온 라디셰프는 원로원, 군사법정, 상무원 등에서 근무한 후 페테르부르크 세관 책임자로 임명받았다. 통상적으로 볼 때 라디셰프는 그보다 훨씬 높은 직위에 오를 수 있었지만 운명은 그를 다른 길로 데려다 놓았다. 아니, 더 정확하게 말하면 문학이 그의 운명을 바꿨다고 해야 할 것이다.

라디셰프는 《토볼리스크에 사는 친구에게 보내는 편지(Pisimo k Drugu, Zhitehstvuyushchemuv Toboliske, po Dolgu Zvaniya Svoego)》,《표트르 우샤코프의 생애(Zhitie Fedora Vasilievicha Ushakova)》,《페테르부르크에서 모스크바까지의 여행》 등의 작품을 썼다.《페테르부르크에서 모스크바까지의 여행》은 1788년 말에 거의 완성했고 이듬해 7월에 검찰의 검열을 통과했다. 출판허가증은 페테르부르크 경찰총장 릴리예프의 명의로 발급되었다. 경찰총장은 아마도 원고를 자세히 읽어보지 않은 채 대충 제목만 보고 허가증을 발급했던 것 같다. 처음에는 모스크바의 한 인쇄소에 인쇄를 맡겼지만 책의 내용을 알고 난 인쇄업자가 겁을 먹고 인쇄하기를 꺼리자 라디셰프는 자신이 직접 인쇄하기로 했다. 그는 여왕이 반포한 '개인 인쇄소 설립 및 서적 인쇄 허가법령'을 이용해 자기 집에 작은 가내 인쇄소를 차렸다. 1790년 라디셰프는 650권을 인쇄해 여섯 권을 가까운 친구들에게 보내고 한 권은 지인을 통해 여왕과 가깝게 지내는 유명한 시인 제르자빈에게 보냈다. 라디셰프의 말에 따르면,《페테르부르크에서 모스크바까지의 여행》의 총 판매 부수는 25부였다. 그런데 인쇄 부수와 판매 부수가 많지 않았음에도 페테르부르크 사람들 중에 이 책에 대해 모르는 이가 없었다.

라디셰프는 여왕이 이 책을 읽기를 몹시 바랐던 것 같지만 불행히도 여왕이 읽은 후 그에게 재앙이 시작되었다. 프랑스대혁명 이후 러시아 여왕은 자신의 자리도 불안해질까 봐 두려워하고 있었다. 그런데 바로 그때 이 책이 여왕의 예민한 신경을 건드렸던 것이다. 여왕은 책을 자세히 읽으면서 각 책장 여백에 붉은 펜으로 자신의 생각을 적었다. 그리고 30쪽도 채 읽기 전에 이 책이 '프랑스의 불량한 사조'를 전파하고 있다고 판단했다. 여왕은 경찰총장 릴리예프를 소환해 그 책에 관해 물었고 책의 저자가 정부 관리인 라디셰프라는 사실을 알았다. 바로 다음날《페테르부르크에서 모스크바까지의 여행》을 다 읽은 여왕은 라디셰프의 상사인 보론초프 백작에게 명령을 내려 라디셰프에게 이 책의 집필과 출간에 대한 모든 상황을 추궁하도록 했다. 하지만 그 명령이 보론초프에게 전달되기도 전에 여왕은 또 다시 그에게 편지를 썼다. 라디셰프를 추궁할 필요가 없으며 이 사건을 정식으로 심문하기로 했다는 내용이었다. 이 소식이 라디셰프의 귀에 들어가자 그는 사람을 시켜 남아 있는 책들을 모두 불태우게 했다.

1790년 6월 27일 러시아 정부는 라디셰프 체포명령을 내렸고 그로부터 사흘 후 그는 페트로파블롭스크 요새로 압송되었다. 여왕은 페테르부르크 경비사령관에게 보내는 편지에서《페테르부르크에서 모스크바까지의 여행》의 죄상을 이렇게 밝혔다. "이 책에는 몹시 해로운 공론(空論)이 담겨 있다. 사회의 안녕을 해치고 정부에 대한 존경을 폄하함으로써 백성들이 관리와 상사에게 분노와 불만을 품도록 선동하고 있으므로 고위 관리와 황실 정권에 대한 심각한 불경이다." 여왕은 당시 러시아에서 가장 무섭기로 이름난 심문관 셰시콥스키에게 라디셰프의 심문을 맡겼다. 셰시콥스키는 '채찍을 휘두르는 사람(whip-cracker)'이라는 별명을 가진 심문관으로 러시아 농민운동의 지도자 푸가체프를 심문한 것도 그였다. 일설에 따르면 셰시콥스키가 라디셰프를 혹독하게 고문하지 않은 것은 라디셰프의 처제가 뇌물을 바쳤기 때문이었다고 한다.

7월 초 예카테리나 2세는 또다시《페테르부르크에서 모스크바까지의 여행》의 여백에 책의 내용을 조목조목 비판하는 글을 쓴 뒤 7월 7일 그 책을 셰시콥스키에게 주며 라디셰프를 심문할 때 증거로 사용하라고 했다. 바로 그날 그녀는 라디셰프를 '푸가체프보다 더 흉악한 폭도'라고 규정하고, 라디셰프가 책 속에서 프랭클린을 찬양한 것을 보면 그가 스스로 프랭클린 같은 사람이라고 상상했을 것이라고 말했다. 여왕의 어조는 분노로 가득 차 있었다. 여왕은 《페테르부르크에서 모스크바까지의 여행》을 다 읽은 후 라디셰프가 쓴 다른 소책자 《토볼리스크에 사는 친구에게 보내는 편지》도 읽었다. 그리고 이 책의 여백마다 자신의 생각을 적은 뒤 맨 마지막에 라디셰프의 사상이 "이미 오래전에 정한 방향대로 발전했다"라고 썼다.

농노제, 전제 정치, 검열제도에 대한 신랄한 고발

《페테르부르크에서 모스크바까지의 여행》은 당시 유행하던 문학 형식을 사용했다. 각 역을 지날 때마다 보고 듣고 느낀 것들을 기록했는데, 전제 체제와 농노제를 고수하는 어두운 왕국을 고발하고 언젠가는 러시아에서 승리를 거둘 혁명운동(그는 100년 후의 일이라고 생각했다)을 상상하는 내용이 주를 이룬다. 그가 '이런 놀라운 용기를 낼 수 있었던 것은 러시아의 암울한 현실에 분노했기 때문이다. 라디셰프는 《페테르부르크에서 모스크바까지의 여행》에 수록한 헌사에서 이렇게 말했다. "고개를 들어 사방을 바라보니 사람들의 고통이 내 가슴을 찌른다. …… 그들을 구할 수 있는 사람은 그들 자신뿐임을 알았다. 내 안에서 어떤 목소리가 강렬하게 울렸다. '눈을 가리고 있는 장막을 걷고 눈을 뜨면 행복해질 수 있다!' 지금까지는 감상적인 연민이 나를 고민의 늪에 빠뜨렸지만 이제 나는 일어서련다. 내게는 잘못된 것에 항의할 수 있는 힘이 충분하다.'

예카테리나 여왕이 조목조목 비판을 적은 그 책은 나중에 푸시킨이 소장하게 된다. 붉은 양가죽에 금박을 찍은 표지 위에 푸시킨의 글귀가 적혀 있다. '이 책은 비밀자료였으며 200루블에 샀다. 알렉산드르 푸시킨.'

이 책을 보면 여왕이 《페테르부르크에서 모스크바까지의 여행》을 읽으면서 어떤 기분이었으며 어떤 내용이 그녀를 분노하게 했는지 알 수 있다. 이 책의 내용과 그에 대한 여왕의 비판을 몇 가지 발췌해서 소개하겠다.

'스파스카야 폴레스트(Spasskaya Polest)'라는 제목의 글에서는 "나는 꿈에서 대권을 쥔 왕이 되었다. 하지만 내가 내린 은혜의 대부분이 부자, 신하, 정의를 배반한 악인, 살인자, 반역자, 사회질서를 파괴한 위험인물, 내게 아부하며 굽실거리는 사람 그리고 수치를 모르는 여인의 차지가 되었다"라는 대목이 있다. 예카테리나 2세는 이 말을 자신에 대한 모독으로 여겼다. 그녀는 이 대목의 여백에 이렇게 적었다. "작가의 사상이 악독하다. …… 다른 통치자들이 어떤 이득을 취했는지는 모르지만 나는 많은 이득을 취하지 않았다. 젖비린내 나는 아기가 할머니를 가르치려 들다니! 악인에게는 악한 대가가 있을 것이다. 나는 악의가 없다. …… 81쪽의 내용은 전부 다 저주, 모욕, 악의적인 왜곡이다. 물론 뒤에 나오는 다른 장도 마찬가지다."

'노프고로드(Novgorod)'라는 장에서 작가는 "인간의 권리란 무엇일까?"라고 질문했는데 이 질문 자체가 여왕이 몹시 두려워하는 것이었다. 여왕은 여기에 이렇게 적었다. "이것은 현재 프랑스를 몰락 위기로 빠뜨린 질문이다. 이 세상 모든 제도는 맹목적인 바람으로 만든 것이 아니라 경험에 의해 제정하고 수립된 것이다. 이것은 역사적 요구다. 그렇지 않다면 이 세상은 지금보다 훨씬 더 나쁜 상황일 것이다."

'자이초포(Zaytsovo)'라는 장에서 여왕은 비판의 날을 더 세운다. 여왕은 지주가 농노를 잔혹하게 박해한 사건을 '신화'라고 적었다. 또한 책에 나오는 한 농민의 사상을 "불법적인 해석이자 …… 프랑스의 독약"이라며 "농민들의 비참한 운명에 눈물을 흘렸다. 농민들의 삶이 비참한 것이 사실이기는 하지만 세계 어느 나라의 농민도 우리나라 선량한 지주들의 농민보다 나은 삶을 살지 못한다"라고 했다.

'비드로푸스크(Vydropusk)'라는 장에서 라디셰프는 한 지주가 마을 처녀 60명을 겁탈하고도 처벌받지 않은 것을 비난한다. 예카테리나는 이에 대해 "사법에 대한 공격이다. 마지막 페이지에 '아니다, 아니다. 그(농민)는 인간이며 앞으로도 영원히 인간일 것이다. 그가 원하기만 한다면'이라고 적은 것은 반역을 선동하는 말이다"라고 했다.

'코틸로프(Khotilov)'라는 장에서 예카테리나는 "조롱하는 어조로 행복에 대해 논함으로써 마치 행복이 없는 것처럼 표현했다. …… 농민이 지주에게 반대하고 병사가 장교에게 반대하도록 부추겼다. 작가는 평정과 안정을 좋아하지 않는 사람이다. 지주에게 농민을 해방시키라고 권한다면 아무도 듣지 않을 것이다"라고 했다.

또한 끝부분에서 작가는 "차르 말고 또 누구의 머리에서 이렇게 불합리한 내용이 나올 수 있을까?"라고 했는데 예카테리나는 이 말을 발췌해 "작가는 차르를 좋아하지 않는다. 차르에 대한 존경을 약화시킬 수 있는 모든 부분에서 남다른 용기를 발휘했다"라고 비판했다.

이 책에 실린 〈자유에 바치는 송시〉에서 라디셰프는 대중이 복수하는 장면을 이렇게 상상한다.

전투 대열이 구름처럼 몰려든다

모든 이들이 희망으로 무장했다

저마다 차르의 선혈로

자신의 치욕을 씻어내기를 열망한다

곳곳에서 칼날이 번뜩이고

죽음의 신이 갖가지 모습으로 변해

차르의 오만한 머리 꼭대기 위를 날고 있다

환호하라! 꽁꽁 묶였던 인민들이여!

대자연이 하사한 복수의 권리가

차르를 단두대로 올려 처형했노라

여왕은 여기에 "틀림없는 반역 시다. 시에서 차르를 사형시키겠다고 위협하고 크롬웰(영국 국왕 찰스 1세를 처형한 인물)을 본보기로 떠받들고 있다. 이 몇 장에는 범죄의 의도가 있으며 완전한 반역이다. 작가에게 시의 의도가 무엇이며 작가는 누구인지 물어보아야 한다"라고 적었다.

자살로 끝난 작가의 비참한 인생

예카테리나 여왕의 비난으로 재판도 받기 전에 이 사건의 성격이 이미 명확해졌다. 고등법원은 갖가지 상관없는 국가반역죄 처벌 조항, 예를 들면 요새를 적의 장교에게 내준 죄를 처벌하는 조항까지 모조리 라디셰프에게 적용시켰다. 라디셰프는 사형을 선고받았고 석 달 후 여왕은 자비를 베풀 듯 형벌을 10년 유배형으로 경감했다. 유배지는 시베리아 이르쿠츠크의 이림스크로 주민이 300명도 안 되는 당시 시베리아에서 가장 황량한 곳이었다.

라디셰프에 대한 판결은 즉시 집행되었다. 심지어 가족들과 작별인사를 나눌 기회조차 주지 않았다. 사람들이 간수가 입고 있던 가죽옷을 벗겨서 걸쳐준 외에 변변한 옷조차 없었다. 그는 병약한 몸에 쇠사슬을 주렁주렁 매단 채 유배길에 올랐다. 상의원 근무 당시 상사였던 보론초프 백작이 라디셰프의 구명운동을 벌였다. 보론초프의 강한 요구로 페테르부르크에서 새로운 명령이 전달되었고 라디셰프는 그제야 겨우 쇠사슬을 벗고 유배지까지 가는 데 필요한 옷가지를 지급받았다. 보론초프는 또 유배지의 각 주 총독에게 편지를 보내 라디셰프를 도와달라고 부탁했다. 유배 기간 동안 보론초프는 라디셰프와 계속 편지를 주고받고 책과 필요한 물건들을 보내주었다. 라디셰프의 두 번째 아내 루바놉스카야도 시베리아로 그를 따라갔는데 이것은 12월당* 아내들에게 용감한 행동의 본보기가 되었다.

라디셰프는 이림스크에서 1797년 초까지 5년 1개월을 살았다. 예카테리나 2세가 세상을 떠난 후 그의 후계자인 파벨 1세가 자기 어머니가 했던 일들을 혐오해 그녀의 모든 명령을 철회한 그 덕분에 라디셰프도 유배에서 풀려나게 되었다. 하지만 그는 정부의 정신에 위배되는 그 어떤 작품도 쓰지 않겠다는 서약을 하도록 강요받았다. 당시 라디셰프는

---

* 1825년 러시아에서 전제 체제와 농노제에 반대해 일어난 12월당의 반란에 가담하거나 호응한 이들. 반란이 12월에 발생해 이 반란을 주도한 귀족 혁명가들을 12월당이라고 부른다. 차르의 박해를 받아 주도자들은 교수형을 당하고 100여 명이 시베리아로 유배되었다.

오십도 되지 않은 나이었지만 겉모습은 쇠약한 노인과 다를 바 없었다. 그는 모든 일을 그만두고 자식 교육에만 매진했으며 성격도 겸손하고 온순해졌다.

1801년 궁중에서 정변이 일어나 차르 파벨 1세가 암살당하고 그의 아들 알렉산드르 1세가 차르에 올랐다. 신임 차르가 재위 초기에 대내적으로 자유롭고 느슨한 정책을 펼친 덕분에 라디셰프도 사면을 받았다. 그때 궁정 실세가 된 보론초프 백작이 새로 구성된 법률편찬위원회에 라디셰프를 추천했다. 라디셰프는 개혁에 관해 다양한 의견을 내놓고 민법을 입안하는 등 열의를 다해 일했다. 그러자 위원회의 최고 책임자인 자바도프스키가 "무엇 때문에 예전처럼 허튼소리를 늘어놓는 것이오? 설마 시베리아가 그리운 건 아니겠지?"라며 질책했다. 라디셰프는 다시 위협을 느꼈다. 시베리아에서의 유배 생활은 견뎌냈지만 이번에는 깊은 절망에 빠져 헤어 나오지 못했다. 그는 1807년 9월 11일 독약을 마시고 자살했다.

라디셰프를 향한 푸시킨의 찬미

라디셰프의 시와 산문이 수록된《페테르부르크에서 모스크바까지의 여행》은 제외《라디셰프 선집》을 1807년에 출판할 예정이었고 〈자유에 부치는 송시〉도 일부 내용을 삭제한 후 책에 실을 예정이었다. 하지만 이 선집은 세상에 나오기도 전에 거의 모두 폐기되었다. 라디셰프 사후 1세기에 가까운 시간 동안 그의 작품은 금서로 묶여 있었으며 그의 이름을 언급하는 것조차 금지되었다. 푸시킨의 글 〈알렉산드르 라디셰프〉를 검열관의 저지로 발표하지 못한 것이 그 증거다. 《페테르부르크에서 모스크바까지의 여행》도 물론 금서로 지정되었다. 라디셰프가 체포되고 유배되었을 때 그 책을 가지고 있던 많은 사람들이 처벌의 위험을 무릅쓰고 책을 숨겼다. 지금까지 남아 있는 1790년판 《페테르부르크에서 모스크바까지의 여행》은 총 17권이다. 이 책은 여러 사람들이 돌아가며 읽었는데 워낙 귀했기에 읽고 싶은 사람은 큰돈을 내야 겨우 1시간 읽을 수 있었다. 손으로 베껴 쓴 필사본도 공공연하게 나돌았다. 100여 년 동안 《페테르부르크에서 모스크바까지의 여행》을 재출간하려는 시도가 번번이 정부에 의해 저지당했고 가끔씩 인쇄된 재판본은 판매하기도 전에 전량 몰수당해 폐기되었다. 1858년 국외로 망명한 러시아혁명가 알렉산드르 헤르첸(Aleksander Herzen)이 런던에서 이 책을 출판했다. 그는 이 책의 서문에 "눈물, 분노, 동정, 풍자……위로하는 이들의 풍자, 복수하는 이들의 풍자 등 모든 것이 이 훌륭한 책에 담겨 있다. ……이것은 우리의 이상이자 12월당의 이상이다"라고 썼다. 1905년 혁명이 일어난 후 러시아에서 이 책의 출간이 잠시 허용되었지만 1908년 10월혁명 이전에 다시 금지되었다. 이 책의 대량 발행이 가능해진 것은 10월혁명 이후의 일이다.

푸시킨은 왕실학교에 다니던 시절 라디셰프와 그의 작품에 처음 흥미를 느꼈고 평생 동안 라디셰프에 대한 열정이 사그라지지 않았다. 푸시킨의 송가 《자유》는 라디셰프의 동명의 작품을 모방해서 쓴 것이다. 푸시킨은 1823년 비평가 베스투제프에게 보내는 편지에 이렇게 썼다. "당신에게 불평해야 할 일이 있습니다. 러시아문학에 관한 글을 쓰면서 라디셰프를 잊다니요? 그보다 더 기억해야 할 사람이 어디에 있단 말입니까? 당신이나 그레츠코(또 다른 러시아 작가)가 라디셰프를 언급하지 않는 태도를 용서할 수 없습니다. 당신이 이런 행동을 할 줄은 미처 몰랐군요."

푸시킨은 1834년과 1835년에《페테르부르크에서 모스크바까지의 여행》을 출간하려고 했지만 허가받지 못했다. 또《페테르부르크에서 모스크바까지의 여행》과 형식, 분위기가 비슷한 원고를 썼는데 사람들은 그 작품을 '모스크바에서 페테르부르크까지의 여행'이라고 불렀다. 푸시킨은 세상을 떠나기 1년 전인 1836년에도 〈알렉산드르 라디셰프〉라는 글을 썼다. 원래 문예지 〈동시대인〉 제3호에 실을 계획이었지만 검열을 통과하지 못했다. 그는 또 정치적 의미가 두드러지는 〈나는 기념비를 세웠다〉에서도 자신이 라디셰프를 계승하고 있음을 밝혔다.

> 나는 오랫동안 민중에게 존경받을 것이다.
> 나의 시에 새로운 소리를 덧붙였으므로
> 내가 라디셰프를 따라 자유를 찬미했으므로
> 사랑을 노래했으므로.*

---

* 현재 "이 잔인한 시대에 자유를 찬양했고 쓰러진 자에게 자비를 베풀었느니"라고 알려져 있는 것과 달리 원고 초안에는 이와 같이 적혀 있었다고 한다. - 옮긴이

금서의 세계 3

다른 생각은
용납할 수 없다

자유로운 사상에 대한 통제로 금서가 된 명작

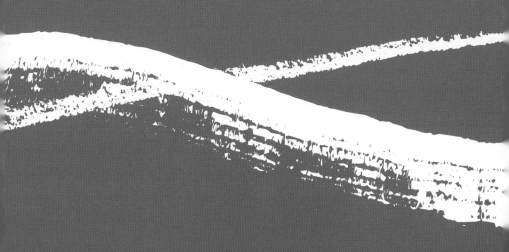

모두들 《도리언 그레이의 초상》을 금지해야 한다고 말한다.

하지만 책을 읽어본 사람은 자신이 속았다는 걸 안다.

그 책에는 과도한 방종도 과도한 억제와 마찬가지로 파멸을 부른다는

윤리사상이 담겨 있기 때문이다. 이것이 예술의 잘못인가?

그렇다면 이것이 바로 이 책의 유일한 잘못이다!

|

오스카 와일드

The Catcher in the Rye

호밀밭의 파수꾼

[미국] 제롬 데이비드 샐린저(Jerome David Salinger, 1919~2010), 1951년 작

금지된 청춘과 소년의 고뇌

1951년 이 작품이 발표되자마자 미국 청소년들은 자신들을 진정으로 대변하는 소설이라며 열광했다. 그들은 주인공 홀든 콜필드의 옷차림이나 염세주의적이고 반항적인 말투를 따라 했다. 그러자 많은 부모들과 보수단체가 청소년에게 악영향을 미친다는 이유로 이 책을 읽지 못하게 해야 한다고 강력히 주장했고 많은 학교에서 금서로 지정했다.

《호밀밭의 파수꾼》은 샐린저의 유일한 장편소설이다. 이 작품 외에 샐린저의 작품은 단편소설집 《아홉 가지 이야기(Nine Stories)》한 권과 중편소설집 《프래니와 주이(Franny and Zooey)》, 《목수들아 대들보를 높이 올려라 및 시모어의 서장(Raise High the Roof Beam, Carpenters and Seymour: An Introduction)》 두 권이 전부다. 그는 1965년 문단에서 은퇴했지만 일설에 따르면 글쓰기를 중단한 것은 아니었으며 최소한 두 편의 완전한 원고를 완성했지만 금고 안에 넣어두고 발표하지 않았다고 한다. 《호밀밭의 파수꾼》의 주인공 홀든 콜필드는 이렇게 독백한다.

…… 나를 황홀하게 만드는 책은 다 읽은 후에 작가와 친한 친구가 되

어 기쁠 때 언제든 전화를 걸 수 있으면 좋겠다고 느끼게 만드는 책이다.

홀든은 서머싯 몸에게는 전화를 걸고 싶지 않으며 그보다는 차라리 토머스 하디에게 전화를 걸고 싶다고 했다. 그런데 홀든이 자신을 만들어낸 샐린저에게 전화를 건다면 아마 샐린저는 전화를 뚝 끊어버릴 것이다. 홀든이 세상에 등장한 후 몇 년 동안 샐린저는 집에 경보기가 달린 철조망까지 설치하고 지냈으니 말이다. 1953년부터 그는 뉴햄프셔 주 콘월의 한 농장에 은둔했으며 무언가를 분명히 밝힐 필요가 있을 때만 간간이 언론과 인터뷰했다. 그 중 한 번은 자신의 작품을 몰래 인쇄한 출판사를 비난하기 위해서, 또 한 번은 자신이 작품을 발표하지 않는 이유를 해명하기 위해서였다. 그는 "내가 글을 쓰는 것은 나 자신의 즐거움을 위한 것이다. 하지만 작품을 발표하면 너무 많은 사람들의 관심을 받는다. 나는 사생활을 방해받고 싶지 않다"라고 말했다. 얼마 후에는 또다시 언론을 통해 영국 비평가 해밀턴이 자신의 허락도 없이 전기에 자신이 공개하지 않았던 몇 통의 편지를 인용한 것에 대해 호되게 비난했다.

위선으로 가득 찬 세상을 향한 청춘의 독백

《호밀밭의 파수꾼》이 출간되자 미국 청소년들은 자신들의 진정한 목소리를 대변하는 소설이라며 열광했다. 이 책이 젊은이들 사이에서 큰 인기를 끌면서 각 대학교와 중·고등학교에서 홀든의 옷차림이나 말투가 유행하기 시작했다. 한겨울에도 트렌치코트를 걸치고 붉은 헌팅캡을 거꾸로 썼으며 툭하면 "젠장", "나쁜 자식"이라고 내뱉는 등 홀든의 말투와 동작을 따라 했다. 이 소설은 포르노 소설은 아니지만 곳곳에 등장하는 저속한 단어 때문에 많은 부모와 독실한 기독교 신자들을 전전긍긍하게 만들었다. 그들은 젊은이들이 이 소설을 읽지 못하게 해야 한다며 핏대를 세웠다. 결국 1951년 7월 이 소설의 초판이 발행된 직후부터 곳곳에서 금서로 지정되거나 금서로 지정해야 한다는 주장이 터져 나왔다.

1956년 7월 미국 보수단체들이 이 소설에 대한 금서 운동을 벌였지만 리노의 한 서점 주인이 이 소설을 서가에서 퇴출시키는 데 반대했다. 1960년 11월 캘리포니아 주의 한 침례교 목사는 이 책이 외설적이고 하나님을 모독했다며 공립학교의 교재로 사용해서는 안 된다고 주장했다. 1961년 3월 오하이오 주의 한 고등학교 2학년 교사가 학생들에게 이 책을 추천했다가 학부모에게 거센 항의를 받았다. 학교장에게도 이 교사를 파면하라는 요구가 빗발쳤다. 하지만 학교장은 이 책을 금서로 지정하는 데는 동의했지만 이 교사를 파면하지는 않았다. 그 후에도 《호밀밭의 파수꾼》은 1965년 펜실베이니아 주의 한 공립 중학교에서 금서로 지정되었고 1970년 7월에는 사우스캐롤라이나 주의 한 도시에서도 금서로 지정되었다. 1977년 11월에는 뉴저지 주의 한 16세 여학생이 이 책을 집에 가지고 갔다가 이를 본 부모가 크게 화를 내며 학교에 이 책을 금지도서로 지정해줄 것을 요구했지만 받아들여지지 않았다.

이 소설의 주인공 홀든은 매우 예민하고 반항기가 다분한 소년이다. 그는 청소년들이 실제로 사용하는 언어로 자신이 '위선적인' 어른들의 세계에서 어떻게 도망쳐 나왔으며, 어떻게 순결함과 진리를 찾고, 또 어떻게 정신과 진료실의 소파 위에 드러눕게 되었는지 이야기한다. 소설은 도입부부터 예사롭지 않다. 홀든의 서술은 시종일관 다음과 같은 분위기에서 계속된다.

정말로 내 이야기를 듣고 싶다면 아마도 제일 먼저 내가 어디에서 태어났는지, 끔찍했던 어린 시절은 어땠는지, 내가 태어나기 전에 우리 부모님이 무슨 일을 했는지, 또 데이비드 코퍼필드 식의 쓸데없는 이야기를 궁금해할 것이다. 하지만 나는 그런 이야기를 하고 싶지 않다. 우선 그런 일이 내게 너무 지긋지긋하기 때문이고, 부모님의 사적인 이야기를 시시콜콜 했다가는 부모님이 노발대발 화를 낼 게 분명하기 때문이다. …… 게다가 나도 빌어먹을 자서전을 쓰고 싶은 생각은 없다. 나는 그저 작년 크리스마스 직전에 겪은 어처구니없는 일과 그 일 이후에 내 건강이 악화되어 요양을 가야 했던 일에 대해 말하고 싶을 뿐이다.

고등학생인 홀든은 크리스마스가 되기 얼마 전 다섯 과목 중 네 과목에서 낙제해 퇴학당한다. 하지만 그런 사실을 조금도 유감스럽게 여기지 않는다. 지금까지 전전한 다른 학교들과 다를 바 없이 펜시 고등학교 역시 그에게는 끔찍한 곳이기 때문이다. 홀든은 계속 누군가를 비난한다. 교사, 학생들, 수업, 운동까지 이 모든 것이 그에게는 영 마음에 들지 않는다. 홀든은 이렇게 말한다.

이곳은 가장 끔찍한 학교다. 위선자에 비열한 놈들만 득시글거린다. 평생 동안 이렇게 엉터리 같은 녀석들은 만날 수 없을 것이다. …… 선생 중에 한두 명 훌륭한 사람이 있기는 하지만 그들 역시 모두 겉으로만 훌륭한 척하는 위선자들이다.

그는 또 이렇게 말한다.

　　그 자식들이 공부하는 이유는 오직 나중에 캐딜락을 사기 위해서야.
럭비 팀이 경기에 지면 흥분해서 날뛰고, 온종일 여자나 술, 섹스 같은 이
야기만 지껄여대. 더럽기 짝이 없는 무리를 만들어 그놈들끼리 뭉쳐 다
니지. 농구 팀은 자기들끼리 몰려다니고, 가톨릭 신자들은 자기들끼리
뭉쳐. 빌어먹을 공부벌레들도 자기들끼리 몰려다니고, 카드놀이를 하는
놈들은 또 저희들끼리 모인다고. 하다못해 망할 놈의 독서회에 나가는
놈들까지도 자기들끼리 무리지어 다니지.

　　그뿐만 아니다. 홀든의 염증은 학교에서 사회로 확대되고 어른 세계
전체로 발전한다. 그는 사람들의 위선적 언행을 참지 못한다. 평범한 이
들에게는 지극히 익숙한 것임에도 말이다. 그는 영화를 싫어하고 사람들
의 따분함을 견디지 못하며 사랑 없는 섹스를 혐오한다. 또 많은 사람들
이 동경하는 성공과 성공을 통해 얻을 수 있는 모든 것을 증오한다.

　　우린 여행 가방을 들고 엘리베이터를 타고 내려가겠지. 아는 사람들
에게 전화로 작별 인사를 하고 호텔에서 그림엽서도 보내야 할 거야. 난
회사에 취직해서 돈을 벌고 택시나 매디슨 가의 버스를 타고 출근하겠
지. 신문을 읽거나 온종일 카드놀이를 하고, 극장에 가서 별 볼일 없는 단
편영화나 광고, 뉴스 같은 걸 봐야 할 거야.

　　홀든은 자신이 살고 있는 뉴욕을 지겨워하고 방금까지도 자신과 끌
어안고 있던 여자 친구도 싫어한다. …… 한마디로 좋아하는 것이 하나

도 없다. 그가 생각할 수 있는 범위 내에서 좋아하는 것은 죽은 동생 앨리 뿐이다. 물론 여동생 피비와 나란히 앉아 이야기하고 장난치는 것도 좋 아하지만 그저 그것뿐이다. 홀든은 예전 학교의 앤톨리니라는 선생님을 좋아한다. 앤톨리니 선생님은 홀든의 방황하는 마음을 바르게 이끌어주 고 싶어 했지만 뜻밖에도 앤톨리니 선생님이 변태 성향이 있다는 것을 알고 선생님 집에서 황급히 빠져나온다.

홀든의 이상은 잘못된 노래에서 시작되었다. 영국 시인 로버트 번스 (Robert Burns)의 시 중 한 단락인 "호밀밭을 걸어오는 누군가와 만난다면" 을 "호밀밭을 지나가는 사람을 붙잡는다면"으로 잘못 들었던 것이다. 그 는 이 가사를 듣고 아이들이 호밀밭에서 뛰어놀고 있는 광경을 떠올린다.

어린 애들만 수천 명이 있을 뿐 주위에 어른은 나밖에 없는 거야. 그 리고 나는 빌어먹을 절벽 옆에 서 있어. 내가 하는 일은 아이들이 절벽으 로 달려오면 재빨리 붙잡아주는 거야. 애들이란 원래 생각 없이 어디로 가는 줄도 모르고 마구 달리는 법이니까 말이야. 그때 내가 어디선가 나 타나서 붙잡아주는 거지. 온종일 그 일만 하는 거야. 나는 호밀밭의 파수 꾼이 되고 싶어. 이상한 생각이라는 건 알고 있어. 하지만 정말 내가 하고 싶은 건 바로 그거야.

사회가 그에게 강요하는 삶의 원칙과는 도무지 어울리지 않는 꿈이 다. "미성숙한 인간의 특징은 어떤 일을 위해 용감하게 죽기를 원하는 것 이고 성숙한 인간은 어떤 일을 위해 구차하게 살기를 원한다는 것이다" 라고 한다. 다시 말해 사회에서 어떤 일이든 성공을 추구하는 사람은 위 선적인 요소들을 완전히 배제하기 힘들다. 적어도 홀든은 변호사인 아버지의 성공을 이렇게 바라보았다.

변호사는 괜찮지만 …… 내 취향에 어울리는 건 아니야. 그러니까 억울한 사람들의 생명을 구해준다는 건 좋지만, 변호사가 되면 그럴 수만은 없거든. 일단은 돈을 많이 벌어야 하고 골프를 치거나, 브리지를 해야 하지. 좋은 차를 사거나 마티니를 마시면서 거드름도 피워야 해. 게다가 정말 사람의 목숨을 구해준다 해도 그게 사람을 구하려고 한 일인지 아니면 이름난 변호사가 되려고 한 일인지 어떻게 알 수가 있겠어? 재판이 끝나고 나서 기자들이 몰려들고 사람들이 어깨를 두드리며 축하해주는, 삼류 영화 속 주인공처럼 되는 거 말이야. 그러면 자기가 위선자가 아니라는 걸 어떻게 알 수가 있겠어? 알 수가 없다는 것, 그게 바로 문제야.

홀든은 자신이 받아들일 수 없는 모든 것을 저주하고 때로는 큰 소리로 울고 싶을 만큼 절망한다. 펜시 고등학교를 나온 홀든은 곧장 집으로 가지 않고 1박2일 동안 뉴욕 거리를 떠돈다. 모텔에서 자고 나이트클럽에 가고 여자 친구와 데이트를 하고 취하도록 술도 마신다. 하지만 불만은 조금도 가라앉지 않고 오히려 갖가지 추악함을 목격하면서 고통은 더 심해진다. 얼떨결에 매춘부까지 부르게 되지만 욕망이 채워지지 않을 뿐 아니라 사기를 당하고 흠씬 두들겨 맞는다. 가출해서 꿈을 이루고 싶었지만 결국 그러지 못한다. 부모는 홀든에게 정신과 진료를 받게 하고 다음 학기에 다닐 새 학교를 찾아보기로 한다. 아마도 사관학교가 될 것이다. 열다섯 살 시절의 샐린저처럼 말이다. 샐린저는 인터뷰에서 자신이 홀든과 매우 비슷한 청소년기를 보냈음을 인정했다.

홀든은 결국 집을 나가지 못하고 피비가 회전목마 타는 것을 옆에서 구경한다. 그때 갑자기 비가 엄청나게 쏟아져 흠뻑 젖지만 아무렇지도 않다. 오히려 갑자기 기분이 좋아지고 행복감을 느낀다. 너무 행복해서 마구 큰 소리를 지르고 싶을 정도다. 동양철학에서 위안을 찾은 그의 선배처럼(샐린저 본인도 아마 그랬을 것이다) 홀든도 빗속에서 자신이 속해 있는 가정과 학교, 사회에서는 느낄 수 없는 진실한 감정을 찾은 것 같다.

소설가로서 샐린저가 남긴 작품은 매우 적다. 작가로서 그의 삶은 별똥별처럼 빠르게 끝나버렸다. 하지만 스스로 물러날 줄 아는 문학의 성인인 샐린저는 미국 문학계에서 중요한 소설가로 기억되어 있으며,《호밀밭의 파수꾼》도 현대 미국 문학의 명작으로 꼽힌다. 이 작품은 후대 작가들이 즐겨 모방할 수 있는 독특한 풍격(어떤 이들은 이것을 '심리적 사실주의'라고 부른다)을 만들어냈다는 점에서 문학사에 큰 의의를 남겼다. 샐린저 마니아들은 지금까지도 샐린저의 새로운 소설이 발견되어 세상에 발표되기를 기대하고 있으며 샐린저에 관해 더 많은 것을 알고 싶어 한다.

거미 여인의 키스

[아르헨티나] 마누엘 푸익(Manuel Puig, 1932~1990), 1976년 작

낭만적 동성애자와 냉소적 게릴라의 만남

동성애자 몰리나와 게릴라 발렌틴, 모든 면에서 극과 극으로 다른 두 사람이 한 방에 수감되면서 벌어지는 사건을 대화체로 그려낸 작품이다. 동성애자를 긍정적인 이미지로 그렸다는 점과 아르헨티나 군부정권의 잔혹한 통치에 대한 묘사로 아르헨티나에서 금서로 지정되었다. 그간 부정적으로만 여겨졌던 동성애자에 대한 새로운 인식을 제시한 파격적인 작품이다.

마누엘 푸익은 라틴아메리카의 신세대 작가 중 대표적 인물이다. 원래 영화감독이 꿈이었던 그는 몇 편의 영화에서 조감독으로 일하다가 1960년대 중반에 작가로 전업했다. 그의 작품은 통속소설과 각종 현대예술(영화, 텔레비전, 사진 등)의 특징을 한데 모아 독특한 분위기를 자아낸다. 문학적으로 남다른 성과를 거둔 그는 1986년 미국의 저명한 작가 커트 보네거트(Kurt Vonnegut)와 에드거 닥터로(Edgar L. Doctorow)를 제치고 '이탈리아판 노벨문학상'이라고 불리는 말라파르테 상(Premio Malaparte)을 수상했다.

《거미 여인의 키스》는 1976년에 발표한 푸익의 대표작이다. 이 책은 아르헨티나에서는 금서로 지정되었지만 14개 언어로 번역되어 세계 각

국에서 출간했다. 1985년에는 영화로 제작되어 박스오피스 상위를 차지
했다. 영화배우 윌리엄 허트(William Hurt)가 동성애자인 몰리나를 연기해
그해 오스카 남우 주연상을 수상했다. 동성애자인 몰리나를 긍정적인 이
미지로 그린 것이 이 소설이 작가의 조국에서 금서로 지정된 원인 중 하
나다. 이 밖에도《거미 여인의 키스》에는 아르헨티나 군부정권의 잔혹한
통치가 묘사되어 있다. 많은 국민들이 박해를 받고 죽임을 당했으며 학
생들을 비롯해 수많은 사람들이 국가 전복 활동에 가담했다는 혐의로 실
종되었다. 소설 속 인물인 발렌틴이 그중 한 명이다. 이 점 역시 이 소설이
출판된 지 얼마 되지 않아서 아르헨티나 군부정권이 금서로 지정한 원인
중 하나다.

동성애에 대한 새로운 인식과 표현

《거미 여인의 키스》이전에는 동성애 문제를 다룬 문학작품이 거의
없었고, 설령 동성애를 다루더라도 기본적으로 역겹고 타락한 사회현상
으로 묘사했다. 1970년대 서양에서 동성애가 매우 흔한 현상이었음에도
여전히 동성애는 '사회 공해'라는 보편적 인식이 깔려 있었다. 하지만 작
가 푸익은 진지한 태도로, 또 이해심과 약간은 동정 어린 시선으로 동성
애 문제를 탐색했으며 동성애자를 소설의 중요한 위치로 올려놓았다. 이
것도 역시 출간 직후 큰 반향을 일으킨 주된 원인이다. 소설 속 정치범 발
렌틴은 동성애에 대해 본능적으로 혐오감을 가지고 있지만 특정 환경과
상황에서 몰리나와 성관계를 맺는다.

이런 변화는 매우 의미심장한 것이어서 독자로 하여금 동성애가 묘사된 대목을 사회학과 심리학의 관점에서 바라보게 했다. 푸익은 문학 분야에서 동성애를 구체적으로 표현할 수 있는 공간을 개척했다. 더욱이 그 공간에는 인간성이 충만하게 넘쳐흘렀다.

《거미 여인의 키스》의 성공은 작가의 정밀한 구상과 참신한 표현 기법에 힘입은바 크다. 수감 생활에 대한 묘사가 과도로 억압되고 침울하며 심지어 단조로운 느낌을 주지만 이것은 푸익이 작품의 분위기를 조절하기 위한 묘수였다. 그는 영화예술에 대한 깊은 조예를 바탕으로 여섯 편의 영화 줄거리를 소설 속에 녹여냄으로써 책을 끝까지 다 읽기 전에는 손에서 내려놓을 수 없게 만들었다. 소설은 주로 대화체로 이루어져 있다. 정치범 발렌틴과 동성애자 몰리나의 내면세계를 상당히 객관적인 방식으로 표현했고 그럼으로써 독자들에게 상상할 여지를 더 많이 안겨주고 이 작품이 주력하고 있는 심리분석의 효과를 높였다.

낭만적 동성애자와 냉소적 게릴라의 만남

부에노스아이레스 형무소의 한 감방에 두 수감자가 있다. 한 사람은 발렌틴 아레기 파스로 게릴라 활동을 하다가 파업 선동 및 혼란 야기라는 죄목으로 수감되었고, 다른 한 사람은 루이스 알베르토 몰리나로 미성년자 성추행으로 징역 8년형을 선고받고 복역 중인 동성애자다. 인생을 대하는 태도든 성격이든 공통점을 거의 찾을 수 없는 두 사람이 좁디좁은 감방에서 온종일 얼굴을 맞대고 지내게 된 것이다.

발렌틴은 비록 감방에 수감되어 있지만 여전히 자신이 추구하는 일에 대한 집착을 버리지 못한다. 그는 강인한 혁명가로 심한 고문에도 굴복한 적이 없다. 낮에는 늘 혁명 이론에 관한 책을 읽고 각종 정치 문제에 골몰해 있다. 발렌틴이 같은 감방을 쓰는 동료를 이해하려고 한 것은 그 동료의 지극한 관심과 배려에 대한 보답일 뿐이다. 몰리나는 스스로를 여자라고 말한다. 그는 감수성이 예민하며 여자가 남자를 챙겨주듯 발렌틴을 대하고 식당에서 웨이터로 일하는 자신의 남자친구를 그리워한다. 몰리나는 발렌틴의 남자다움에 완전히 반해 그를 이상적인 남자로 생각하지만 발렌틴이 보기에 몰리나는 쾌락주의자일 뿐이다. 발렌틴은 몰리나의 생활을 이해할 수 없을 뿐 아니라 무의미하다고 생각한다. 상대를 이해할 수 없는 것은 몰리나도 마찬가지다. 세상을 바꾸겠다는 발렌틴의 뜨거운 열정을 몰리나는 이해할 수가 없다. 하지만 이것이 발렌틴에 대한 사랑까지 막지는 못한다. 몰리나는 발렌틴에게 모든 것(생명까지 포함해서)을 기꺼이 내어줄 수 있었다.

감방에서의 밤은 고통스러웠다. 길고 적막한 밤을 버텨내기 위해 성격도 이상도 정반대인 두 사람은 서로에게 의지할 수밖에 없었다. 이것이 그들에게 감정적인 간극을 뛰어넘어 서로 가까이 다가갈 수 있는 충분한 기회를 만들어주었다. 몰리나는 발렌틴에게 형무소에 들어오기 전에 보았던 영화 이야기를 들려준다. 〈캣 피플(Cat People)〉, 〈프랑스 언더그라운드(Paris Underground)〉, 〈나는 좀비와 함께 걸었다(I Walked with a Zombie)〉 같은 영화들은 모두 그가 가장 좋아하는 영화다. 발렌틴은 처음에는 몰리나가 들려주는 영화 이야기를 냉소적으로 조롱한다. 몰리나가 아름다움을 느끼는 것들 속에 반감을 일으키는 사상이 담겨 있다고 생각하기 때문이다(한 예로 〈프랑스 언더그라운드〉는 나치 정부의 선전 영화다). 하지만 몰리나의 영화 이야기를 듣다보면 금세 밤이 지나가는 데다 시간이 갈수록 영화 이야기에 심취하게 되어 발렌틴에게 몰리나의 영화 이야기를 듣는 것은 수감 생활 중 중요한 일부가 된다. 영화 이야기를 나누며 두 사람 사이는 가까워지고 서로에 대해 많은 것을 알게 된다.

어느 날 발렌틴이 계속 설사를 하자 몰리나가 지극정성으로 보살펴 주는데, 이에 발렌틴은 깊이 감동한다. 바로 그때 몰리나가 형무소장에게 불려간다. 형무소장이 몰리나를 이용해 발렌틴의 강경한 의지를 꺾어보려는 것이었다. 형무소장은 몰리나에게 자신이 시키는 대로 하면 석방시켜주겠다는 은근한 암시를 준다. 몰리나는 이 틈을 놓치지 않고 음식꾸러미를 받아 감방으로 돌아가 발렌틴에게 먹인다. 설사로 축난 몸을 영양가 있는 음식으로 회복시키기 위함이었다. 얼마 후 다시 형무소장에게 불려간 몰리나는 일주일 동안 가석방해달라고 부탁한다. 곧 헤어질 것처럼 해서 발렌틴에게서 정보를 캐내겠다는 것이었다. 소장은 요구를 들어주기로 한다. 하지만 소장이 몰리나를 완전히 신뢰한 것은 아니다. 소장은 몰리나를 가석방한 뒤 그를 미행해 게릴라 조직을 소탕하려 한다. 발렌틴이 몰리나를 이용해 조직에 연락할 것이라고 예상했기 때문이다.

몰리나는 또 음식꾸러미를 얻어가지고 돌아가 발렌틴에게 풍성한 저녁을 차려주며 자신이 사면될 것이라고 말한다. 그 말을 들은 발렌틴은 몹시 괴로워한다. 그리고 그날 밤 두 사람은 잠들지 못하고 이별을 슬퍼하며 서로를 위로했고 그러다가 섹스를 하게 된다. 그 후 두 사람은 이별하기 전날 또다시 섹스를 한다. 몰리나는 발렌틴의 키스를 받고 발렌틴은 몰리나를 '거미 여인'이라고 부른다.

"너는 거미 여인이야. 네 거미줄로 남자를 옭아매지."

"아주 멋져! 정말 맘에 들어."

몰리나는 게릴라 조직에 소식을 전해달라는 발렌틴의 부탁을 들어주겠다고 한다. 몰리나는 석방된 후 감시를 받지만 발렌틴의 말대로 새로운 생활을 시작한다. 그러나 얼마 후 그는 발렌틴의 조직과 접선하려다가 총에 맞아 죽고 만다.

발렌틴은 혹독한 고문 끝에 모르핀 주사를 맞고 마치 영화를 보고 있는 것 같은 환각에 빠져든다. 영화의 끝부분에서 그는 거미 여인을 보게 된다.

그녀는 반짝이는 긴 옷을 입고 있어. …… 얼굴에는 가면을 썼지. 역시 은빛이야. 하지만 …… 가엽게도 …… 꼼짝도 할 수가 없어. 그녀는 정글 깊숙한 곳에 있는 거미줄에 휘감겨 있어. 아니야. 그녀의 몸에서 나온 거미줄이야. 그녀의 허리와 엉덩이에서도 거미줄이 자라 나와 그녀 몸의 일부가 되었어. …… 그녀는 울고 있어. 아니 웃고 있지만 가면 위로 눈물이 흐르고 있어.

인간 존중을 위한 소중한 한 걸음을 내딛다

《거미 여인의 키스》가 세상을 놀라게 한 것은 동성애를 다루었기 때문이 아니라 동성애자의 내면세계를 객관적 시선에서 바라보았기 때문이다. 몰리나는 변태성욕자가 아니라 생각과 감정을 가지고 살아 숨 쉬는 인간이었다. 발렌틴은 몰리나에게 남자다움이 무엇을 의미하는지 여러 번 묻는다. 그럴 때마다 몰리나는 남자다움에 대한 여러 가지 해석을 들려준다. "가장 중요한 것은 멋지게 생기고 힘이 세지만 힘을 과시하지 않는 거야. 또 나의 웨이터처럼 착실하고 자신감 넘치게 행동하고, 말할 때 더듬지 않으며 자신이 뭘 해야 하는지, 어떤 방향으로 나아가야 하는지 잘 아는 거야. 아무것도 겁내지 않고 말이야." 몰리나의 이 말은 발렌틴에게도 들어맞는 것이었다. 바로 그 때문에 몰리나는 정치범인 그를 사랑하게 되었다. 몰리나가 발렌틴에게 자신의 남자친구와 동거하는 환상을 들려줄 때는 여성스러운 온유함이 뚝뚝 묻어난다.

나는 그가 나와 함께 살 수 있을 거라고 기대했어. 나와 우리 엄마와 함께 말이야. 그리고 내가 그를 돕고 그가 공부할 수 있게 하겠다고 생각했어. 내가 오로지 그만 생각하면서 하루 종일 그의 모든 것을 준비해주는 꿈을 꾸었어. 옷이며 책이며 학교 입학 등록까지 전부 다 말이야. 그러고는 그는 일할 필요가 없다고 천천히 설득하려고 했어. 그가 부담해야 하는 최소한의 자녀 양육비를 그의 아내에게 보내서 그가 자기 일만 생각하게 하려고 했어. 그가 자신이 원하는 일을 해서 슬픔을 떨쳐버릴 때까지 말이야.

발렌틴을 향한 몰리나의 지극한 보살핌과 그를 위해 죽음까지 무릅쓴 헌신적인 사랑 역시 여성스럽다. 그는 자신조차도 왜 그런지 이유를 알 수 없었지만 다른 남자 앞에서 그저 여인이고 싶었다. 발렌틴은 그런 그를 '깨우쳐주려' 했다. 몰리나가 생리적으로 다른 남자들에게 뒤질 것이 없음을 깨닫기를 바랐다. 하지만 그의 노력은 몰리나에게 아무 소용도 없었다. 물론 몰리나도 자괴감을 느끼고 자신 같은 사람이 사회에서 혐오당하고 결코 대중의 신임을 받을 수 없다는 사실을 잘 알고 있었다. 당시 사람들의 눈에 동성애자는 주정뱅이, 노름꾼, 도둑보다도 더 천하고 더러운 존재였다. 동정이라는 저울이 그들 쪽으로 기울어지는 경우는 거의 없었다.

'거미 여인'은 이 소설이 독자들에게 던진 수수께끼다. 독자들이 자신의 사고에 따라 그 수수께끼의 해답에 가까이 다가간다면 아마도 작가와 소설 속 인물들이 동경하는, 관용과 이해를 더 강조하고 인간의 본성을 존중하는 이상적인 세상으로 이미 한 걸음 내디딘 셈일 것이다.

Les Essais

수상록

[프랑스] 미셸 몽테뉴(Michel Eyquem de Montaigne, 1533~1592), 1580~1588년 작

반역·자조·유행의 완벽한 삼위일체

전 3권의 방대한 분량으로 이뤄진 16세기 위대한 사상가 몽테뉴의 에세이다. 하나의 주제로 규정되지 않고 삶을 둘러싼 모든 것에 대한 한 개인의 지극히 사적인 기록이다. 그럼에도 자살 옹호나 고문에 대한 비판 등 정치사회, 종교와 신앙에 대한 당시로서는 파격적인 주장으로 1676년 로마교황청에 의해 금서로 지정되었다.

요즘 사람들은 미셸 몽테뉴를 16세기 프랑스의 사상가이자 수필가이며 완벽한 고전 작가라고 생각하겠지만 당시 프랑스에서 그는 사상가 중에서는 이단아요, 문학가 중에서는 괴짜였다. 사상이 경직되고 엄숙한 얼굴로 설교할 줄만 알았던 당시 작가들과 달리 몽테뉴는 자기 내면의 감정을 솔직하게 표현했다. 그는 '용감하고 유쾌한 회의주의'를 표방했다. 《수상록》은 장장 300년 동안이나 로마교황청의 금서목록에 포함되어 있었다.

몽테뉴의 아버지는 프랑스 보르도 부근의 작은 귀족이었다. 현실도 피 성향이 강한 몽테뉴는 서른일곱 살 되던 해에 시골에 있는 아버지의 영지를 물려받아 은거 생활을 했다. 하지만 그 전까지의 이력이 꽤 다채

롭다. 그는 한때 보르도 고등법원 법관이었으며 보르도 시장으로서 프랑스 왕실과 친밀한 관계를 맺기도 했다. 그는 프랑스 본토 외에도 독일, 오스트리아, 스위스, 이탈리아 등 여러 나라를 여행했는데 기분 전환을 위한 것이기도 했지만 그를 괴롭히는 신장결석의 치료법을 찾기 위한 목적도 있었다.

몽테뉴는《수상록》서문에서 이 책을 쓴 목적은 지극히 사적인 것으로, '순수한 의도'로 썼다고 말했다. 자신이 세상을 떠난 후 가족과 친구들이 자신의 성격과 생각의 특징 몇 가지를 이 책에서 찾아볼 수 있도록 하기 위해서라는 것이다. 이 서문은 1580년 3월에 썼고《수상록》1권과 2권이 그해에 출판했다. 이 서문은《수상록》전 3권(3권은 1588년에 출간)의 성격을 미리 규정하는 역할을 했다.

몽테뉴는 신학자와 철학자들이 흔히 사용하는 고리타분하고 난삽한 문장을 버리고 마치 가족이나 친구들과 술이나 차를 마시며 이야기를 나누듯 이 책을 썼다. 가끔씩 흥이 오르면 우스운 이야기도 하고 자기 자신이나 시사 이야기를 조롱의 대상으로 삼기도 했다. 이 책에는 짧은 수필도 있고 거침없이 주장을 펼친 장문의 글도 있는데 이는 당시 유럽 문학계에 활력을 불어넣는 매우 신선한 시도였다. 몽테뉴의 수필에는 고전작품의 인용문이 많이 등장한다. 그는 고전작품에서 뽑아낸 여러 꽃송이들을 끈으로 한데 엮어 시적 감성이 충만한 새로운 사상으로 표현해냈다. 그가 이런 길을 개척해주지 않았더라면 훗날 철학 수필로 명성을 떨친 베이컨이나 절묘한 유머와 페이소스로 극찬을 받은 수필가 찰스 램(Charles Lamb)이 그토록 탄탄한 저력을 발휘하지 못했을 것이다.

회의주의자가 남긴 지극히 개인적인 탐색

몽테뉴의 글은 실제로 지극히 개인적이다. 그가 세상을 떠나기 전 20여 년 동안 유유자적하며 보낸 생활이 담담하게 기록되어 있다. 그의 서재는 저택 한구석에 위치한 원형 탑 4층에 자리 잡고 있었고 창문 3개를 통해 사방의 아름다운 경치를 한눈에 내려다볼 수 있었다. 서재 한쪽에는 천천히 거닐 수 있는 넓은 공간이 있었다. 그는 "은둔하는 곳에는 모두 거닐 수 있는 장소가 있어야 한다", "두 다리가 움직여야 머리가 돌아간다"라고 했다. 또 "집에 있을 때 나는 주로 서재에서 지나며 대부분의 집안일을 거기서 돌본다. 입구에 앉으면 정원, 사육장, 뜰 그리고 영지의 거의 모든 것이 한눈에 내려다보인다. 나는 서재에서 이때는 이 책, 저때는 저 책을 아무 순서 없이 뒤적이며 두루 읽는다. 깊은 생각에 빠져 묵상하기도 하고 가끔은 이리저리 거닐기도 하며 생각나는 것을 적어두었다가 나중에 모아 글을 쓰기도 한다"라고도 했다.

반드시 명제가 있어야 하는 작문에 익숙한 사람들은 몽테뉴의 수필은 너무 격식 없이 제멋대로라고 여길 수도 있을 것이다. 예를 들어 '자손들이 조상을 닮음에 대하여'라는 제목의 글은 부친에게서 유전적으로 물려받은 결석증을 화두로 시작하지만 의학계에 대한 불신이 대부분의 내용을 차지한다. '베르길리우스에 관한 시편'도 사실 로마 시인 베르길리우스의 시에 대한 평론보다는 '사랑 시와 사랑에 관한 잡담'이라고 제목을 바꾸는 것이 나을 듯하다. 몽테뉴가 스스로 밝혔듯이 그저 생각나는 대로 '잔소리'를 했을 뿐이다. 어떤 때는 처음부터 홍수처럼 맹렬하게 쏟아져 나와 막을 수가 없다. 하지만 그것이 나쁜 결과를 초래했다고 자책

할 필요까지는 없었다. 그 덕분에 작가의 실제 성격이 글에 잘 드러났기 때문이다. 군이 단점을 꼽자면 틀에 박힌 글의 구조(앞뒤 호응이나 주제 돌출 등) 정도를 지적할 수 있겠다.

'순수한 의도로 쓴' 책이고 성격과 기질이 드러난다 해도 잡다한 일상에 대해서만 이야기를 했다면 전혀 문제될 것은 없었다. 그러나 인생이나 정치, 사회, 특히 종교와 신앙에 관한 이야기들은 아마도 당시의 시대적 분위기상 누구에게든 밉보이고 미간을 잔뜩 구긴 채 두리번거리는 체재옹호자들의 예민한 신경을 건드릴 수밖에 없었을 것이다. 몽테뉴는 보르도 고등법원에서 13년간 근무했고 보르도 시장직도 수행했다. 그런 인물이 시사에 대해 논평했다면 아무리 담백한 글이라 해도 사회 질서를 어지럽힌다는 비난을 피하기는 어려웠을 것이다.

공교롭게도 몽테뉴는 회의주의자였고 "내가 뭘 알겠어?"가 좌우명이었다. 다시 말해 그는 자신이 아는 모든 것을 회의적인 시선으로 바라보았다. 회의주의를 경계하고 지양해야 할 정신적 위기로 바라보지 않고 오히려 회의주의를 적극 옹호하고 찬양했다. 그는 회의주의적 시각이 '이성적 탐색과 변론'에 도움이 된다고 여겼다. 그는《수상록》의 내용은 그저 자신의 상상에서 나온 것이며, 그 상상은 가볍고 즉흥적인 것일 뿐임을 누누이 강조했다. 이 책을 쓴 것은 진리를 선전하기 위해서가 아니라 진리를 탐색하기 위함이며, 자신의 이야기 또한 신에 대한 믿음에서 나온 것이 아니라 개인적인 생각에서 비롯된 것이라고 했다. 심지어 "운명의 좋고 나쁨도 우리 자신이 결정한다"라고 했다.

고정관념을 깨뜨렸으나 규범에서 어긋나지는 않았다

몽테뉴가 살던 시대에는 이교도를 고문하고 처벌하는 종교재판소가 있었다. 그는 고문에 관해 논한 글에서 "고문은 위험한 발명품이다. 고문은 진실을 캐내는 것이 아니라 사람의 인내력을 시험하는 것이다. 고문을 참을 수 있는 사람은 진실을 감추고, 고문을 견디지 못하는 사람은 아무렇게나 인정해버린다"라고 했다. 고문이 무고한 사람에게 고통을 주어 없는 죄도 인정하게 만든다는 것이다. 당시 마녀로 낙인찍힌 사람은 산 채로 화형당했다. 몽테뉴는 마녀재판의 판결이 확실한 증거를 가지고 이루어지지 않는다고 생각했다. 그는 피고인들에게 독약이 아니라 해독제를 주어야 하며 주관적인 판단에 과도하게 치중하면 죄 없는 사람을 산 채로 불태워 죽이게 된다고 비난했다. 또 기독교에서 강조하는 '신의 뜻'이라는 관념에 의문을 제기했다. "추운 겨울에 우리 마을의 포도가 다 얼어 죽으면 신부는 하나님이 노해 인간에게 내린 벌이라고 할 것이다. …… 또 우리의 내전을 보라. 세상의 고통에 분노하고 가슴 아파하지 않을 사람이 어디 있을까? 최후의 심판이 닥쳤다고 불안해하지 않을 사람이 어디 있을까? 그런데 인류는 일찍이 그보다 더 끔찍한 일을 수없이 목도했으며, 이 세상 다른 곳에 사는 사람들은 만 1년도 넘게 행복을 누리며 살고 있음을 전혀 알지 못한다."

몽테뉴는 심지어 여러 자료를 열거해가며 자살에 찬성했다. 당시에는 자살이 교리에 위배된다 하여 엄격하게 금했다. 그는 프랑스의 법률이 이미 어지러워지고 변질되어 부패와 타락을 조장하고 있다고 주장하며 법률을 제정한 사람들은 얼간이이며 평등을 증오하고 공정심이 없다고 했다. 욕설에 가까울 정도로 솔직한 직언이다. 몽테뉴는 사람들에게 "모든 노력을 다해 생활의 즐거움을 누리라. 흐르는 세월이 그 즐거움을 하나씩 빼앗아가고 있다"라고 말하면서 "실컷 누려라. 한 번뿐인 인생을/ 내일이면 모든 것이 사라지고 재만 남으리"라는 고대 로마 시인(교회에서 는 이교도로 규정하는)의 시를 인용했다. 이 부분은 교회의 세속에 관한 우 울한 관점과 조화를 이루지 못한다. 그는 사랑과 섹스에 대해서도 논하 며 이미 겪어본 사람의 입장에서 자신의 경험과 생각을 밝혔다.

몽테뉴의 사상이 고정관념의 틀에서 벗어난 것들이었지만 그는 결 코 종교를 반대하지 않았다. 그는 일생동안 정통 천주교도의 규범에 어 긋난 행동은 한 번도 한 적이 없다. 그는 자신의 글이 천주교 교리에 위배 된다고 여기지도 않았다. 갓 출판한 《수상록》을 검열해달라며 공손하게 로마교회에 보내기도 했다. 당시 교회에서도 이 책에서 종교를 모독한 내용을 발견해내지 못했고 그저 여섯 가지 이의를 보내왔을 뿐이다. 이 여섯 가지 이의도 충분히 타협할 수 있는 것들이었다. 그들은 몽테뉴에 게 이 여섯 가지 이의를 전달하면서 "수정 여부는 직접 결정하시오"라고 말했고 몽테뉴는 수정하지 않았다. 17세기 초반부터 60여 년 동안 《수상 록》은 프랑스에서 많은 사람들에게 읽히며 사랑받았고 2~3년마다 한 번 씩 재판을 찍어야 했다. 특히 1608년에는 최소한 다섯 차례나 인쇄했고 1617년에는 여섯 차례, 1627년에는 다섯 차례, 1636년에는 무려 아홉 차 례나 인쇄했다. 몽테뉴의 작품은 이미 '반역, 자조, 유행'이 삼위일체되었 다는 평론이 어울리는 대작이 되어 있었다.

이 책은 어떤 언어로도 출판할 수 없다

《수상록》이 처음으로 비판의 대상이 된 것은 도덕적 타락에 관용을 베풀고 '운명'이라는 이단의 개념을 사용했으며 이단 시인을 언급하고 기독교를 배반한 로마 황제 율리아누스를 변호했다는 이유 때문이었다. 이 책이 출간된 직후 이 부분의 내용이 프랑스 리옹에서 금지당했고 17세기 후반에는 프랑스 전역에서 반(反)몽테뉴 여론이 거세게 일었다. 몽테뉴의 작품은 신학자들에게 온갖 비난의 화살을 받았으며 작가에게는 '무신론자', '이교도' 등 당시로서는 가장 섬뜩한 낙인이 찍혔다. 뒤이어 교회 당국은 과거의 느슨한 검열을 바로잡기 위해 《수상록》을 금서로 지정했다. 1676년 로마교황청은 《수상록》을 금서목록에 포함시키고 "이 책은 어떤 언어로도 출판할 수 없다"라고 못 박았다. 스페인 종교 당국은 그보다 훨씬 전인 1640년에 이미 《수상록》을 금서로 지정했다. 몽테뉴가 살아 있었다면 신학자들의 비난과 교회의 금서 조치를 초연하게 받아들이며 "옛날에는 전 세계에 지혜로운 이가 일곱 명밖에 없었지만 지금은 스스로 무지함을 아는 일곱 명을 찾아내기도 어렵다"라는 고대 그리스의 명언을 읊조렸을 것이다.

몽테뉴와 그의 문학에 대한 평론 가운데 19세기 프랑스의 문예비평가 생트 뵈브의 평론이 지금까지도 자주 인용되고 있다. 생트 뵈브는 이렇게 말했다.

"몽테뉴는 순수하고 자연스럽고 부드러운 성격의 소유자였다." "글도 몽테뉴의 성격과 같아서 정직함 속에서도 무궁한 매력이 드러난다. 그의 책을 아무 페이지나 펼쳐들고 그의 이야기에 귀를 기울이기만 해도 그의 기풍을 알 수 있다. 어떤 화제에 대해 이야기하든 그의 글에는 언제나 생기가 넘친다."

생트 뵈브는 몽테뉴의 기풍이 여러 방면에서 프랑스의 대문호 볼테르와 견줄 만하다고 했다. 몽테뉴의 수필을 읽는 것은 큰 즐거움이므로 현재의 마음 상태에서 벗어나 또렷하고 균형 잡힌 판단력을 회복하고 싶다면 매일 밤 몽테뉴의 작품을 한 페이지씩 읽으라고도 했다.

몽테뉴 작품의 자조성은 독자에게 재미를 주었고 반역성은 독자에게 깨달음과 영감을 선사했다.

에밀

[프랑스] 장 자크 루소(Jean Jacques Rousseau, 1712~1778), 1762년 작

선한 본성에 따른 가장 이상적인 교육법

루소는 이 책에 큰 기대를 걸었다. 그러나 종교와 사회의 제도를 구속으로 보고 원래 가지고 태어난 선한 본성대로 아이를 키워야 한다는 그의 교육법은 받아들여지지 못했다. 결국 루소는 이단으로 몰려 의회에서 내려진 체포 명령을 피해 파리에서 도망치는 신세가 됐고 책은 많은 사람들 앞에서 찢기고 불태워졌다.

18세기 프랑스의 급진적인 사상가이자 문학가인 장 자크 루소는 유럽 금서사에 수많은 기록을 남겼다.

1749년 루소는 디드로 등과 함께 편찬한 《백과전서(Encyclopédie)》의 일부 내용을 집필했다. 하지만 《백과전서》가 출간도 되기 전에 예수회가 이 책을 '사악한 또 하나의 바벨탑'으로 규정했다. 1759년 프랑스 검찰은 윤리를 땅에 떨어뜨린다는 이유로 《백과전서》를 고발했고 교황 클레멘스 13세는 《백과전서》를 불태워버리라는 칙령을 내렸다. 루소 역시 '미사를 드리지 않는 이교도'이자 '신, 왕국, 교회의 적'으로 낙인찍혔다.

1762년에는 막 출간된 교육소설 《에밀》이 금서로 지정되었다. 파리 의회는 《에밀》을 찢고 불태우기로 결정했다. 같은 해 스위스 정부가 《에

밀》과 정치사상서《사회계약론(Du Contrat Social)》을 불태우도록 명령했다. 루소는 파리에서 제네바로 도망쳤지만 제네바에서도 다시 도망쳐야 했다. 이듬해 루소는 공개서한을 발표해 자신을 탄압하는 교회에 저항했다. 2~3년 사이에《에밀》,《산에서 쓴 편지(Lettres Écrites de la Montagne)》,《사회계약론》이 차례로 로마교황청의《금서목록》에 올랐다. 소설《신 엘로이즈(La Nouvelle Héloïse)》도 루소가 세상을 떠나기 전 이 목록에 추가되었다. 루소의《참회록(Les Confessions)》은 1929년까지도 미국 세관에서 통관이 금지되었다.

루소의 자연주의 사상이 녹아 있는 교육서

1756년 4월 루소는 파리 근교 몽모랑시 숲에 있는 데피네 부인의 저택으로 이사해 그곳에서《에밀》을 쓰기 시작했다. 흥미롭게도 루소는 더 이상 책을 쓸 필요가 없는 갖가지 이유를 생각하며 이 소설을 집필했다. 《에밀》판매를 통해 얻게 될 인세가 자신의 여생을 지켜줄 '얼마 안 되는 종신연금'이 될 것이므로 더 이상 책을 쓸 필요가 없을 거라고 생각했다.

《에밀》에는 '교육에 관하여'라는 부제가 달려 있으며 총 5부로 이루어져 있다. 1~4부에는 에밀이 출생한 후 성년이 되기까지를 네 시기로 나누어 각 시기의 특징과 성장 과정, 교육방법에 대해 이야기하고, 마지막 5부는 에밀의 미래 아내인 소피의 교육에 대해 논한다.

루소의 이상적인 학생인 에밀은 걸음마를 배울 때부터 남다르다.

에밀은 보행기도, 유모차도, 걸음을 도와주는 끈도 사용하지 않을 것이다. 발을 옮겨가며 앞으로 걷는 법을 알게 되면 나는 돌이 있는 곳에서 부축해주거나 빨리 걸을 수 있도록 도와주기만 할 것이다. 에밀을 공기가 탁한 집 안에 두지 않고 날마다 풀밭으로 데리고 나갈 것이다. 그곳에서 달리고 놀며 하루에 백 번씩 넘어지게 할 것이다. 그래야 혼자 일어서는 법을 더 빨리 배울 수 있다. 자유가 주는 즐거움은 상처 입은 것에 대한 보상이다. 에밀은 자주 상처를 입겠지만 언제나 행복할 것이다.

루소의 관점에 따르면 인간은 태어나면서부터 자유롭고 평등하다. 자연적인 상태에서 인간은 모두 천부적 권리를 갖는다. 그러나 인류가 문명 상태에 들어가면서 인간 사이의 불평등, 특권, 노예가 생겨나고 인간은 본성을 상실한다. 루소가 그려낸 에밀은 '자연 상태'의 인간이었다. 에밀을 교육시키는 방식은 종교와 사회의 각종 구속에 대한 반항이었다. 루소는 과도하게 예의를 따지는 귀족화된 교육에 반대했다. 그는 에밀이 거친 말을 쓸까 봐 걱정하는 것이 아니라 거짓말을 하고 오만하게 말할까 봐 걱정했다. 루소는 또 아이에게 정치·사회적 책임, 인격 등을 억지로 교육시키는 데에도 반대했다. 아이들이 그런 심오한 단어를 이해하기 전까지 아이들의 머릿속은 '알 수 없는 기호'로만 가득하고 어릴 적부터 그런 것을 가르치면 '아주 위험한 편견'이 생기기 쉽기 때문이었다.

제4부에서 루소는 종교 교리의 허위성과 교회의 기만성을 비판했다. 그는 신의 존재를 부정하지는 않았지만 신이 바라는 것은 인간이 인간 자신에게 더 관심을 갖는 것이라고 보았다. 이 모든 것은 사부아 보좌신부의 신앙고백을 통해 독자들에게 전해진다. 이 사제는 교회로부터 온갖 비난을 받았지만 자신이 이런 박해를 받는 것은 "절제하지 못했기 때문

이 아니라 머뭇거리고 의심했기 때문이다. 사람들이 나의 부끄러운 일에 대해 비난하는 것을 보면 큰 잘못을 저지를수록 처벌을 피하기가 더 쉽다는 것을 알 수 있다"라고 말했다. 그는 교회에서 말하는 "정의를 행하면 복을 얻을 것이다"라는 설교도 마찬가지로 사람을 속이는 거짓말이라고 했다.

        …… 사물의 현재 상태를 보면 전혀 그렇지 않네. 악인이 번영하고 정의로운 자는 탄압을 당하고 있네. 이 같은 기대가 물거품이 되었을 때 우리 마음속에 얼마나 분노가 치솟을 것인가! 양심은 마침내 신에게 반역하여 외치네. "그대는 나를 속였다!"

종교와 교육에 대한 대담한 생각이 빚어낸 불행

《에밀》이 책으로 인쇄되어 나오기도 전에 예수회 선교사가 그 중 일부 단락을 인용해 비난했다. 이것은 루소에게 불길한 징조였다. 과연《에밀》이 출간된 후 루소에게 거센 폭풍이 몰아닥쳤다. 책이 사람들 앞에서 찢기고 불태워졌을 뿐 아니라 작가의 신변도 위험해졌다. 어떤 의원은 책만 불태워서는 소용이 없고 작가까지 함께 불태워야 한다고까지 주장했다. 로마교황청은 종교를 공격하는 책과 작가를 두둔할 수 없다고 공공연하게 밝혔다. 얼마 후 의회가 루소를 고발하기로 했으며 곧 체포할 것이라는 소식이 들려왔다. 정확한 체포 날짜까지 정해져 있었다. 루소

는 처음에는 믿지 않았지만 누군가 검찰총장의 집에서《에밀》과 작가에
대한 기소장 초안을 보았다고 그에게 귀띔해주었다. 루소는 체포 명령이
내려진 그날 파리에서 도망쳤다.

《에밀》출간 후에 너무도 혹독한 시련을 겪어서인지 말년의 루소는
'에밀'이라는 자신의 이상에 더 이상 희망을 품지 않았다. 그래서 그는
《에밀》과는 다른 분위기의 속편《에밀과 소피 또는 고독한 사람들(Émile
et Sophie ou les Solitaires)》을 썼다. 에밀과 소피가 결혼하고 처음에는 행복
했다. 소피의 매력은 무궁무진했고 아름다움은 시시각각 새로웠다. 하지
만 두 사람이 죄악으로 가득 찬 저주의 도시 파리로 가게 되면서 상황이
바뀌었다. 두 사람이 파리에서 산 지 단 2년 만에 소피가 나쁜 물이 들어
버린 것이다. 어느 날 소피는 절망적인 말투로 자신이 다른 남자와 바람
을 피워 임신했다고 에밀에게 고백한다. 에밀은 괴로움을 견디지 못하고
집을 뛰쳐나가 마르세유에서 바다로 나가는 배를 탄다.

이 미완성의 속편은 에밀이 알제리 총독의 노예가 되는 데에서 중단
되었다. 루소는 이 속편을 에밀과 소피가 각자 숱한 고난을 겪은 후 다시
만나 재결합하는 결말로 계획했다고 한다. 무인도의 절벽 위 성당, 성당
주변에는 꽃이 흐드러지게 피어 있고 탐스러운 열매가 매달려 있다. 소
피는 이 성당의 수녀다. 그녀는 잘못을 뉘우치고 예전 모습으로 돌아가
있다. 그녀는 다시 에밀을 만나고 에밀은 그녀의 잘못이 본성에서 비롯
된 것이 아님을 알고 용서한다.

Candide, ou l'Optimiswe

캉디드 혹은 낙관주의

[프랑스] 볼테르(Voltaire, 1694~1778), 1759년 작

비관적인 세상에 내던져진 낙관주의 청년의 여정

18세기 프랑스 계몽주의를 대표하는 사상가 볼테르는 부조리한 사회와 종교의 불관용에 대해 날카롭게 비판하여 끊임없이 탄압을 받았다. 순수한 낙관주의자 캉디드가 험한 세상의 일들을 겪으며 깨달음을 얻어 나가는 과정을 그린 풍자소설 《캉디드》에는 그럼에도 '밭을 일구어 나가듯' 스스로의 삶을 개척해야 한다는 볼테르 계몽사상의 정수가 담겨 있다.

18세기에 가장 핍박받은 프랑스 작가를 꼽으라면 아마 볼테르가 단연 최고이고 그다음이 장 자크 루소일 것이다. 볼테르는 실로 끊임없는 탄압과 금서 조치에 시달렸다.

1716년 볼테르는 대화 중에 섭정왕 오를레앙 공을 비방했다는 이유로 파리에서 추방당했다. 이듬해에는 궁정을 풍자하는 시를 썼다가 비방죄로 바스티유 감옥에 수감되어 11개월을 살았다. 1726년에는 권세 높은 귀족과 다툼을 벌였다가 바스티유 감옥에 재수감되었고 그 후 외국으로 추방당했다. 그리고 1734년 종교와 정치체제에 반대하는 책《철학 서간(Lettres philosophiques)》을 비밀리에 출간했다가 세 번째 수감 위기를 맞게 되지만 애인인 샤틀레 후작부인의 영지로 피신했다. 1742년 그의 비극

《마호메트(Mahomet)》가 상연 금지 명령을 받았다. 1752년 프로이센에서 프리드리히 2세를 풍자하는 시를 썼다가 체포되어 책이 불태워졌고 같은 해 로마교황청이 《철학 서간》을 《금서목록》에 포함시켰다. 1764년 그의 《철학 사전(Dictionnaire Philosophique)》이 프랑스와 스위스에서 금서로 지정되었다. 나중에는 로마교황청이 발표한 《금서목록》에 그의 거의 모든 작품이 포함되었는데 그 수가 약 39종에 이르렀다.

볼테르는 《캉디드》, 《자디그(Zadig)》, 《랭제뉘(L'Ingénu)》, 《바부크의 환상(Vision de Babouc)》 등 중·단편 철학소설 총 26편을 발표했다. 볼테르는 생전에 서사시와 비극으로 유명했으며 소설은 그저 재미로 쓴 습작이었다. 그의 비극이나 서사시가 큰 명성을 떨치고 있을 때에도 그는 자신의 소설은 출판할 가치조차 없다고 생각했다. 그런데 19세기 전반기부터 볼테르의 비극과 서사시는 더 이상 읽는 이들이 거의 없었다. 그 대신 그때까지 별로 주목받지 못했던 소설이 서서히 유명해지더니 지금까지도 많은 독자들이 읽는 고전으로 남아 있다.

순진하고 단순한 낙관주의자의 운명

《캉디드》는 볼테르의 철학소설 가운데 가장 큰 성과를 거둔 작품이다. 볼테르는 단 사흘 만에 이 작품을 완성했다고 한다. 이 소설은 예리한 칼날과 가시를 품은 채 '이 세상이 최선'이라는 위선적인 낙관주의를 풍자하고, 당시 유행하던 논리, 즉 자연재해(1755년에 발생한 리스본 대지진)는 인간의 죄악에 대한 조물주의 형벌이라는 황당무계한 논리를 비판했다.

이 소설은 이렇게 시작된다.

베스트팔렌 지방의 둔더 텐 트롱크 남작 나리의 성에 한 청년이 사는데 천성이 아주 온화하다. 외모를 보면 그의 마음씨를 알 수가 있다. 그는 옳고 그름을 잘 알고 순수하다. 그 때문인지 사람들은 그를 캉디드라고 부른다.

캉디드는 남작의 저택에 얹혀살면서 철학자 팡글로스의 학설을 신봉한다. 팡글로스는 "이 완벽한 세상에서 모든 것은 최선의 상태에 있다"라고 주장한다. 캉디드는 자신의 생활이 몹시 만족스럽다. 철학자의 훌륭한 이야기를 들을 수 있고 또 날마다 남작의 딸인 아리따운 퀴네공드 아가씨를 볼 수 있기 때문이다.

그러나 캉디드가 이후에 겪은 일은 이 세상이 결코 완벽하지 않음을 처절하게 보여준다. 그는 퀴네공드를 사랑했다. 그런데 두 사람의 입술이 포개어지고 눈동자가 반짝이고 다리가 떨리고 서로의 손이 길을 잃고 헤매고 있을 때 남작이 캉디드의 엉덩이를 세게 걷어차 내쫓아버린다. 캉디드는 붙잡혀 군대로 끌려갔다가 제멋대로 행동한다는 이유로 흠씬 두들겨 맞는다. 전쟁터에서 서로 죽고 죽이고, 민간인을 약탈하고 강간하는 것을 본다. 캉디드는 저택에서 쫓겨나 방랑을 하는 동안 한 번도 선한 사람을 만나지 못했다. 그가 만난 사람들은 광적인 신도이거나 아니면 소매치기와 결탁한 신부, 공갈협박을 하는 재판관이다. 하마터면 이교도로 몰려 종교재판을 받고 산 채로 화형당할 뻔하고, 나중에는 파리에서 사기꾼 신부 일당에게 속아 가진 것을 모두 빼앗기고 빈털터리가 되기도 한다. 캉디드는 "이 세상에서 상상할 수 있는 모든 모순과 불합리가 이 이상한 나라에 존재한다. 정부, 법원, 교회, 무대 할 것 없이 어디든 다 말이다"라고 말한다. 그러고는 유럽 여러 나라를 돌면서 고초를 겪고 난 후 "이 세상은 추악한 곳이며 곳곳에 재앙이 도사리고 있다"라고 외친다.

퀴네공드의 처지는 더 비참하다. 전쟁 중에 온 가족이 몰살당하고 병사들에게 겁탈당한 후 노예로 이리저리 팔려 다니다 결국에는 추한 얼굴에 성격마저 그악스러운 세탁부로 전락한다. 한편 철학자 팡글로스는 더러운 병에 걸려 코 반쪽이 썩어 문드러지고 나중에는 종교재판을 받고 화형당할 위기에 처하기도 한다.

소설의 마지막에서 캉디드는 퀴네공드와 원치 않는 결혼을 한다. 과거의 서툰 불장난과 비슷하게 말이다. 퀴네공드는 나날이 더 추해지고 성격이 포악해져 모두의 골칫거리가 된다. 뽀얀 피부에 애교스럽고 풍만하던 소녀의 흔적은 전혀 찾을 수 없다. 하지만 이런 불우한 상황에서도 캉디드는 "인생에는 두가지 길 밖에 없다. 하나는 끔찍한 일들을 다 겪으며 사는 것이고 다른 하나는 아무것도 안 하고 따분하게 빈둥거리며 사는 것이다"라는 비관주의자 마르틴의 말을 인정하지 않는다. 캉디드에게는 농사를 지을 땅이 있으므로 어쨌든 안정된 생활을 할 수 있다. 팡글로스는 여전히 이 세상이 완벽하다는 생각을 버리지 않고 이렇게 말한다.

"자네가 퀴네공드를 사랑해서 아름다운 궁전에서 쫓겨나지 않았더라면, 종교재판을 받지 않았더라면, 아메리카 대륙을 누비지 않았더라면, 남작을 칼로 찌르지 않았더라면, 엘도라도에서 가지고 온 양을 모두 잃지 않았더라면 지금 여기에서 피스타치오와 설탕에 절인 레몬을 먹고 있지 못할걸세."

하지만 이제 그의 말에는 신물이 난 캉디드는 냉랭하게 이렇게 대꾸한다. "훌륭한 말씀입니다만 이제 우리는 그저 밭을 갈며 조금씩 앞으로 나아갈 수밖에 없습니다."

유쾌하고 날카로운 시대 풍자의 대표작

《캉디드》는 대담하고 날카로운 풍자 외에도 블랙 유머가 곳곳에 숨어 있다. 독자들은 이 소설을 읽고 웃음을 터뜨리면서도 내심 소름 돋는 전율을 느끼곤 한다. 누구나 살면서 정도의 차이는 있지만 캉디드와 같은 불행을 겪기 때문이다. 운명의 장난에 눈물짓기도 하고 사회에서 조롱당하고 세계의 모든 사악함 앞에서 어찌해볼 힘이 없다.

유럽에서 독실한 신앙심으로 무장하고 정통을 자처하던 사람들은 페스트를 피하듯《캉디드》를 피했다. 19세기 전반 영국의 수필 작가 찰스 램은 "대성당의 숲길에서 혼자《캉디드》를 읽다가 사람들에게 잡혀간다 해도 두렵지 않다"라고 말했다. 반항적인 젊은이가 객기 어린 호언장담으로 이렇게 말했던 것을 보면 당시《캉디드》를 읽는다는 것이 얼마나 심각한 일탈 행위였는지 짐작할 수 있다.

《캉디드》가 외설 서적으로 분류된 것은 금서 역사에서 불가사의한 사건이다.《캉디드》는 1920년대에서《데카메론》,《가르강튀아》, 발자크의《우스운 이야기(Contes Drolatiques)》와 나란히 미국의 금서목록에 올랐다. 1929년 미국 보스턴에서 하버드 대학교로 보내는 소포에서《캉디드》가 발견되어 세관에 몰수당했다. 미국 정부는 이 책의 내용이 추악하기 때문이라고 설명했지만 당시 세계 각국의 대학에서 이 소설을 프랑스 문학 교재로 사용하고 있었다. 하버드 대학교의 두 교수가 이 결정에 반발해 해명하기도 했다. 1944년에는 뉴욕의 한 서점에서 100권짜리 저가책 전집 목록을 내놓았는데 여기에《캉디드》가 포함되어 있었다. 그러자 우정국은 이 전집 목록에 우편으로 부칠 수 없는 외설 소설인《캉디드》가 포함되어 있는 한 우편 배송은 불가능하다고 했다.《캉디드》는 그로부터 10년이 지난 후에야 금서라는 딱지를 뗄 수 있었다. 하늘에서《캉디드》의 불우한 운명에 통탄하며 눈물을 흘렸을 볼테르가 그제야 편히 눈을 감았을 것이다.

살로메

[영국] 오스카 와일드(Oscar Wilde, 1854~1900), 1893년 작

시체와 사랑에 빠진 병태적인 아름다움

마태복음 14장 6-11절의 헤롯 왕 세례 요한 참수사건을 모티브로 했다. 퇴폐적이고 괴기스럽지만 매혹적인 이 희곡은 성서를 모독했다는 이유로 상연을 금지당하고 금서로 지정되었다. 자신의 작품만큼이나 화제를 몰고 다닌 시대의 반항아 오스카 와일드만이 표현할 수 있는 우아한 퇴폐미의 절정을 보여주는 작품이다.

오스카 와일드는 이렇게 말했다.

"우리가 과거에 점점 염증을 느낀다면 우리가 살고 있는 시대가 따분하고 죄악이 넘쳐난다 해도 이 시대에 대해 알고 싶어질 것이다. 우리가 20년 동안 별 볼 일 없이 사는 것보다 더 충실하게 한 시간을 보낼 수 있는 책이 존재하는가? 우리에게 바로 그런 책이 있다. 연두색 표지에 금박을 찍은 이 책은 바로 고티에가 좋아하는 책이자 보들레르의 대표작이다."[2]

와일드의 작품을 보면 그가 보들레르가 아니라 《악의 꽃》이 표방하고 있는 삶의 태도에 영향을 받았음을 알 수 있다. 보들레르는 "누구나 신과 사탄을 향한 두 가지 소원을 함께 가지고 있다. 신에게 기도하는 것은 성장에 대한 염원이고, 사탄에게 기도하는 것은 타락에 대한 탐닉이다"

라고 했다.《악의 꽃》이 '악 속의 아름다움'을 발견했다면 와일드는 그보다 한 걸음 더 나아갔다고 할 수 있다. 그는 시인에게는 선이든 악이든, 윤리적이든 비윤리적이든 모두 무의미하다고 여겼다. 작품의 우열을 논하는 유일한 기준은 '아름다움'에 도달했는가이며 예술가는 아름다움의 창조자일 뿐이라는 것이다. 그는 "예술가에게 윤리적 동정심은 용서받을 수 없는 나쁜 태도다"라고 말했다. 와일드의 문학관은 보통 우리가 말하는 '유미주의'다. 유미주의는 위선적인 도덕관에 대한 반발에서 시작된다. 한 예로 발자크에 대해 와일드는 "그의《인간 희극》속에 등장하는 인물들의 윤리는 우리 사회의 윤리지만 이 위대한 작가는 이 위선적인 사회의 사람들에게 비윤리적이라고 비난받았다"라고 예리하게 지적했다. 졸라에 대해서도 마찬가지다. "동시대인들은 졸라에 대해 분노했다. …… 마치 타르튀프가 남들에게 자신의 졸렬함을 들킨 후에 분노했던 것처럼 말이다."

미국 시인 월트 휘트먼(Walt Whitman)은 와일드의 '아름다움'에 대해 염려했다. 그는 "아름다움만 추구하는 사람은 나쁜 길에 빠진다. 아름다움은 추상적인 것이 아니라 결과다"라고 말했다. 휘트먼의 걱정은 쓸데없는 노파심이 아니었다. 와일드의 작품에서 나타난 가장 큰 특징은 간혹 전혀 유쾌하지 않은, 심지어 병태적인 아름다움을 숨김없이 드러냈다는 점이다. 그의 작품은 사람의 마음을 잡아끈다. 그의 작품을 본 사람들은 저절로 놀라움의 탄식을 내뱉게 되고 모골이 송연해지는 섬뜩함도 느낀다. 장편소설《도리언 그레이의 초상(The Picture of Dorian Gray)》(1891)이 한 예다. 젊은 도리언 그레이가 화가 베즐 홀워드에게 부탁해 자신의 초상화를 그리게 한다. 도리언은 그 초상화를 몹시 마음에 들어 하며 자신도 그 초상화 속 자신처럼 영원히 젊고 아름답기를 갈망한다. 그의 바람

덕분인지 그는 젊은 시절의 미모를 계속 유지하지만 초상화 속 그의 모습이 점점 변하기 시작한다. 도리언이 자신을 사랑하던 여배우를 자살하게 한 후 초상화 속 그의 입가에서 사악함이 묻어난다. 또 그가 그녀를 잊기 위해 새로운 여자를 찾으려 하자 초상화 속 얼굴이 탐욕스럽게 변한다. 도리언은 점점 늙고 흉해지는 초상화를 남들이 볼까 봐 두려워 찢어버리기로 하고 초상화 속 자신의 가슴에 비수를 꽂는다. 하지만 칼에 찔린 것은 자신의 진짜 심장이었다. 하인들이 비명 소리를 듣고 달려와보니 초상화 속 그의 모습은 여전히 젊고 아름다웠으며, 노쇠하고 흉측한 몰골의 도리언이 그 앞에서 피를 흘리며 쓰러져 있었다.

살로메의 모티브가 된 성경 속 '세례자 요한'의 죽음

《살로메》는 단막극으로 프랑스 배우 사라 베르나르를 염두에 두고 프랑스어로 쓴 희곡이다. 런던의 로열코트 극장에서 상연할 예정이었지만 와일드가 공연 준비로 바쁜 나날을 보내고 있을 때 영국 정부가 이 작품이 성경 속 이야기를 가지고 자연에 위배된 사랑을 묘사하고 있다면서 희곡에 성경 속 인물을 포함시켜서는 안 된다는 오래된 법률을 적용시켜 공연을 금지했다. 《살로메》의 성공에 대해 부푼 꿈을 안고 있던 와일드는 상연 금지 소식에 몹시 분노했다. 한 기자는 당시 와일드의 반응이 갑작스럽게 이유도 모른 채 요구를 거절당한 버릇없는 아이와 같았다고 표현했다.[3] 사라도 시간과 정력을 낭비했다며 와일드에게 크게 불만을 터뜨렸다.

원래 살로메는 세례자 요한*의 죽음과 관련된 종교적 이야기다.

전에 헤롯이 그 동생 빌립의 아내 헤로디아의 일로 요한을 잡아 결박하여 옥에 가두었으니 이는 요한이 헤롯에게 말하되 당신이 그 여자를 차지한 것이 옳지 않다 하였음이라. 헤롯이 요한을 죽이려 하되 민중이 그를 선지자로 여기므로 민중을 두려워하더니 마침 헤롯의 생일이 되어 헤로디아의 딸이 연석 가운데서 춤을 추어 헤롯을 기쁘게 하니 헤롯이 맹세로 그에게 무엇이든지 달라는 대로 주겠다 약속하거늘 그가 제 어머니의 시킴을 듣고 이르되 세례 요한의 머리를 소반에 담아 여기서 내게 주소서 하니 왕이 근심하나 자기가 맹세한 것과 그 함께 앉은 사람들 때문에 주라 명하고 사람을 보내어 옥에서 요한의 목을 베어 그 머리를 소반에 담아다가 그 소녀에게 주니 그가 제 어머니에게 가져가니라.[4]

성경에 등장하는 이 짧은 이야기가 많은 문학가와 예술가들에게 영감을 주었다. 와일드가 이 희곡을 구상하고 있을 때 프랑스 작가 플로베르도 살로메 전설을 산문으로 재현했다. 살로메 이야기는 이미 오래전부터 와일드의 머릿속을 떠돌고 있었다. 어느 날 와일드가 점심 식사 뒤에 자신이 구상한 살로메의 이야기를 몇몇 프랑스 작가에게 자세히 들려주었는데 숙소로 돌아와보니 공교롭게도 검은 표지의 성경이 탁자에 놓여 있었다. 그가 이야기한 모든 것을 작품으로 쓰려면 반드시 필요한 것이 바로 성경이었다. 나중에 와일드는 "그때 성경이 탁자 위에 있지 않았다

*《신약성경》에 나오는 인물로 예수가 태어나기 전에 사람들에게 회개할 것을 권하며 요단 강에서 사람들에게 세례를 해주었다. 예수도 그에게서 세례를 받았다.

면 나는 결코 그 이야기를 작품으로 쓸 생각을 하지 못했을 것이다"라고
말했다. 그때부터 그는 놀라운 속도와 집중력을 발휘해 작품을 쓰기 시
작했다. 그러다가 배가 고파서 시계를 보면 밤 10시가 훌쩍 넘어 있었다.
그가 출출한 배를 채우기 위해 숙소 근처의 카페에 갔다. 카페에서 음악
을 연주하는 지휘자에게 다가가 '사랑했던 남자를 죽이고 그 남자가 흘
린 피 위에서 맨발로 춤을 추는 여자'에 어울릴 만한 음악을 연주해달라
고 부탁했다. 지휘자는 와일드의 요구대로 섬뜩한 분위기의 음악을 연주
해주었고 그 음악이 울려 퍼지자 카페 안에 있던 사람들이 대화를 멈추
고 창백해진 얼굴로 서로를 바라보기만 했다. 《살로메》에서 살로메가 미
친 듯 춤을 출 때 그 광경을 지켜보는 사람들의 반응과 매우 비슷했다.

　와일드는 런던에서의 상연을 금지당했다는 사실에 몹시 괴로워했
다. 4년 후인 1896년 3월 파리에서《살로메》를 초연했을 때 프랑스 관객과
비평가들이 성공적인 공연에 갈채를 보냈지만 와일드는 그다지 기뻐하
지 않았다. 당시 자신의 심정에 대해 와일드는 이렇게 말했다.

　　중요한 것은 창피하고 부끄러운 때에도 내가 사람들 눈에 예술가로
　　보여야 한다는 사실이었다. 나는 더 행복하고 싶었지만 극도의 고통과
　　절망 외에 다른 모든 감정은 거의 느낄 수가 없었다.[5]

무자비하지만 매혹적인 살로메

《살로메》가 초연된 것은 1896년이지만 그 전에도 희곡 형태로 공개

되었다.《살로메》프랑스어판이 1893년에 발표되고 이듬해에는 런던에서 영문판이 출간되었다. 와일드의《살로메》는 성경 속 이야기와 두 가지 중요한 차이가 있다.

첫째, 살로메가 요한의 머리를 달라고 요구하는 것이 어머니가 시켰기 때문이 아니라 요한을 사랑했지만 거절당한 것에 대한 그녀의 변태적인 심리 때문이다. 살로메는 제멋대로인 데다가 사악한 여자다. 그녀는 세례자 요한을 만나기 위해 근위대장이 헤롯 왕의 명령을 어기고 요한을 자기 앞으로 데리고 오도록 유혹한다. 요한을 만난 후에는 또 그에게 키스를 요구한다. 근위대장이 그녀의 눈앞에서 자살하지만 그녀를 막을 수는 없다. 요한도 그녀를 거부하기 어려워지자 그녀를 피해 우물감옥으로 들어가버린다. 헤롯 왕이 살로메에게 춤을 추라고 하자 살로메는 춤을 추는 대가로 자신이 원하는 대로 해주겠다는 약속을 받아낸다. 심지어 그녀는 어머니의 반대에도 아랑곳하지 않고 근위대장이 흘린 피 위에서 맨발로 춤을 춘다. 춤이 끝나자 그녀는 은 쟁반에 요한의 머리를 담아서 가져오라고 한다. 그녀에게 왕국의 절반이나 궁궐 안에 있는 모든 보석을 주겠다고 했지만 그녀가 마음을 바꾸지 않자 헤롯 왕도 어쩔 수 없이 망나니를 보내 요한을 머리를 베어 오라고 한다.

살로메는 요한의 머리가 담긴 은 쟁반을 받아들고는 미친 듯이 이렇게 독백한다.

아, 당신은 내가 당신의 입에 키스하게 허락하지 않았지, 요한. 그러나 지금 난 할 거야. 잘 익은 과일을 깨물어 먹듯이 내 이로 당신 입을 깨물 거야. 그래 요한, 나는 당신의 입에 키스할 거야. 내가 그럴 거라 그랬지? 말하지 않았던가? 그렇게 한다고 말했어. 아! 이제 당신의 입에 키스할 거야. 그런데 왜 나를 쳐다보지 않지, 요한? 분노와 경멸로 가득 차 그토록 무서웠던 눈이 지금은 감겨 있군. …… 당신은 날 받아들이려 하지 않았어, 요한. 당신은 날 거부했지. 내게 독설을 퍼붓고 나를 욕했어. 당신은 나 살로메를, 헤로디아의 딸이자 유대의 공주인 나를 창녀라고 생각하고 음란한 여자로 대했어. 좋아, 요한. 나는 아직 살아 있고 당신은 죽었어. 이제 당신의 머리는 내 것이 되었어. 나는 당신의 머리를 하고 싶은 대로 할 수 있어. 개에게 던져줄 수도 있고, 하늘을 나는 새에게 던져줄 수도 있지. 개가 먹다 남으면 하늘의 새에게 던져줄 거야.…… 세상에 당신의 몸처럼 하얀 것은 없고 세상에 당신의 머리만큼 검은 것도 없어. 세상에 당신의 입술만큼 붉은 것도 없어. 당신의 목소리는 이상한 향을 뿜는 향로였지. 내가 당신을 바라보자 기묘한 음악이 들렸어……. 나는 당신의 아름다움을 갈망해. 나는 당신의 몸을 갈망해. 포도주도 과일도 나의 욕망을 채워주진 못해. 나는 이제 어쩌면 좋지, 요한? 강물도 바닷물도 나의 열정을 식힐 수는 없어. 당신은 공주인 나를 경멸했어. 나는 순결한 처녀인데 당신은 내 마음속 정조를 빼앗아 갔어. 나는 깨끗한 여자였는데 당신이 내 혈관 속에 욕정의 불을 질렀어……. 아! 당신은 왜 나를 보지 않았지, 요한? 당신이 나를 보았다면 분명 나를 사랑했을 텐데. 분명 당신은 나를 깊이 사랑했을 거야. 사랑의 신비는 죽음의 신비보다 더 강한 거야. 사랑 외엔 아무것도 필요 없어!

살로메의 목소리가 더욱 광폭해진다.

아! 내가 당신의 입에 키스했어, 요한. 당신의 입에 키스했어. 내 입술에서 쓴맛이 나. 이게 피 맛인가? …… 아니, 이건 사랑의 맛일 거야.…… 사랑의 맛은 쓰다고들 하지.…… 하지만 그게 뭐 어때? 내가 당신의 입에 키스했는데 말이야, 요한. 내가 당신의 입에 키스를 했어.

결국 헤롯 왕이 질투심을 이기지 못하고 살로메를 죽이라고 명령한다. 그리고 그는 그녀가 한 짓이 커다란 죄악이라고 확신한다.

둘째, 신비하면서도 슬픈 분위기가 시종일관 희곡을 관통한다. 희곡의 첫 부분에서 헤로디아의 시종이 달을 '무덤에서 나오는 여인'에 비유하고, 헤롯 왕의 귀에는 계속 궁궐 안에서 사신(死神)이 날갯짓하는 소리가 들린다. 헤롯 왕은 피 위에서 미끄러져 넘어지자 불길한 징조라고 느끼며 요한을 죽이면 큰 재앙이 닥칠 것이라고 여긴다.《살로메》에서는 달도 사신을 상징한다. 가끔씩 달이 피처럼 붉게 변하고, 헤롯 왕이 살로메를 죽이라고 명령할 때에도 한 줄기 달빛이 살로메를 비춘다.

유미주의 예술가 오브리 비어즐리(Aubrey Beardsley)도《살로메》와 함께 유명해졌다. 그는 이 희곡의 영문판에 삽화를 그린 사람이다. 하지만 유감스럽게도《살로메》의 삽화를 그린 후 참담한 대가를 치렀다. 첫째, 와일드와의 우정을 잃었고(와일드는 그가 그린 삽화가 자신의 생각과 다르다며 그를 원망했다), 둘째, 자신의 명성을 잃었다(미풍양속을 해치는 책에 문란한 그림을 그렸다고 비난받았다). 비어즐리는 삽화에서 와일드의 얼굴을 재앙과 사악함의 암시로 사용했다. 그 삽화를 보면 와일드의 얼굴이 달 속에 그려져 있기도 하고 헤롯 왕의 얼굴이 되어 있기도 하다. 사실 그는 와일드를 좋아하지 않았고 희곡《살로메》도 좋아하지 않았다. 하지만 1894년《살로메》영문판이 세상에 나오자 사람들은 유미주의의 대가인 와일드와 비어즐리를 더 밀접하게 연결시켰다. 물론 처음에는 그들이 모여 나쁜 짓을 저질렀다며 비난했지만 나중에는 그들의 새롭고 독특한 시도를 높이 평가하며 최상의 조합이라고 극찬했다.

시대의 이단아 오스카 와일드

오스카 와일드는 사생활에 대해서도 논란이 많은 인물이었다. 1895
년 알프레드 더글러스라는 청년과의 동성애로 2년 징역형을 선고받았
다. 그는 옥중에서 참회록인《옥중기(De Profundis)》를 써서 더글러스가
자신을 유혹했다고 원망했다. 감옥에서 출소한 후 옥중에서 보고 들은
것을 바탕으로《레딩 감옥의 노래(Ballad of Reading Gaol)》라는 시를 쓰고
1898년 2월 이 마지막 작품을 익명으로 출간했다. 이 책은 석 달 만에 6쇄
나 인쇄되며 날개 돋친 듯이 팔려나갔다. 그 후 그는 중병에 걸려 생의 마
지막 몇 달을 파리 교외의 한 더러운 아파트에서 가난하고 고독하게 보
낸다. 1900년 11월 30일 와일드는 로마 천주교에 입교한 지 며칠 만에 파
리에서 세상을 떠났다. 그의 나이 45세였다. 그는 특이한 옷차림으로 런
던 사교계에서 이름을 날린 반항아였고 문학의 기재였지만 사회는 결국
그의 모든 것을 말살하고 파멸시켰다. 작가 본인의 고된 인생을 살펴보
면 작품에 처절한 절망이 깔려 있는 까닭을 이해할 수 있다. 와일드는 자
신이 창조해낸 도리언 그레이나 살로메처럼 제멋대로였지만 역시 운명
의 장난 앞에서는 힘없고 작은 존재일 뿐이었다.
와일드의 비참한 인생은 그가 젊은이들과의 동성애로 인해 투옥되
었던 탓이지만 당시 영국 여론이 그의 작품에 대해 적대적이었던 것도
큰 역할을 했다. 어떤 이들은 와일드의 작품《도리언 그레이의 초상》등)에 나

오는 문장이나 단어 몇 개를 이유로 그의 작품이 죄악을 선동한다며 고발하기도 했다. 법원에서 《도리언 그레이의 초상》에 대해 출판 금지 판결을 내리지는 않았지만 재판이 열렸다는 사실만으로도 사람들은 이 소설을 비윤리적인 작품이라고 여겼다. 와일드는 정부가 마음만 먹으면 아주쉽게 대중의 정서를 부추기고 이용할 수 있다는 것을 알고 있었으며, 사람들이 정부의 말을 너무 많이 들은 나머지 정부의 관점을 자신의 관점으로착각하고 있다고 생각했다. 와일드는 이에 분노하며 이렇게 말했다.

《도리언 그레이의 초상》은 사악한 책이다. 모두들 '정부가 이 책을단속하고 금지시켜야 한다'고 말한다. 그러면서도 한편으로는 사람들이앞 다투어 서점으로 몰려가 그 책을 손에 넣지만 곧 속았다는 걸 알게 된다. 그 책에는 지극히 윤리적인 이야기가 담겨 있기 때문이다. 그 책에는과도한 방종도 과도한 억제와 마찬가지로 파멸을 부른다는 윤리 사상이담겨 있다. …… 그렇다. 《도리언 그레이의 초상》은 윤리적 성향이 아주강한 책이다. 호색한이나 문란한 자들이 아니라 사상이 건전한 사람들은그 책을 읽으면서 윤리관을 발견하게 된다. 이것이 예술의 잘못인가? 그렇다면 이것이 바로 이 책의 유일한 잘못이다!

와일드는 끊임없이 반박하고 자신의 예술적 주장을 지치도록 변호했지만 그의 힘없는 목소리는 결국 요란한 소음에 묻혀버렸다. 그가 쇠고랑을 차고 법정으로 끌려 나오던 날 그의 책도 출간이 취소되었다. 한때 성황리에 상연되던 희극 《이상적인 남편(An Ideal Husband)》도 역시 잇따라 공연이 금지되었다.

율리시스

[아일랜드] 제임스 조이스(James Joyce, 1882~1941), 1922년 작

1904년 6월 16일 더블린의 하루

조이스는 오디세우스의 모험을 그린 호메로스의 《오디세이아》 속 영웅 오디세우스(율리우스)를 평범한 광고회사 외판원 레오폴드 블룸이라는 인물로 재창조해냈다. 이 작품은 외설적이라는 이유로 미국과 영국 등 몇몇 국가에서 출간도 되기 전에 금서로 지정되었으나 오늘날 조이스의 마니아들은 6월 16일을 '블룸스데이'라고 부르며 이 책을 기념하고 있다.

더블린은 제임스 조이스의 고향이다. 이 평범하지 않은 도시는 오스카 와일드, 버나드 쇼, 윌리엄 예이츠, 사뮈엘 베케트 등 위대한 작가들을 배출해냈다. 조이스는 1905년에 어떤 글에서 "지금까지 세상에 더블린을 소개한 작가가 없었다"라고 썼고 또 "나는 우주의 비밀보다도 더블린의 거리 명칭에 더 큰 흥미를 느낀다"고 말하기도 했다. 《율리시스》는 더블린에 대한 그의 소망을 실현하고 더블린의 거리 명칭에 대한 흥미를 최대한 충족시킨 작품이다. 이 소설은 1904년 6월 16일 하루 동안 일어난 사건을 그린 것이지만 독자들은 소설 속 인물들의 뒤를 따라가고 때로는 그들의 의식 속으로 파고들어가 더블린 전체를 보게 된다. 심지어 상점의 간판, 냄새, 거리의 광고, 신문 가판대에 걸려 있는 소식까지도 빠짐없

이 볼 수 있다.

　조이스는 이 소설을 쓰기 전 그날 더블린에서 발행한 모든 신문을 수집해 그 하루 동안 더블린에서 일어난 크고 작은 일들을 모두 조사했으며, 소설을 집필하는 동안에도 의문이 들 때마다 더블린에 사는 친구에게 편지를 보내 물었다. 조이스는 1904년 아일랜드를 떠났고 다시는 고향에 돌아가지 않겠다고 결심했다. 더블린을 두 차례 짧게 방문한 것을 제외하면 정말로 고향으로 돌아가지 않았다. 반평생을 타지를 떠돌며 살았지만 더블린에 대해 쓰지 않을 수 없었다. 단편소설집《더블린 사람들(Dubliners)》에서부터 장편소설《젊은 예술가의 초상(A Portrait of the Artist as a Young Man)》,《율리시스》까지 더블린 사람들 외에 다른 소재를 다룬 적이 없다.《율리시스》를 집필한 1914년부터 1922년까지 트리에스테, 취리히, 파리 세 도시를 옮기며 19번이나 이사를 다녔지만 그가 쓴 것은 더블린의 거리와 그 거리를 오가는 차와 사람들에 관한 것이었다.

　　손님을 가득 실은 이륜마차 두 대가 천천히 지나갔다. 창백한 얼굴*의 여자들은 앞에서 손잡이를 잡고 앉아 있고, 남자들의 손이 여자들의 작은 몸을 공공연하게 껴안고 있다. 그들은 트리니티 칼리지에서 굳게 문이 닫힌 아일랜드 은행의 주랑을 보고 지나갔다. 둥근 기둥이 우뚝 솟아 있는 입구에 비둘기 떼가 모여 꾸루룩꾸루룩 울고 있었다.

　조이스가 '방황하는 바위들' 장에서 계속 언급한, 리피 강을 따라 떠내려가는 전단지는 소설 속 인물 블룸이 오후 1시에 리피 강을 지나면서

---

* 영국인을 뜻한다. 아일랜드인은 얼굴에 붉은 기가 돈다.

버린 것이다. 두 시간 후 전단지가 어디까지 떠내려갔을까? '방황하는 바위들'에서 이 전단지를 언급할 때마다 그 장소는 어디일까? 조이스는 리피 강의 유속과 오후 이 시간대의 조수가 유속에 미치는 영향을 조사해 그 전단지가 각 지역을 지나가는 시간에 그곳에서 일어난 사건을 모두 일치시켜 서술했다. 이토록 정확한 묘사 때문에 지금도 더블린 사람들은 1904년 당시의 옷차림을 하고 그때 사용하던 소품을 갖추기만 하면 더블린 전체를 무대로《율리시스》속 사건을 재연해낼 수 있다. 1982년 조이스 탄생 100주년을 맞이해 더블린에서는 실제로 이런 방식으로《율리시스》에 묘사된 그 날*을 기념하기도 했다.

《율리시스》해금을 위한 비밀작전

《율리시스》는 미국 시인 에즈라 파운드(Ezra Pound)의 주선으로 1918년부터 미국 〈리틀 리뷰(Little Review)〉지에 연재되었다. 당시 조이스가 책을 출간하기 전이었기 때문에 처음 몇 편은 매월 원고마감일에 쫓겨 급하게 완성되었을 가능성이 크다.

1921년 봄 〈리틀 리뷰〉의 두 편집장이 재판에서 패소했다.《율리시스》의 내용이 외설적이라는 이유로 계속 잡지에 실을 수 없게 된 것이다. 판결이 나오기 전에 파운드가 이 소설의 제4장 원고를 교정하면서 '고상하지 않다'고 판단한 스무 줄을 자기 마음대로 삭제한 상태였다. 법원에

---

* 6월 16일.《율리시스》마니아들은 이 날을 블룸스데이(Blooms day)라고 부른다.

서 패소 판결이 나오자 이 책을 출간하기로 한 미국 출판사가 출간을 포기했다. 영국에서도 인쇄업자가 처벌을 두려워해 인쇄하지 않겠다고 하니 출판업자도 어쩔 수가 없었다. 조이스는 실의에 빠져 "내 책이 영원히 출판될 수 없을 것 같다"라고 말하기도 했다.

하지만 프랑스인들은《율리시스》에 상당한 관심을 보였다. 실비아 비치(셰익스피어 앤드 컴퍼니 서점 운영자)가《율리시스》를 출간하겠다고 한 것이다. 비치는 조이스에게 최대한 높은 인세를 지급하고 조이스의 마흔 번째 생일까지《율리시스》를 출간해 그에게 최고의 생일선물을 선사하겠다고 약속했다. 1922년 1월 31일, 조이스는 마흔 번째 생일 이틀 전에 마침내《율리시스》를 탈고했다. 하지만 소설의 거의 대부분이 이미 인쇄되어 있었다. 비치가 이틀 후 작가의 생일에 소설의 완성본을 선물하기 위해 얼마나 많은 노력을 기울였을지 상상할 수 있다. 사람들은 조이스가 당초 자신이 세워놓은《율리시스》집필 계획을 정말로 완성했는지 의심하지 않을 수 없었다. 급하게 탈고하느라 결말 부분을 완벽하게 마무리 짓지 못했을 수 있기 때문이었다.

비치는《율리시스》에게 관심을 가지고 있는 개인과 서점에 주문서를 발송했는데 그중 지드, 예이츠, 처칠, 아라비아의 로렌스* 등이 포함되어 있었다. 조이스와 같은 영국 작가 버나드 쇼는 주문을 거절하면서 비치에게 이런 편지를 보냈다.

《율리시스》는 가증스러운 문명 행태에 대한, 구역질나지만 진실한

---

* 토머스 로렌스(Thomas E. Lawrence). 영국 군인으로서 제1차 세계대전 당시 아랍에서 스파이 활동을 성공적으로 수행해 '사막의 영웅'이라는 별명을 얻었다.

기록이다. …… 당신에게 매력적인 예술작품일 것이다. 어쩌면 당신은(나는 당신에 대해 전혀 알지 못한다) 욕정적인 예술이 부추기는 열정에 미혹된 젊은 야만인일 수도 있다. 하지만 내게는 역겨운 작품이다. 나는 그 거리에 가보았고 그 상점들을 잘 알고 있으며 그 대화를 듣기도 하고 직접 끼어들기도 했다. 나는 스무 살에 이 모든 것을 버리고 잉글랜드로 왔다. 40년 후 조이스 선생의 책을 보고 더블린이 아직도 예전 그대로라는 것을 알았다. 젊은이들은 1870년 당시와 마찬가지로 지저분한 얘기만 지껄이고 있다. 하지만 위안이 되는 것은 누군가 그것을 깊이 알고 그 모든 것을 기록하고, 또 문학적 천재성으로 사람들에게 그것을 보여주었다는 사실이다. 아일랜드에서는 사람들이 고양이에게 위생적인 습관을 들이려고 할 때 고양이의 코앞에 제 배설물을 들이대고 냄새를 맡게 한다. 조이스 선생은 인간에게 똑같은 방법을 사용했다.

조이스는 버나드 쇼가 이런 반응을 보일 것임을 이미 짐작하고 있었다. 그는 버나드 쇼가 어떤 반응을 보일지를 놓고 비치와 내기를 했고 내기에서 이겨 시거 한 박스를 얻어냈다. 하지만 조이스는 버나드 쇼가 가명으로 이 책을 살 거라고 장담했다. 파운드는 버나드 쇼의 태도에 격노해 그를 '저질 겁쟁이'라고 공개적으로 비난했다. 하지만 버나드 쇼도 나중에는 태도를 바꾸어 《율리시스》를 '문학의 걸작'이라 칭찬하고 예이츠와 조이스에게 아일랜드 문학원 가입을 권유했다.

파리에서는 《율리시스》가 큰 인기를 끌며 베스트셀러가 되었지만 몇몇 영어권 국가(미국, 영국, 아일랜드)에서는 출간도 되기 전에 금서로 지정되었다. 출간 이후 10여 년 동안 대서양 양쪽의 세관과 우체국이 파리에서 발송한 《율리시스》를 단속하느라 전쟁을 치렀다. 《율리시스》는 중점 단속 대상이었다. 출판업자인 비치도 이 책을 미국과 영국으로 보내는 문제를 놓고 고심했다. 처음에는 우체국을 통해 책을 부쳤지만 주문자가 받지 못했다고 했다. 정상적인 방법으로는 주문자에게 전달하는 것이 불가능했다. 헤밍웨이의 도움으로 미국으로 책을 운반할 수 있는 방법을 찾아냈다. 우선 책을《율리시스》의 유통이 허용된 캐나다로 보낸 뒤, 날마다 토론토와 미국을 오가는 한 화가가 한 번에 몇 권씩 직접 가지고 미국으로 들여오는 것이었다. 이런 방법으로 미국의 주문자들이 모두 책을 받게 되었다.

　1932년 3월부터 미국 출판사 랜덤하우스가《율리시스》를 법정에 세우는 '비밀 음모'를 계획했다. 이 소송을 통해 이 소설에 내려진 금지령을 취소시키는 것이 목적이었다. 그들은 셰익스피어 앤드 컴퍼니로부터 미국 내《율리시스》출판권을 따낸 후 '미끼용'으로 이 책을 출간했다. 그들은 파리에서 출간된《율리시스》페이퍼백에 이 책에 대한 저명한 비평가와 작가들의 평론을 덧붙였다(이 평론들을 소송기록에 포함시키기 위한 것이었다). 그런 다음 이 책을 인편으로 유럽에서 미국으로 부친 뒤에 랜덤하우스의 법률 대리인이 직접 책을 받으러 뉴욕 항구에 갔다. 그런데 그날 뉴욕의 날씨가 이상할 정도로 더웠고 세관원은 빨리 일을 끝내고 싶은 마음에 승객들의 가방을 열어보지도 않고 통과시키는 것이었다. 랜덤하우스의 법률 대리인은 자신이 마중 나온 승객의 가방을 열어서 검사해달라고 세관원을 독촉하고는 가방 속에서《율리시스》가 발견되자 그 책을 몰수하라고 요구했다. 세관원은 황당했지만 법률 규정에 따라 책을 몰수했다.[6] 계획대로 뉴욕 지방법원에서《율리시스》에 관한 재판이 열렸다. 유명한 변호사 모리스 어니스트가 판사 앞에서 이 소설에 관한 훌륭한 변론을 펼쳤고, 1933년 12월 6일 울지 판사가 유명한 판결문과 함께《율리시스》에 대해 해금을 판결했다. 판사는 판결문에서 "새로운 문학 기법으로 인간을 관찰하고 묘사하기 위한 엄숙하고 진지한 시도였다", "《율리시스》를 읽고도 성욕이 일어나거나 음란한 생각이 들지 않았다"라고 말하며 이 소설은 외설 작품이 아니라고 판결했다.

이 사건은 매우 커다란 의미를 갖는다. 그 후《율리시스》가 미국, 영국, 아일랜드에서 잇따라 해금되었기 때문이다. 랜덤하우스는 1934년 1월 《율리시스》를 출간하면서 울지 판사의 이정표적인 판결문을 함께 실었다. 아일랜드는 조이스의 조국이지만《율리시스》를 가장 엄격하게 금지했고 해금도 가장 나중에 이루어졌다. 하지만 지금 아일랜드는《율리시스》와 제임스 조이스를 아주 자랑스럽게 여기고 있다.

소설에 대한 인식을 완전히 새롭게 바꿔놓다

'율리시스'라는 제목은 호메로스의 서사시《오디세이아》의 주인공 오디세우스의 라틴어식 발음에서 가져온 것이다. 호메로스의 서사시에 등장하는 영웅은 트로이전쟁이 끝나고 귀향길에 오르지만 거인, 여신, 마법, 폭풍우 등등 갖가지 고난과 유혹을 겪으며 집으로 돌아가지 못한다. 10년이 흐른 뒤 그는 마침내 지혜와 기개로 역경을 극복하고 고향으로 돌아와 아내를 괴롭히는 구혼자들을 응징하고 아내와 재회한다. 조이스 소설의 주인공인 레오폴드 블룸은 현대판 율리시스다. 그가 더블린에서 하루 사이에 겪은 일이 바로 율리시스의 10년 역경과 같다.

《율리시스》는 총 18장으로 이루어져 있으며 각 장마다 서사시에 나오는 인명과 지명을 제목으로 사용했다. 작가 앤서니 버지스는 조이스 탄생 100주년을 맞이해 "조이스가 우리에게 말하고자 했던 것은 보통 사람도 영웅적 행동을 할 수 있으며 현대 생활도 고대 서사시에 묘사된 생활처럼 기묘하고 위험하다는 사실이었다. 하지만 그는 이 메시지를 해학적인 방식으로 표현했다"라고 말했다. 《오디세이아》가 서양에서 2000년 넘게 전해져왔기 때문에 많은 줄거리가 사람들에게 잘 알려져 있다. 조이스는 이 점을 이용해 《율리시스》를 《오디세이아》와 비슷한 줄거리로 그려낸 것이다. 《율리시스》가 걸작으로 손꼽히는 것은 더블린의 분위기가 물씬 풍기는 '외설적인' 문장 때문도 아니고 국가에서 금지한 행위가 불쑥불쑥 튀어나오기 때문도 아니며 소설 속 인물들이 하루 사이에 겪은 일이 대단히 독특하기 때문도 아니다. 해학적인 현대 서사시의 형식으로 당시 사람들의 소설에 대한 일반적인 인식을 완전히 변화시켰다는 것이 이 작품의 가장 큰 가치다. 조이스는 실로 대담했다. 어떤 이는 《율리시스》를 혁신이라고 했지만 어떤 이는 파괴 또는 짓궂은 장난이라고 여겼다.

《율리시스》는 일반 사람들이 알고 있는 소설의 특징을 하나도 가지고 있지 않다. 이야기도 없고 줄거리도 없으며 어떤 행위도 없다. 일반적 의미로 말하는 등장인물들의 성격 구조도 나타나지 않는다. 모험도 없고 낭만적 이미지도 없으며 도덕적 가치도, 중요한 철학적 사상도 없다. 넓은 의미에서 말하면 이 소설은 1904년 6월 16일 하루 동안 더블린에서 두 사람이 겪은 일과 그들의 생각에 대한 서술이다. 표면적으로는 특별한 점도 없고 어떤 역사적 의의도 찾을 수 없다. 심지어 등장인물에게서 뚜렷한 개인적인 의의조차 나타나지 않는다.[7]

유명한 정신분석학자 카를 구스타프 융은 이렇게 말했다.

내게 숙부가 있다. 그의 사상은 언제나 직설적인 한마디로 정곡을 찌른다. 어느 날 그가 길거리에서 나를 붙들고 이렇게 물었다. "지옥의 악마가 어떻게 영혼들을 괴롭히는 줄 알아?" 내가 모른다고 대답하자 숙부는 이렇게 말했다. "기대하게 만들지." 숙부는 이 말만 남기고 가버렸다. 내가 처음 《율리시스》를 읽었을 때 숙부가 그때 했던 말이 떠올랐다. 책 속에 나오는 모든 문장이 실현 가능성이 없는 기대를 불러일으키고 맨 마지막에 가서는 모든 기대를 완전히 버리게 만든다. 하지만 그 순간 섬뜩함을 느끼게 될 것이다. 기대를 완전히 버렸기 때문에 중요한 것을 얻었음을 깨닫게 되기 때문이다.

소설 속 인물 스티븐 디덜러스는 이렇게 말한다. "역사는 악몽이야. 나는 그 꿈에서 깨어날 방법을 찾고 있어." 아마도 이것이 바로 조이스가 하려는 말이었을 것이며 《율리시스》라는 장편 대작을 쓴 이유였을 것이다.

무서울 정도로 어렵고도 난해한 책

조이스는 《율리시스》를 집필하면서 사실에 부합하도록 정확성을 기했다고 말했지만 이 대작의 변덕스러운 문체, 복잡한 구조, 잡다한 전고 (典故)와 모순된 상징 때문에 이 작품은 1930년대, 특히 제2차 세계대전 이래 서양 비평계에서 가장 난해한 연구 대상이 되었다. 조이스는 "핏줄

속에 흐르는 것을 써야 했다. …… 나는 영원히 더블린에 대해 쓸 것이다. 내가 더블린의 마음을 잡는다면 전 세계 모든 도시의 마음을 잡을 수 있기 때문이다"라고 했다. 조이스가 말하고자 한 것은 한 도시와 몇몇 사람, 한 민족이 가지고 있는 인간에 대한 문화였던 것이다. 그러므로 그것은 난삽하고 심오할 수밖에 없었다.《율리시스》는 명쾌한 대답을 내놓지 않았다. 그저 사실을 재연했을 뿐이다.《율리시스》라는 수수께끼를 사람들 앞에 던져준 것과 같다. 하지만 그는 반농담조로 이렇게 말했다. "나는 작품 속에 수많은 의문과 수수께끼를 넣어놓았다. 교수들이 나의 뜻을 알아내려고 한다면 아마 몇 세기 동안 논쟁할 수 있을 것이다."

《율리시스》는 융이 말했던 것처럼 '철저히 공허하고 쓸모없는 것'은 아닐 것이다. 하지만 이 소설에 무의미하고 독자들을 혼동시키는 대목이 있는 것은 분명하다. 그중 하나가 블룸이 참석한 장례식에서 관을 땅속에 파묻기 전에 아무도 모르는 낯선 이가 '비옷을 입고' 등장하는 대목이다.

어, 저기 레인코트 입은 키 크고 마른 남자는 누구지? 누군지 알고 싶다. 누군지 알면 몇 푼이라도 사례할 텐데. 늘 그렇다. 생각지도 못했던 사람이 불쑥 나타나곤 한다.

그런데 관을 땅에 묻고 보니 그 사람이 온데간데없이 사라졌다. 그는 이후에도 다른 장에서 여러 번 등장하는데 나타날 때마다 항상 이렇게 신비스럽다. 소설의 맨 마지막에서 블룸이 침대에 눕기 전에도 그가 도대체 누굴까 궁금해 한다. 그가 누군지는 아직도 풀리지 않은 수수께끼로 남아 있다. 어떤 학자들은 그가 사신이라 하고, 또 어떤 이들은 그리스도, 하나님, 사탄이라고 주장하며, 조이스 본인일 것이라고 말하는 사람들도 있다.

조이스는 《율리시스》 이후에 그보다 더 난해한 소설을 썼다. 바로 《피네간의 경야(Finnegan's Wake)》다. 주인공 이어위커는 더블린의 한 주점 주인이다. 그가 어느 토요일 저녁 손님들에게 맥주와 위스키를 가져다준 뒤 잠이 들었다. 그런데 그의 꿈속에서 인류 전체의 역사가 재연되고 인간의 죄악과 관련된 일들이 펼쳐진다. 이어위커는 역사와 신화 속의 모든 위인이 된다. 이 소설이 난해한 이유는 사용된 언어 때문이다. 조이스는 각종 유럽 언어를 동원해 그때그때 꿈속에 나타나는 상황과 그 나라에 맞는 언어를 사용했다. 이 소설을 이해하려면 일생의 대부분을 쏟아부어야 한다는 말이 있을 정도다. 이는 조이스가 많은 언어에 능통했기 때문에 가능한 일이었다. 그는 생계가 어려움에 처했을 때 학생들에게 영어를 가르치기도 했다. 그는 독일어, 라틴어, 심지어 프랑스어도 가르칠 수 있었고 이탈리아어, 현대 그리스어, 스페인어, 네덜란드어, 스칸디나비아어를 이해하고 이디시어와 히브리어도 구사할 줄 알았다.

《율리시스》는 '무서울 정도로 어렵고 난해한' 작품이라고 불리면서도 '20세기 가장 위대한 영어 문학 작품'이라고 극찬을 받고 있다. 더블린의 1904년 6월 16일은 이미 《율리시스》와 함께 유명해졌다. 그날은 조이스에게 개인적으로 매우 중요한 날이었다. 그가 스물두 살 되던 해 그날 교외에 놀러 갔다가 노라 바나클이라는 여인을 만나 사랑하게 된 것이다. 그래서 그는 그날을 '꽃이 만발하는 날(bloom's day)'이라고 불렀다. 조이스는 그녀와 함께 사랑의 도피를 감행했는데 1931년 전에는 동거만 할 뿐 결혼식은 올리지 않겠다는 원칙을 세웠다. 바나클은 더블린의 한 호텔에서 하녀로 일하고 있었으며 교양도 없고 글도 모르는 여자였다. 하지만 이 위대한 작가와 평생을 함께 살았다. 조이스의 원칙 때문에 두 사람 사이에 난 아이들은 모두 사생아였다.

더러운 욕망으로
사회를 어지럽히지 말라

풍기문란이라는 누명을 쓰고 금서가 된 명작

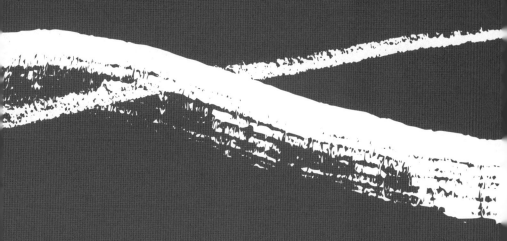

"깨끗한 공기, 히말라야 산을 덮은 순백의 눈,

티 없이 푸른 하늘, 영원히 퇴색되지 않는 빛을

보들레르의 시보다 더 강렬하게 갈구한 시는 이제껏 없었다.

하지만 사람들은 그의 시를 부도덕하다고 말한다.

죄악에 채찍질하는 것이 죄악인 것처럼 말이다."

《악의 꽃》에 대한 테오필 고티에의 변론

롤리타

[미국] 블라디미르 나보코프(Vladimir Nabokov, 1899~1977), 1955년 작

페티시즘을 위한 가장 설득력 있는 변론

거의 모든 출판사들이 '체통 있는' 출판사가 출간하기에 적합한 책이 아니라며 난색을 표한 작품이다. 이 소설은 출간 직후뿐만 아니라 지금까지도 읽는 사람에 따라 평가가 제각각 달라 미적 가치와 도덕적 가치에 대한 논란이 이어지고 있다. '어린 소녀에 대한 동경 또는 성적 집착'을 뜻하는 롤리타 신드롬이라는 용어를 탄생시키기도 했다.

《롤리타》는 포르노 소설로 잘못 알려졌지만, 이 소설은 한 중년 남자가 소녀에게 성적 매력을 느낄 수 있음을 보여주는 소설일 뿐이다.《롤리타》는 사람들의 흥미를 자극한다는 점에서 한 차례 '혁명'을 일으켰는데 어쨌든 그것은 작가의 본래 의도가 결코 아니었다.[1]

이 소설은 1950년대 초기 블라디미르 나보코프가 미국 코넬대학교에서 러시아어를 가르치던 시절에 집필한 것이다. 정확하게 말하면 1954년 봄에 완성했다. 처음에는 친구의 권유에 따라 익명으로 발표하기로 했지만 익명이라는 가면 뒤에 숨어 자신의 일을 배반하는 것이 아닌지 고민하다가 나중에 후회하지 않기 위해《롤리타》에 자신의 이름을 밝히

기로 했다. 나보코프는 미국 출판사 네 곳에 이 소설의 원고를 보냈는데 네 곳 모두 충격적인 작품이라는 반응을 보였다. 그중 한 출판업자는 소설 속에 선한 사람이 단 한 명도 등장하지 않는다는 사실을 유감스러워 했고, 또 다른 출판업자는 《롤리타》를 출간한다면 작가와 함께 자신도 감옥살이를 하게 될 것이라며 난색을 표했다.

한마디로 소설 내용이 미국의 '체통 있는' 출판사가 출간하기에 적합하지 않다는 것이었다. 사실 나보코프 본인도 《롤리타》를 미국에서 출판하는 것을 조심스럽게 생각했다. 그 책으로 인해 코넬 대학교에서 교직이 박탈당할 수도 있었기 때문이다. 그래서 파리의 올림피아 출판사에 원고를 보냈다. 이 출판사는 헨리 밀러의 소설을 출간했을 뿐 아니라 외설작품을 많이 출간하기로 유명한 출판사였다. 출판사가 나보코프로부터 원고를 받은 뒤 이 소설을 걸작이라고 판단했는지 아니면 큰 돈을 벌어다줄 외설작품이라고 여겼는지는 알 수 없다.

읽기 시작한 순간, 책에서 손을 뗄 수 없다

《롤리타》는 출간하기도 전에 이미 좋지 않은 소문이 퍼져 미국 검찰의 특별한 '관심'을 받았다. 소설이 세상에 나오자마자 미국과 영국 세관은 파리에서 발송한 이 책을 모조리 압수했다. 하지만 미국 세관이 영국에 비해 상대적으로 단속이 느슨했던 덕분에 적잖은 미국인이 《롤리타》를 읽을 수 있었다. 물론 미국 출판업자들 중 누구도 감히 이 소설을 출간하려고 하지는 않았다. 이 소설이 미국에서 출간된 것은 초판을 출간하고 3년이 지난 후였다.

《롤리타》는 유럽과 미국에서 커다란 반향을 일으켰다. 이 책의 매력(선한 매력이든 악한 매력이든)이 다양한 계층의 독자들을 사로잡았다. 이 책에 대한 평가도 제각각이었고 소설의 성적묘사에만 집중해 포르노 소설로 정의 내리는 사람도 많았다. 나보코프가 일류 소설가이고 이 작품이 미국 문화 전반을 배경으로 깊이 생각해야 할 문제를 세상에 제기하기는 했지만, 또 영국의 유명한 소설가 그레이엄 그린(Graham Greene)도 당시 이 소설의 문학적 가치를 높이 평가하기는 했지만, 그럼에도 영미 비평계에서는 갖가지 저주와 비난을 쏟아부었다. 사람들은 이 작품이 비윤리적이며 미국인들을 악의적으로 폄훼했다고 비난했다. 영국 〈선데이 익스프레스〉의 존 고든은 《롤리타》를 자신이 읽어본 책 중 가장 음란한 책이라고 혹평했다.

이런 비난의 물결 속에서 〈뉴요커〉 지의 편집자 캐서린 화이트(Katharine White)가 《롤리타》의 훌륭한 대목, 특히 험버트와 롤리타가 여행하면서 벌어지는 우스운 소동이 담긴 대목을 자신의 잡지에 제일 먼저 싣지 못한 것을 크게 아쉬워했다. 원래 나보코프는 화이트의 객관적이고 편협하지 않은 시각을 높이 사 그녀에게 《롤리타》의 원고를 보냈다. 하지만 그녀는 시간이 없어서 읽어보지 못하고 소설이 출간된 뒤에야 나보코프가 자신에게 보낸, 상하로 나뉜 초판 원고를 읽었다. 화이트는 나보코프에게 편지를 보내 《롤리타》에 대한 자신의 생각을 솔직하게 밝혔다.

나는 지난주에 《롤리타》를 읽었습니다. 책을 읽기 시작한 후 손에서 내려놓을 수가 없었습니다. 내게 그런 일은 거의 없으므로 이것만으로도 선생을 높이 평가한다는 의미입니다. 특히 이 책은 나를 우울하게 만들었습니다. 휴가의 게으름에 빠져 있을 때였으므로 충분히 이 책을 읽을 수도 있었습니다. …… 아마도 싫어할 거라 예상하시겠죠. 내가 이 책을 좋아한다고 말한다면 솔직한 말이 아닐 겁니다. 비록 이 책에서 훌륭한 기교를 여러 번 발견했음에도 말이죠. 이 책은 내게 전혀 놀랍지 않습니다. 이 책이 금서가 되어야 한다고도 생각하지 않습니다. …… 이건 그저 내가 변태적 성향을 가진 사람들에게 진정으로 공감할 수가 없기 때문이죠. 그들을 인성의 범주가 아니라 의학적인 범주에서 논해야 한다고 생각합니다. 나는 단 한 번도 병리적인 성질의 소설을 좋아한 적이 없습니다. 하지만 미국 사회에 대한 선생의 깊은 관찰과 평가를 높이 평가하고 또 흠모합니다. …… 심지어 하권에서는 험버트를 약간 동정하기도 했습니다. 선생은 소기의 목적인 달성한 셈입니다. 선생은 내 머리를 쭈뼛거리게 하고 전율에 떨게 하고, 내 머릿속을 자극했으며 혐오감을 일으켰습니다. 또 나를 흠모하게(비록 억지스럽기는 하지만) 했습니다. 이 책을 읽은 것은 내게 잊지 못할 경험이 될 것입니다. 비록 이 책이 날 힘들게 했지만 말이죠. 나는 이 책을 읽고 많은 독자들처럼 즐거워할 수만은 없었습니다.

화이트의 편지는 나보코프에게 어느 정도 위안이 되었다. '잊지 못할 경험'이라는 표현만으로도 화이트가 나보코프를 잘 이해했다는 것을 알 수 있다. 그녀는 거의 작가의 관점에서 읽었고 이 작품이 가벼운 형식으로 가볍지 않은 내용을 그리고 있음을 알았다.

《롤리타》로 인해 나보코프는 단숨에 베스트셀러 작가가 되었다. 처자식이 딸린 망명자이자 대학에서 문학 강의를 하며 겨우 생계를 유지하던 가난한 학자인 그는 어느 정도 생활의 여유를 갖게 되었다.

《롤리타》가 그리 신선한 소재는 아니지만 패륜적 성격이 두드러진다. 금지된 사랑은 나보코프의 또 다른 소설《아다(Ada)》(1969)에서 이미 묘사된 바 있었다. 이 가족 소설은 50년 동안 이어진 남매의 패륜적 근친상간에 대한 이야기다.《롤리타》가 나보코프의 일관된 작품 성향을 잇는 작품이라고 한다면 이 책을 말초신경을 자극하는 통속소설이 아니라 성욕에 관한 우화로 평가할 수 있다.

나보코프도《롤리타》가 논란을 일으킬 것을 예상했다. 그래서 소설의 서문에《롤리타》는 감옥에서 죽은 '험버트 험버트'의 수기이며 나보코프 자신은 그의 유언에 따라 이 원고를 집필한 것이라고 밝혔다. 이런 기법은 자기 고백식 소설에서 흔히 쓰는 방법으로 책임 회피의 효과도 어느 정도 거둘 수 있었다.

사랑인가 광기인가? 20세기 문학사상 최고의 스캔들

남자 주인공 험버트 험버트는 유럽 출신의 떠돌이 중년 남자다. 그에게서 남자다운 구석이라고는 조금도 찾을 수 없다. 그는 열두 살 소녀 롤리타에게 저항할 수 없는 사랑을 느껴 롤리타의 엄마인 샬롯과 결혼한다. 결혼 후 샬롯이 교통사고로 죽자 험버트는 큰 짐을 내려놓은 듯한 홀가분함을 느낀다. 샬롯을 죽이고 싶다는 생각에서 벗어날 수 있을 뿐 아니라 누구의 방해도 받지 않고 의붓딸을 소유할 수 있기 때문이다. 그 후 험버트는 아버지의 신분으로 롤리타와 함께 미국 전역을 돌며 여행한다. 그들은 여러 곳을 돌아다니며 모텔에 투숙했고 마침내 험버트는 소원을 이루게 된다. 이 욕망의 여행을 통해 작가는 미국 사회의 저속한 일면을 낱낱이 파헤친다.

그런데 음탕한 악마의 화신인 극작가 클레어 퀼티의 등장으로 소설 후반부는 도피와 추격전이 나오는 통속적인 탐정극으로 바뀐다. 극작가 퀼티가 롤리타를 유혹해 함께 도망치고 그들의 뒤를 쫓는 험버트를 미궁에 빠뜨린다. 험버트는 모든 역경을 헤치고 마침내 그들을 찾아내고 할리우드 영화에서나 볼 법한 총격전 끝에 퀼티를 죽인다. 이때 롤리타는 이미 '늙은' 임신부인 데다 천하고 타락한 여인이었지만 험버트는 여전히 그녀를 사랑한다.

총격전에는 통속 영화의 기법이 아낌없이 등장해 소설 전체에 희극적인 분위기를 만들어낸다.

험버트가 권총을 들고 오리엔트풍으로 꾸민 응접실로 들어간다. 그곳에 자줏빛 가운을 입은 퀼티가 있다. 두 사람은 먼저 두뇌싸움을 벌인다. 퀼티는 자신을 죽이려는 험버트의 마음을 돌리려고 노력하지만 험버트는 총을 다루는 데 서툴면서도 상대를 죽이겠다는 단호한 의지를 꺾지 않는다. 심지어 험버트는 운문 형식으로 쓴 '판결문'을 큰 소리로 낭독하기도 한다.

퀼티는 대담한 척 허세를 부리며 훌륭한 시라고 칭찬한다. 그런 다음 두 사람의 어설픈 총격전이 시작된다. 퀼티는 험버트의 총알이 빗나간 틈을 타 음악실로 뛰어 들어가고 험버트는 좌충우돌 끝에 퀼티에게 총알을 박아 넣는 데 성공한다. 총에 맞은 퀼티는 다시 복도로 뛰어나가 계단을 오르다가 다시 총을 서너 발 맞는다. 그 후 퀼티는 "장렬하게 피를 흘리면서도" 이 방 저 방 돌아다니며 계속 도망치려 하고 또 자신을 죽이지 말라고 험버트를 설득하기도 한다. 하지만 험버트는 그를 향해 또 총을 쏜다. 마침내 퀼티는 침대에 고꾸라지더니 헝클어진 이불로 온몸을 휘감는데 그때 험버트의 마지막 총알이 그에게 박힌다.

험버트가 살인현장을 처리하는 대목도 인상적이다. 이류나 삼류 영화를 보고 따라 하는 듯하지만 사실 그건 허세였다. 험버트가 아래층 응접실로 돌아왔을 때 많은 사람들이 즐겁게 대화를 나누고 있었다.

나는 문밖에 서서 이렇게 말했다.

"내가 방금 클레어 퀼티를 죽였소."

그러자 얼굴이 불그죽죽한 남자가 나이 많은 여자에게 술잔을 건네면서 말했다.

"축하해요."

뚱뚱한 남자도 말했다.

"누군가 진작 했어야 할 일이죠."

빛바랜 미모의 금발 여자가 부엌에서 물었다.

"저 사람이 뭐라고 했어, 토니?"

얼굴이 불그죽죽한 남자가 대답했다.

"큐를 죽여버렸대."

역시 정체를 알 수 없는 한 남자가 응접실 구석에 쭈그리고 앉아 레코드판을 뒤적거리다가 몸을 일으키면서 말했다.

"언젠가는 우리도 그렇게 했을 거야."

…… 음악이 잠시 멈추었을 때 계단 쪽에서 갑자기 무슨 소리가 들렸다. 토니와 내가 복도로 나가보았다. 퀼티였다. 어떻게 기어왔는지 계단참까지 와 있었다. 그는 우리가 보는 앞에서 버둥거리다가 푹 고꾸라지더니 자줏빛 옷더미가 되었다.

"빨리 와봐, 큐!"

토니가 웃음을 터뜨렸다.

"저 친구 아직도……."

토니는 응접실로 들어갔고 음악 소리에 묻혀 뒷말은 들리지 않았다.

퀼티를 죽였으므로 험버트는 살인죄로 수감된다. 퀼티와 난투를 벌이는 대목은 독자들을 울 수도 웃을 수도 없게 만든다.

곳곳에 숨겨진 은유와 상징, 숨 막히는 언어 유희

나보코프는 험버트의 금지된 사랑을 감동적으로 그려냈지만 험버트는 그가 처한 미국이라는 배경과 마찬가지로 이미 손 쓸 수 없게 타락한 모습을 보여준다. 미국의 한 성 전문가는 《롤리타》를 '페티시즘을 위한 가장 자세하고 설득력 있는 변론'이라고 정의했다. 험버트는 사랑에 빠진 후 독특한 성향을 드러냈고 그 성향으로 인해 파멸에 이르렀다.

나보코프는 험버트라는 인물을 통해 미국식 음란함을 풍자했다. 잔혹하고 비정하지만 무고한 험버트가 미국인들이 원하는 것을 직설적으로 보여준 것이다. 그의 관심사는 소녀를 소유하면서도 처벌받지 않는 방법뿐이었다. 미국의 야심에 대한 독특한 풍자, 청춘지상주의, 험버트의 뻔뻔한 개인주의는 "음악, 광고, 잡지, 영화를 통해 소비자를 끌어들이고 조종하는 방법을 강조했다는 점에서 《롤리타》는 다른 어떤 미국 소설보

다 성공적이다"라는 학자 알프레드 아펠(Alfred Appel)의 말을 분명하게 증명하고 있다.[2]

다시 말해 나보코프가 이용하고 묘사한 것이 곧 그가 비꼬고 풍자하려는 것이었다. 나보코프는 "미국식 집념과 실체감을 조롱했다."[3] 그러므로 《롤리타》라는 작품의 깊이는 다른 통속적인 포르노 소설이 결코 따라갈 수 없는 것이었다.

나보코프는 러시아에서 태어났다. 그의 가문은 차르 러시아의 귀족들 중 친영파에 속했다. 1917년 2월혁명으로 차르 니콜라이 2세가 하야했을 때 하야조서의 초안을 작성한 사람이 바로 나보코프의 아버지였다. 10월혁명 이후 나보코프 가족은 유럽으로 망명했고 그의 아버지는 1922년 3월 차르 러시아 반혁명파에게 암살당했다. 나보코프는 독일에서 거주하기도 했지만 아내가 유대인이라 나치가 집권하면서 다시 망명길에 올라야 했다. 그는 1945년 마침내 뉴욕에 도착해 미국에 정착했다. 그가 미국에서 20년 동안 거주하기는 했지만 '미국 작가'라는 호칭은 걸맞지 않다. 그 자신도 자기 소설 속 인물처럼 시간의 궤도에 따라 '역사성'을 지니고 있었다. 그는 초기 작품은 러시아어로 썼고 나중에는 영어로 쓰기는 했지만 작품 소재를 미국에서 얻지는 않았다. 그의 소설 주인공들은 대부분 그처럼 떠돌이다. 험버트 역시 미국과는 어울리지 않는 사람이다.

훌륭한 소설가들은 대부분 작품을 통해 비범한 메시지를 전달하고자 한다. 나보코프도 예외가 아니다. 하지만 그는 남들이 자신의 소설에 어떤 사회적인 목적이 있는지 추측하는 것을 좋아하지 않았다. 그는 "내 작품에는 사회적 목적도 없고 윤리적 메시지도 없다. 나는 사상을 개척하려는 의도가 없다"라고 누차 밝혔다. 하지만 한 번은 일관된 태도를 바꾸어 이렇게 탄식했다.

언젠가는 나를 새롭게 평가하는 사람이 나타날 것이다. 내가 경박한 이들과는 완전히 다른 엄숙하고 윤리적인 작가이며, 죄악을 배척하고 우매함을 단죄하고 용속함과 잔혹함을 조롱했을 뿐 아니라 온후함과 재능, 자존감을 위해 모든 권리를 행사했다고 평가해줄 것이다.[4]

나보코프는《롤리타》를 오해하는 사람이 너무 많아 안타깝게 생각했던 것 같다.

영국 비평가 마커스 컨리프(Marcus Cunliffe)는《롤리타》가 포르노 소설이 아닐 뿐 아니라《롤리타》의 성적묘사만을 놓고 논하더라도 그리 특별할 것이 없기 때문에 독자들의 흥미를 자극하기에는 부족하다고 여겼다. 컨리프는 또 이렇게 평론했다.

현재 미국에서 밀러의 작품이 이미 해금되었다. 윌리엄 버로스의《벌거벗은 점심》, 테리 서던과 메이슨 호픈버그의《사탕》, 휴버트 셀비 주니어의《브루클린으로 가는 마지막 비상구》에 익숙한 독자들에게《롤리타》는 이제 고루하게 느껴질 것이다.[5]

《롤리타》는 성적 묘사만을 놓고 논하더라도 당시 시중에서 유통되던 소설의 수준을 벗어나지 않았다. 그러므로《롤리타》의 성적 묘사가(존 고든의 '가장 음란한 책'이라는 말처럼) 금서가 될 만한 수준이라는 것은 맞지 않는 말이다.

《롤리타》가 한때 베스트셀러로 사람들에게 인식되기는 했지만 과도

하게 선정적이거나 저속한 베스트셀러 소설들과는 비교할 수 없는 긴 생명력을 가지고 있다. 게다가 나보코프는 저속한 베스트셀러 소설을 몹시 혐오해 외설과 이상주의를 뒤섞은 통속소설을 보면 구역질이 난다고 말하기도 했다. 비록 《롤리타》가 제임스 조이스의 《율리시스》에 버금가는 위대한 작품이라고 말하기에는 부족하지만 시간이 흐르면서 사람들에게 잊힐 작품이 아니라는 점은 분명한 사실이다. 그뿐만 아니라 지금껏 한 번도 없었던 방식으로 미국 문화를 분석했기 때문에 황당하고 우스운 부분도 있다. 이 자체만으로도 이 작품은 미국 문화, 더 나아가 서양문화의 일부로 새로운 가치를 지닌다.

악의 꽃

[프랑스] 샤를 피에르 보들레르(Charles Pierre Baudelaire, 1821~1867), 1857년 작

지옥에서 피어난 치명적인 매혹의 꽃

사탄의 화신 또는 시인들의 시인으로 불리는 보들레르는 기이한 행동으로 그가 써낸 시만큼이나 유명한 작가였다. 고양이가 발톱으로 유리 긁는 소리를 즐긴다거나 표범이 사람을 잡아먹는 광경을 보며 즐거워했다거나 하는 섬뜩한 이야기가 나돌 정도였다. 이 시집은 풍기문란을 이유로 금서로 지정되었으나 1857년 6월 출간 당시의 그 폭발적인 충격은 지금까지 사그라들지 않고 계속 이어지고 있다.

《악의 꽃》은 독특한 책이다. 이 책에서 시인은 독자에게 병든 꽃 한 송이를 건넨다. 책의 첫머리에 실린 '독자에게'에서 시인은 자신이 쓰려는 것이 어리석음, 과오, 죄악, 탐욕이고 간음, 독약, 비수, 방화이며 일곱 가지 죄악(자만, 시기, 탐욕, 분노, 나태, 탐식, 색정)을 상징하는 승냥이, 표범, 암사냥개, 원숭이, 전갈, 독수리, 뱀 따위의 동물 그리고 이 중 가장 추악하고 간사하고 비열한 죄악인 권태라고 분명하게 밝힌다.

> 그것은 기꺼이 대지를 재로 만들고
> 하품하며 세계를 집어삼키리니……

1857년 6월 하순, 포탄이 대포 속에 채워지듯 서점의 서가에 진열된 《악의 꽃》이 몰고 온 폭발적인 충격이 오랫동안 가시지 않았다. 지금도 프랑스 독자들에게 이 책은 매우 특별한 작품이다. 1978년 말 프랑스 주간지 〈렉스프레스(L'express)〉가 설문조사했을 때도 프랑스 독자 중 46퍼센트가 보들레르의 작품을 좋아한다고 대답했다.

《악의 꽃》이 인간 영혼의 깊숙한 곳을 건드리기는 했지만 그 가치에 대한 논란은 출간 직후부터 줄곧 계속되었다. 사람들은 이것이 불후의 걸작이 아니며 독자들에게 금세 잊힐 것이라고 여겼다. 어떤 이는 보들레르의 명성이 겨우 10년 정도면 사라질 것이라고 단언했다. 심지어 사드의 소설을 높이 평가했던 대시인 기욤 아폴리네르는 1917년에 보들레르의 영향력이 마침내 종말을 맞았다고 선언하기도 했다. 하지만 보들레르가 사망한 지 한 세기 반이 지나도록 그의 명성과 영향력은 사그라들지 않고 있다.《악의 꽃》이 프랑스는 물론 전 세계에 여전히 거센 영향력을 미치는 것을 보면 어쩌면 이 걸작은 현대에 더 어울리는 작품일지도 모른다.

보들레르, 사탄의 사자 혹은 시인의 왕

보들레르는 기인(奇人)이었다. 어떤 이는 그를 '여관 속의 사탄'이라고 했고, 어떤 이는 그를 '진정한 신' 또는 '전 세계의 현대 시인 중 최고의 본보기'라고 칭송했다. 보들레르가《악의 꽃》을 헌정한 프랑스 시인이자 예술 이론가인 테오필 고티에(Theophile Gautier)는 보들레르에 대해 이렇게 묘사했다.

보들레르는 외모부터 눈에 띄었다. 짧게 자른 검은 머리카락 몇 가
닥이 새하얀 이마 위로 흘러내려 얼굴이 마치 사라센인*의 투구처럼 보
였다. 스페인 담배 색깔의 눈동자는 깊고 형형하게 반짝였다. 꿰뚫어보
는 듯한 눈동자에서는 고집스러움이 묻어났다. …… 그에게서 세련되거
나 신경 써서 꾸민 것은 하나도 찾을 수 없었다. 어쩌면 아주 멋을 부린 것
일 수도 있다. 하지만 그는 죽어도 나들이옷(좋은 옷)은 입지 않았다. 소인
배는 옷차림을 중요하게 여기겠지만 진정한 신사는 그런 것이 자신에게
어울리지 않는다고 생각한다. 나중에 그는 콧수염을 깎았다. 그저 골동
품 같다고 생각했기 때문이다. 그가 수염을 기르면 어린애 같은 분위기
와 브루주아 같은 분위기가 동시에 풍겼다. …… 이것이 바로 장래의《악
의 꽃》작가의 첫인상이다.

보들레르에게 적대심을 가진 이들은 자신들이 그려낸 '추악하기 짝
이 없는' 초상화를 독자들 앞에 들이민다. 그들은 보들레르가 교양 없고
혐오스러우며 고집스럽고 괴팍하다고 말한다. 보들레르의 실물을 처음
본 한 여자는 깜짝 놀라며 "이상하네요. 알고 보니 썩 괜찮은 남자예요.
난 당신이 비뚤어진 주정뱅이일 거라 생각했어요"라고 말하기도 했다.
《악의 꽃》이 세상에 나온 것을 두고 "사탄의 영리한 사자(使者)가 지옥의
심연에서 뛰쳐나왔다"라고 표현하는 사람도 있었다. 아마도 그들의 나약
한 영혼에 보들레르는 사탄의 화신이었을 것이다. 이 사탄은 아편과 대

---

* 십자군 당시 기독교도가 아랍인이나 이슬람교도를 지칭하던 말.

마초에 탐닉했고, 윤리와 비윤리의 경계에서 아슬아슬한 줄타기를 즐겼으며, 화장술을 옹호했고, 검고 풍만한 부인들에게 집착했다. 더 중요한 것은 사회라는 이 부패한 묘지의 열렬한 예찬자였다는 점이다.

> 북소리도 음악도 없는 긴 영구 행렬이
> 내 넋 속에서 느릿느릿 줄지어 가고,
> 희망은 패하여 눈물 짓고, 잔인하고 포악한 고뇌가
> 푹 숙인 나의 머리 위에 검은 깃발을 꽂는다.

이 시단의 사탄은 아름다움을 향해 "네가 천국에서 왔든 지옥에서 왔든 그게 무슨 상관인가?"라고 절망적으로 외쳤다.

이 시는 근엄한 플라톤의 미간도 찌푸리게 만들 것이다

《악의 꽃》으로 인해 보들레르는 스스로도 '희극'이라고 부른 소송에 휘말렸다. 플로베르의 《보바리 부인》사건을 재판한 법정에서 보들레르의 재판이 열렸다. 그에게 씌워진 죄명은 풍기문란죄였다. 1857년 8월 20일 법정은 보들레르와 출판업자에게 벌금형을 내리고 그의 시집 중 20번째, 30번째, 39번째, 80번째, 81번째, 87번째 시 여섯 편을 시집에서 삭제하라고 명령을 내렸다. 그런데 보들레르는 천진하게도 이것이 오해라고 생각했다. 자신의 고상한 의도가 곡해되었다고 생각한 것이다. 오히려 보들레르를 치욕스럽게 한 것은 법정에서 그를 죄인 다루듯 한 사람들의 눈빛과 태도였다.

《악의 꽃》에서 삭제된 여섯 편의 시 중에 〈레스보스(Lesbos)〉가 있다.
이 시는 에게 해 레스보스 섬에 살았던 그리스의 여류시인 사포(Sappho)*
와 여제자에 관한 시로 동성애의 즐거움을 노래한 것이다. 근엄한 플라
톤이 미간을 찌푸릴 만한 시다.

　　　레스보스, 그곳에서의 입맞춤은 폭포 같아.
　　　밑바닥 없는 심연 속으로 겁 없이 뛰어내려
　　　신음하고 흐느끼고 울부짖어.
　　　급류처럼 광폭하고 은밀하게 솟구치며 깊고 먼
　　　레스보스, 그곳에서 입맞춤은 폭포 같아!

　　　레스보스, 그곳에서 미인들은 서로 끌어당기고
　　　메아리 없는 한숨을 쉬며
　　　별들은 파포스**를 칭송하듯 너를 찬미하니
　　　비너스가 사포를 시샘하는 게 당연하리!
　　　레스보스, 그곳에서 미인들은 서로 끌어당겨

　　　레스보스, 밤이 뜨겁고 지친 땅

---

* 기원전 7세기에 활동한 시인. 사포의 작품 주제는 시인 자신과 여자들의 우정과 갈등이 주를
이룬다. 당시 암울한 분위기에서의 사랑, 질투, 원한을 묘사했다. 보들레르는 이 시에서 사포의
'대장부 기개'를 강조하기도 했다.

** 키프로스섬의 오래된 도시. 비너스가 태어난 곳이다.

눈이 움푹 파인 아가씨들은 거울을 보며
제 몸에 반하여 제 향기를 감상해
과년한 처녀의 농익은 열매를 쓰다듬어
레스보스, 밤이 뜨겁고 지치는 땅.

또 금지된 시 중 〈흡혈귀의 화신(Les Métamorphoses du vampire)〉은 저항할 수 없는 매춘녀의 강한 유혹을 노래한다.

이때 여인은 숯불 위의 뱀처럼
몸을 뒤틀고, 코르셋 철사 안의
젖가슴을 짓이기며, 딸기 같은 입에서
사향내 물씬 풍기는 말을 토해냈다.

"나에게는 젖은 입술로 침대 속 깊은 곳에서
고루한 양심을 잃게 만드는 묘술(妙術)이 있어.
나의 우뚝 솟은 유방으로 눈물을 말려주고
늙은이도 어린애같이 웃게 한다네.
벌거벗은 내 몸을 보는 이들에게
난 달이 되고 태양, 하늘, 별이 되어주지!
사랑스러운 학자님, 내가 열락에 통달해
무서운 팔 안에 사내를 꽉 껴안을 때
또는 수줍고 음란하며 여리고 억센 나의 윗도리를
남자가 깨물도록 내줄 때면
흥분으로 넋을 잃은 깔개 같은 이 나긋한 몸에

정력 잃은 천사들도 날 위해 지옥에라도 떨어진다네!"

보들레르의 진정한 속내를 가장 잘 아는 사람은 고티에였다. 고티에
는《악의 꽃》에 대한 믿을 만한 변론을 남겼다.

타락한 행위와 현대인의 괴팍함을 묘사한 보들레르의 이 시집은 적
나라한 죄악과 추악한 치욕이 넘친다. 그러나 시인의 언어는 더할 나위
없는 경멸과 분노로 가득 차 있으며 풍자작가에게서는 찾을 수 없는 이
상에 시종일관 집착한다. 보들레르는 벌겋게 달아오른 쇳덩이로 연고와
백납이 덕지덕지 발린 병약한 몸뚱이에 지워지지 않는 낙인을 찍었다.
깨끗한 공기, 히말라야 산을 덮은 순백의 눈, 티 없이 푸른 하늘, 영원
히 퇴색되지 않는 빛을 보들레르의 시보다 더 강렬하게 갈구한 시는 이
제껏 없었다. 하지만 사람들은 보들레르의 시가 부도덕하다고 말한다.
죄악에 채찍질을 하는 것이 죄악인 것처럼 말이다.

그러나 보들레르는 '죄악에 채찍질'하는 방식이 남들과 달랐다.《악
의 꽃》은 문학이 현실에 영향을 끼치는 완전히 새로운 방식을 보여주었
다. 현실과 거리가 먼 아름다움을 보여주기보다 모든 감각이 현실 속에
완전히 파묻혀 헤어나오지 못하게 했다. 보들레르는 문단의 선배인 발자
크와는 죄악을 다루는 태도가 완전히 달랐다. 이 차이점은 그들이 마약
을 대하는 태도에서도 고스란히 드러난다. 보들레르는 마약으로 착란과
혼미함을 직접 느끼는 데 조금도 주저하지 않았다. 그것이 추악한 현실
의 일부분이라고 생각했기 때문이다.
반면 발자크는 마약에 관해 간접적으로 듣고 물어보았을 뿐 자신이

직접 마약을 하는 것에는 강한 거부감을 드러냈다. 한번은 누군가 발자크에게 대마초를 건네자 그것을 들고 유심히 살펴보고 냄새를 맡아보고는 그대로 제자리에 가져다놓았다. 보들레르는 당시 발자크의 표정을 조롱 섞인 어투로 묘사했다. "그의 표정 풍부한 얼굴 위에서 어린아이 같은 호기심과 자신을 포기하는 것에 대한 혐오감이 사투를 벌이더니 자신을 사랑하겠다는 결심이 승리했다." 추악한 현실에 탐닉했기 때문에 보들레르는 자신이 살고 있는 위선적이고 사악한 세계와는 동떨어진 순수한 아름다움을 더 갈망했던 것 같다. 이런 순수한 아름다움은 보들레르의 유명한 시 〈상응(Correspondances)〉에 표현되어 있다.

> 자연은 살아 있는 기둥들이
> 때때로 혼돈의 말을 뱉어내는 신전
> 사람은 그곳을 지나 상징의 숲을 가로지르고
> 숲은 친밀한 눈으로 그들을 쳐다본다.
> 검은 밤처럼 밝은 빛처럼 광활하며
> 컴컴하고 깊은 통일 속에
> 멀리서 섞여오는 긴 메아리처럼
> 향과 색과 음향이 서로 응답한다.
>
> 어린아이의 살처럼 싱싱한 향기, 오보에처럼
> 부드러운 향기, 목장처럼 푸르른 향기가 있고,
> 그 밖에도 썩어서 코를 찌르는 강한 냄새
> 무한한 확산력을 지닌 향기가
> 용연향, 사향, 안식향, 유향처럼

정신과 육감의 열광을 노래하고 있다.

예리한 지성과 견고함을 모두 갖춘 천재 작가

보들레르에 얽힌 섬뜩한 이야기가 아주 많다. 하지만 보들레르의 동시대 사람들도 그런 이야기의 진위를 판별할 수 없었다. 예를 들면 보들레르가 표범이 사람을 잡아먹는 광경을 보며 즐거워했다거나, 심심풀이로 지나가는 유리기술자를 향해 5층에서 화분을 던졌다거나, 시가로 사자의 코를 지졌다가 사자에게 손가락을 물릴 뻔했다거나, 아니면 고양이를 단단하고 미끄러운 유리 위에 올려놓고 고양이가 발톱으로 유리를 긁는 소리를 감상했다거나 하는 기괴망측한 이야기이다. 한 여관에서 묵고 있는데 여관 주인이 우는 아이를 달래면서 "울지 마. 자꾸 울면 보들레르한테 널 잡아먹으라고 할 거야"라고 했다는 이야기도 있다. 가끔은 보들레르 자신이 황당한 이야기를 지어내기도 했다. 한번은 그가 편지에 이렇게 썼다.

이곳(브뤼셀) 사람들이 내가 경찰 스파이인 줄 알아.(아주 멋진 일이야! 그 스파이가 셰익스피어의 연회에 관한 멋진 글을 썼기 때문이지.) 내가 동성애자인 줄 아는 사람도 있어.(내가 동성애자라고 말했더니 다들 믿더군!) 그들은 언제나 내 말을 믿지. 내가 교정자인 줄 아는 사람도 있고 말이야. 파리에서 가져온 증거를 보여줬거든. 한번은 내가 아버지를 죽여서 먹었다고 떠벌이고 다녔더니 나더러 프랑스에서 도망치라고 했어. 내가 프랑스 경

찰에 충성하기 때문이래. 그들은 또 믿었어. 나는 물 만난 물고기처럼 헛
소문 속에서 자유자재로 헤엄치고 있어!

"당신은 대리석만큼 견고하고 영국의 안개처럼 예리하군요." 이것은
보들레르를 향한 플로베르의 찬사다. 보들레르는 추악한 세상에서 46년
밖에 살지 못했다. 그의 말년은 비극적이었다. 반역자로 정신은 이미 피
폐해졌으며 가난과 병마가 겹치더니 결국 정신착란을 일으켰다. 다음의
단상은 보들레르가 정신착란을 일으키기 직전에 쓴 것이다.

나는 기쁨과 두려움을 함께 느끼며 히스테리를 키워왔다. 지금도 현
기증이 계속되고 있다. 1862년 1월 23일, 오늘 내게 이상한 징후가 나타났
다. 광기 어린 날갯짓이 일으킨 바람이 나를 스쳐 지나가는 것을 느낀 것
이다.[6]

거의 1년간 마비된 채 지내던 보들레르는 1867년 8월 31일 파리의 한
병원에서 숨을 거두었다. 장례식에는 어머니와 친구 몇 명만 참석했다.

보바리 부인

[프랑스] 귀스타프 플로베르(Gustave Bernard Flaubert, 1821~1880), 1857년 작

낭만과 이상을 꿈꾸던 한 여인의 파멸

실화를 바탕으로 쓰인 이 책은 출간 전부터 많은 논란을 일으켰다. 풍속을 해친다는 이유로 프랑스 정부가 책이 나오기도 전에 플로베르를 기소한 것이다. 이 작품은 섬세한 문학적 표현은 물론이고 한 여인의 타락과 방종을 개인의 책임으로 덮씌우지 않고 그녀를 둘러싼 가정과 사회의 책임으로까지 확대했다는 점에서도 큰 가치가 있는 중요한 소설이다.

《보바리 부인》은 많은 논란을 불러일으킨 소설이다. 이 소설은 완전한 모습으로 세상에 나오기도 전에 도덕의 화신을 자처하는 이들에 의해 매장당할 뻔했다. 구스타프 플로베르는 비평가들에게 거센 비난을 받았을 뿐 아니라 고발까지 당해 법정에 서야 했다. 그 후 《보바리 부인》은 세계 어느 곳에서도 환영받지 못했다. 1864년 로마교황청의 《금서목록》에 오른 뒤 내내 빛을 보지 못했고 1954년까지도 미국의 문학 단체들은 당연하다는 듯 이 책을 블랙리스트에 넣었다.

여인의 타락은 온전히 개인의 잘못인가?

《보바리 부인》이 비난받은 것은 물론 이 소설이 간통과 관련되어 있기 때문이다. 플로베르는 자기 주위에서 일어난 염문사건에서 이 소설의 소재를 얻었다. 그 사건은 플로베르의 집안과도 관계가 있었던 들라마르 (Delamare) 부부의 실화로 루앙의 신문에 실려 사회를 떠들썩하게 만들기도 했다. 처음에는 플로베르의 친구 뒤캉이 이 사건을 소재로 소설을 써보라고 권유했다. 플로베르가 쓴 이전 작품에 실망한 뒤캉은 새로운 작품이 플로베르에게 전환점이 되기를 바랐던 것이다. 이 염문사건은 대략 다음과 같다.

들라마르는 의학원 졸업 후 루앙 부근의 한 작은 마을의 의사가 되었다. 결혼한 지 얼마 되지 않아 아내가 세상을 떠나자 그는 델핀이라는 시골 아가씨와 재혼한다. 그런데 델핀은 허영심이 강한 여자로 하루 종일 몸치장을 하고 소설을 읽으며 시간을 보냈다. 델핀은 점점 타락한 생활을 했다. 연인이 생겼지만 오래가지 않아 떠나자 현지의 한 수습변호사를 유혹해 날마다 사치스러운 향락을 즐겼다. 그러는 사이 빚더미에 앉게 되고 더 이상 버틸 수 없게 되자 1848년 3월 6일 음독자살을 했다.

이 사건이 신문에 실린 후 델핀에 대한 비난이 쏟아졌다. 사람들은 그녀가 타락하고 본분을 모른 채 방종하다가 스스로 파멸했다고 손가락질했다. 하지만 플로베르의 생각은 달랐다. 그는 독특한 시선으로 이 사건을 바라보았고 평범해 보이는 염문 사건을 인도주의적 걸작으로 가공해 재탄생시켰다.

플로베르가 《보바리 부인》을 집필할 당시의 일화가 지금까지 많은 이들에게 회자되고 있다. 대부분 플로베르가 이 소설의 집필에 얼마나 몰두하고 심혈을 기울였는지를 보여주는 이야기다. 보바리 부인이 독약을 마시는 장면을 쓸 때 플로베르는 자기 입안에서 지독한 비소 냄새가 나는 것 같아 이틀 내내 소화불량이 시달렸다고 한다. 또 한번은 친구가 그의 집에 찾아왔는데 그가 책상에 엎드려 비통에 잠겨 있었다. 친구가 두세 번 다그쳐 물은 후에야 그는 상심한 표정으로 "보바리 부인이 죽었어!"라고 대답했다. 그 모습이 우스웠던 친구가 "보바리 부인이 죽는 게 싫으면 그녀를 살리면 되지 않나?"라고 묻자 플로베르는 침통한 어조로 다시 이렇게 대답했다. "이제 와서 보바리 부인을 죽이지 않을 수가 없다네. 살릴 방법이 없어!"

이 소설은 꼬박 5년에 걸쳐 완성했는데 그동안 플로베르는 정신 나간 사람처럼 소설에 빠져 있었다.《보바리 부인》을 탈고한 후 플로베르는 친구와 독자들에게 갈채가 쏟아질 것이라고 기대했다.

출간 전에 프랑스 정부에 의해 기소당하다

플로베르는《보바리 부인》원고를 친구 뒤캉에게 보내 잡지〈르뷔 드 파리(Revue de Paris)〉에 발표해달라고 부탁했다.〈르뷔 드 파리〉는 그로부터 석 달 후인 1856년 10월 이 소설을 잡지에 연재하기로 결정했다. 그런데 뒤캉과 잡지 편집자들이 일부 내용을 삭제할 수 있는 권한을 달라고 요구했다. 그들이 판단하기에 소설에 삭제해야 할 부분이 많았기 때문이었다. 플로베르는 단 한 글자도 삭제하거나 수정해서는 안 된다고 강경하게 버텼지만, 결국 소설이 나누어 연재되는 동안 역시 많은 부분이 삭제되고 수정되었다.

그럼에도 〈르뷔 드 파리〉에 연재된 《보바리 부인》은 프랑스 검찰 당국의 특별 관찰 대상이 되었다. 〈르뷔 드 파리〉는 검찰 당국이 전부터 썩 마음에 들어 하지 않았다. 그런 잡지에서 편집장조차 문제가 많아 삭제가 필요하다고 생각하는 소설을 발표했으니 틀림없이 금지해야 할 작품일 것이었다. 그해 12월 《보바리 부인》의 연재가 끝나자마자 플로베르는 출판사와 단행본(무삭제 원본) 출판 계약을 맺었다. 그러나 책이 나오기도 전에 플로베르에게 소환장이 도착했다. 프랑스 정부가 풍속을 해친다는 이유로 작가를 기소한 것이다. 검찰은 공소장에서 발행인과 인쇄업자에 대한 처벌은 경감해줄 것을 요청하면서도 주범인 플로베르에 대해서는 엄격한 처벌을 요구했다.

프랑스 시인 보들레르는 이 소송을 잡지 〈아티스트(L'Artiste)〉를 통해 다음과 같이 풍자했다. "윤리에 대한 맹목적이고 과도한 열정과 마땅히 있을 곳을 찾지 못한 사상이 어젯밤까지도 무명이었던 작가의 소설을 사법계 앞으로 소환했다."[7]

작품에 유명세를 더해준 재판 승소

플로베르는 중세에 태어나지 않은 것을 행운으로 여겨야 한다. 중세에는 비윤리적인 작품을 썼다가 고발당하면 꼼짝없이 화형대로 올라갔기 때문이다. 게다가 종교재판소 안에서 하는 그 어떤 변론도 피고의 죄를 더 가중시킬 뿐이었다. 그러나 19세기 프랑스 법정에서는 적어도 자신을 변호할 수는 있었다. 1857년 1월 29일 황실 변호사 어니스트 피나르(Ernest Pinard)가 고소장을 읽고 쥘 세나르(Jules Sénard)가 플로베르를 변호했다. 세나르의 명성과 훌륭한 언변 덕분에 플로베르는 극적으로 처벌의 위기를 벗어날 수 있었다. 2월 7일 판사는 플로베르에게 무죄를 선고했다. 이 판결로 프랑스 문학계는 한껏 고무되었고 프랑스 사회는 또 한바탕 들끓었다. 보들레르는 "모든 작가, 적어도 명실상부한 모든 작가들은 구스타프 플로베르를 통해 무죄를 선고받았다"[8]라고 했다. 이 말은《보바리 부인》이 무죄 판결을 받은 덕분에 문학이 억울한 탄압에서 벗어나게 되었다는 의미다.

그로부터 두 달 후《보바리 부인》이 정식으로 출간되었다. 페이퍼백 6600부와 양장본 150부가 순식간에 팔려나갔다. 출판사는 6월에 재판을 인쇄했다. 이 소설이 베스트셀러가 된 것은 소송사건의 유명세에 힘입은 바가 크다. 하지만 이 작품이 지닌 독특한 문학적 가치도 소송사건과 함께 프랑스 대중에게 인식되었다.

《보바리 부인》이 승소한 후에도 일부 비평가들은 비판을 멈추지 않았다. 아무 가치도 없는 소설이 운 좋게 소송으로 유명해졌다고 폄하하는 이도 있었고, 비록 저자의 묘사가 섬세하기는 하지만 윤리적 등장인물—도덕적 교훈을 이끌어내고 그것에 대한 독자의 이해를 유도하는—이 하나도 없는 치명적인 단점이 있다고 비판하는 사람도 있었다.

플로베르는 글을 통한 논쟁을 시간 낭비라고 생각했기에《보바리 부인》을 둘러싼 문학계의 논쟁에 대해 일절 대응하지 않고 다음 소설 집필에 들어갔다. 오히려 플로베르보다 더 큰 논란을 몰고 다니는 시인 보들레르가 자청해서《보바리 부인》을 변호했다. 보들레르는 이 소설이 소송

사건의 유명세 덕분에 베스트셀러가 되었다는 비난에 대해서는 반박할 가치도 없다고 일축했다. 소설의 가치를 군이 설명하지 않아도 너무 분명하다는 것이었다. 한편 소설이 죄악을 고발하는 역할을 해야 한다는 의견에 대해서도 황당한 논리라고 반박하며 "진정한 예술품은 죄악을 고발할 필요가 없으며 작품의 논리 자체로 도덕성을 충분히 표현할 수 있다. 결론을 내리는 것은 독자의 몫이다"[9]라고 말했다. 문학작품의 역할은 비판이 아니라 표현이라는 것이 그의 주장이었다.

작가의 탁월한 표현 능력도 《보바리 부인》의 성공 요인 중 하나였다. 줄거리만 보면 소설의 소재인 들라마르 부부 사건과 큰 차이가 없다. 당사자인 외젠 들라마르와 델핀 들라마르의 이름이 샤를 보바리와 에마 보바리로 바뀌었을 뿐, 에마도 델핀처럼 환상을 즐기고 사치스러운 것을 좋아했으며 이런 성향 때문에 점점 타락해간다. 하지만 소설의 중심은 에마가 저지른 잘못 자체가 아니라 에마와 같은 인물이 처해 있는 특정한 사회와 가정환경 속에서 비극적 삶을 살 수밖에 없는 필연성에 있다. 이 때문에 소설의 비극적인 요소는 에마 개인이 아닌 그녀를 둘러싼 가정과 사회 전체로 확대된다.

잔혹한 현실 속에서도 이상과 낭만을 추구한 여인

에마가 사는 곳은 '가장 어리석고, 가장 황당하고, 편견을 가진 바보들이 가장 많은 비루한 무대'였고, 에마의 주변 사람들도 대부분 생계를 위해 발버둥치고 그로 인해 사고방식이 뒤틀린 인물(그녀의 남편을 포함해)

들이었다. 반면 에마 본인은 아름답고 에너지가 넘쳤으며 더 높은 세계를 향한 멈출 수 없는 동경을 품고 있었다. 그럼에도 그녀의 남편 샤를은 그녀에게 아무런 행복도 안겨주지 못한다. 샤를은 그저 평범하고 유약한 남자이고 이런 현실이 에마를 좌절하게 한다. 그녀는 이렇게 탄식한다.

세상에서 가장 가슴 아픈 일은 저처럼 한평생 쓸모없는 삶을 사는 것 아니겠어요? 차라리 이런 고통이 누군가에게 도움이 될 수 있다면 희생한다 생각하고 위안이라도 삼을 텐데!

에마는 남편에게 명예와 이익을 다 얻을 수 있는 안짱다리 치료 수술을 하라고 열심히 권하기도 한다. 그러면 남편에게서 사랑보다 견고한, 의지할 수 있는 무언가를 찾을 수 있을 것 같기 때문이다. 하지만 결과는 샤를의 무능함을 다시 한 번 증명해줄 뿐이다. 그녀는 치욕이 극에 달해 분노로 변하더니 마침내 폭발하고 만다. 그러고는 문을 부서져라 세게 닫고 나와 그 길로 정부인 로돌프의 품으로 달려간다.

에마는 자신이 간통의 죄악으로 빠져들고 있음을 깨닫고는 때 두려움을 느낀다. 자기도 모르게 저녁 기도를 알리는 종소리를 따라 성당으로 향한 에마는 '영혼을 치료하는 의사'를 자처하는 부르니지엥 신부에게 도움을 요청한다. 4월 초순의 어느 저녁이었다. 그녀는 영혼을 정화하고 인간 세상의 모든 고뇌가 사라질 수만 있다면 어떤 신앙이라도 바칠 각오가 되어 있었다. 하지만 신부는 구원받으러 찾아온 그녀를 알아보지 못한다. 에마가 몹시 고통스럽다고 말하는 동안 부르니지엥 신부는 성당 의자에서 장난치는 아이들에게만 온통 신경을 쏟았다. 그러면서 에마에게 의사인 남편은 뭐라고 하느냐고 묻는다.

에마가 경멸하는 듯한 태도로 말했다.

"그 사람은……!"

신부가 놀랐다.

"뭐라고요? 남편이 어떤 처방도 해주지 않았단 말인가요?"

에마가 대답했다.

"아! 제게 필요한 건 이 세상의 약이 아닌걸요."

신부는 성당 안에서 장난치는 개구쟁이 아이들에게 온통 정신이 팔려 에마의 질문에는 관심이 없었다. 샤를의 안부를 묻다가 에마의 소화 불량에 대해 이야기했다. 웃을 수도, 울 수도 없었다. 에마는 신이 자신을 버렸다고 생각하고 자신을 유혹하는 죄악의 길로 점점 더 깊숙이 미끄러져 들어갔다.

무심하고 둔한 신부, 음흉한 고리대금업자, 매정한 정부, 이 모든 이기주의자들이 에마의 보잘것없는 삶을 오싹하게 둘러싸고 있다. 그녀가 모든 것을 내던진 채 이 견딜 수 없는 환경에서 도망쳤을 때 그녀를 기다리고 있는 것은 자유도 행복도 아닌 그녀를 사지로 몰아넣는 올가미다.

그럼에도 이 소설에서 가장 빛나는 인물은 에마다. 그녀만이 유일하게 이상을 추구하기 때문이다. 그녀는 영웅이 아니다. 아니, 어쩌면 죄인일 수도 있다(쾌락을 위해 무고한 남편과 죄 없는 아이를 버렸으니 말이다). 하지만 그보다 더 중요한 것은 에마가 죄악이 넘치는 사회의 희생양이자 동정받아야 할 비극적인 인물이라는 사실이다. 플로베르가 보바리 부인의 죽음에 눈물을 흘린 것은 그녀가 죽지 않을 수 없었기 때문일 것이다. 이 잔인한 세상에서 그녀에게 죽음 외에는 다른 출구가 없었다.

채털리 부인의 연인

[영국] 데이비드 허버트 로렌스(David Herbert Lawrence, 1885~1930), 1928년 작

위선적인 성 의식에 던진 폭탄

이 작품은 노골적인 섹스 장면 묘사로 비난을 받았다. 그러나 로렌스는 이 작품을 집필할 당시 이미 "떳떳한 작품이지만 세상 사람들에게 외설적이라 비난받을 것"임을 예견했다. 그는 이 작품이 성적인 묘사, 이른바 '더러운 단어들'에 덧씌워진 수치심을 벗겨줄 것이라 자부했다. 20세기에 새로워진 성 관념을 작품을 통해 자연스럽게 드러내고 싶었던 것이다.

1915년 11월 로렌스의 책이 금서로 지정되었다. 당시는 그가 아끼는 《무지개(The Rainbow)》(1915)를 출판한 지 한 달밖에 되지 않은 때였다. 로렌스가 11월 9일에 쓴 한 편지에서 이 사건에 대한 그의 반응을 엿볼 수 있다.

지방행정관이 내 소설《무지개》의 판매를 금지했다네. 나는 몹시 화가 나. 메수엔 출판사는 보유하고 있는 책 전부를 제출하라는 명령을 받았어. 분노를 참을 수가 없어. 어떤 할 일 없는 사람이 경찰서에 가서 "저 질스러운 책이 있어요"라고 말했더니 경찰이 "오, 판매를 금지해야겠어!" 라고 말한 거야. 그래, 그렇게 결정된 거라네. 그들이 내 소설의 판매를 금

지했지만 나는 이 결정이 곧 철회될 거라고 생각해.[10]

하지만 이 사건은 로렌스의 생각처럼 간단하지 않았다. 그는 재판에서 패소했다. 더욱이 그를 가장 화나게 한 것은 작가가 곤경에 처해 있는데도 출판업자가 모른 척했다는 사실이었다. 출판업자는 고통에 신음하고 울부짖고 있는 이 소설을 위해 단 한마디도 해주지 않았다. 로렌스에게 그나마 위안이 된 것은 당시 미국에서 내용을 약간 삭제한 채 《무지개》가 출판되었다는 점이었다. 영국 비평계는 이 소설을 강하게 비판했다. 클레멘트 쇼트라는 사람은 악의적으로 이 작품을 졸라의 작품과 비교하며 "《무지개》에 나오는 질긴 고깃덩이에 비하면 졸라의 소설은 아이들이 먹는 음식에 불과하다"라고 비판했다. 1915년 11월 3일 도서 검열관이 법정에서 《무지개》의 출판을 금지해야 하는 이유에 대해 이야기하며 이 말을 그대로 인용했다.

외설의 판단기준은 사람마다 다르다

로렌스는 일생동안 여러 차례 탄압에 시달렸다. 제1차 세계대전 때 아내 프리다가 한 스위스 친구를 통해 적대국 독일에 있는 가족과 지속적으로 편지를 주고받았다는 이유로 스파이로 몰려 거주지에서 추방당했다. 계속된 추궁, 조사, 감시를 견디지 못한 부부는 미국으로 이주하려 했으나 거절당했다. 로렌스가 세상을 떠나기 전 마지막 2년도 적대적인 분위기에서 살았다. 《채털리 부인의 연인》은 출간 직후 영국 언론계로부터 비난을 받았고 시집《팬지(Pansies)》(1929)의 원고도 우편으로 부치던 중 음란물이라는 이유로 런던 경찰에 압수당했다. 몇 달 지나지 않아 경찰은 런던에서 열리고 있는 한 그림 전시회에 들이닥쳐 로렌스의 그림 13점을 압수했다. 끈질긴 협상과 타협 끝에 경찰이 그림을 모두 돌려주겠다고 약속했지만 영국에서 영원히 전시해서는 안 된다는 조건을 내걸었다. 로렌스는 영국 여왕에게도 고발당했다. 소설 몇 권은 1950~1960년대까지도 미국과 영국 정부가 출간 및 판매를 금지했다.

작품이 '외설'이라는 죄명을 쓰고 번번이 금서로 지정된 소설가 로렌스는 세상을 떠나기 얼마 전 문학작품의 외설 문제에 대해 체계적인 글을 썼다. 우선 "포르노와 외설이란 무엇인가? 이것은 온전히 보는 사람에게 달려 있다. 누군가에게는 외설일 수 있지만 다른 누군가에게는 천재적인 웃음의 소재일 수 있다"고 했다. 같은 작품이라도 시대에 따라 완전히 다른 평가가 내려질 수 있다.《해리포터(Harry Potter)》를 크롬웰 시대에 발표했더라면 청교도인들을 큰 충격에 빠뜨렸겠지만 지금은 누구도 그 소설을 이단으로 여기지 않는다. 반대로 아리스토파네스의 희곡이 오늘날의 관객들에게는 충격적이지만 고대 그리스 후기에는 관객들이 무덤덤하게 반응했을 것이다. 그렇다면 외설이란 무엇일까? 로렌스는 이렇게 말했다.

외설이란 예술에 포함된 성적 유혹이나 자극이 아니고 작가나 예술가가 의도적으로 불러일으킨 성 의식도 아니다. 성 의식 자체는 잘못된 것이 아니다. 성을 숨기지 않고 솔직히 드러낼 뿐이다. 옳은 방식의 성적 자극은 인간의 삶에서 어마어마한 가치를 지닌다. 그것이 없다면 이 세상은 빛을 잃고 퇴색할 것이다. …… 심지어 나도 진정한 외설은 엄격하게 검사하고 배제한다. 그건 어려운 일이 아니다. 진정한 외설은 대부분 공개적으로 드러내지 않고 지하에 숨어 있다. 또 외설은 성과 인간의 정신을 모욕한다. 외설은 성을 욕되게 한다. 이는 결코 용서할 수 없는 일이다. …… 그들은 벌거벗은 인간의 몸을 추하고 가치 없게 만들고, 섹스를 저속하고 경박하며 저열하게 묘사한다.[11]

로렌스에 따르면, 현대 문명이 암담한 병에 걸려 있으며 윤리를 수호하는 이들이 오히려 인간을 더욱 타락시킨다. 이를 증명하는 것이 바로 성의 창조와 성적 욕구 배출을 동일시하는 현상이다. 이런 관념 때문에 '성은 더러운 것이고 성적 충동은 지저분한 유희이며 여인의 몸에 나타난 모든 성적 흔적은 수치스러운 것'이라고 생각한다. 로렌스는 '이런 병에 대처하는 방법은 성과 성적 자극을 밝은 태양 아래로 끄집어내는 것'이라고 주장했다.

외설 작가들은 보카치오를 좋아하지 않는다. 이 이탈리아 소설가의 맑고 건전하고 자연스러운 문풍 앞에서 자신은 더러운 벌레에 지나지 않음을 느끼기 때문이다. 보카치오의 작품은 모든 사람이 읽어야 한다. 노인이든 젊은이든 원한다면 누구나 읽어보아야 한다. 성은 그처럼 자연스럽고 맑고 솔직하게 다루어야 한다. 우리는 지금 신비로운, 또는 신비롭지 않은 성적 분위기에 둘러싸여 있다. 르네상스 시기의 대가들이 아마 오늘날 우리의 병을 고쳐주는 최고의 해독제일 것이다. 반면 청교도인들의 고약은 가장 해로운 치료 방법이다.[12]

로렌스는 '20세기의 보카치오'라고 불렸다. 둘이 다른 점이 있다면 로렌스는 20세기에 새로워진 성 관념을 널리 알리기 위해 노력했고, 14세기에 살았던 보카치오는 이런 홍보에는 관심이 없었다는 것이다. 보카치오의《데카메론》이 당대에 많은 사람들을 분노케 했지만 그 작품이 외설적이기 때문은 아니었다. 분노한 사람들도 보카치오의 섹스 이야기에 태연했고 재미있는 대목이 나오면 배꼽을 잡았다.

타이피스트마저 원고 타이핑을 거부하다

《채털리 부인의 연인》이 로렌스의 소설 중 최고의 작품은 아니지만 가장 큰 영향력을 발휘한 작품임에는 틀림없다. 이 소설은 그의 마지막 장편소설이다. 로렌스가 이 작품을 집필할 때 이미 그는 이것이 '떳떳한 작품이지만 세상 사람들에게 외설적이라고 비난받을 것'[13]임을 예견했다. 그는 기회가 있을 때마다 친구들에게 이 소설의 의의를 설명했고 소설을 써 내려갈수록 자신감도 점점 커졌다. 1927년 4월 12일 로렌스는 친구에게 보내는 편지에 이렇게 썼다.

나는 똑같은 일이라도 사람들이 섹스와의 연관성을 언급할 때 수치스러움이 아니라 떳떳함과 소중함을 느끼도록 하기 위해 고심하고 있어. 나는 섹스란 아름답고 온유하지만 벌거벗은 사람의 몸처럼 약한 것이라고 생각하지. 이 소설을 타자 쳐줄 사람을 찾는 것조차 걱정이 되네. 아마도 거절할 테니까.[14]

그의 예상대로 피렌체의 한 타이피스트가 로렌스의 소설을 타자 치는 일을 거절했다. 그녀가 더 이상 타자를 칠 수 없다며 원고를 돌려보낸 것이다. 소설 내용이 '너무 외설스럽고 더럽다'는 것이 그 이유였다. 1928년 3월 13일 로렌스는 한 편지에서 《채털리 부인의 연인》을 '생식기에 관한 온유한 소설'이라고 표현하며 '암술과 수술이 활짝 피어난 아름다운 꽃'이지만 결코 대중의 호평을 받지는 못할 것[15]이라고 썼다. 이틀 뒤에는 또 "《채털리 부인의 연인》을 외설적인 포르노 소설이라고 말하는 사람이 있다면 그를 거짓말쟁이라고 여길 것이다"[16]라고 했다. 당시 런던의 몇몇 출판업자는 이 작품을 출간할 엄두를 내지 못했다. 소설 출간 후 금서로 지정되면 그 손실을 자신이 감당해야 하기 때문이었다. 그들은 원고를 그대로 출판하는 것은 어리석은 선택이며 '외설적인' 단락만 삭제한다면 걸작으로 평가받을 수 있을 것이라고 로렌스를 설득했다. 하지만 로렌스는 고집을 꺾지 않았다. 모험심 강한 출판업자를 찾지 못하자 그는 하는 수 없이 피렌체에서 사비를 털어 이 소설을 인쇄했다. 초판 표지의 피닉스 그림은 로렌스가 직접 그린 것이다.

로렌스는 건강이 점점 악화되었지만 《채털리 부인의 연인》이 세상에 나온 것을 몹시 기뻐했다. 1928년 8월 17일 그는 편지에서 이렇게 썼다.

폭탄을 던진 것 같은 기분이네. 사람들의 위선적인 성 의식을 터뜨려 버린 거야. 내 주치의 피렌체 의사가 말한 것처럼 말이지. 그들의 생식기 없는 성행위를 폭발시켰어. 그들이 폭발하면서 신선한 공기가 유입되기를 바라네. 하지만 나는 점점 허약해져 가련한 사람이 되었어. 이런 상황이 원통하군.[17]

물론 로렌스는 많은 사람들이 이 놀라운 소설을 이해하고 좋아해주기를 바랐다. 그래서 친구들에게 이 소설의 가치를 알리기 위해 무진 애를 썼다.

성적 방종을 부추긴다고 나를 비난하는 것은 절대로 용납할 수 없네. 성행위는 순간적인 것이고 성행위를 하지 않는 시간은 아주 길지. 하지만 성행위를 하지 않는 시간 동안의 평온한 의식 속에도 성 의식은 존재한다네. 노인들도 자기만의 아름답고 평온한 성욕을 젊은이들에게 자유롭게 보여주어야 해.[18]

산업문명의 비인간성에 따뜻한 피가 돌게 하다

《채털리 부인의 연인》은 자연스러운 인격의 부활을 주장한다. 한 미국 작가는 "이 소설을 떠올리면 머릿속에 그림 한 폭이 그려진다. 그림의 배경에는 어두운 하늘 아래 시커먼 기계가 엎어져 있고 앞에는 싱그러운 초록의 숲이 펼쳐져 있으며 숲속 공터에서는 벌거벗은 두 사람이 흥겹게 춤을 추고 있다"라고 말했다. 시커먼 기계와 어두운 하늘은 인간을 소외시키고 구속하는 현대 산업문명을 상징한다. 하지만 소설 속에서 산업문명은 새로운 세상에서 뒤로 물러나 있고 푸르른 낙원과 낙원에서 부활한 두 자연인 콘스탄스(채털리 부인)와 사냥터 관리인 멜러즈만 있다.

코니(콘스탄스)는 앞문을 열고 강철로 된 커튼처럼 세차게 쏟아지는 빗줄기를 바라보았다. 갑자기 그 속으로 뛰어나가 달리고 싶은 충동이 일었다. 그녀는 몸을 일으켜 재빨리 양말을 벗고 겉옷과 속옷까지 모두 다 벗어던졌다. 멜러즈는 숨을 죽이고 바라보았다. 움직일 때마다 그녀의 뾰족한 젖가슴이 출렁였다. 그녀의 몸은 푸르스름한 빛을 받아 상아색을 띠었다. 그녀는 고무로 된 신발을 다시 신고 야성적인 웃음을 터뜨리며 밖으로 달려 나갔다. 쏟아지는 빗줄기를 향해 젖가슴을 내밀고 두 팔을 활짝 벌린 채 오래전 드레스덴에서 배운 우스꽝스러운 율동을 했다. 빗줄기에 가려 희미해진 가운데 몸을 올렸다가 내렸다가 다시 앞으로 구부려 풍만한 엉덩이에 빗줄기가 쏟아지게 하고, 다시 몸을 흔들며 배를 앞으로 내밀고 빗속을 달렸다. 그러다 다시 앞으로 수그려 엉덩이와 허리만 그에게 보여주었다. 멜러즈에게 신하의 예를 표하는 듯 야만적인 인사를 하는 듯 몸을 계속 흔들어댔다.

멜러즈도 옷을 벗어던지고 빗속으로 뛰쳐나가며 앞을 향해 미친 듯이 짖어댔다. 코니가 젖은 머리칼이 머리에 찰싹 달라붙은 채 뜨거워진 얼굴을 돌려 멜러즈를 바라보았다. 코니의 파란 눈에 흥분의 불꽃이 번뜩이더니 묘한 걸음걸이로 앞으로 쏜살같이 달려가 숲속 오솔길로 들어갔다. 그녀가 비에 젖은 나뭇가지에 몸을 스치며 달려가자 그에게는 비에 젖은 둥근 머리통과 흠뻑 젖어 앞으로 숙인 등판 그리고 반짝거리는 둥그스름한 엉덩이만 보였다. 도망치는 여자의 아름다운 나체였다.

멜러즈가 코니를 따라잡고 벌거벗은 채 한 팔로 그녀의 허리를 감싸안았다. 그녀가 비명을 지르며 몸을 세워 부드럽고 차가운 몸을 멜러즈의 품에 파묻었다. 그가 그녀를 미친 듯이 부둥켜안았다. 부드럽고 차가운 여자의 살이 그의 몸에 닿자마자 금세 뜨거워졌다. 세찬 비가 그들을 적시고 그들의 몸에서 모락모락 김이 피어올랐다.

두 사람은 모든 것을 내던지고 섹스와 사랑의 희열을 누린다. 몸과 마음을 다 바쳐 열락을 경험하고 자연과 야성의 춤에 도취된다. 그들은 이미 환경을 초월하고 세계를 초월했다. 멜러즈는 "내가 십 분밖에 살 수 없더라도 그동안 당신 엉덩이를 애무하고 그걸 다 알아낼 수만 있다면 제대로 한번 살았다고 인정할 거요! 알겠소? 산업제도가 뭐든 상관없소! 이게 바로 내 인생의 위대한 나날이니까"라고 말한다. 이 폭우 같은 섹스를 경험한 후 콘스탄스는 남편 클리포드가 "우리의 우주가 다시 진화한다면 당신이 뜨거운 몸을 식히기 위해 빗속을 뛰어다닐 필요가 없을 것이오"라든가 "우주는 우리에게 두 가지 광경을 보여주지. 한편으로 그것은 물질적으로 소모되어가고 다른 한편으로는 정신적으로 상승하고 있소"라고 말할 때마다 황당하고 가소롭다고 생각한다. 자신이 경험한 것과 비교하면 이런 문명은 너무도 위선적이고 어리석기 때문이다.

《채털리 부인의 연인》은 평범한 이야기다. 채털리 부부는 1917년 세계대전 중에 결혼한다. 한 달간의 밀월을 보낸 뒤 전선으로 돌아간 클리포드 6개월 뒤 부상을 입고 영국으로 돌아온다. 가까스로 생명은 구했지만 허리 아래 하반신이 영구 마비되고 말았다. 그때 콘스탄스가 23세, 클리포드가 29세였다. 그 후 라그비 저택의 주인인 채털리 부부는 단조롭고 무료하게 살아간다. 서로 다투지는 않지만 행복하지도 않다. 휠체어를 타고 다니는 남편은 삶에 대한 열정이 없고 아름다운 아내 콘스탄스도 따분한 나날을 보낸다. 그러던 중 채털리 부인이 라그비 저택의 사냥터 관리인 멜러즈를 만나 사랑에 빠진다. 채털리 부부는 우여곡절 끝에 결국 파경에 이르고 콘스탄스와 멜러즈의 사랑이 이루어질 것임을 암시하며 소설은 끝을 맺는다.

이 소설에서 가장 훌륭한 대목이자 로렌스 특유의 분위기가 두드러진 곳은 콘스탄스가 클리포드와 함께 산책을 나갔다가 멜러즈를 만나게 되는 장면이다. 그때 "그녀는 자신의 환경과 인생이 모두 시들어버렸으며 이런 불만이 산보다도 더 오래되었다고 느꼈다." 멜러즈는 광부의 아들로 태어나 결혼에 실패한 후 인도에서 장교로 군 복무를 하고 돌아온 남자다. 그는 인간에게 염증을 느끼고 사냥개, 닭, 소나무, 들꽃이 한데 어우러진 조용한 세상에 파묻혀 살고 있었다. 결혼에 실패한 후 그는 섹스에 대해 남들과는 다른 생각을 가지고 있었다. 그러던 어느 날 콘스탄스가 사냥터 관리인이 사는 오두막의 뒤뜰을 지나다가 반라 상태로 목욕하고 있는 멜러즈를 보게 된다. 서둘러 자리를 피하기는 했지만 그 남자의 육체가 콘스탄스의 폐부 깊숙이 파고들어 지워지지 않는다.

홀로 살며 내면까지 혼자인 사람의 완전하고 순결하며 고독한 나체. 그리고 그 순수한 아름다움. 그저 아름다운 것이 아니고 아름다운 육체는 더더욱 아닌 그것은 부드럽게 빛나는 불꽃이었다. 홀로 사는 한 존재의 따뜻하고 하얀 불꽃이 손으로 만질 수 있는 윤곽을 드러내고 있었다. 그것은 바로 육체였다!

콘스탄스의 몸 안에서 본능이 깨어났다. 그녀는 머지않아 본능에 이끌려 멜러즈의 품에 몸을 맡긴다. 멜러즈와 관계를 가진 후 그녀는 자신이 클리포드를 몹시 증오하고 있었다는 것을 깨닫게 된다. 그녀는 더 이상 자신이 속한 사회가 요구하는 대로 자신의 육체를 망각한 채 살 수 없었다. 그녀는 멜러즈와의 섹스를 통해 성의 온유함과 아름다움에 점차 눈 뜨게 된다.

그녀는 마치 바다가 되어 검푸른 파도만이 솟아오르는 듯했다. 파도가 거대하게 부풀어 올라 천천히 일렁였다. 그녀는 말없이 넘실대는 파도가 되었다. 그녀의 몸속 저 아래에서 바다 밑이 갈라지고 좌우로 출렁이더니 유유히 물결치며 멀리 퍼져나갔다. 저 깊은 속살 한가운데서 그것이 부드럽게 찌르며 점점 깊숙이 들어와 그녀의 더 깊은 속을 만졌다. 그녀는 더 깊숙하게 벌거벗겨졌고, 그녀의 큰 파도는 점점 더 거세게 출렁이며 어느 해안으로 흘러가 그녀를 더 드러내 보였다. 미지의 그것은 점점 더 가까이 찔러 들어왔고 그녀의 파도는 그녀에게서 점점 더 멀어졌다. 그러더니 갑자기 부드러우면서도 전율하듯 경련이 일고 그녀의 생명 중 가장 미묘한 곳이 건드려졌다. 그녀는 자신이 건드려지고 있음을 알았고 모든 것이 완전해지며 사라져버렸다. 그녀는 사라졌고 더 이상 존재하지 않았다. 그리고 그녀는 여인으로 새로 태어났다.

성에 덧씌워진 수치스러움을 벗겨내다

1960년까지 《채털리 부인의 연인》은 영국에서 삭제판만 출간할 수 있었다.

이 소설의 무삭제판은 영국에서 '사악한 책', '프랑스 포르노 소설을 무색하게 만든 작품', '영국 문학사에서 전례 없는 가장 큰 오점' 등으로 비판받았고 로렌스는 제임스 조이스와 나란히 거론되었다. 1960년 영국 펭귄 출판사가 로렌스 서거 30주기를 맞이해 《채털리 부인의 연인》 무삭제판을 펭귄 총서 중 한 권으로 출판하기로 결정했다. 얼마 후 초판 20만

부를 인쇄해 서점에 진열되기를 기다리고 있을 때 영국 왕실의 법률고문이자 런던의 수석검열관인 그리피스 존스가 펭귄 출판사를 기소했다. 이 책이 섹스를 선전하고 간통을 찬양하고 외설적인 언어를 구사했으며 전체적으로 볼 때 독자들의 영혼을 더럽힐 수 있다는 것이 그 이유였다. 공교롭게도 바로 전해에 영국에서 음란물 간행을 규제하는 법률이 새로 통과되었는데 그 법률의 입법 취지가 바로 포르노 문학을 단속하고 진정한 문학을 보호한다는 것이었다. 이것이 바로 기소의 근거였다. 그리피스 존스는 법정에서 자신의 기소 이유를 다음과 같이 밝혔다.

첫째, 섹스를 너무 노골적으로 묘사했다고 했다. 섹스에 대해 묘사한 대목이 총 13군데이며 그중 제일 처음만 수위가 약간 낮을 뿐 나머지 12군데는 자세하게 묘사했다고 비난했다. 특히 열두 번째 대목은 성교의 전 과정을 더 이상 상상의 여지도 없을 만큼 상세하게 묘사했으며, 독자들이 주인공을 따라 침실로 들어가 곁에서 직접 보는 것만큼 상세하다고 했다. 시간과 장소만 바뀔 뿐 섹스에 대한 내용은 시종일관 똑같고 섹스를 할 때의 흥분과 감각기관의 만족만을 강조했다는 것이었다. 소설 속에 다른 줄거리도 있기는 하지만 그것은 오두막이나 숲 속으로 다시 들어가기 전에 여백을 메우기 위한 짧은 부분일 뿐이라고 했다.

둘째, 이 소설에 외설적인 단어들이 넘쳐난다고 했다. 특히 등장인물들의 대화에서 외설적인 말이 계속 반복되며 'fuck' 또는 'fucking'이라는 단어가 30번 이상 등장한다고 비난했다.

하지만 그런 존슨도 로렌스가 높은 명성을 가진 위대한 작가이고 그의 소설이(《채털리 부인의 연인》도 포함해서) 존경할 만한 문학적 가치를 지니고 있다는 사실은 인정했다. 하지만 문제의 핵심은 이 소설의 무삭제판을 출간하는 것이 공공의 이익에 부합하느냐에 있다고 주장했다. 그는 문학의 수준이 반드시 열네 살 소녀가 읽을 수 있는 정도여야 하는 것은 아니지만, 작품의 외설 여부를 판단할 때는 그 작품을 읽을 가능성이 있는 모든 독자를 염두에 두고 작품이 그들의 윤리관을 무너뜨리고 영혼을 더럽히지 않을지 고려해야 한다고 역설했다.

피고인 펭귄 출판사의 대표는 법정에서 《채털리 부인의 연인》이 외설작품이라는 주장에 반박했다. 이 소설의 줄거리가 시간과 장소만 다를 뿐 시종일관 섹스에 대한 묘사가 이어진다는 존스의 주장에 대해 독자들이 이 소설을 읽는다면 오히려 그 반대임을 알게 될 것이라고 말했다.

처음 몇 번의 간통은 보기 불쾌하지만 그 후 채털리 부인은 사랑에 빠지고 소설의 결말에서는 사냥터 관리인과 결혼하려고 합니다. 여자와 남자의 육체관계가 단조롭게 반복되는 것이 아니라 서서히 발전해갑니다. 이 발전 과정은 전적으로 솔직하고 진실한 방식이 아니면 표현해낼 수 없는 것입니다.

외설적인 단어가 난무한다는 비판에 대해서도 "작가가 그런 '더러운 단어'들을 빅토리아 시대부터 씌워진 수치스러운 의미에서 해방시켰다"라고 반박했다.

오늘날 대다수 사람들이 모든 형태의 성을 수치스러운 것으로 여깁니다. 그 때문에 부모가 아이에게 어떤 일을 설명하고자 해도 (상당히 정당한 일임에도 불구하고) 그것을 설명할 수 있는 적당한 말을 찾지 못합니다. 이 작가는 성 변태적 의미가 전혀 없는 작품에서 육체의 결합을 묘사할 수 있는 단어들을 빌려 쓰고 싶었을 뿐입니다. 게다가 그런 단어는

500~600년 동안 일상 구어로 사용해온 말입니다. 작가는 그런 단어에 씌워져 있는 수치스러운 의미를 씻어냈습니다. 그것들을 처음 읽는 사람은 극도의 충격에 빠질 수도 있지만, 여러 번 반복해 읽으면 아무런 수치스러운 점이 없다는 것을 알게 될 것입니다. 외설인지 여부는 그것을 읽는 사람들 생각에 달려 있습니다.

이 작품이 '간통을 찬양한다'는 비판도 받아들여지지 않았다. 완전히 절망적이고 법률로도 이혼할 수 없는 결혼(채털리 부부)을 제외하면 로렌스는 결혼에 대한 강력한 지지자였다. 게다가 그는 이 책에서 난잡한 성교는 누구도 만족시킬 수 없고 진정한 성관계란 사랑하는 두 사람 사이에서만 가능하며 영원한 결합을 지향한다고 밝혔다.

이 재판은 열흘 넘게 이어지며 총 여섯 차례 열렸다. 그리고 마침내 1960년 11월 2일 배심원 12명이 만장일치로 펭귄 출판사의《채털리 부인의 연인》무삭제판 출간에 대해 무죄 판결을 내렸다. 이 판결은 문학사에서든 사회사에서든 매우 중요한 의의가 있는 사건이다. 이 사건은 단순히 한 문학작품의 출판 허가에 관한 문제만이 아니다. 한 소설의 명예를 지킴으로써 오래된 도덕관념이 최후의 보루인 국가 입법에 의해 새로운 시대와 사상에 밀려난 사건이다. 이 중요성은 아무리 높이 평가한다 해도 결코 지나치지 않다.

로렌스는 강한 사회적 책임감을 가지고 있었다. 그는 예술과 사회 사이에 직접적인 관계를 구축하려고 했다. 이와 반대로 서양의 모더니즘 작가들은 예술의 기능이라는 문제에 있어서 애매한 태도로 일관했다. 일부 비평가들은 로렌스 소설의 생명력이 다른 많은 모더니즘 작가들의 작품보다 더 강한 것은 "문명이 발전하면서 로렌스의 통찰력과 지혜, 건전한 생활을 회복하려는 관점이 우리에게 점점 더 절박하게 필요해졌기 때문"[19]이라고 말했다.

이 주장이 적어도 몇몇 국가(영국, 일본, 미국 등)에서는 이미 받아들여졌다. 이들 국가에서《채털리 부인의 연인》의 무삭제판 또 는 무삭제판의 번역본이 출간되어 시대를 따라가지 못하는 사회윤리관에 도전했기 때문이다. 일본에서는 1950년 고야마쇼텐(小山書店)에서《채털리 부인의 연인》일어판을 출간하자 도쿄 지방검찰청이 이 책의 번역가와 출판업자를 기소했다. 일본 문학계에서 피고를 지지하는 거센 목소리가 터져나왔지만 책은 외설서적으로 판결받고 번역가와 출판업자가 벌금형을 받았다. 대법원에서도 '사회의 도덕이 붕괴되는 것을 막기 위해' '도덕적 판결'을 내렸다. 미국에서는 1959년 5월 한 출판업자가《채털리 부인의 연인》무삭제판을 출간했지만 미국 우정국이 이 책의 운반을 거절했다. 그러자 출판업자와 이 책을 홍보하던 독자 클럽이 우정국을 고발했고 최종적으로 재판에서 승소했다.

북회귀선

[미국] 헨리 밀러(Henry Miller, 1891~1980), 1934년 작

현대인의 자기해방을 위한 도화선

적나라한 성 묘사로 20세기의 가장 위험한 거인으로 불리는 헨리 밀러의 대표작이다. 파리에서 방
랑생활을 할 때 경험한 것들을 1인칭 시점으로 자유롭게 풀어냈다. 노골적인 섹스 묘사와 등장인물
들의 '저속한 말' 때문에 금서로 지정되었다가 1960년대에 이르러서야 해금되었다. 이 책은 청교도
적 관습에 얽매어 있던 사람들의 가슴속에 큰 파장을 불러일으켰다.

정직하고 윤리적인 미국인들은 약 20~30년 동안 두 편의 '회귀선' 작
품, 즉 《북회귀선》과 《남회귀선(Tropic of Capricorn)》(1934)을 사회의 근간을
뒤흔드는 홍수이자 맹수로 여겼다. 이 책들은 영어로 쓰였지만 프랑스에
서만 출간되었다. 작가 헨리 밀러가 미국인이었지만 1960년대 이전까지
미국 정부는 자국 내에서 이 두 편의 소설 출간을 금지했으며 프랑스판
도 '순결한 아메리카' 영토 안으로 한 발짝도 들여놓지 못하도록 했다. 우
편선박에 실어 미국으로 발송한 책은 그다음 배편으로 전부 프랑스로 돌
려보냈다. 헨리 밀러는 사탄의 사주를 받은 악마로 여겨졌다. 그가 영국
을 방문하자 영국 정부는 '환영받지 못하는 불청객'이라고 선언했으며,
그가 쓴 작품뿐만 아니라 그를 소재로 해 다른 사람이 쓴 작품까지도 영

국과 미국 검열기관의 심의를 통과할 수 없었다. 그때까지 현대 작가들 가운데 이렇게 엄격한 '대우'를 받는 경우는 로렌스가 유일했다.

하지만 헨리 밀러는 전후 실의에 빠진 서양인들이 애타게 갈구하던 그런 작가였다.

작가는 눈에 보이지 않는 신처럼 자연주의의 시각에서 세상을 바라보고자 했다. 전후 사회는 작가들이 분연히 일어나주기를 갈망하고 있었다. 이런 모순을 해결할 수 있는 방법 중 하나가 바로 1인칭 서술이었다. 그래야만 작가가 3인칭 서술이라는 방식으로 뒤에 숨지 않고 더 직접적으로 자기 관점을 표명할 수 있기 때문이었다.[20]

밀러의 '자전 소설' 시리즈가 서양 세계를 뒤흔든 것이 바로 이때였다. 밀러는 자신의 관점을 직접적으로 서술했다. 이렇게 도전적이고 절망적이며 거친 방식으로 당시 사람들이 마음속에 꾹꾹 누르고 있던 외침을 토해냈다. 밀러 자신이 바로 그가 좋아하는 주인공이었다. 이 1인칭 인물은 마치 '책 속에 생략되던 모든 것을 기록하는' 듯했다. 그중에는 그가 직접 경험한 것도 있지만 그의 환상이 더 많았다. 인생에 대한 밀러의 사색은 그 전까지 다른 소설에 나타났던 제재의 범주를 완전히 뛰어넘었다. 그는 굉장히 솔직했다. 과거 작품에서는 숨기고 감추었던 섹스에 대한 묘사도 예외가 아니었다.

하지만 그는 《패니 힐》의 작가 존 클릴랜드가 아니었다. 그가 섹스를 통해 깨달은 것은 본원적인 철학이나 반철학에서 나온 의의였다. 그러므로 그의 작품 속에 등장하는 섹스에 대한 묘사는 언제나 그의 사고에 의해 지리멸렬하게 뚝뚝 끊긴다. 그는 또 로렌스도 아니었다. 그에게 섹스는 생명에 대한 송가가 아니라 절망을 표현하는 한 방식이자 거친 발작, 황당한 세상을 도피해 탐닉한 또 다른 황당함이었다.

한번 읽어볼 만한 포르노 소설?

밀러의 '외설소설' 시리즈는 20세기 중반 서양문학에 해방의 바람을 불러일으켰으며 실로 큰 영향을 미쳤다. 그의 작품 중 가장 유명하고도 특별한 소설이 바로 '회귀선' 두 편이다. 이 두 작품은 비평계에서 벌어진 포르노 문학 논쟁의 초점이 되었지만 그와 동시에 밀러 자신이 미국 문화사에 미친 영향도 함께 주목받았다. 수많은 영미 작가들이 밀러의 창작에 동정과 지지를 보냈지만 반대로 불안과 분노를 느끼는 작가들도 있었다. 유명한 시인 에즈라 파운드가 밀러를 응원한 작가 중 한 명이다. 그는 《북회귀선》을 미국의 한 출판업자에게 소개한 사람이기도 한데 이 책을 소개하면서 "한번 읽어볼 만한 포르노 소설"이라고 평했다. 노골적인 섹스 묘사와 등장인물들의 입에서 나오는 '저속한 말' 때문에 밀러의 소설(특히 《북회귀선》)은 1960년대에 해금된 후에도 국회의원이나 도서위원회에서 종종 악담과 독설을 들어야 했다. 밀러는 이렇게 말했다.

《북회귀선》은 내가 죽음의 무덤 안에서 사투를 벌이며 입은 상처를 드러낸 피에 젖은 증거다. 이 작품에서 풍기는 강렬한 섹스의 냄새가 진정한 탄생의 향기다. 그 의의를 알지 못하는 이들에게는 불쾌하고 혐오스러운 악취일 것이다.[21]

《북회귀선》은 미국인들의 방탕하고 공허한 파리 생활을 그린 작품이다. 그들은 때로는 모종의 자극에 흥분하고 때로는 따분한 생활에 염증을 느끼며 정신이 송두리째 붕괴될 위험에 처하곤 한다. "파리는 창녀와 같다. 멀리서 보면 당장이라도 달려가 품에 안고 싶을 만큼 매력적이지만 5분만 지나면 공허해지고 자기혐오에 휩싸이게 된다." "미국인들은 파리의 겨울 추위를 알 수 없다. 그것은 심신이 모두 꽁꽁 얼어붙는 심리적인 추위다." 그런데 가끔씩 죽을 것처럼 고통스러운데도 파리를 떠나지 못한다. 파리의 향락과 사악한 기운이 그들을 놓아주지 않는 것이다. 주인공의 독백에서 이 점이 아주 잘 드러난다.

오늘 나는 기쁨의 저주를 외치며 음울한 꿈에서 깨어났다. 알 수 없는 말이 내 혀를 휘감았다. 나는 기도하듯 계속 중얼거렸다. "멋대로 해. 즐거울 수만 있다면. 네 멋대로 해. 기쁠 수만 있다면." 그러자 수많은 것들이 뇌리로 파고들었다. 즐거운 것, 섬뜩한 것, 광란, 늑대와 양, 거미, 게, 날개를 활짝 펼친 매독, 열렸다 닫히고 또 조용히 기다리는 무덤 같은 자궁의 문……

때때로 그 미국인들은 자신의 고향 이야기를 했다. "우리는 감상에 젖었다. …… 소, 양, 광야의 남자 등등 사내들이 할 수 있는 시시한 이야기를 늘어놓았다. 우리 앞에 도착한 것이 기차가 아니라 흔들리는 배라면 갑판 위로 뛰어올라가 모든 것과 작별할 것이었다." 그들은 고향을 그리워했지만 어느 누구도 미국으로 돌아가려고 하지 않았다. 그리고 이렇게 말한다. "미국의 제일 좋은 점은 그걸 영원히 배경으로 삼을 수 있다는 거야. 지쳤을 때 한 번 쳐다보는 그림엽서처럼 말이지. 그걸 보면서 미국

이 변함없는 온전한 모습으로 언제나 나를 기다리고 있다고 상상하는 거야. …… 미국은 존재하지 않아. 미국이란 우리에게 추상명사일 뿐이야."

미국인들은 계속 파리에서 여인을 좇고 술에 취하고 따분한 나날을 보내며 정신분열에 빠지지 않으려 안간힘을 쓴다.

성에 대한 사회적 금기를 깨뜨리다

이 소설에는 섹스가 불러일으키는 갖가지 환상과 상상이 상당히 많은 비중을 차지한다. '나'는 창녀의 '모진 풍파를 다 겪은' 은밀한 곳을 내려다보며 이런 생각을 한다.

나는 온 세상을 발밑에 둔 것 같았다. 금방이라도 무너질 듯 휘청거리는 세계, 한센병 환자의 광대뼈처럼 다 문드러진 세계. 만약 누군가 이 세상에 대한 그의 생각을 직설적으로 이야기한다면 아마 그는 이 세상에서 발붙일 곳이 단 1제곱미터도 없을 것이다. 사람이 태어나면 세상은 무겁게 짓눌러 그의 척추를 부러뜨린다. 무너진 기둥들이 너무 많고 썩은 인성도 너무 많아 사람의 성장을 가로막는다. 상부에는 거짓말투성이고 하부의 기초에는 흔들리는 거대한 공포가 깔려 있다. 한 세기가 바뀔 때 기아와 절망에 휩싸여 새로운 종족을 창조하고 세상을 뒤집으려는 사람이 정말로 출현한다면 세상에 대한 그의 사랑은 폭력이 될 것이고 그는 재앙을 몰고 오는 사람이 될 것이다. …… 누구든 그의 마음속 모든 것을 직설적으로 이야기하고 그의 진정한 경험과 진리를 기록한다면 이 세계는 붕괴될 것이고 산산이 부서질 것이다. 그 부서진 조각과 원자, 더 이상 쪼개질 수도 없이 쪼개진 입자를 그러모아 다시 조합해줄 신도 없고 우연도 없고 의지도 없게 될 것이다.

본질적으로 말해서 밀러가 주목하는 것은 섹스도 종교도 아니었다. 밀러는 인간의 자아해방에 주목했다. 섹스는 자아해방의 방식이었을 뿐이다. 상당히 오랜 세월 동안《북회귀선》의 노골적인 섹스 묘사 때문에 이 작품의 문학적 가치를 아는 사람들도 공개적으로 찬사를 보내기 힘들었다. 이 소설 속 인물 묘사가 생동감이 넘친다고 말할 수는 있지만 섹스를 묘사한 대목에서는 누구도 망설이지 않을 수 없었다.

《북회귀선》에서는 이런 내용(특히 섹스 묘사)을 조금도 피하지 않았다. 밀러가《북회귀선》원고를 출판업자에게 보냈을 때 출판업자가 느낀 것은 공포와 불안이었다. 출판업자가 생각해낼 수 있는 최선의 구제법은 밀러에게 로렌스에 대한 비평서를 쓰게 해서《북회귀선》과 동시에 출간하는 것이었다. 비평서는 두꺼울 필요도 없었다. 그저 자기가 출간한 소설의 명예를 세울 수 있다면 그것으로 충분했다. 하지만 이 제안을 받은 밀러는 분노했다. 그는 자기 작품이 조금도 수치스럽지 않았기 때문이다.

이 작품을 이해하려면 먼저 너그러운 태도를 가져야 한다. 그래야만 눈에 거슬리는 몇몇 대목을 흘려버리고 작품 자체의 가치를 알아볼 수 있기 때문이다. 이 작품은 생기 넘치는 소설이다. 그 생기는 주인공의 마음속에 있는 모든 것을 직설적으로 표현한 것에서 나온다. 그가 세상의 붕괴를 예언한 것은 모든 것과 함께 무너지지 않기 위함이었다. 이것은 정신적으로 황폐화된 시대에 사람들에게 강심제 주사를 놓는 역할을 했다. 소설의 결말 부분도 낙관적이지 않다. 그저 사람들에게 "해가 지고 있다. 나는 이 강(센 강)이—그것의 과거, 그것의 오래된 흙, 그것의 변화하는 기후가—내 몸속에서 흘러가는 것을 느낀다. 산이 부드럽게 강을 감싸 안는다. 강물의 여정은 정해져 있다"라고 차분히 이야기할 뿐이다.

성을 창과 방패 삼아 성취한 표현의 자유

상대적으로 볼 때 《남회귀선》에는 외설적 묘사가 훨씬 적다. 젊은 시절 작가의 뉴욕 생활과 그의 가정, 처음 지식을 추구했을 때의 일, 유럽으로 이주하게 된 과정이 서술되어 있다.

《남회귀선》의 주인공 밀러는 브루클린의 가난한 재봉사 가정에서 태어나 모정이 부족한 환경에서 자란다. 밀러의 첫사랑은 짝사랑으로 끝이 나고 그때부터 고독함에서 헤어나지 못한다. 나중에 자신보다 나이가 많은 여자와 연애를 하기도 하고 여러 차례 결혼도 하지만 뼛속까지 사무치는 고독감은 떨쳐낼 수가 없다. 밀러는 거의 서른 살이 다 되어서 뉴욕의 한 전신회사에 배달부로 취직한다. 날마다 바쁘게 일하지만 회사 내 풍경은 어지러운 미국 사회의 축소판과 같다. 그는 기계문명으로 부패되고 미쳐버린 광경을 날마다 마주하며 유일하게 문학작품에서만 삶의 즐거움을 찾는다. 밀러가 예술가가 되기로 결심한 후 제일 먼저 한 일은 자신을 철저히 무너뜨리는 것이다. 그는 철저히 무너진 후 정신적으로 부활해 '새로운 인간'의 본보기를 보여주기로 한다. 그것만이 예술가의 이상을 실현하는 방법이라고 생각한다.

바로 그때 한 여자가 나타난다. 마라라는 댄서로 아름다운 외모뿐만 아니라 신비스러운 분위기를 풍기는 여자다. 그러나 얼마 후 그는 마라의 신비로운 베일 속에 허영심 강하고 거짓말을 일삼는 여자가 감추어져 있었음을 깨닫고 그녀와의 관계를 정리한다. 마라를 통해 '섹스와 영혼의 합일'을 깨달은 밀러는 '생명의 리듬'이 자아실현의 기반임을 발견하고 혼자 미래를 향해 걸어가기로 결심한다.

소설 속에서 밀러는 현대문명은 치유될 희망이 없다고 단언하지만 여전히 모험해볼 가능성이 있다고 믿는다. 밀러가 생각하는 모험은 '자아의 깊은 곳을 향한 탐색'이자 진정한 자아와 본성을 발견하기 위한 여정이다. 그는 인성의 세계를 탐색하고 '다다이즘(dadaism)과 '포스트모더니즘'을 표방한 상징적인 언어를 통해 내면 깊숙한 곳에 있는 모든 것을 초현실적 경지로 승화시킨다. '생명의 리듬'에 의지해 새로 태어나기 위해 '현대사회의 타성에 지배받는 오래된 자아'를 완전히 말살한다.

헨리 밀러는 스스로 미국 시인 휘트먼의 영향을 많이 받았다고 밝히며 휘트먼처럼 육체의 아름다움을 찬미하고 싶다고 말했다. 하지만 어떤 비평가는 그의 묘사가 변태성욕과 섹스의 추악함을 보여준다고 평론했다. 그 후 작품에서도 밀러는 '인류의 퇴보'를 대담하게 논하고 '새로운 인간'의 이미지로 인간이 이미 상실한 '삶의 예술'을 추구했다. 섹스 묘사는 여전히 노골적이었지만 설교의 비중이 점점 커져 '회귀선' 시리즈에서 보여주었던 매력은 크게 반감되었다. 서양의 윤리적 인사들은 헨리 밀러의 소설을 줄곧 경계했고 작가 본인도 자신이 금서작가라는 사실에 익숙해졌으며 심지어 그 사실을 즐기기도 했다. 어떤 이는 "헨리 밀러는 문학의 폭파자다. 폭파 효과를 높일 수만 있다면 자기 자신이 산산조각이 난다 해도 개의치 않는다"라고 말했다.[22]

3부작 《장밋빛 십자가(The Rosy Crucifixion)》 중 1부인 《섹서스(Sexus)》

는 노르웨이에서 기소당해 법정에 서야 했다. 1956년 하반기부터 덴마크 어판《섹서스》가 노르웨이 서점가에서 장장 8개월 동안 베스트셀러 자리를 굳건히 지키자 노르웨이 최대 서점이 이 책을 대대적으로 홍보하기 시작했다. 그러자 노르웨이 검찰이 밀러를 향해 칼을 빼들었다. 이듬해 5월 10일 검찰은 이 소설을 외설작품으로 규정하고 몰수했다. 사법기관은 9개 서점에서 보유하고 있던 재고를 몰수하고 그 중 두 명의 서점업자를 기소했다. 1958년 6월 17일 오슬로 시 법정에서 두 서점업자에게 '외설서적을 공급하고 판매하며 진열하고 기타 방식으로 전파했다'는 이유로 유죄를 판결했다. 하지만 피고들이 끝내 불복해 이 사건이 대법원까지 올라가게 되었다. 헨리 밀러를 존경하던 트리그브 히르슈(Trygve Hirsch)가 피고 측 변호를 맡았다. 히르슈는 밀러와 몇 차례 편지를 주고받았는데 1959년 2월 27일 자 편지에서[23] 밀러는 "자유와 민주, 인도주의의 가장 중요한 보루인 독서의 자유를 수호하기 위해 힘을 보태고자 한다"라고 밝혔다.

'회귀선' 시리즈 두 편 모두 파리에서 처음 출간했다. 종전 후 미국 병사가 파리에서 귀국할 때 두 권을 몰래 가지고 들어갔고 그때부터 밀러는 사상이 초토화된 미국 땅에 새로운 복음을 전하는 선교사가 되었다. 비평가들이 밀러의 새로운 복음을 어떻게 평가하든 그의 작품이 동시대 그리고 다음 시대 사람들에게 영향을 미쳤다는 사실은 의심의 여지가 없다. 문학사에서 헨리 밀러는 독특한 작풍과 제재로 자기만의 세계를 개척했고, 1950년대 중반에 나타난 미국의 '비트 제너레이션(beat generation)' 작가들은 밀러가 닦아놓은 기반 위에서 야성의 '포효'를 토해냈다.

워런 부인의 직업

[영국] 조지 버나드 쇼(George Bernard Shaw, 1856~1950), 1894년 작

'직업'으로서 매춘부의 삶

가난 때문에 어쩔 수 없이 몸을 팔 수밖에 없는 여성들과 그를 이용한 매춘업이 성행하고 있는 19세기 말의 병폐적인 사회를 적나라하게 묘사해 관객에게 충격을 던져준 '불쾌한 희곡'이다. 매춘 제도의 사회적 원인을 예리하게 파헤친 것이 문제가 되어 영국은 물론 미국에서도 상연을 허가받지 못하다가 30여 년이 지난 1924년에서야 상연 금지령이 취소된다.

조지 버나드 쇼는 유명한 작가 중 드물게 장수한 인물이다. 1925년 노벨문학상을 수상했을 때 이미 일흔을 넘긴 나이였다. 1892년부터 1950년까지 58년 동안 총 52편의 희곡을 창작해 거의 매년 한 작품씩 발표하는 왕성한 활동을 보여주었다. 쇼는 희곡을 발표할 때마다 크고 작은 화제를 불러일으켰다. 그가 작품을 창작하는 목적이 특정 문제에 대한 민중의 생각을 변화시키는 것이었기 때문이다. 그는 "윤리관에 위배되고 이단을 주장하는 희곡을 창작하지 못하게 한다면 나는 희곡 창작을 그만두고 강의나 서적 집필을 통해 나의 생각을 전파할 것이다"라고 말했다. 쇼의 희곡 가운데 대중에게 가장 큰 영향력을 끼친 작품은 아마 1894년에 발표한 4막짜리 희곡《워런 부인의 직업》일 것이다.

《워런 부인의 직업》은 전형적인 '불쾌한 희곡(Unpleasant Plays)'*이다. 이 작품은 "관객들에게 그들이 무대에서 얻고자 하는 가벼운 즐거움과 감상적인 정서 대신에 불쾌한 사실을 낱낱이 보여준다."[24] 19세기 말까지도 매춘 문제는 체면을 차리는 이들이 공개적으로 논할 수 없는 화제였다. 그런데《워런 부인의 직업》은 관객들에게 이 사회의 병폐를 똑바로 바라볼 것을 요구했다. 쇼는 이 희곡의 서문에서 자신이 들추려는 두 가지 현실에 대해 설명했다. 하나는 가난 때문에 여자들이 생존을 위해 몸을 팔 수밖에 없는 현실이고, 또 하나는 자본주의의 다른 상업과 마찬가지로 매춘업도 자본가들이 이윤을 얻기 위해 구축한 국제적 산업이며 심지어 교회도 매춘 사업으로 수익을 거두고 있다는 현실이었다. 쇼가 들추려는 이런 사실은 당시 관객들에게 몹시 충격적인 것이었다.

희곡을 탈고한 후 런던의 한 극장에서 공연 준비를 시작했다. 그런데 갑자기 영국 정부가 상연을 금지했다. 매춘 제도의 사회적 원인을 예리하게 파헤친 것이 원인이었다. 아무리 정부를 설득해도 소용이 없었다. 그러자 쇼는 희곡을 가지고 미국으로 건너갔다. 대서양 건너 미국에서는 금기가 덜할 것이라고 생각했기 때문이었다. 하지만 예상과 달리 미국에서도 상연을 허가하지 않았다. 심지어 이 연극에 참여한 배우 한 명이 체포당하기까지 했다.《워런 부인의 직업》은 영국에서 30년 동안이나 상연이 금지되었다. 하지만 1924년 이 희곡이 수십 가지 언어로 번역되고 세계 각국에서 공연되자 런던의 검열관도 어쩔 수 없이 상연 금지령을 취소했다. 이때 버나드 쇼는 "비록 30년이 지났지만 이 희곡의 내용은 아직

* 버나드 쇼가 자신의 일부 희곡에 붙인 명칭.《홀아비의 집(Widowers' Houses)》,《바람둥이 (Philanderer)》,《워런 부인의 직업》이 여기에 포함된다.

도 진실이며 30년 전과 마찬가지로 이 사회에 필요한 작품이다"라고 말했다.

비판해야 할 것은 매춘이 아닌 그렇게 만든 현실이다

쇼가《워런 부인의 직업》을 통해 들추어내려고 했던 사실은 극중 인물인 워런 부인과 그녀의 오래된 애인 겸 동업자 크로프츠에게 투영되어 나타난다. 작가는 워런 부인의 등장을 다음과 같이 묘사했다. "40~50대 여인으로 젊었을 때 꽤 예뻤을 듯하다." "옷차림이 매우 세련되었고 제멋대로에 오만하고 속물적이지만 친화력이 좋으며 노련함을 풍기는 부인이다." 크로프츠에 대해서는 "50세가량의 남자로 최신 유행하는 옷차림을 하고 있으며 겉으로 보기에 상류층인 듯하지만 도시의 상인, 운동을 즐기는 남자, 한가롭게 빈들거리는 남자, 이 세 유형 중 가장 비루한 면을 뽑아 섞어놓은 모습이다"라고 묘사했다.

처음에는 워런 부인의 직업과 이력이 드러나지 않는다. 그녀의 딸이자 고등교육을 받은 비비조차 관객들과 마찬가지로 전혀 알지 못한다. 비비는 자신과 어머니의 관계에 대해 이렇게 말한다.

나는 어머니에 대해 아는 게 거의 없어요. 나는 어렸을 적부터 영국에서 자랐어요. 대학 때까지 줄곧 학교 기숙사에서 살거나 아니면 돈 받고 절 돌보아주는 사람과 함께 살았죠. 전 평생 집이 아닌 곳에서 하숙을 한 거예요. 어머니는 브뤼셀이나 빈에 살면서 내가 찾아가는 걸 허락하지 않았어요. 가끔씩 어머니가 며칠 영국에 와 있을 때만 만날 수 있었죠. 하지만 난 원망하지 않아요. 나는 아주 즐겁게 살았어요. 주변 사람들도 친절했고 돈도 늘 풍족했죠.

비비는 어머니와 함께 있는 것을 어색해한다. 워런 부인이 비비에게 무언가를 요구할 때 비비는 어머니가 어떤 신분으로 그런 요구를 하는지 잘 이해하지 못한다. 비비는 어머니에 대해 아는 것이 없고 자신의 아버지가 누구인지도 모른다. 나중에 워런 부인이 자신이 살아온 인생에 대해 이야기하자 어머니에 대한 동정심이 일어 어머니와 화해한다. 워런 부인이 과거를 털어놓은 것은 부득이한 선택이었다. 비비가 어머니의 직업과 수입이 떳떳하지 못하다는 것을 어렴풋이 느끼기 시작했기 때문이다.

워런 부인은 가난한 집안에서 태어났다. 자신의 말에 따르면 비비처럼 고등교육을 받고 싶었지만 그럴 형편이 못 되었다고 한다. 생계를 위해 고된 일을 하며 돈을 벌었고 얼마 후 몸 파는 일을 하기 시작했다. 그러면서 점점 돈을 벌 수만 있다면 무슨 일이든 하려는 타락한 생활을 하게 되었다. 그녀는 "우리의 밑천은 미모와 남자를 즐겁게 해주는 능력이야", "여자가 잘 살 수 있는 유일한 방법은 자기한테 잘해줄 수 있는 남자에게 잘하는 거야"라고 말했다. 워런 부인은 성공한 후 (어머니의 이야기를 다 듣고 난 후에도 비비는 어머니가 어떤 일을 해서 성공했으며 그 후의 직업은 무엇인지 정확히 알지 못한다) 딸이 상류사회로 들어갈 수 있도록 교육에 많은 돈을 쏟아붓는다. 비비는 그런 어머니에게 동정심을 느낀다. 어머니가 사회의 피해자라고 생각하기 때문이다. 하지만 과거에 피해자였던 어머니가 이제는 순결하고 가난한 처녀들을 죄악의 길로 인도하는 가해자가 되어 있다는 사실은 까맣게 모르고 있다.

워런 부인의 '직업'에 대한 비밀을 폭로한 것은 크로프츠다. 크로프츠는 비비에게 눈독을 들이며 자신의 재산과 작위를 미끼로 유혹하려 한다. 심지어 그는 워런 부인 앞에서 "우리 셋이 아주 잘 살 수 있을 거예요. 난 비비보다 먼저 죽을 거고 그러면 그 애는 거액을 상속받은 젊은 과부가 되겠지"라고 뻔뻔하게 말한다. 사실 크로프츠의 재산 역시 더러운 일로 모은 것이다. 그는 비비에게 자신과 워런 부인이 아주 오랫동안 해왔고 지금도 계속하고 있는 사업이 무엇인지 낱낱이 이야기한다. 이에 비비는 어머니가 지금은 더러운 일에서 손을 뗐다고 말하지만 크로프츠는 깜짝 놀라며 "손을 뗐다고? 최악의 해에도 이자를 35퍼센트나 뗄 수 있는 그런 좋은 사업에서 손을 뗐다나?"라고 말한다. 그러면서 그는 비비에게 워런 부인이 유럽 곳곳에서 암암리에 매춘이 이루어지는 호텔을 몇 개나 운영하고 있으며 자신은 그 사업의 중요한 투자자라고 말한다. 그들의 동업이 더러운 매매로 거액을 벌어들이는 사업임을 모두 털어놓은 후에도 크로프츠는 의기양양한 말투로 자신의 인생관을 자랑한다. 비비는 도저히 참지 못하고 그를 비난한다.

크로프츠 : (진지하고 친절한 표정으로) 난 고상한 척하기 싫소. 하지만 난 정의감이 투철하지. 크로프츠가의 혈통에 따라 모든 저속한 것을 본능적으로 증오하오. …… 사실 이 세상은 불만투성이 사람들이 말하는 것처럼 그리 나쁜 곳만은 아니오. 사람들 앞에서 공개적으로 하지만 않는다면 사람들은 절대로 그 속에 숨겨진 비열함을 폭로하지 않지. 남의 비열함을 폭로하는 사람은 곧장 화를 당한다오. 누구나 추측할 수 있는 일보다 더 쉽게 지켜지는 비밀은 없소. 내가 당신에게 소개해줄 수 있는 사회(상류사회를 의미함)에서 남자든 여자든 나나 당신 어머니의 사업에

관해 이러쿵저러쿵 떠들 수 있는 사람은 없소……

비비 : (상대를 자세히 훑어보고는) 내가 당신과 말이 잘 통할 거라고 생각하는군요.

크로프츠 : 음, 나에 대한 당신의 생각이 처음보다 훨씬 좋아졌다고 자랑할 수는 있겠군.

비비 : (조용히) 당신은 여전히 내 눈에 들어오지도 않아요. 당신 같은 사람을 용인해주는 사회와 보호해주는 법률을 생각하면…… 당신과 내 어머니의 손아귀에 있는 어린 여자들 중 십중팔구가 딱하게 살고 있을 것을 생각하면…… 흥, 파렴치한 여자와 그런 여자에게 돈을 대주는 비열한 자본가를……

크로프츠 : (낯빛이 창백해지며) 망할 것!

비비 : 그렇게 욕할 필요 없어요. 나도 내가 그렇다고 생각하고 있으니까.

비비는 몹시 괴로워한다. 어머니의 더러운 직업을 알게 되었을 뿐만 아니라 그렇게 번 돈으로 자신이 풍족하게 살고 훌륭한 교육을 받아왔다는 것을 알게 되었기 때문이다. 그녀는 자신의 삶을 부끄러워하며 어머니와 인연을 끊기로 결심한다. 그녀는 극중 인물인 프레드가 말하는 '예술의 복음'과 프랭크라는 청년의 경박한 유혹도 모두 거절한 채 법률사무소에서 일하며 자기 힘으로 돈을 벌어 살아간다. 하지만 비비의 어머니 워런 부인은 이미 탐욕에서 헤어날 수 없을 만큼 타락해 있다. 극의 결말 부분에서 워런 부인은 이렇게 고백한다.

나는 일을 하고 떠들썩하게 살아야 돼. 안 그러면 답답해서 견딜 수 없을 거야. 그 일 말고 내가 할 일이 뭐가 있나? 그 일은 내게 아주 적합해. 다른 일은 맞지 않아. 그리고 내가 안 한다 해도 어쨌든 누군가는 그 일을 할 거야. 그러니 그 일을 한다고 해서 실제로 해를 끼치는 건 아니야. 또 돈을 벌 수 있어. 나는 돈 버는 게 좋아. 누가 뭐래도 난 그 일을 포기할 수 없어.

워런 부인은 자신이 속해 있는 사회를 속속들이 꿰뚫어 보았다. 이 희곡의 다른 부분에서도 이런 말로 딸을 '일깨워준다'.

너는 세상 사람들이 겉으로 보이는 것처럼 점잖은 줄 알지? 학교에서 옳다고 배운 것이 실제인 줄 알지? 그렇지 않아. 그건 모두 위선이야. 비겁하고 무능한 사람들이 제 처지에 만족하고 함부로 행동하지 못하게 막으려는 거야.

돈이 있으면 날마다 새 옷을 입을 수 있고 매일 밤 극장이나 무도회에 갈 수 있어. 돈이 있으면 유럽의 상류층 신사들을 네 발밑에서 설설 기게 만들 수 있어. 돈이 있으면 좋은 집에서 많은 하인을 거느릴 수도 있고, 먹고 싶은 걸 먹을 수도 있어. 또 돈이 있으면 네가 무얼 좋아하든, 무얼 원하든, 무얼 생각하든 그걸 다 얻을 수 있어.

사회가 이렇기 때문에 워런 부인이 자신의 직업에 대해 당당할 수 있는 것이다. 심지어 스스로를 자선가라고 착각하기도 한다.

솔직히 말해서 나는 한 번도 부끄러워한 적이 없단다. 오히려 아주 자랑스러워. 우리는 모든 일을 훌륭하게 처리했고 아무도 우릴 원망하지 않았어. 그 애들을 정말 잘 보살폈거든. 그 애들 중 몇명은 정말로 잘됐어. 대사와 결혼해 대사 부인이 된 애도 있지.

쇼는 희곡의 기능에 대해 '사상의 공장, 양심적인 제안자, 사회 윤리의 설명자, 절망과 침울함을 쫓아낼 무기, 인간의 발전을 찬양하는 신전'이라고 말했다. 그리고 그는 자신의 작품이 이런 기능을 수행하도록 하기 위해 모든 노력을 다 바쳤다. 《워런 부인의 직업》은 추악한 현실을 세상 사람들 앞에 생생하게 보여주고 사람들에게 사회의 현실을 개혁하라고 선동했다는 점에서 큰 의의가 있다. 사회제도를 고수하려는 이들이 쇼의 작품에 위협을 느끼고 상연하지 못하도록 최대한 금지했던 것도 바로 그 때문이다.

파멜라

[영국] 새뮤얼 리처드슨(Samuel Richardson, 1689~1761), 1740년 작

성적 유린에 맞서 신분상승까지 이뤄낸 하녀의 성공담

최초의 서간체 소설이다. 파멜라가 자신의 심정을 써내려간 편지라는 형식은 독자들로 하여금 더
쉽게 그녀에게 감정 이입을 할 수 있게 했다. 주인공이 자신의 정조를 이용해 신분 상승을 꾀했다는
비난과 함께 외설적이라는 이유로 금서가 되었다. 그러나 성적 유린에 맞서 자신의 인간된 권리를
지키려 한 파멜라의 이야기는 당시 많은 여성 독자들로부터 큰 호응을 얻었다.

새뮤얼 리처드슨이 《파멜라》(부제는 '미덕의 보상(Virtue Rewarded)'
이다)를 집필하는 동안 시종일관 도움을 주고 관심을 아끼지 않은 두 여
인이 있었다. 바로 아내와 그들 부부와 함께 사는 아름다운 여인이었다.

이미 오십을 넘긴 나이에 출판업자 리처드슨은 갑자기 소설을 쓰겠
다고 나섰다. 그때부터 두 여인 한 가지 습관이 생겼다. 매일 밤 리처드슨
의 작은 작업실에 가서 "파멜라와 B의 이야기를 더 해주세요. 이야기를
더 듣고 싶어요"라고 애원하는 것이었다.

두 여자의 재촉 덕에 소설 집필은 빠르게 진행되었다. 리처드슨은
1739년 11월 10일에 이 소설을 쓰기 시작한 지 꼭 2개월 만인 1740년 1월
10일에 두 권짜리 소설 《파멜라》를 탄생시켰다.[25] 몇 년 후 그는 두 번째

소설인《클라리사 할로(Clarissa Harlowe)》(부제는 '한 젊은 여자의 이야기 (the History of a Young Lady)'이다)를 발표했다.《클라리사 할로》는 총 7권으로, 인내심 충만한 연구가라야 읽을 만한 책이다. 요즘 독자들은 이 방대한 작품을 보면 지레 겁을 먹고 도망칠지도 모른다.

《파멜라》를 출간할 당시에는 영국 소설가 대니얼 디포(Daniel Defoe)가 만든 형식에 따라 표제에 소설의 내용과 목적, 의의를 명시해야 했는데《파멜라》의 표제에는 이런 글이 쓰여 있다. "《파멜라》는 한 아름다운 소녀가 부모와 주고받은 편지로 이루어져 있다. 젊은 남녀에게 미덕과 종교의 원칙성을 길러주기 위해 지금 여기에 발표한다."

이 짧은 글은 두 가지 사실을 알려준다. 첫째, 이 소설은 서간체 소설이라는 점이다. 이전에는 누구도 시도하지 않은 신선한 형식이었다. 둘째, 책 내용이 도덕규범에 위배되지 않으며 오히려 도덕심을 길러준다는 점이다. 이것은 당시 거의 모든 소설이 내세우는 집필 동기였으므로 리처드슨과 동시대 사람들에게는 매우 익숙한 말이었다. 굳이 이런 말을 넣은 것은 시대배경 때문이었다. 당시는 소설이 그리 높은 대접을 받지 못하던 시대였다. 도덕적으로 고상하다고 자부하는 사람들은 소설을 아예 읽지도 않았으니 직접 소설을 쓰는 것은 말할 것도 없었다. 소설 집필은 속된 문인 또는 밥벌이로 글을 쓰는 사람이나 하는 일이었다. 이에 따라 그들은 허구의 이야기를 쓰면서 겉으로는 자신의 글이 대단히 고상하고 도덕적 의의가 있는 것처럼 선전했으며, 반인륜적인 악행이나 탕부의 음란한 이야기라도 결말에서는 도덕을 권하고 교훈을 주는 내용으로 마무리했다.

하지만 리처드슨이 표제에 실은 이 말은 외설적 내용을 덮기 위한 위장막이 아니라 그의 진심이자 사실이었다. 나중에 리처드슨은 친구에게 보내는 편지에서《파멜라》를 집필하게 된 동기를 회고했다. 당시 그는 다른 책을 쓰고 있었는데 문득 오래전 누군가에게 들었던 이야기가 떠올랐다. 젊고 아름다운 하녀가 자신을 겁탈하려는 주인에게 저항했고 결국에는 그녀의 미덕이 사악함과 싸워 이겨 주인이 그녀를 정식으로 아내로 맞이했다는 이야기였다. 리처드슨은 편지에서 "나는 이것을 유창하고 자연스러운 필치로 써내는 것이 이야기 자체의 진실성에 어울릴 뿐 아니라 문학의 새로운 형식을 만들어낼 수 있을 것이라고 생각했다"라고 밝혔다. 리처드슨은 또 이 새로운 형식을 통해 "젊은이들이 과장된 수사와 실속 없이 겉만 화려한 낭만적인 글에서 벗어나 완전히 새로운 글을 읽게 될 것이며, 소설에서 일반적으로 드러나는 기이한 요소를 떨쳐내고 종교와 도덕에 대한 신념을 기를 수 있을 것"이라고 했다. 사람의 마음을 쉽게 감동시킬 수 있는 형식을 빌려 잘못된 길에서 헤매고 있는 이들을 도덕적으로 인도하겠다는 것이 리처드슨의 창작 동기였다.

하녀 파멜라가 주인의 악행에 맞서다

아름다운 소녀 파멜라는 집안 사정이 어려워지면서 열다섯의 나이에 부잣집 하녀로 들어간다. 지혜로운 파멜라는 곧 여주인의 사랑을 독차지한다. 여주인은 파멜라에게 글과 셈은 물론 피아노까지 가르친다. 여주인 덕분에 파멜라는 편지에 셰익스피어의《햄릿》을 인용할 수 있을 정도로 교양을 쌓게 된다. 파멜라 자신도 "내 신분을 넘어서는 교양을 갖추게 되었다"라고 말한다.

소설은 파멜라의 여주인이 세상을 떠난 시점에서 본격적으로 시작된다. 여주인이 사망한 후 그녀의 아들 B가 새로운 주인이 되었다. 파멜라는 해고당할까 두려워하지만 B는 해고하지 않겠다고 약속한다. 파멜라는 부모에게 짐이 되지 않을 수 있다는 사실에 기뻐하지만 그녀의 부모는 B의 의도를 의심하며 딸에게 조심하라고 당부한다. 얼마 후 B의 진심이 밝혀진다. B가 그녀를 해고하지 않은 것은 부모가 의심했던 대로 아름다운 그녀에게 사심을 품었기 때문이다. 위험을 느낀 파멜라가 고향으로 돌아가겠다고 하자 B는 허락한 후 집에 데려다주겠다며 그녀를 자신의 마차에 태운다. 하지만 마차가 향한 곳은 그녀의 고향이 아닌 전혀 다른 곳이다.

B는 파멜라를 링컨셔에 있는 자신의 영지에 가둔다. 파멜라는 그곳에서 악독한 영지 관리인 죽스 부인에게 관리감독을 받는다. 결국 절망 속에서 자살하려고 하지만 죽스 부인은 그녀의 생각을 이해하지 못하고 "참 이상한 아이구나! 남자와 여자는 원래 서로 이용하는 관계 아니니? 남자가 아름다운 여자를 사랑하는 건 아주 자연스러운 일이야. 그의 사랑을 받아주는 게 네 목숨을 끊는 것보다 끔찍한 일이야"라고 말한다. B가 오자 파멜라는 죽스 부인에게 주인이 자신을 파멸시키지 못하게 막아달라고 하지만 죽스 부인은 경멸하듯 "그게 뭐 그리 대단한 파멸이라고!" 하고 쏘아붙인다. B는 파멜라에게 자신의 정부가 되어달라고 설득하며 거절한다면 강제로 범하겠다고 한다. 그러나 얼마 후 B는 파멜라가 몰래 써놓은 편지를 읽은 후 슬프고 순결한 그녀의 영혼에 감동받는다. 그리고 파멜라를 얻을 수 있는 방법은 결혼밖에 없음을 깨닫는다. 그 사실을 깨달았을 때 그는 그 어느 때보다 더 파멜라를 사랑하고 있었다. 오만함을 떨쳐내는 것이 쉬운 일은 아니었지만 그는 마침내 파멜라에게 청혼한다. 비록 나중에 오해가 생기기는 하지만 결국 두 사람은 결혼에 이른다. 이

소설의 속편인 제3권에서 파멜라는 지혜와 노력으로 편견을 극복하고 상류사회의 일원으로 인정받는다.

여성 독자의 롤모델이 되다

새로운 형식의 이 소설을 가장 먼저 알아본 것은 평론가가 아니라 독자들이었다. 잡지 〈젠틀맨스 매거진(The Gentleman's Magazine)〉 1740년 12월 호에는 《파멜라》에 대한 언급이 단 한 줄도 없었다. 그런데 바로 한 달 뒤인 1741년 1월 호에 《파멜라》에 대한 평론이 다음과 같이 실렸다. "이 소설을 읽어보지 않았다는 것은 호기심이 결여되었다는 큰 증거이다. 마치 프랑스와 이탈리아의 무용 공연을 한 번도 보지 않은 것과 같다."

《파멜라》는 출간된 첫해에 5쇄까지 인쇄하며 베스트셀러가 되었다. 이 소설이 성공하자 수많은 속편과 아류작이 출현했다. 심지어 소설가 헨리 필딩(Henry Fielding)은 《파멜라》를 교묘하게 비꼰 소설 《샤멜라 앤드 루스 부인을 위한 변명(An Apology for the Life of Mrs. Shamela Andrews)》을 발표했다. 이 작품에서 필딩은 리처드슨의 작품을 노골적으로 희화화했다. 샤멜라는 자신의 어머니에게 보내는 편지에서 "나의 미모로 재산을 얻고 싶어요. 나의 정조(원문에서 작가는 샤멜라가 정조가 무엇인지 모르고 있음을 나타내기 위해 이 단어의 철자를 일부러 틀리게 적는다)로 큰 재산을 얻어내겠어요"라고 말한다. 리처드슨은 이런 속편과 아류작이 자기 작품을 폄훼하는 것을 참지 못하고 직접 《파멜라》의 그 후 이야기를 쓰기도 했다. 그러나 결과적으로 속편 집필은 불필요한 일이었다.

《파멜라》가 성공한 가장 큰 이유는 리처드슨이 창안한 서술기법에 있었다. 서간체 소설은 주인공의 감정을 직접적으로 보여줄 수 있다는 장점이 있다. 이 소설은 "제가 큰 슬픔에 잠겨 있어요"라는 말로 시작하는데, 이는 긴장된 감정을 그대로 드러내 보인다. 파멜라의 편지가 결정적인 대목에서 중단되어 읽는 이들을 가슴 졸이게 만들기도 한다. 열다섯 번째 편지는 다음 날 B와 만나기로 한 파멜라가 "오, 그 끔찍한 내일이 얼마나 두려운지 몰라요!"라고 말하는 것으로 끝난다. 그러고는 초조한 마음을 그다음 편지에서 뒤이어 이야기한다. "그와 약속한 시간이 오기까지 제가 얼마나 가슴을 졸였는지 모르실 거예요. …… 가끔은 용기가 생겼다가도 금세 사라진답니다." 그녀는 자기 자신을 격려하는 말도 한다. "오, 파멜라, 너는 왜 그렇게 어리석고 겁이 많은 거니? 너는 아무런 상처도 받지 않았잖아!" 또 자신의 모순된 심리를 고스란히 드러내기도 한다. "이렇게 저 스스로를 격려해보기도 했지만 제 가련한 마음은 무겁게 내려앉았어요. …… 저는 두려웠지만 또 그 순간이 빨리 오기를 기다리기도 했어요."

《파멜라》가 성공한 또 한 가지 원인은 여성 독자들의 마음을 사로잡았다는 점이다. 당시 소설의 독자들은 대부분 여자였다. 파멜라가 마침내 행복한 결혼을 하게 됨으로써 세상 모든 하녀들의 환호를 받았다. 하지만 《파멜라》의 영향력이 하녀들에게만 국한된 것은 아니었다. 여성 독자들은 드디어 소설 속에서 믿을 수 있는 여성 캐릭터를 찾아냈다. 리처드슨이 가정에서 일어나는 사소한 일을 상세하고 풍부하게 묘사한 것은 여성 독자들의 기호를 인식한 전략이었다.

파멜라는 여성들의 본보기인가, 교활한 위선자인가?

리처드슨의 《파멜라》는 윤리에 위배되는 책도 아니고 런던의 유명한 선교사가 선교 활동을 하면서 이 책을 추천하기도 했지만, 몇몇 윤리 옹호 자에게 비난을 받았다. 어떤 이는 작가에게 편지를 보내 "여자들이 파멜라의 편지를 읽으며 얼굴이 화끈거렸다고 불평한다"고 비난했고, 또 어떤 이는 이 소설이 사회적으로 나쁜 영향을 미칠 수 있다고 주장했다. 젊은 신사가 하녀와 결혼하는 줄거리 때문에 하녀들이 자기 주인과의 결혼을 열망하게 되었다는 것이다. 당시 여성 독자들도 파멜라 옹호파와 비난파로 나뉘어 파멜라가 과연 여성들의 본보기인가, 아니면 남자를 유혹하는 기술이 대단한, 위선적이고 교활한 여자인가를 놓고 논쟁했다고 한다.[26] 하지만 이런 논쟁도 《파멜라》의 성공에는 아무런 걸림돌이 되지 못했다. 이 소설은 각국의 언어로 번역되어 유럽 전역으로 퍼져나갔다. 《파멜라》의 프랑스어판은 프랑스의 유명한 소설가 아베 프레보(Abbe Prevost)가 번역했다.

1744년 로마 천주교회가 《파멜라》를 비판하며 천주교도들이 이 책을 읽지 못하도록 금지하고, 1755년에는 로마교황청이 이 책을 《금서목록》에 포함시켰다. 이로써 리처드슨은 유럽 문단에서 큰 성공을 거두었다. 18세기에 몇 안 되는 영국의 금서 작가 중 한 명이 되었으니 말이다. 한편으로 이는 로마교황청이 금서 여부를 판단하는 데 뚜렷한 근거나 기준이 없음을 반증하는 것이기도 하다. 어떤 책(또는 소설)이 대중에게 큰 인기를 얻으면 아무리 윤리에 부합하는 내용이라 할지라도 로마교황청이 일단 의심스러운 시선으로 바라보았던 것이다.

리처드슨은 천주교회의 비난과 금서 지정을 전혀 몰랐던 것 같다. 만일 알았다면 분명히 크게 절망했을 것이다. 그것은 리처드슨이《파멜라》에 부여한 윤리적 의의에 대한 부정이기 때문이다. 게다가 리처드슨은 천주교회에 아무런 악감정이 없고 작품 속에서 천주교에 대해 언급할 때도 언제나 너그러운 태도를 보였다. 금서로 지정된 것은 주로《파멜라》의 프랑스어 번역본이었다. 로마교황청은 영국의 상황에는 관심이 없었으며 프랑스어 번역본이 천주교도들에게 심각한 해를 끼친다고 판단했다. 이 말은 프랑스어판의 번역자인 아베 프레보의 위험성이 원저자인 리처드슨보다 더 크다는 뜻일 것이다.《파멜라》는 1948년 마지막 판본이 인쇄될 때까지 두 세기 가까운 세월 동안 로마교황청의《금서목록》에 갇혀 있었다.

1772년《파멜라》가 문고판으로 미국에서 출판되었을 때 한 목사가 이 소설이 악독한 방식으로 쓰였다며 젊은이들에게 읽지 말라고 경고했다. 19세기 중반 청교도 성향의 미국 윤리옹호자들에게도《파멜라》는 절대로 읽어서는 안 되는 책이었다. 이 소설은 번번이 금지 도서 또는 그 누구에게도 추천해줄 수 없는 책으로 낙인찍혔다. 가끔은 미국 공공 도서관 서가에 꽂혀 있기도 했지만 성인만 읽을 수 있었다. 이런 '청소년 접근 불가' 조치는 20세기까지 계속되었다. 20세기 초에도 여전히 일부 공공 도서관 사서들은《파멜라》의 여주인공이 지독하게 위선적이라고 비판했다. 그들은 파멜라가 자신의 정조에 '더 높은 가격(결혼)'을 매겼으므로《주홍글씨》의 헤스터 프린보다 더 비윤리적이라고 보았다.[27]

패니 힐

[영국] 존 클릴랜드(John Cleland, 1709~1789), 1749년 작

에로티시즘 문학의 고전이 된 한 매춘부의 회고록

클릴랜드의 단 하나의 역작이지만, 극심한 가난에 시달리던 그는 출판업자 그리피스에게 이 원고를 고작 20기니에 팔아버렸다. 순진한 시골처녀 패니 힐이 매춘부 생활을 하게 되면서 겪은 일들을 편지 형식으로 담아낸 이 소설은 출간 직후 날개 돋친 듯 팔려나가 그리피스에게 엄청난 부를 안겨 주었다. 20세기 전반까지도 여러 나라에서 금서로 지정되었다가 1960년대에 이르러서야 해금 조치되었다.

《패니 힐》(또는 '한 매춘부의 회상(Memoirs of a Woman of Pleasure)')이 꼬박 두 세기 동안 오명을 쓰지 않았더라면, 우리는 18세기 중엽 영국에 존 클릴랜드라는 소설가가 있었다는 사실조차 몰랐을 수도 있다.

《패니 힐》은 포르노 소설의 고전으로 불린다. 섹스를 소재로 작품을 쓴 영미권 소설가 ─로렌스든 헨리 밀러든 ─중에 《패니 힐》의 영향을 받지 않은 이가 없다고 해도 과언이 아니다. 물론 그 영향력은 단순히 성적 묘사에 대한 모방에 그치지 않았다. 더 중요한 것은 《패니 힐》이 문학계에 새로운 지평을 개척했다는 사실이다. 덕분에 후대 소설가들은 원하기만 하면 그 땅을 빌려 자기만의 정원을 만들 수 있었다.

스코틀랜드 혈통의 존 클릴랜드는 1709년에 태어났다. 공무원인 아

버지 윌리엄 클릴랜드는 유명한 시인 알렉산더 포프(Alexander Pope)와 막역한 사이였다. 포프는 자신이 번역한《호메로스》를 직접 윌리엄에게 선물하면서 표지에 "우정이 깊은 친구로부터"라고 서명했다. 존 클릴랜드는 이것을 대단한 영광으로 여겼다고 한다.

1722년 존 클릴랜드는 유명한 웨스트민스터학교에 입학했다. 그는 젊은 시절 터키에서 근무한 적도 있지만 1736년 이후 인도 뭄바이의 영국동인도회사에서 근무했다. 그러나 그의 인도 행은 불명예스러운 결말을 맞이하게 된다. 해고된 것이었다. 제법 큰 잘못을 저질렀는지 곧장 영국으로 귀국하지 않고 한참 동안 외국을 떠돌다가 영국으로 돌아간 후에는 감옥에 수감되었다.

고작 20기니에 팔아버린 에로틱 소설의 고전

1747년 후반 또는 1748년에 존 클릴랜드는 출판업자 랄프 그리피스(Ralph Griffith)에게 원고 하나를 팔았다.《한 매춘부의 회상》이라는 소설이었다. 당시 이 원고의 가격이 20기니였다. 그리피스는 사교계에서 학식과 교양을 갖춘 인물로 정평이 나 있었지만 약삭빠르고 인색한 장사꾼의 면모도 있었다. 극심한 가난으로 고통받고 있던 클릴랜드는 원고를 파는 것 외에 다른 선택의 여지가 없었다.

이 소설의 최초 판본은 1748년 후반에 광고가 게재되었고, 1749년에 출간되었다. 표제를 보면 발행인이 G. 펜톤(Fenton)으로 되어 있는데, 실제 발행인은 그리피스였으며 펜톤은 그리피스가 방패막으로 세운 허구의 인물이었다. 그리피스는 1년 뒤에야 본명으로 이 소설의 삭제판을 출간했고 자신이 창간한 잡지 〈먼슬리 리뷰(The Monthly Review)〉에 삭제판 소설의 출간을 예고하는 찬사를 실었다. 이 글을 쓴 사람은 자신의 이름을 밝히지 않았는데, 그는 "이 책이 이처럼 논란의 중심에 선 것을 이해할 수 없으며 이 책을 탄압하기 위한 최근의 조치들에 대해서는 설명할 방법이 없다"[28]라고 했다. 그 뒤에 일어난 일은 그리피스의 이 같은 전략이 주효했음을 보여준다. 군이 사람을 고용해 서평을 쓰고 홍보할 필요도 없이 클릴랜드의 이 소설은 출간 직후부터 날개 돋친 듯 팔려나갔다.

이 책은 출간 후 두 세기가 넘는 세월 동안 거의 대부분 '금서'라는 꼬리표를 달고 비밀리에 유통되었다. 그러나 언제나 쏠쏠한 수익을 창출해 냈다. 단돈 20기니에 산 원고로 그리피스가 벌어들인 돈은 무려 1만 파운드나 되었다. 〈먼슬리 리뷰〉로 번 돈까지 합치면 액수는 더 늘어난다. 그리피스는 마차 두 대를 소유하고 사치스러운 모임을 열어 사람들을 초대했으며 교외에 호화로운 별장까지 지었다. 아내가 세상을 떠나자 재혼을 했는데 죽은 그의 아내가 그의 숨은 조력자였다. 그리피스가 입수한 원고는 모두 그의 아내가 읽고 의견을 내놓았다고 한다. 그녀가《한 매춘부의 회상》도 읽었는지는 확실치 않지만 혜안을 가진 그녀라면 그 원고에서 돈 냄새를 맡았을 것이다. 1757년에는 한 출판업자가 이 소설에 마음대로 내용을 덧붙인 판본을 발행했다가 처벌받았는데 당시에는 저작권법이라는 것이 없었기 때문에 그 출판업자에게 적용된 죄목은 '외설 서적 출판'이었다. 하지만 그리피스는 태연했고 법원도 아무런 문제를 제기하지 않았다.

이와 대조적으로 클릴랜드의 상황은 계속 비참하기만 했다. 원고료로 받은 20기니는 얼마 못 가서 바닥났고, 런던 대주교가 그의 위반 행위를 정식 사건으로 등록하는 바람에 추밀원에서 그를 소환했다. 다행히 추밀원은 처벌을 내리지 않았다. 추밀원 회의에 출석한 그랜빌 백작이 그를 두둔해준 덕분이었다. 그랜빌 백작이 클릴랜드의 딱한 사정을 동정했을 수도 있고 그의 재능이 정치나 언론 등 다른 분야에 쓸모 있다고 생각했을 수도 있다. 그랜빌 백작은 클릴랜드에게 다시는 범죄를 저지르지 않을 것을 약속받은 후 18세기 방식으로 클릴랜드에게 매년 100파운드씩 후원금을 주었다. 훗날 클릴랜드는 정말로 다른 분야로 전향하기로 결심한 후 언어학을 연구해 논문 몇 편을 발표했다. 그 외에도 소설을 몇 편 더 쓰고 비극과 희극을 창작했으며 잡지의 칼럼니스트로 활동하기도 했다. 하지만 그의 작품 중 후대에 길이 남을 작품은《한 매춘부의 회상》뿐이었다.

《한 매춘부의 회상》은 암시장에서 유통되면서 소설 속 여주인공의 이름인 '패니 힐'로 제목이 바뀌었다. 성적 묘사가 노골적인 여느 소설과 마찬가지로《패니 힐》은 여러 가지 판본으로 끊임없이 수정, 첨가, 삭제가 이루어졌다. 1963년 미국 출판사 지 피 퍼트넘스 선스(G. P. Putnam's Sons)는 이 소설의 발행을 허가받은 후 대영박물관과 국회도서관, 뉴욕 공공 도서관, 몇몇 개인 도서관에 소장되어 있는 책을 모두 비교해 원래 원고를 복원해냈다.

편지에 빼곡히 적힌 매춘부의 은밀한 사생활

젊고 아름다운 여주인공의 이름은 프랜시스 힐이다. 패니는 그녀의 애칭이다. 소설은 패니 힐이 쓴 장문의 편지 두 통으로 이루어져 있다. 그녀는 편지에서 자신의 비윤리적 경험을 상세하게 고백한다.

그녀는 영국 서북부 랭커서 카운티의 리버풀 부근에 있는 한 작은 마을에서 태어났다. 집안이 가난해 변변한 교육은 받지 못했지만 신앙심이 강하고 순수한 여자였다. 열다섯 살이 되던 해에 부모가 차례로 병사하고 고아가 되자 에스터 데이비스라는 여자가 그녀를 돌보게 된다. 에스터는 그녀에게 런던에 가서 세상 구경도 하고 행복도 찾아보라고 부추긴다. 런던 생활에 대한 환상을 품고 있던 시골 처녀 패니 힐은 에스터를 따라 런던으로 간다.

런던에 도착한 패니 힐은 한 여자의 집에서 지내게 된다. 그런데 사실은 그 여자가 패니 힐을 노리갯감으로 선택한 것이었다. 패니 힐은 그 집에서 남녀가 한데 엉켜 뒹구는 음란한 장면을 목격한 후 성에 눈을 뜬다. 게다가 그녀는 아름다운 얼굴과 보기만 해도 넋이 나갈 만큼 멋진 몸매의 소유자였다. 그녀를 노리갯감으로 삼은 여자는 "아! 어쩌면 이렇게 예쁘니! …… 너를 처음으로 차지하는 남자는 대단한 행운아일 거야"라며 감탄한다. 그 뒤에는 패니 힐이 런던의 매춘부로서 겪은 경험담이 주를 이룬다. 찰스와의 만남은 낭만적인 연애라고 할 만하지만, H는 그녀와 침대에서 뒹굴며 희열을 느끼는 것도 모자라 그녀가 집에 없는 틈을 타그녀의 몸종까지 겁탈한다.

소설의 결말에서는 패니가 진심으로 사랑하는 유일한 남자 찰스가 그녀에게 돌아온다. 그녀에게 새로운 삶이 시작됨을 의미하는 이 결말은 소설에 윤리적 요소를 첨가하는 역할을 한다. 저자 클릴랜드는 "제가 죄악에 가장 진한 색을 입히고 아름답게 장식한다면, 그것은 미덕을 위해 더 가치 있고 성대한 제사를 지내기 위함입니다"라는 말을 남겼는데, 이

것이 그의 진심이든 아니든 당시에 성적 내용을 다룬 소설에는 빠질 수 없는 자기변호였다.

이 소설에서 가장 인상 깊은 것은 아마 남녀의 섹스를 묘사한 대목일 것이다. 존 클릴랜드도 묘사 방식과 표현을 어떻게 바꾸어도 거의 비슷한 장면과 단어의 중복을 피할 수 없음을 인정했다. 하지만 성적 쾌락을 느끼며 내지르는 신음 섞인 말이 너무 자주 반복되면 원래 작품이 지니고 있던 광택과 마땅히 지녀야 하는 정신을 잃게 된다. 클릴랜드는 천편일률적인 장면과 표현방식이 독자들의 흥미를 떨어뜨리고 싫증을 불러일으킬 것이라고 생각해 그것을 피하려고 노력했다.[29]

시대의 흐름을 타고 예술로서의 가치를 인정받다

《패니 힐》이 세상에 나오자 미국과 유럽 각국에서 금서로 지정했다. 1821년 미국 매사추세츠 주 법원이 이 책의 출판업자에게 유죄를 선고했는데 미국 최초의 포르노 서적 재판이었다. 출판업자 피터 홈스(Peter Holmes)는 주 고등법원에 제출한 항소장에서 법관이 소설을 읽어보지도 않고 배심원들도 원고 측 주장만 들었다고 했다. 하지만 법관은 출판업자가 미국인들을 방탕하고 타락하게 해 마음속에 절제할 수 없는 욕망이 솟구치게 만들려는 불순한 의도를 가지고 이 책을 출판했다고 판정했다. 법관은 본인 스스로도 이 책 읽기를 거부했을 뿐만 아니라 이 책을 읽게 해달라는 배심원단의 요청도 거부했다. 게다가 법관이 이 책의 단 한 단락도 재판 기록에 남기지 않겠다고 버티는 바람에 홈스는 항소심에서도 패하고 말았다.

　20세기 전반까지도 이 소설을 여러 나라에서 금서로 지정했으며 영국과 일본 등에서는 모조리 불태웠다. 1960년대 초 미국에서 이 소설에 대한 금지령을 해제했는데 책을 출판하자마자 윤리단체로부터 엄청난 비난의 화살이 쏟아졌다. 이 책의 처리 문제를 놓고 뉴욕 주 고등법원과 뉴저지 주, 매사추세츠 주 고등법원 사이에 이견이 발생해 최종적으로 이 사건이 미국 대법원까지 올라갔다. 미국 대법원은 배타성 원칙에 의거해 이 사건을 처리했다. 《패니 힐》이 문학작품이 반드시 지켜야 하는 기준에 부합하지 않아야만 금서로 판결할 수 있다고 결론을 내린 것이다. 이는 변호 측에 매우 유리한 판결이었다.

　법정에서 변호 측은 문학 전문가들을 증인으로 신청해 이 소설이 문학적 가치가 높고 어떤 의미에서는 역사적 특징을 지니고 있다며 해금을 요청하는 이유에 대해 설명했다. 또 이 소설에서 섹스를 묘사한 부분은 선정성을 높이려는 목적이 아니라 책 전체 내용을 이끌어 가기 위해 삽입한 것이라고 주장했다. 또 이 소설은 훌륭한 소설이 갖추어야 하는 세 가지 특징을 모두 충족시킨다고 설명했다. 첫째, 주제를 우아하고 훌륭하게 드러냈고, 둘째, 서술의 기교가 풍부하고 매력적이며, 셋째, 인물 묘사가 생동적이라는 것이다. 한마디로 《패니 힐》이 해금되어야 하는 이유는 예술 작품이기 때문이라는 것이었다. 미국 대법원은 1966년 3월 마침내 《패니 힐》의 공개적인 출판을 허용했다.

　변호 측이 재판에서 가볍게 승소할 수 있었던 것은 1960년대 미국 사회의 분위기와 무관하지 않다. 1960년대 초 미국에 '금지' 바람이 거세게 불었지만 그 바람은 오래가지 못했다. 모든 일이 그렇듯 심해지면 반작용이 생겨나는 법이다. 여기에 당시 싹트고 있던 성 개방 풍조까지 가세하면서 미국에서 포르노 문학에 대한 대대적인 해금이 이루어졌다.《패니 힐》외에도 해리 월터(Harry Ed. Walter)의《나의 비밀생활(My Secret Life)》, 프랭크 해리스(Frank Harris)의《나의 생애와 애인들(My Life and Loves)》과 《카마수트라(KamaSutra)》, 헨리 밀러의《북회귀선》과《남회귀선》등이 속속 해금되었다. 그 후 미국에서는 포르노 문학 작품에 대한 대대적인 금서 조치가 재연되지 않았다. 한편 영국에서는 1960년《채털리 부인의 연인》이 해금되었지만 그로부터 3년이 지난 후에도 경찰 당국은 무삭제판 《패니 힐》의 유통을 단속했다.

《패니 힐》은 18세기의 포르노 소설이다. 시대가 변하고 독자들의 성향도 바뀌어 지금 읽어보면 수식만 화려하고 우아할 뿐 외설적이라는 느낌은 그다지 들지 않는다. 성적 묘사가《채털리 부인의 연인》만큼 뜨겁고 감동적이지는 않지만 소설 속 인물들이 욕정에만 탐닉하는 것도 아니다. 특히 패니가 연인과 사랑을 나누는 장면은 문학적으로 매우 훌륭하다. 심지어 이 장면이 로렌스 소설에서 멜러즈와 채털리 부인의 섹스를 묘사한 그 유명한 대목에 선례를 제공했다고 평하는 사람도 있다.[30] 20세기 영미권 작가들도 이 소설에 대단한 애착을 보였다. 1980년에 미국 작가 에리카 종(Erica Jong)은 이미 예스럽게 변한《패니 힐》을 생동감 넘치는 필치로 재현한 소설《패니(Fanny)》를 발표하기도 했다.

사랑의 기술

[고대 로매 푸블리우스 나소 오비디우스(Publius Naso Ovidius, B.C. 43~A.D. 17), B.C. 1년 작

최초의 이성 유혹 매뉴얼

2000년 전, 로마 시인 오비디우스가 남긴 최초의 이성 유혹 매뉴얼. B.C. 8년 아우구스투스 황제가 풍속을 해치는 작품으로 낙인찍었고 이후로도 유럽 각지에서 금서목록에 올라 지금은 극히 일부 필사본만 남아 있다. 그러나 이 책은 로마인들이 연애에서 보여주는 거짓과 속임수, 방탕하고 추한 모습을 풍자하는 데 목적이 있었다.

사랑의 기교에 대한 이 시의 내용을 단 한마디로 표현한다면 '남자가 여자의 사랑을 얻는 법과 여자가 남자를 유혹하는 법'이라고 할 수 있다. 많은 사람들이 이 말에 놀라워하며 호기심을 갖지만 이 시를 끝까지 다 읽고 나면 십중팔구는 길게 탄식하며 이렇게 말할 것이다. "소문으로 듣고 상상했던 것만큼 순수한 포르노 작품은 아니네요."

물론 이 작품에 외설적이라고 할 만한 대목이 있기는 하다. 근대 유럽의 번역본은 그런 부분을 삭제한 채로 출간했다. 오비디우스가 살던 시대는 로마인들의 생활이 향락과 방탕으로 유명했지만 그럼에도《사랑의 기술》은 로마 통치자에 의해 풍속을 해치는 작품으로 낙인찍혔다. 이 책은 서양 문학작품 가운데 가장 유명한 금서 중 하나다. 그렇지만 모든 이에게

유익한 작품이다. 이 책을 읽고 '사랑의 기술'을 배울 수 있기 때문이 아니라 이 책이 지혜로 가득 찬 걸작이기 때문이다. 심지어 후대 사람들은 이 작품을 풍속을 해치는 경박한 내용이라고 비난하면서도 그 시대의 사회상을 가장 충실하고 예술적으로 보여준다는 이중적 평가를 내렸다.

《사랑의 기술》은 총 3권으로 이루어져 있다. 1~2권은 남자를 위한 것으로 여자의 사랑을 얻고 유지하는 방법에 관한 것이고, 3권에는 여자들을 위한 충고와 건의가 담겨 있다. 그런데 여기에 모순이 있다. 세상에서 가장 날카로운 창으로 단단한 방패를 뚫은 다음 방패를 더 단단하게 만들어 창을 막아내도록 했으니 말이다. 사랑을 둘러싼 남녀 간의 공방전을 더욱 흥미진진하게 만들기 위해 오비디우스는 남녀 모두를 훈련시켰다. 그는 연애에 사용하는 수단을 기술이라고 표현하며 오만한 어투로 남자와 여자들에게 이 '기술'을 전수하는 스승을 자처했다. 1권은 "사랑의 기술이 없는 사람도 이 시를 읽으면 그 기술을 배우고 사랑할 수 있게 될 것이다"라는 말로 시작된다. 3권의 마지막 대목에서 오비디우스는 유머러스하게 이렇게 읊조린다.

"예전 남자들(1권과 2권을 지칭)과 마찬가지로 지금 나의 여제자들도 자신들의 전리품 위에 '오비디우스가 나의 스승이다'라고 썼다."

위험하지 않으면 즐겁지도 않다

오비디우스는 책에서 "내가 말하려는 것은 위험하지 않은 쾌락과 허락받은 유혹이다. 나의 시에는 비난받을 점이 하나도 없다"라고 말했다.

그러나 시종일관 경박한 어조로 연애가 마치 심심풀이 놀이인 양 이야기한다. 한 예로 남자들에게 경마장에서 미녀를 유혹할 수 있는 기회를 놓치지 말라고 충고한다.

그녀 옆에 앉으라. 가까이 갈수록 좋다. 좁은 자리에서 그녀에게 몸을 밀착시키면 그녀는 도망갈 곳이 없고 당신은 아주 행복할 것이다. 그리고 그녀에게 말을 걸라. …… 그녀가 어떤 경주마를 좋아하든 그녀의 비위를 맞추라. …… 날아온 먼지가 우연히 그녀의 앞가슴에 떨어지면 손으로 가볍게 털어주고 먼지가 날아오지 않아도 털어주라. 그럴듯한 핑계를 만들어내야 한다. 그녀의 치마가 바닥에 끌리는가? 그렇다면 치마를 들어 치맛단이 더럽혀지지 않게 하라. …… 이런 사소한 행동이 그녀의 나긋나긋한 영혼을 사로잡을 것이다. 다정한 남자는 미녀가 앉을 자리를 조심스럽게 골라주고 그녀를 위해 부채질을 해주거나 발밑에 받침을 놓아주어 미녀를 유혹하는 데 성공한다.

또 오비디우스는 여자들에게 사랑의 불길이 뜨겁게 타오르게 만드는 방법을 전수해준다. 그는 "위험하지 않으면 즐겁지도 않다"라고 충고한다.

연인이 아주 쉽게 문으로 들어올 수 있더라도 일부러 창문으로 기어 들어오게 하라. 그때 얼굴에는 경계심과 두려움이 가득 찬 표정을 지어야 한다. 영리한 하녀를 시켜 허겁지겁 뛰어 들어와 "큰일 났어요!"라고 외치게 하라. 그런 다음 두려움에 벌벌 떨고 있을 당신의 연인을 아무 곳에나 숨겨라.

오비디우스는 '금단의 열매'를 몰래 따 먹는 홍분을 누차 강조했다. 그런데 세심한 독자라면 그 속에서 또 한 가지 홍미로운 점을 발견하게 될 것이다. 바로 작품의 행간에 짙게 깔려 있는 시대에 대한 냉소와 풍자 말이다. 한 영국 평론가는 "오비디우스는 작품의 소재를 굉장히 풍자적으로 다루었다"라고 말했다.

그런데 이 평론가는 《사랑의 기술》이 여자만을 풍자했다고 말했으므로 그의 문학평론 관점은 온전하지 못하다. 정확하게 말하면 오비디우스는 남녀를 막론하고 로마인들이 연애에서 보여주는 거짓과 속임수, 방탕하고 추한 모습을 풍자했다. 그리고 오히려 여자들의 순수함을 편애하고 깊이 동정했다. "여자들은 아모르(사랑의 신, 큐피드)의 불과 화살에 저항할 줄 모른다. 그의 화살은 남자보다 여자의 심장에 더 깊이 박힌다. 남자들은 툭하면 남을 속이지만 연약한 여자들은 대부분 남을 속이지 않는다. 여자에 대해 연구하면 사랑을 배신하는 경우가 거의 없다는 것을 알 수 있다."

오비디우스는 그 시대의 청년 시인에게 반드시 필요한 사교와 향락을 찾아 로마에 갔고, 로마 사교층의 환심을 사기 위해 시를 지었다. 《사랑의 기술》은 오비디우스의 든든한 후원자이자 아우구스투스의 방탕한 딸인 율리아로부터 극찬을 받았다. 그러나 훗날 오비디우스가 율리아와 그녀의 맏딸 율리아로 인해 비운을 맞이한다. 아우구스투스가 기풍을 바로잡기 위해 딸 율리아와 외손녀 율리아를 유배 보낸 것이다. 오비디우스는 방탕하기로 이름난 두 모녀와 연애를 한 데다가 그의 시가 아우구스투스가 표방하는 도덕관에 저촉된 탓에 그 역시 유배를 피할 수 없었다. 오비디우스에게는 음란 행위에 가담하고 음란한 시를 썼다는 죄목이 씌워졌다. 그가 쓴 모든 책의 판매도 중단되었으며 공공도서관에 소장되었던 것까지도 모조리 불태워졌다. 오비디우스는 서기 18년 유배지인 도나우 강 어귀의 작은 마을 토미에서 세상을 떠났다.

그 후《사랑의 기술》은 유럽 각지에서 금서목록에 올랐고 출간과 유통이 엄격하게 금지되었기 때문에 지금은 극히 일부 필사본만 남아 있다. 사람들이 이 책에 대해 뿌리깊은 편견을 가지게 된 것은 이 시의 해학적 요소를 이해하지 못했기 때문이다.《사랑의 기술》은 그 후에도 외설적인 내용이라는 이유로 이교도들과 함께 화형당했다. 이 책은 사람을 유혹하는 '금단의 열매'로서 불법 출판업자에게는 거액을 벌 수 있는 기회가 되기도 했다. 1928년 미국 세관이《사랑의 기술》의 수입을 금지했지만 미국 각지에서 염가본으로 판매되었다. 세관 당국이 유통을 금지한 것은 그저 이 책의 정식 번역본뿐이라고 해도 과언이 아니었다.

나나

[프랑스] 에밀 졸라(Emile Zola, 1840~1902), 1880년 작

상류사회의 죄악 교향곡

프랑스 문학에서 창녀의 생활을 가장 자세히 묘사한 작품이다. 나나는 타고난 육체적 매력으로 파리 사회를 떠들썩하게 만든 여인이다. 상류사회의 사람들을 경멸하고 그 추악함을 꿰뚫어보고 있지만 그녀 역시 그 더럽고 냄새 나는 사회에 기생하는 '황금 파리'다. 졸라는 사회가 만들어낸 욕망의 화신인 나나가 지닌 악덕한 면을 그대로 드러냄으로써 사회를 풍자했다.

《나나》는 로마교황청의 《금서목록》에 아주 오랫동안 이름이 올라 있었고 작가 에밀 졸라 역시 생전에 논란이 많은 인물이었다. 그는 대학 입학 자격시험에 낙방하고 2년 동안 백수 생활을 한 후 1862년 유명한 아셰트 서점에 점원으로 취직했다. 1865년 첫 중편소설 《클로드의 고백(La Conffession de Claude)》을 발표했는데 비평가들로부터 내용이 외설적이라며 비난이 쏟아졌다. 경찰이 졸라를 감시하고 그의 사무실을 수색하는 등 논란이 일자 서점에서 그를 해고했다.

그 후 졸라는 신문기자, 칼럼니스트로 활동하면서 자신이 제창하는 자연주의 작품 창작에 몰두했다. 《테레즈 라캥(Thérèse Raquin)》과 《마들렌 페라(Madeleine Férat)》 등을 잇달아 발표하며 자연주의 문학의 기반

을 다진 후 발자크의 《인간희극(comedie Humaine)》과 같은 대작을 집필하기로 마음먹는다. 그렇게 해서 탄생한 작품이 바로 루공 마카르 총서(Les Rougon-Macquart, 1871~1893)다. 이 작품은 제2제정* 시대를 배경으로 한 가족의 자연사와 사회사를 그린 대작으로 '제2제정 시대 한 가족의 자연적·사회적 역사'라는 부제가 붙었다. 처음에는 총 10권으로 계획했지만 최종적으로 총 20권으로 완성되었으며 장장 23년이 걸렸다. 이 중 가장 유명한 작품은 《나나》, 《목로주점(L'Assommoir)》, 《제르미날(Germinal)》, 《대지(La Terre)》, 《돈(L'Argent)》이다.

보수적 사상을 가지고 있던 당시 사람들 눈에 졸라의 작품은 '외설문학' 그 이상도 이하도 아니었다. 루공 마카르 총서 이후에도 졸라는 《세 도시 이야기(Les Trois Villes)》와 《4복음서(Les Quatre àvangiles)》 두 편의 소설을 발표했다. 그는 드레퓌스 사건이 발생했을 때 드레퓌스(Alfred Dreyfus)에게 유죄 판결을 내린 군부에 의혹을 제기하여 신랄하게 비판하는 논설을 썼다. 이 때문에 비방죄로 징역형을 선고받고 영국으로 도망쳤다가 1902년 9월 28일 파리의 한 아파트에서 가스 중독으로 사망했다.

내게는 모든 것을 말할 권리가 있다

《나나》는 루공 마카르 총서의 아홉 번째 작품이다. 일곱 번째 작품인 《목로주점》은 큰 성공을 거두었지만 여덟 번째 작품 《사랑의 한 페이

---

* 나폴레옹 3세가 통치하던 프랑스의 정치체제(1852~1870).

지(Une Page d'amour)》는 그리 주목받지 못했기 때문에 졸라와 출판업자는 《나나》의 판매에 기대를 걸었다. 졸라 스스로 이 소설을 훌륭한 작품이라고 생각했기 때문이다. 졸라가 《나나》를 구상하기 시작한 것은 1878년 여름이었다. 그해 8월 플로베르에게 보내는 편지에서 이미 《나나》의 대략적인 줄거리를 완성했다고 말했다. 본격적인 집필을 시작하기 전 자신이 묘사하려는 세계에 대한 방대한 자료를 수집하는 것이 졸라의 습관이었다. 자료 수집은 자연주의 소설 창작에 있어서 매우 중요한 과정이었다. "자료를 모두 수집해놓으면 소설의 방향은 저절로 정해지기 때문이었다.

졸라는 귀스타프 플로베르, 공쿠르 형제, 알퐁스 도데 등과 자주 모여 식사하며 대화를 나누곤 했다. 그는 말주변이 없어 대부분 몇 마디 질문만 할 뿐 주로 남의 이야기를 듣고만 있었지만 그들과 나눈 대화에서 상류사회의 생활에 관한 많은 정보를 얻었다. 《나나》 집필에 도움을 주기 위해 공쿠르 형제, 도데 등이 졸라를 사교계의 파티에 데리고 가기도 하고, 앙리 세아르(Henri Céard)는 자신의 노트를 빌려주고 유명한 포주의 집에 그를 데리고 가기도 했다. 또 한 극작가는 그에게 유명 여배우의 분장실을 구경하게 해주었다. 졸라는 세아르에게 편지를 보내 "노트를 빌려주어 진심으로 고맙네. 노트에 적힌 내용들을 모두 소설에 써넣었어. 특히 만찬 부분은 아주 놀랍더군"이라고 말하기도 했다. 《나나》는 마지막 완성을 남겨두고 잡지 〈르 볼테르(Le Voltaire)〉에 연재되었다. 이 소설에는 당시 상류사회의 여러 스캔들이 그대로 묘사되어 있었기 때문에 발표하자마자 파리 사회 전체가 들썩였다. 독자들은 주인공 나나는 물론 여러 등장인물의 실제 모델이 누군지를 놓고 갑론을박했다. 1880년 2월 15일 《나나》 단행본을 출간하자 그날 하루 만에 5만 5000천 부가 팔려나갔고 그 후 열 차례나 재판을 발행했다. 플로베르는 이 소설을 읽고 "에밀 졸라는 천재다!"라며 극찬했고, 프랑스 작가 모파상은《에밀 졸라》라는 책에서 졸라의 호방하고 대담한 문풍에 대해 논하며 이렇게 썼다.

졸라는 적나라한 진실을 좋아하고 때로는 도발적이기도 하다. 그는 독자들이 읽고 분노할 내용을 그려내기를 즐기며 거친 언어를 욱여넣어 독자들이 그 언어를 더 이상 역겨워하지 않고 익숙해지게 만든다.

졸라가 대중에게 바친 작품《나나》는 음탕함과 사악함에 관한 시다. 졸라는 "나는 모든 것을 말할 권리가 있고 사람들이 하는 모든 일을 말할 권리가 있다. 나는 조금도 주저하지 않고 이 권리를 행사할 것이다"라고 여러 번 밝혔다. 바로 그 때문에 문학계에서 졸라만큼이나 적이 많은 사람은 없었다. 그는 자신에게 흉악한 강적이 있다는 것을 자랑스러워했다. 그 적들은 미치광이처럼 각종 무기를 동원해 졸라에게 대항했지만, 그는 멧돼지처럼 매섭게 반격했다. 모파상은 이렇게 썼다.

졸라는 세상의 거대한 희극에 결코 속지 않았고 찬조 출연도 하지 않았다. 대신 그는 큰 소리로 이렇게 외쳤다. "왜 이렇게 거짓말을 하는가? 당신들은 그 누구도 속이지 못한다! 가면 밑에 감추어진 모든 얼굴들이 다 익숙하다. 당신들은 만나면 '나도 다 알아'라고 말하듯 서로 교활한 미소를 짓는다. 당신들은 서로 귓속말을 주고받으며 염문 사건과 개인의 사생활에 대해 이러쿵저러쿵 떠들어대면서도 어느 무뢰한이 상류사회의 공공연한 비밀을 공개하면 어떤 이는 고래고래 소리를 지르고, 어떤 이는 분노한 척하고, 또 어떤 이는 떳떳한 척하고 어떤 이는 억울한 척한

다. 하지만 나는 두렵지 않다. 내가 바로 그 무뢰한이 되고 싶다!" 졸라는
바로 이런 사람이다.

욕망으로 들끓는 상류사회의 타락과 몰락

졸라의 소설을 보면 나나처럼 타락한 여인도 상류사회 사람들을 몹
시 경멸한다. 소설에서 나나가 이렇게 말하는 대목이 있다.

> 저 사람들에겐 이제 놀랄 것도 없지! 나는 저들에 대해 다 알고 있어.
> 저들을 둘러싼 껍데기를 벗겨서 보여줘야 해! …… 체면 따위 더 이상 지
> 킬 수도 없어! 위나 아래나 다 더러워. …… 그러니까 나도 저들의 지저분
> 한 방해를 받을 필요가 없어.

이 말을 하면서 나나는 마부부터 찰스와 이야기를 나누고 있는 황후
까지 손으로 죽 가리킨다. 찰스는 황태자지만 그 역시 망할 놈이라고 덧
붙인다. 나나는 사회와 인간의 추악함을 모두 꿰뚫어보고 있다. 그러나
자신도 그 더럽고 냄새 나는 사회에 기생하는 '황금빛 파리'다.

소설 중 포슈리(잡지 〈피가로〉 기자)가 쓴 기사에는 나나의 반평생이 이
렇게 요약되어 있다.

> …… 이 여자는 4~5대에 걸친 주정뱅이 집안에서 태어났다. 대대로

내려오는 가난과 음주의 유전이 그녀의 피를 타고 흘러 그녀를 타락시켰다. 그녀는 교외에서 태어나 파리의 거리에서 자랐으며 거름더미에서 자란 나무처럼 희고 고운 피부에 빼어난 몸매를 가진 여인으로 성장했다. 거지와 사회에서 버림받은 사람들 속에서 태어난 그녀는 그들을 위한 복수를 꾸몄다. 그녀는 하층계급 사이에서 생겨난 부패물을 상층사회로 가지고 가 귀족사회를 부패시켰다. 그러면서 자기도 모르는 사이에 자연의 힘인 파괴력을 지닌 효소가 되어 눈처럼 흰 넓적다리 사이에서 파리라는 도시를 타락시키고 분해시켰다. 나나는 아낙들이 치즈를 만들기 위해 우유를 휘젓는 것처럼 파리를 들썩이게 했다. 그녀는 쓰레기더미에서만 생기는 황금빛 파리였다. 보석처럼 번쩍이는 그 파리는 거리에 널브러진 시체의 독소를 빨아먹은 뒤 왱왱거리고 날아다니며 궁전의 창으로 날아들어가 남자의 몸에 잠시 머물기만 해도 그를 독살시킬 수 있었다.

포슈리는 이 기사에서 마치 상류사회 사람들은 아무런 죄가 없는 것처럼 써놓았지만, 이 소설에는 사실 겉으로는 위엄을 떨지만 실제로는 졸렬한 행동을 일삼는 상류층 인사들의 면모가 곳곳에 폭로되어 있다. 억제할 수 없는 사악한 욕망이 그들을 타락시킨다. 그들은 처음부터 나나가 위험한 여자라는 것을 알아보지만 기꺼이 유혹당하고 빨아먹힌다. 나나는 파괴력을 지닌 효소지만 이미 버티기 힘들 정도로 타락한 몸에서만 작용한다. 이 황금빛 파리의 힘은 쉽게 없앨 수 없다. 나나는 사회 문란과 탐욕의 중심이었다. 그녀의 모든 사악함은 사회에서 얻은 것이며 그 힘이 배가되어 다시 사회에 작용한다. 나나는 성욕, 매춘, 간통, 동성애로 점철된 '나나'라는 제목의 죄악교향곡을 써낸다.

소설 첫 부분에서 극장 지배인 보르드나브가 열여덟 살의 관능미 넘치는 여배우 나나를 무대 위에 올린다. 그녀는 연기도 못하고 노래도 엉터리지만 그녀가 주인공인 저속한 연극 〈금발의 비너스〉가 파리에서 큰 인기를 끈다. 그녀는 연기도 못하고 노래도 엉터리였지만 보르드나브가 사람들에게 장담한 것처럼 그녀에게는 그 모든 것을 상쇄할 만한 다른 것이 있었다. 그녀가 무대 위에 나타나기만 하면 모든 관객이 넋을 놓고 바라보았다. 그녀가 가진 다른 것이란 거의 벌거벗은 그녀의 몸과 저속한 공연에서 '풍겨 나오는 관능미'였다. 이 관능미가 발정 난 짐승의 체취처럼 피어올라 장내를 가득 채웠다. 나나는 대리석처럼 흰 육체로 관객들을 패배시키고 강렬한 관능미로 그들을 파멸로 몰아넣으면서도 자신은 작은 상처 하나 입지 않았다. 나나는 폭풍우처럼 쏟아지는 갈채를 받으며 관객들을 혼미하게 했다. 공연이 끝나면 관객들은 입술이 타들어가고 눈자위는 벌겋게 충혈된 채 억누르기 힘든 욕망을 품고 극장을 빠져나갔다.

상류사회의 색마들이 앞다퉈 나나에게 몰려들었다. 나나는 신사들에게 둘러싸여 인기를 누리면서도 유곽에서 매춘을 계속했다. 얼마 후 나나는 스테너라는 은행가를 물주로 잡고 스테너가 사준 교외의 별장에서 상류층 귀부인과 같은 생활을 시작한다. 그녀는 미성년인 귀족 도련님 조르주 위공과 뮈파 백작도 이 별장의 거실로 불러들인다. 뮈파 백작은 상류사회가 인정한, 윤리관과 종교 신앙을 대표하는 인물이지만 그런 그도 나나의 유혹을 끝내 거부하지는 못한다. 뮈파 백작은 나나를 보면 성경 속에 나오는 음란하고 냄새 나는 야수가 떠오르지만 이 '황금빛 야수' 앞에서 자제력을 상실하고 만다. 이 야수에게는 체취만으로도 세상을 해치는 엄청난 힘이 있었다. 한편, 뮈파 백작의 부인 사빈도 남몰래 간통을 하고 있었다. 졸라는 《목로주점》의 하층사회가 혼란했던 것처럼

《나나》의 사빈과 뮈파는 상류사회의 해체를 의미한다"라고 말했다. 나나는 스테너의 돈이 바닥나자 그를 버린다. 뮈파 백작도 상황이 그리 여의치 않아 돈을 뜯어낼 수 없자 백작도 버리고 희극배우 퐁탕과 사랑에 빠진다. 그럼에도 뮈파 백작이 계속 성가시게 굴자 그녀는 격분한 나머지 뮈파 백작 부인이 기자 포슈리와 바람을 피우고 있다는 사실을 폭로하고는 그를 차버린다.

퐁탕에 대한 나나의 사랑은 저돌적이고 열정적이다. 그녀는 퐁탕을 위해 뭇 남자들의 구애를 모두 거절하고 과거의 사치스러운 생활도 기꺼이 포기한다. 하지만 그토록 사랑한 퐁탕으로부터 돌아온 것은 착취, 학대, 폭행, 기만뿐이다. 가난 때문에 나나는 다시 거리의 창부로 돌아가 비참한 처지에 놓인다. 상류사회의 신사들에게서 금화 몇 닢 받아내는 날이면 그나마 행운이다. 하지만 그러려면 크나큰 대가를 치러야 한다. 밤 9시부터 새벽 3시까지 파리는 더럽고 구역질 나는 곳이었다.

색마가 파리 전체를 덮친 듯했다. …… 상류층 남자일수록 하는 짓이 지저분했다. 이때가 되면 그들의 가면이 완전히 벗겨지고 짐승의 본성이 드러났다. 그들은 갖가지 괴상망측한 요구를 하며 자신들의 변태적인 성욕을 만족시켰다. 창녀인 사탱(거리의 창부, 동성애자이며 나나의 친구)조차도 마차를 타고 위엄 떠는 신사들을 멸시하고 그들의 마부가 그들보다 더 교양 있다고 말했다. 마부들은 여자를 존중할 줄 알고 그따위 기괴한 짓으로 여자를 괴롭히지는 않기 때문이다. …… 모든 방 안을 들여다볼 수 있다면 아주 재미있는 광경을 볼 수 있을 것이다. 비천한 사람들이 열락을 누리며 행복에 겨워하고, 지체 높은 인사들은 누구보다 더 깊숙이 더러운 것에 코를 박고 있을 것이다.

이후 극장에서 〈귀여운 공작 부인〉을 준비하면서 그녀에게 창부 역할을 제안한다. 하지만 그녀는 정숙한 여인을 연기하며 연기력을 뽐내고 싶다. 그래서 뮈파 백작과의 관계를 회복하고 공작 부인 역할을 돈으로 사달라고 종용한다. 결과적으로 공연은 실패하고 극장도 큰 손실을 입는다. 하지만 나나에게는 뮈파 백작이라는 물주가 있으므로 아랑곳하지 않고 왕비처럼 사치스러운 생활을 한다. 그렇다고 나나가 뮈파에게 충실한 것도 아니다. 그녀는 파리의 돈 깨나 있는 남자라면 누구도 거부하지 않는다. 돈이 밀물처럼 그녀의 집으로 들어왔다가 그녀의 사치에 또 다시 썰물처럼 빠져나간다. 그녀는 파리의 여왕과도 같았고 심지어 경마장에서도 환호를 받는다.

　　나나는 죄악의 세계에서 더욱더 커다란 존재가 되었다. 사치를 일삼고 흥청망청 돈을 써서 남자들이 가산을 탕진하게 하며 파리를 장악했다. 그녀의 집은 마치 벌겋게 달아오른 용광로 같았다. 그칠 줄 모르는 그녀의 욕망은 용광로의 불꽃이고 그녀의 입술에서 나오는 숨은 황금을 재로 만들어 바람에 말끔히 날려버렸다. 그렇게 광적인 낭비는 지금껏 한 번도 본 적이 없었다. 그녀의 집은 심연 위에 떠 있는 것처럼 남자들의 재산, 육체, 이름까지 모두 다 흔적 없이 파묻어버렸다. …… 남자들이 차례차례 찾아와 황금을 쏟아냈지만 밑바닥 없는 구멍을 메울 수는 없었다. 그녀의 극심한 사치는 곧 붕괴될 듯 파열음을 내기 시작했고 그럴수록 그녀의 집 아래 있는 그 구멍도 끊임없이 파헤쳐지고 깊어졌다.

　　뮈파 백작의 돈은 나나에게 남김없이 빨아먹히고 그의 두 아들도 그녀의 욕망에 제물로 바쳐졌다. 필립은 그녀를 위해 공금을 횡령했다가 감옥에 갔고 조르주는 그녀 때문에 자살한다. 그러던 어느 날 갑자기 나나의 행방이 묘연해진다. 소문에는 러시아에 가서 왕공과 귀족들의 사랑을 독차지하고 있다고 했다. 얼마 후 나나는 러시아에서 거액의 재산을 가지고 돌아오지만 파리에 도착하자마자 아들에게 천연두가 옮더니 여관에서 생을 마감한다. 프로이센-프랑스전쟁(1870~1871)이 발발하기 직전이었다.

이 무섭고 우스꽝스러운 데스마스크* 위에서 아름다운 머리카락이 금빛 파도처럼 찬란한 광채를 내며 흘러내리고 있다. 베누스가 썩고 있다. 시궁창과 길거리에 버려진 썩은 시체에서 빨아들인 독소가 숱한 사람을 해치고 마침내 그녀의 얼굴에까지 올라와 썩게 만드는 것이다.

나나의 돌연한 죽음은 프랑스 제2제정의 급작스러운 붕괴처럼 피할 수 없는 것이었다. 이 소설이 제2제정을 상징하는 것이기 때문이다. 졸라는 루공 마카르 총서의 전체적인 구상에 대해 밝히면서 이렇게 말했다.

제2제정은 사람들의 탐욕과 야심을 자극했다. 탐욕과 야심을 붙잡고 있던 고삐가 풀리고 사람들은 향락을 갈망했으며 정신과 육체가 모두 향락으로 피폐해졌다. 육체는 상업의 대번영과 투기를 통한 폭리에, 정신은 고도로 긴장된 사상과 광기에 가까운 행위에 피폐해졌다. 피로가 심해진 후에는 타락했다. 이 가족은 물질이 스스로 파멸하듯 모조리 불타버렸다.

---

* 유족이 고인의 생전 모습을 남기기 위해 죽은 사람의 얼굴에 본떠서 만든 안면상-옮긴이

《나나》는 프랑스 문학에서 창녀의 생활을 가장 자세하게 묘사한 작품이다. 이 소설에는 고급 사교계의 꽃에서부터 귀족의 애첩, 여가수, 여배우, 하급 매춘부에 이르기까지 형형색색의 창녀가 등장한다. 소설은 그녀들의 쾌락과 비운, 사치와 가난을 통해 창녀들의 생활방식, 사회적 관계, 경제적 상황, 심리 등을 속속들이 그려냄으로써 제2제정 시대에 유한 계급이었던 창녀 사회를 연구할 수 있는 유용한 자료라는 가치도 지니고 있다.《나나》가 비평계로부터 조롱과 비난을 받은 것은 이상한 일이 아니다.《테레즈 라캥》이 세상에 나왔을 때에도 비평가들은 "《테레즈 라캥》의 작가는 신경질적이고 염치를 모르는 사람이다. 그는 오로지 섹스 묘사에만 몰두했다"고 이구동성으로 비난했다. 졸라는 자신이 그래왔듯이 그들의 비판에 대해 누군가 나서서 "아니오! 이 작가는 평범한 분석가일 뿐이오! 그는 인간이 부패하고 타락하면 자아를 잊을 수 있다는 점을 묘사했소. 의사가 해부실에서 일할 때 자아를 잊어버리는 것처럼 말이오"라고 반박해줄 것이라는 헛된 기대를 품었을지도 모른다.

리시스트라타

[고대 그리스] 아리스토파네스(Aristophanes, B.C. 450~380년경), B.C. 410년 작

지상 최대의 섹스 파업

20년째 지속되는 펠로폰네소스전쟁으로 아테네 민중들은 극도의 고통과 피로감을 느끼고 있었다. 이 작품은 그런 가운데 발표된 것으로 전쟁을 끝낼 때까지는 섹스를 하지 않겠다는 여성들의 투쟁을 내용으로 하고 있다. 선정적인 묘사와 주제로 금서라는 꼬리표를 달았지만, 그 안에 담긴 반전사상에 더 주목해야 할 작품이다.

인간의 성적 본능을 이용해 영원히 끝날 것 같지 않던 전쟁을 끝냈다고 하면, 프로이트 신봉자들이 제시한 미래 세계의 환상처럼 들릴지도 모르겠다. 또한 여자들이 제단을 차지하고 권력을 쥐고서 남자들에게 복종을 강요한다는 이야기는 극단화된 페미니즘의 표현으로 받아들일지도 모른다. 그런데 이것은 2400여 년 전 고대 그리스에서 발표된 한 희극의 실제 내용이다. 희극의 거장 아리스토파네스는 성(性) 주의자도, 페미니즘의 동조자도 아니었다. 그는 희극적인 효과를 낼 수 있는 것이라면 무엇이든 극의 소재로 사용했다.

아리스토파네스는 전쟁이 끝나기를 강렬히 바라고 있었다.《리시스트라타》를 발표하기 몇 년 전에도 자신의 희극《아카르나이 사람

(Achames)》에서 한 농부와 아테네 장군의 결투로 전쟁이냐 평화냐를 결판 짓는 줄거리를 다루었다. 물론 정말로 아테네 장군이 한낱 농부와의 결투에서 패배할 만큼 무능하다고 생각한 것은 아니었고, 대중에게 호소력 강한 희극이라는 틀 안에 평화를 바라는 자신의 열망을 투영한 것뿐이었다.《리시스트라타》도 마찬가지다. 이 희극의 줄거리와 극 중에 드러나는 갈등은 모두 단 한 가지 주제, 즉 "전쟁이냐, 섹스냐?"라는 선택의 문제를 둘러싸고 벌어진다.

평화를 위해 여성들이 내놓은 해결책

아리스토파네스 본인을 포함해 당시 그 누구도 진짜로 여자가 정치에 참여해 정국을 뒤바꿔놓을 수 있다고 믿지 않았고, 따라서 이 희극의 줄거리와 극 중 갈등을 진지하게 받아들이는 사람도 없었다. 이런 황당한 전개는 그저 희극적 효과를 극대화하기 위한 장치였을 뿐이다.

《리시스트라타》를 좀 더 자세히 들여다보면 정치를 논하는 여자들의 대화에는 평소 집안일을 하면서 흔히 사용하는 단어가 불쑥불쑥 튀어나오고 말의 앞뒤도 맞지 않는다. 성과 관련된 농담이나 해프닝은 관중을 포복절도하게 만든다. 성적인 내용, 생식기를 상징하는 신을 향한 숭배의식, 성적인 농담 등이 거리낌 없이 등장한다.《리시스트라타》의 무대 위에는 남근을 모시는 제단이 설치되고 극 중 남자들은 성욕을 발산하지 못해 비통해하며, 결말 부분에서는 나체의 여자들이 등장해 춤을 추며 남자들과 한껏 즐긴다.

지금과 달리 당시 사람들에게 이 모든 것은 대단히 파격적이었고 이로 인해 작품의 의도가 왜곡되고 오해를 받았다. 엄숙한 예술가들은 이 희극을 가능한 한 멀리했으며 포르노 연극으로 탈바꿈되어 상연되기도 했다. 1990년대에 새로 출간한《리시스트라타》영역본 서문에도 이 희극의 요지가 "종종 간과되었다"면서 고대 그리스 관중에게 이 희극은 결코 포르노코미디가 아니었음이 강조되어 있다.[31]

아리스토파네스의《리시스트라타》는 기원전 411년 이른 봄에 아테네에서 초연되었다. 아리스토파네스가 이 희극을 쓸 무렵 아테네 민중은 비통함에 빠져 있었다.

기원전 431년 스파르타와 아테네 사이에서 발발한 펠로폰네소스전쟁이 20년째 계속되고 있었기 때문이다. 그 20년 동안 한 차례 짧게 휴전했을 뿐이었다.《리시스트라타》가 무대에 오르기 몇 달 전 아테네 군대는 또 한 번의 재앙을 겪어야 했다. 먼 시칠리아 섬까지 원정을 떠난 아테네 함대가 스파르타에 거의 전멸당한 것이었다. 헤아릴 수 없이 많은 병사들이 죽거나 포로로 잡혔다. 병사들뿐만 아니라 모든 아테네 시민들도 다같이 절망에 빠져 고통스러워했다. 아리스토파네스는 몇 년 전에도《아카르나이 사람》을 통해 전쟁에 반대하는 메시지를 전했지만 전쟁은 그 후로도 계속 이어졌고 아테네인들의 염증과 피로감은 점점 더 심각해졌다. 그런데 그가 또다시 이 희극을 통해 전쟁을 벌이는 이들에게 도전장을 내민 것이다. 이번에는 여자들이 자신만의 방법으로 평화를 찾는 과정을 그렸다.

전쟁보다는 사랑이 더 즐겁지 아니한가

아테네 여인 리시스트라타는 그리스 각지(적의 지역까지 포함한)에서 모인 여자들을 이끌고 전쟁을 멈출 때까지 남편이나 연인과 섹스를 하지 않겠다고 선언한다. 이 전쟁이 발발하고 지속되는 것은 온전히 남자들의 잘못인 듯하다. 남자들이 전쟁을 계획하고 직접 참전했기 때문이다. 극 중에서는 남자든 여자든 성욕을 억제하지 못해 고통스러워한다. 전쟁에 나갔다 돌아온 남자들은 자기 여자를 안고 성욕을 풀고 싶어 안달하고 여자들은 남자를 문밖으로 내쫓으면서도 욕정의 불길을 가누지 못해 애를 태운다.

본능에 이끌린 여자들이 남자들과 타협하는 것을 막기 위해 리시스트라타는 신의 계시라는 핑계로 여자들을 설득한다. 욕망을 참기 어려운 여자들이 갖가지 핑계로 '섹스 파업'의 대열에서 빠져나가려고 하자 리시스트라타는 이렇게 말한다.

나를 속이려 하지 마. 너희가 원하는 건 남자지. 하지만 그 남자들은 너희를 원하지 않을 것 같아? 그들도 밤을 보내기가 힘들어. 조금만 더 참으면 우리가 이길 수 있어. 이게 신의 계시야.

전쟁에 나갔던 뮈르리네의 남편이 집에 돌아와보니 아이는 돌보는 이 없이 방치되어 있고 집안일을 하는 사람도 없었다. 베틀 위는 닭들이 점령한 지 오래였다. 그러나 가장 참을 수 없는 것은 섹스를 할 수 없다는 사실이었다. 그가 아내를 찾아가 섹스를 하려고 하자 아내는 먼저 휴전에 동의하겠다고 약속할 것을 요구했다. 그런데 남편이 약속하자 뮈르리네는 또 교묘하게 남편에게서 도망쳤다. 욕망의 불길에 휩싸인 남자들은 결국 여자들에게 백기를 들었고 그와 동시에 전쟁도 끝이 났다. 여자들이 키우는 아이들이 더 이상 전쟁터에서 목숨을 잃지 않게 되었다. 전쟁의 양쪽 당사자가 휴전에 동의하고 평화협상이 타결되자 리시스트라타는 승리자의 도도한 어투로 이렇게 선포했다.

"이제 다 해결되었다. 모두 다 해결되었다. 스파르타인들이여, 아내를 데리고 돌아가라. 아테네인들이여, 아내를 데리고 돌아가 행복하게 살라. 우리가 다시 전쟁을 벌이지 않아도 되길 바란다."

20세기에도 떼지 못한 금서라는 꼬리표

아리스토파네스는 쇠등에처럼 남을 풍자하는 데 탁월한 능력을 가지고 있었다. 위대한 철학자 소크라테스, 위대한 비극작가 에우리피데스도 그의 풍자를 피하지 못했다. 아테네 정치인들 역시 아리스토파네스의 풍자 대상이었다. 후대 사람들이 부러워할 민주적인 고대 그리스였지만 실권자에 대한 풍자는 역시 위험한 일이었다.

아리스토파네스의 신랄한 풍자는 아테네 정치가 크레온을 두 번이나 화나게 했고 결국 분노한 크레온이 그를 고발하기에 이르렀다. 《바빌로니아 사람들》이라는 연극을 공연할 때 바빌로니아에서 온 귀빈이 이 공연을 관람했는데 얼마 후 크레온이 아테네 모욕죄로 아리스토파네스를 고발한 것이다. 아리스토파네스는 희곡 《아카르나이 사람들》에서 자신이 두 번째로 고발당했을 때 겨우 혹형을 면했음을 인정했다.《리시스트라타》도 '반전(反戰)'을 주제로 아테네 정책에 반기를 든 것이었지만 이때는 고발당하지 않았다.

그런데 아리스토파네스는 몇 세기 후 고대 로마의 철학자이자 저술가인 플루타르코스가 자신의 작품을 외설 작품으로 규정하리라고는 꿈에도 예상치 못했을 것이다. 중세 유럽에서는 기독교 이외의 내용을 담은 연극은 공연할 수 없었고 고전문학작품의 출간과 판매도 일절 금지되었다.

《리시스트라타》도 예외가 아니었다. 훗날 이 희극은 다른 고전 작품과 함께 금서목록에서 제외되었다. 그런데 미국 세관이《리시스트라타》에 대한 통관 금지를 푼 것은 1930년의 일이다. 그 전까지 이 작품은 '금서'라는 꼬리표를 떼어내지 못했고 이 책을 35센트짜리 페이퍼백으로 만들어 은밀히 판매한 미국 출판상은 떼돈을 벌었다. 미국 우체국 역시《리시스트라타》의 우편배송을 금지했다. 이 희곡이 외설 서적으로 분류되었지만 미국 정부의 공식적인 금서목록에는 포함되어 있지 않았다. 그러자 이 책의 우편 배송을 허가할 것인지에 대해 우체국마다 판단 기준이 달랐고, 우체국 직원의 개인적인 판단으로 결정되는 경우도 종종 있었다. 1950년대에 해리 레빈슨이라는 서적판매상이 우편으로 부친《리시스트라타》한 권이 우체국에서 압수당했다. 레빈슨은 이에 불복해 미국자유인권협회의 도움을 받아 우체국을 고소했다. 그는 고소장에서 이 희곡의 고전적인 가치를 강조하고 우체국의 행위에 법률적 근거가 없으며 헌법을 위반한 것이라고 비난했다. 우체국은 결국《리시스트라타》를 레빈슨에게 돌려주었지만 아무런 사과도 하지 않았다.[32]

한편 그리스에서도 20세기 중반에《리시스트라타》의 상연이 두 차례 금지되었다. 한 번은 나치가 아테네를 점령하고 그리스 고전희극 공연을 금지한 1942년이고, 또 한 번은 그리스 군정부가 고전희극 공연을 금지한 1967년이다. 당시 공연 금지를 당한 아리스토파네스의《리시스트라타》,《구름》,《새》등은 모두 독립사상과 반전을 주제로 한 작품들이다.

가르강튀아와 팡타그뤼엘

[프랑스] 프랑수아 라블레(François Rabelais, 1494~1553), 1532~1564년 작

감정과 욕망을 중시하는 '르네상스 거인'의 탄생

가르강튀아와 그의 아들 팡타그뤼엘 두 거인왕의 이야기. 이 두 거인은 인간의 감정과 욕망을 중시하는 르네상스형 인간을 형상화한 것으로 중세시대 신앙 중심의 금욕주의를 풍자했다. 이 책은 당시 천주교회와 로마교황청에 대한 사람들의 신념을 흔들어놓았고 이 결과 라블레의 친구였던 출판업자가 종교재판으로 교수형에 처해지기도 했다.

프랑수아 라블레는 10대에 수도원에 들어가 교회가 수사에게 요구하는 모든 과정을 공부하는 틈틈이 금지된 그리스 서적을 몰래 읽었다. 그러다 1527년부터 1530년 사이에 갑자기 베네딕토회의 수사복을 벗고 재속 성직자의 옷으로 갈아입은 뒤 타향으로 떠났다. 그가 정확히 어디로 갔는지는 아무도 모른다. 다만 이후의 작품으로 추측해보면 몇몇 대학을 구경하고 프랑스 곳곳을 여행했던 것 같다.

라블레는 의학과 법률을 배우고 싶어 했고 '학생들이 교사를 훈제 생선처럼 산 채로 태워 죽이는 것'을 직접 보고 싶다고도 했다. 그는 부르주의 법학원에서 많은 책을 읽은 후 소감을 남겼는데 "법률서는 황금색 가운처럼 아름답고 화려하지만 똥 무늬로 장식되어 있다"라고 했다. 그 후 파리로

돌아온 라블레는 1530년 9월 몽펠리에 대학교 의학원에서 다시 모습을 드러냈다. 그곳에서 단 두 달 만에 졸업장을 취득한 뒤 실습 기간이 끝나자 리옹에서 의사 일을 시작했다.

1532년, 리옹 시의 서점에 기이하고 독특한 소설이 등장했다. '위대한 거인 가르강튀아의 아들이자 디프소드의 왕, 지극히 명망 높은 팡타그뤼엘의 두렵고도 가공할 무훈과 용맹'이라는 긴 제목에 저자 이름도 알코프리바 나지에(Alcofribas Nasier)로, 매우 특이했다. 그로부터 십수 년이 지난 후에야 사람들은 비로소 그 나지에가 바로 리옹의 의사 라블레였음을 알게 되었다. 알코프리바 나지에란 라블레가 자기 이름의 알파벳을 뒤죽박죽 섞어 만든 필명이었다. 훗날 이 소설은 《가르강튀아와 팡타그뤼엘》의 제2서가 되었다. 제1서는 1년 뒤에 역시 알코프리바 나지에라는 필명으로 발표했다. 책 제목은 '팡타그뤼엘의 아버지인 위대한 가르강튀아의 소름 끼치는 이야기'였다.

라블레의 말에 따르면 두 달 동안 이 소설의 판매 부수는 9년 동안 성경의 판매 부수를 모두 합친 것보다 더 많았다. 그러나 얼마 후 파리 법원이 이 소설 두 편을 금서로 지정했다. 하지만 라블레는 이미 유명인사가 되어 프랑스 궁정의 총애를 받고 있던 상황이었다.

1543년 국왕 프랑수아 1세는 라블레를 행정법원의 법관으로 임명했다. 라블레는 이 기회를 이용해 국왕에게 《가르강튀아와 팡타그뤼엘》 제3서의 출판을 허락해달라는 청원을 올렸고 1545년 국왕이 출간을 허락하는 조서를 발표했다. 1546년 제3서인 《선량한 팡타그뤼엘의 무용 언행록》을 정식으로 세상에 내놓으면서 라블레는 처음으로 '의학박사 프랑수아 라블레'라는 본명을 썼다.

라블레는 또 책날개에 나바르 왕비 마르그리트 드 발루아(Marguerite

de Valois)에게 바치는 헌사를 실었다. 왕비에게 잠시 궁정을 벗어나 자신의 이 재미있는 소설을 읽을 것을 권하는 내용이었다. 이렇게 왕비에게 헌사를 바침으로써 자기 작품에 합법성을 부여하려 했던 것이다. 하지만 이 작품은 신학자들에게 비난받으며 또다시 금서로 지정되었다. 그 결과 라블레의 친구인 출판업자가 종교재판으로 교수형에 처해진 후 시신이 불태워졌고 라블레는 당시 게르만 제국의 통치하에 있던 메스로 도망칠 수밖에 없었다. 1550년 라블레의 보호인은 다시 그를 위해 국왕의 출판 허가 조서를 받아냈다.

제4서는 1552년에 완전한 판본으로 출판되었다. 하지만 두 달도 안 되어 다시 금서가 되었다. 제5서는 라블레가 사망한 지 10여 년이 지난 후에야 발표했다. 그 후 3세기 동안《가르강튀아와 팡타그뤼엘》은 도서 검열 기구, 특히 천주교회의《금서목록》에 빈번히 이름이 올랐다.

금욕주의라는 견고한 성벽을 무너뜨리다

문학사에서 유럽 르네상스 시기를 논할 때는 제일 먼저《데카메론》과 《가르강튀아와 팡타그뤼엘》, 이 두 편의 기이한 대작을 나란히 거론한다. 만약 이 시기의 문학적 상상이 동시대 회화나 조각처럼 찬란하고 화려할 것이라고 생각한다면 이 두 작품을 읽고 실망감을 감추지 못할 것이다. 그리고 이 두 대작의 가장 큰 특징을 '냉혹함과 저속함'이라고 단정 지을 것이다.

독자가 이렇게 느낄 수밖에 없는 이유는 당시 인문주의자들이 인간의 감정과 욕망을 과도하게 숭상하고 인간의 모든 말초적인 면을 하나도 간과하지 않으려 했던 것과 무관하지 않다. 게다가《가르강튀아와 팡타그뤼엘》은 이 두 가지 특징 모두에서《데카메론》보다 한 수 위다. 이 주정뱅이들의 심심풀이용 대작은 천주교회와 로마교황청에 대한 당시 사람들의 신념을 흔들어놓았다. 그 파장은 얼마 후 영국에서 셰익스피어가 발표한 희곡의 영향력을 훨씬 초월하는 것이었다. 이 사실은 미국 작가 헨드릭 빌럼 판 론(H. W. Van Loon)이 르네상스 시기를 논하며 말했던 명언을 떠올리게 한다.

전통이라는 견고한 성벽이 15세기에 걸쳐 거대한 권위에 의해 정교하게 쌓아 올려졌다. 그 어떤 외부의 힘도 그 성벽을 점령할 수는 없었다. …… 어떤 이들은 기독교에 아무런 관심도 없고 교황과 주교에게 어떠한 감정도 없었다. 하지만 그들이 아무렇게나 쏜 몇 발의 대포가 그 오래된 성벽을 무너뜨렸다.[33]

이 작품에서 라블레를 대신해 대포를 쏜 사람은 혈관 속까지 술로 가득 찬 그의 화신이었다. 이 화신은 독자들에게《가르강튀아와 팡타그뤼엘》이 술처럼 쾌감은 안겨줄 것이며 그 쾌감을 말할 수 없이 달콤할 것이라고 말한다. 물론 이 작품의 이상적인 독자들 역시 주정뱅이다. 라블레의 화신은 이 소설을 펼치는 순간 술병 마개를 열 때의 표정을 떠올리라고 했다. 그는 온종일 요란하게 허풍을 떨어대는 사람처럼 그의 친애하는 독자들에게 자신의 책에서 술맛이 진동할 것이라고 떠벌이며, 자신을 훌륭한 익살꾼 또는 멋진 놈이라고 칭찬해주는 사람이 있다면 무한한 영광으로 생각하겠다고 했다. 또 그는 괴롭고 고민에 휩싸인 사람들에게 "독실한 신도처럼 이 소설을 굳게 믿으라"고도 권했다.

최대한 인생을 맛보고 즐겨라

제1서의 주인공은 국왕 그랑구지에의 아들 가르강튀아다. 그랑구지에는 피피요족의 공주 가르가멜과 결혼했다. 부부 사이에 자주 운우지정을 나누더니 마침내 가르가멜이 포동포동한 아들을 임신했다. 그런데 이상하게도 임신 기간이 열한 달이나 되었다. 여자가 임신한 대목에서 거칠고 속된 말이 무더기로 등장한다.

내 좋은 동료들이여, 이런 여자들 중에서 바지를 벗을 만한 가치가 있는 여자들을 만나면 놓치지 말고 제발 내게 데려다주기를 당부한다. …… 임신한 사실을 알게 되면 배가 채워졌으니 더 대담하게 항해를 계속할 수 있을 것이다.

이렇게 더럽고 저속한 말이 작품 전체에 걸쳐 수두룩하게 등장한다. 물론 이야기의 화자가 라블레의 주정뱅이 화신이므로 제멋대로인 것도 당연하다.

아이는 태어나자마자 놀랍게도 사람들에게 술을 마시라고 권하는 것처럼 "마셔! 마셔! 마셔!"라고 큰 소리로 외쳐댔다. 그래서 그랑구지에는 아기에게 '가르강튀아'('목청이 참 크다'라는 뜻)라는 이름을 붙여주었다. 아기를 달래기 위해 사람들은 아기에게 술을 실컷 주고 나서 천주교 규칙에 따라 세례를 행했다. 거인 가르강튀아에게 젖을 먹이려면 젖소가 1만 8000마리 가깝게 필요했고 옷을 입히는 데에도 엄청난 양의 옷감이 필요했다. 또 가르강튀아가 화를 내거나 슬퍼할 때는 술을 가져다주었는데 술을 마시고 나면 금세 진정하고 기분이 좋아졌다. 소설에서는 가르강튀아의 어린 시절과 어른으로 성장하는 과정이 줄곧 조롱하는 투로 묘사되어 있다. 전통적인 종교, 도덕관, 인간의 수치심 같은 것도 조롱의 대상이었다. 소제목 중 하나인 '그랑구지에는 어떻게 가르강튀아의 밑 닦는 방법에서 그의 놀라운 지적 능력을 발견했는가'만 봐도 알 수 있다.

가르강튀아는 처음에 스콜라 철학 교육으로 고통받다가 나중에는 인문주의 교육으로 전환하면서 겨우 고통에서 벗어난다. 그 후 파리로 보내져 실제 생활 속에서 훈련을 받게 된다. 그런데 그때 그의 나라가 이웃 나라의 침입을 받았고 그는 장 수도사의 도움으로 적들을 대파한다. 가르강튀아는 텔렘 수도원을 지어 장 수도사의 공로를 치하한다. 그는 이 수도원의 규칙으로 단 한 가지를 정했다. 바로 '하고 싶은 대로 하라'는 것이었다. 이 수도원은 위선자, 탐욕스러운 자, 편협한 신앙심을 가진 자, 수전노, 허튼소리를 지껄이는 자는 받지 않았는데 이는 인문주의의 이상이 반영된 것이다.

제2서의 주인공은 가르강튀아의 아들 팡타그뤼엘이다. 그는 어릴 적에 큰 곰을 병아리만 하게 조각내 그 자리에서 다 먹어버렸다. 가족들은 굵은 쇠사슬 네 개를 엮어 그를 요람에 묶어놓을 수밖에 없었다. 그도 처음에는 인문주의 교육을 받았다. 할아버지부터 손자까지 거인 3대가 세대가 내려갈수록 더 좋은 교육을 받고 생활도 행복해졌다. 팡타그뤼엘은 무예가 출중했다. 돌로 된 갑옷을 입은 거인 300명과 그들의 대장인 늑대인간과도 싸워 이겼다. 소나기가 쏟아지는 날에는 혀를 절반만 내밀어 모두를 가려주기도 했다.

제3서는 가르강튀아의 친구 파뉘르즈의 결혼 문제를 중점적으로 다룬다. 파뉘르즈가 결혼 후 아내가 바람을 피우지 않을까 걱정하자 장 수도사가 한 가지 방법을 제안한다. '아내의 반지를 꼭 손가락에 끼우고 있으라'는 것이다. 물론 이것은 상징적인 표현이다. 장 수도사의 이야기 속에서 질투심 강한 한 영감이 마귀가 준 반지를 낀 후 그의 손가락이 아내의 '그것'에 끼워졌다는 내용이 나온다. 그 후 팡타그뤼엘과 장 수도사, 파뉘르즈 등은 '신성한 술병'을 찾기 위해 함께 길을 떠난다.

제4서와 제5서에서는 팡타그뤼엘 일행이 여행 중 마주치는 무서운 이야기가 펼쳐진다. 마침내 '신성한 술병'을 찾는다. 그리고 '신성한 술병'이 그들에게 준 해답은 바로 '마셔라'였다. 사제인 신성한 술병의 현자(Bacbuc)는 이 계시를 이렇게 해석했다.

우리는 말한다. 웃는 것이 아니라 마시는 것이 인간의 본능이라고. 하지만 내 말은 간단하지 않다. 단순히 마시는 것은 어느 동물이든 다 할 수 있다. 내가 말하는 것은 시원하고 향기로운 술을 마시는 것이다. 친구들이여, 명심하라. 술은 사람을 또렷하게 만든다. 이보다 더 믿을 만한 말은 없고 이보다 더 진실한 예언은 없다. 학자들은 그리스어로 술을 뜻하는 'oivos'가 라틴어의 'vis(힘, 끈기)'와 비슷하다고 말한다. 술에는 사람의 영혼에 진리, 지식, 학문을 채워 넣어주는 힘이 있기 때문이다.

'신성한 술병'의 비유는 신앙주의와 금욕주의에서 벗어나 인생을 최대한 즐겨야 한다는 사실을 사람들에게 알려준다. 라블레의 세 거인은 인생에 관한 한 모두 대단한 식성을 자랑하며 먹는 것을 즐기면서 산다.

유머로 무장한 채 세상에 매서운 채찍을 내리치다

이 황당한 이야기의 서술자인 라블레의 주정뱅이 화신은 계속해서 가장 악독한 말로 천주교 성직자들의 예민한 신경을 자극한다. 그는 종이 울리는 섬의 새와 새장에 대해 이야기하면서 화려하고 넓고 쾌적한 새장을 웅장한 천주교 성당에 비유한다. 이 새들 중 수컷은 선교사 매, 수도사 매, 사제 매, 수도원장 매, 주교 매, 추기경 매, 교황 매가 있는데 그중에 교황 매는 하나뿐이다. 암컷에는 선교사 솔개, 수도사 솔개, 사제 솔개, 수도원장 솔개, 주교 솔개, 추기경 솔개, 교황 솔개가 있다. 다섯 달마다 이 새들 사이로 많은 '위선자'가 섞여 들어온다. 그들이 섬 전체를 엉망으로 만들어놓는 바람에 새들이 뿔뿔이 떠나버리지만 이 위선자들은 고개를 비스듬히 숙이고 경건한 척한다. 섬에서 그들을 몰아낼 방법은 없다. 하나가 죽으면 스물넷이 새로 태어난다. 이 이야기는 천주교회의 제도를 이 새들의 제도에 비유한 것이다.

절대로 흔들리지 않는 제도다. 선교사 매가 사제 매와 수도원장 매를 낳는다. 꿀벌과 같은 육체적 교배는 필요 없다. 사제 매가 주교 매를 낳고 주교 매가 추기경 매를 낳는다. 추기경 매가 중간에 죽지 않으면 최종적으로 교황 매가 될 수 있다. 벌집에 여왕벌이 하나이고 우주에 태양이 하나이듯 교황 매도 오직 하나뿐이다.

주정뱅이 화신은 선교사들의 구성도 비난한다. 그는 섬에 사는 인간 선교사의 입을 빌려 선교사 매 중 일부는 '굶주림'이라는 어마어마하게 넓은 곳에서 왔고, 또 다른 일부는 '인구과잉'이라는 곳에서 왔다고 한다. 그런데 이들은 등이 굽었거나 애꾸눈이거나, 아니면 외팔이거나 절름발이였고, 그것도 아니면 다리가 기형이라 걷지 못한다. 선교사 솔개, 수도사 솔개, 수도원장 솔개는 어디서 왔는지는 모르지만 이상하게도 사람들이 좋아하는 기쁨의 노래는 부르지 않고 흐느끼며 하늘을 원망하는 노래만 부른다. 나이가 많든 적든 마찬가지다. '굶주림'에서 온 이가 더 많은 것 같은데 그들은 가뭄에 먹을 것이 없을 때, 일하지 않거나 일하기 싫을 때, 좋은 가정을 찾을 수 없을 때, 부부 사이가 좋지 않을 때, 사업에 실패하거나 절망했을 때, 범죄를 저질렀다가 발각되어 사형을 선고받았을 때 모두 이곳으로 온다.

이곳에서는 먹고 살 걱정이 없다. 예전에는 까치처럼 말랐지만 지금은 모두 들쥐처럼 살쪘다. 이곳에서는 안전하게 마음 놓고 살 수 있다.

《가르강튀아와 팡타그뤼엘》의 냉혹함은 유머러스한 언어를 매서운 채찍으로 바꾸어놓았고 과장·저속함·방종은 독한 술을 입에 들이부어 곤드레만드레 취하게 만들 듯 독자들에게 충만한 쾌감을 선사했다. 라블레는 소설 제1서의 첫머리에 실린 〈독자에게〉라는 시에서 이런 당부를 하고 있다.

이 책을 읽는 친애하는 독자들이여,
모든 선입견을 떨쳐버리시오.
이 책을 읽을 때 성내지 마시오.
책에는 사악한 것도 없고 독이 들어 있지도 않지만,

우스갯소리를 제외하면 완벽한 것은 거의 없겠지만,
큰 슬픔을 보면 비통하고 불안하겠지만,
내 속에서 다른 이야깃거리를 찾을 수가 없다오.
울리는 이야기보다는 웃기는 이야기를 쓰는 것이 나을 것이오
인간만이 웃을 수 있으므로.

금서의 세계 5

어떤 언어로도
출판할 수 없다

금서 역사에서의 주요 작가들

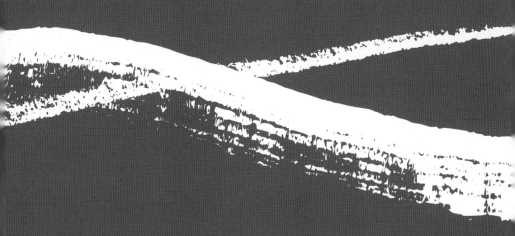

자유와 법률은 어디에 있는가?

우리 머리 위에 도끼만이 통치하고 있다.

우리가 국왕을 몰아냈지만

흉악범과 살육자를 황제로 선택했구나.

아, 두렵구나! 아, 부끄럽구나!

알렉산드르 푸시킨

사드

[프랑스] 프랑수아 드 사드(Donatien Alphonse Francois de Sade, 1740~1814)

작품보다 더 유명한 문제적 작가

사드는 가학적 성 행위에서 만족감을 느끼는 심리상태를 의미하는 '사디즘'의 어원이 된 인물이다. 그의 소설은 '변태섹스 백과전서'로 불릴 만큼 악명이 높았고 그는 작품으로든 한 개인으로서든 섬뜩한 방식으로 18-19세기 프랑스를 완전히 뒤흔들었다. 그는 수도 없이 감옥에 갇히고, 작품은 여러 차례 몰수당하고 비판받았다. 20세기 중반까지도 세계 여러 나라에서 그의 작품은 경계와 금지의 대상이었다.

　　작품이 금서로 지정되면 작가의 이름에도 불명예스러운 꼬리표가 달렸다. 성인군자를 자처하는 이들은 극도로 분개할 때를 제외하면 그런 작가의 이름은 입에 올리지 않았을뿐더러 그런 이름으로 귀를 더럽히려고 하지도 않았다. 그런 이름에 침을 뒤섞어 쏘아대는 것은 가장 악독한 저주를 의미했다. 예를 들면 15세기 말 이탈리아 사보나롤라파가 보카치오에게, 16세기 프랑스 성직자들이 라블레에게, 17세기 프랑스 교회가 《타르튀프》를 쓴 몰리에르에게, 18세기 프랑스 왕실이 볼테르와 루소에게, 20세기 영국 정부가 D. H. 로렌스에게 그랬던 것처럼 말이다.

　　금서를 썼다는 이유로 정신적 충격은 물론 육체적 고통까지 받은 작가도 있었다. 《로빈슨 크루소》를 쓴 영국 작가 대니얼 디포(Daniel Defoe)

는 1703년《비국교도를 처리하는 가장 간편한 방법(The Shorest Way with the Dissenters)》이라는 풍자 작품을 썼다가 벌금을 내고 투옥되었으며 칼을 쓰고 거리를 행진하는 수모를 겪었다. 프랑스의 볼테르도 당국자를 풍자하거나 비방했다는 이유로 바스티유 감옥에 수감되고 추방되는 등 수난을 겪었다. 1790년 러시아 작가 알렉산드르 라디셰프가 쓴《페테르부르크에서 모스크바까지의 여행》은 농노제와 차르 제도의 폐단을 지적했다는 이유로 예카테리나 여왕이 소각명령을 내렸다. 작가 본인은 사형선고를 받았다가 나중에 시베리아에서 10년간 유배생활을 했다.

'사디즘'의 어원이 된 인물, 문제적 인간 사드

프랑스 소설가 프랑수아 드 사드는 개인으로든 소설가로든 섬뜩한 방식으로 18세기와 19세기 프랑스를 뒤흔들었다. 간통은 그에게 대수롭지 않은 일이었고 가학적 섹스는 그의 취미였다. 그는 자신이 출석하지도 않은 재판으로 사형을 선고 받고 바스티유 감옥에 수감되었으며 정신병원에 감금되었다가 또다시 사형을 선고 받았으나 집행되지 않았다. 그의 소설은 외설적인 내용 때문에 금서가 되고 친필 원고는 불태워졌다. 이 작가는 살아 있을 때 그리고 사망하고 나서 한참 지난 후까지도 많은 이들이 그 이름을 언급하는 것조차 수치스러워했다. 그의 작품을 읽지 않은 것은 더 말할 것도 없다. 사드의 대표작인《쥐스틴(Justine)》(1791)과《쥘리에트(Juliette)》(1797)는 오랫동안 금서로 묶여 있었다. 그의 여러 작품들은 수감 중에 또는 정신병원에서 나온 지 얼마 되지 않았을 때 쓴 것이다. 어떤 의미에서 보면 감옥이나 정신병원에서 당한 학대가 그의 창작 욕구에 불을 지폈다고 할 수도 있다. 물론 그의 개인적인 성향도 크게 작용했다. 그가 가학적 성애자임은 누구나 아는 사실이었다.

사드는 명문 귀족의 후예로 청년 시절 기병대 장교였다. 그의 가학적 성도착은 이 시기부터 시작되었다. 그는 스물세 살에 결혼했다. 처가인 몽트뢰이 가문은 당시 신귀족층이었다. 아내는 그에게 순종적이었지만 그의 방탕한 행각은 그칠 줄 몰랐다. 결혼한 지 반년도 안 되어 한 여인이 육체적 학대를 당했다며 그를 고발했다. 그녀는 사드가 '끔찍하고 신을 모독하는 행위'에 빠져 있다고 폭로했다. 사드는 음란죄와 신성모독죄로 베르사유의 감옥에 수감되지만 귀족 가문이라는 배경 덕분에 파리에서 1년 동안 추방당하는 것으로 형벌이 경감된다. 1년 후 사드가 파리로 돌아오자 경찰은 그에게 매춘부를 보내지 말라고 포주들에게 경고했다. 하지만 사드는 얼마 되지 않아 여배우들과 어울리기 시작했다.

1768년 4월 그는 또다시 학대죄로 고발당했다. 피해자는 실직한 여직조공 로즈 켈러였다. 사드는 구걸하는 켈러를 속여 자신의 집으로 데려간 뒤 침대에 묶어놓고 채찍으로 때리고 칼로 몸을 난자했으며 상처에 뜨거운 밀랍을 붓기까지 했다. 사드는 채찍질한 사실은 인정했지만 칼을 사용한 것은 부인하고 밀랍은 일종의 소염연고였다고 변명했다. 켈러는 거액의 배상금을 받고 소송을 취하했지만 사드는 감옥에 수감되었고 몇 달 후 그의 가문 소유인 라코스테 성으로 돌아가는 조건으로 석방되었다. 그는 아내의 여동생을 사랑해 그녀와도 간통을 저질렀다. 그녀는 그가 진정으로 사랑한 몇 안 되는 여자 중 한 명이었다. 나중에 그가 쓴 소설 《쥘리에트》의 여주인공이 바로 처제를 모델로 해서 만들어낸 이상적인 여인이었다. 얼마 후 또 마르세유 사건이 터졌다. 사드가 마르세유에서 매춘부 여러 명과 어울렸는데 그럴 때마다 여자들에게 최음제를 먹인 후 채찍질 등 변태행위를 했던 것이다. 그를 둘러싼 낯 뜨거운 스캔들이 끊이지 않았고 피해자들의 고발로 그는 몇 번이나 감옥 신세를 졌다. 바스티유 감옥을 비롯해 여러 감옥에 그의 수감 기록이 남아 있다. 그는 결국 샤랑통의 정신병원에서 세상을 떠났다.

악덕은 인간의 본성이다

사드의 작품은 가학적 성행위에 대한 묘사로 가득 차 있어 '18세기 변태 섹스 백과전서'로 불린다. 그의 소설은 작가 본인만큼 악명이 드높지는 않지만 그와 동시대 사람들은 물론 후대 사람들도 그의 소설이 범죄를 저지를 만큼 극단적인 방종을 표현하고 있다고 생각했다. 사드는 변태적 성애에 대해 많은 연구를 했다. 그는 이렇게 말했다.

세상에는 충격적이고 혐오스러운 행동을 하는 사람들이 있지만 그들을 가르치려 하거나 처벌해서는 안 된다. 그들의 괴이한 취미가 본인도 어쩔 수 없이 나타나는 것이기 때문이다. 나도 마찬가지다. 지혜롭든 어리석든, 출신이 고귀하든 비천하든 아무 관계가 없다.

사드의 소설 《쥐스틴》을 보면 가학적 성애가 진정한 죄악, 심지어 세

---

* 가학적 성애를 뜻하는 사디즘(Sadism)은 사드의 이름에서 유래한 것이다.

상 어디에나 있는 죄악으로 표현되어 있다. 이 소설의 부제는 '미덕의 불운(les malheurs de la vertu)'이다. 주인공 쥐스틴이 바로 미덕의 화신이다. 미덕에 무한한 경의를 품고 있으며 상냥하고 감정이 풍부한 여인은 불행에 완전히 매몰되는 반면, 평생 미덕을 조롱하던 그녀의 언니는 행복하고 화려한 인생을 살게 된다.

작가는 이것이 '잔혹한 일'임을 인정했다. 자매 중 언니는 교활하고 간사하며 동생은 순수하고 솔직하다. 언니는 상류사회로 들어가 많은 남자들을 정복하고 대사, 세금 징수 청부인, 주교, 왕가의 기사 등 숱한 남자들의 앞날을 짓밟아버린다. 게다가 자유를 얻고 재산을 독차지하기 위해 자기 남편을 독살하고 처벌을 피해 도망친다. 하지만 그녀의 죄가 쌓일수록 그녀의 재산도 계속 불어난다. 마침내 그녀는 명망 높은 귀족 코르빌에게 정착하게 되면서 화려한 연애사가 절정을 맞이한다. 반면 여동생 쥐스틴은 수도원에서 나온 후 가는 곳마다 함정에 빠지고 어디로 도망치든 학대에서 벗어나지 못한다. 그녀는 고리대금업자의 하녀로 살다가 도둑질을 하라는 주인의 요구를 거절하자 주인에게 도둑으로 몰려 체포당한다. 사형을 선고받은 후 요행히 감옥에서 도망치지만 다시 숲에서 음탕한 후작의 손에 걸려든다. 후작은 그녀에게 자기 어머니를 독살하라고 시키고 그녀는 동의하는 척하면서 후작의 어머니에게 이 사실을 알린다. 후작은 직접 어머니를 독살한 후 쥐스틴에게 잔인하게 채찍질하고 그녀가 자기 어머니를 죽였다고 고발한다. 쥐스틴은 또 외과의사 로댕의 하녀가 되었다가 그가 사람을 산 채로 해부한다는 사실을 알게 된다. 그녀는 지하굴에 갇혀 있던 소녀를 탈출시켰다가 로댕에게 발각되어 범죄자들에게 찍는 낙인이 어깨에 찍힌다. 그녀는 숲속에 있는 생 마리 수도원으로 도망친다. 그러나 죄악을 피해 평온하게 살 수 있을 거라 생각했던 그곳은 또 다른 지옥이었다. 음탕한 수도사들이 수도원의 주인이었던 것이다. 그녀는 다른 여인들과 마찬가지로 수도사들의 성욕 발산과 학대의 대상이 된다. 수도원에서 죽지 않은 것만으로도 행운이었다.

그러나 수도원에서 겨우 도망쳐 나온 후에도 불행은 멈추지 않는다. 화폐 위조자들에게 매를 맞고 학대를 당하고 쥐스틴을 사랑하게 된 청년은 독살당한다. 쥐스틴 역시 불을 지르고 아이를 살해했다는 누명을 쓴다. 감옥으로 압송되던 그녀는 우연히 언니인 쥘리에트와 코르빌를 만나게 된다. 코르빌의 도움으로 쥐스틴은 누명을 벗었지만 불행이 끝났다고 생각한 순간 번개가 심장을 관통해 즉사하고 만다.

《쥘리에트》의 부제는 '악덕의 번영(les prosperites du vice)'이다. 이 소설은 쥘리에트의 고백으로 시작된다. 그녀의 음탕하고 사악했던 과거 이야기를 듣는 사람은 여동생 쥐스틴이다. 예전 수도원에 있을 때 쥘리에트는 여자 수도원장에게서 향락적인 지식과 악마와 같은 이성을 배운다. 이 원장은 천성적으로 사악한 것에 끌리는 쥘리에트에게 사회에서 성공할 수 있는 지식과 이상을 주입한다. 수도원을 나온 후 쥘리에트는 매음굴로 들어간다. 그녀는 그곳을 발판으로 성공하기 위한 계획을 착착 진행시켜간다. 그녀는 아름답지만 무서운 클레어빌 부인과 친해진다.

두 여자는 자기 만족을 위해 남들(남자든 여자든)을 학대한다. 클레어빌 부인은 쥘리에트에게 범죄자 친구들이 모인 모임을 소개해준다. 사드에 의해 묘사된 이곳은 죄악에 물들고 타락한 '에덴동산'이다. 심지어 쥘리에트는 갑자기 나타난 아버지를 유혹하고 아버지의 아이를 임신하자 아버지를 죽이고 낙태한다. 그녀는 또 뒤랑이라는 새로운 파트너를 만나고 뒤랑은 쥘리에트를 시켜 클레어빌을 해치게 한다. 쥘리에트는 백작 남편을 살해한 후 최고의 생활을 추구하기 시작한다. 국왕과 왕자가 그녀의 친구이자 손님이었다. 그녀는 또 이탈리아에 매음굴을 차려 부유하고 사치스러운 생활을 한다. 손님들의 돈을 빼앗고 많은 사람을 죽이면서 점점 로마로 간다. 한번은 이탈리아에서 도망쳐야 했지만 프랑스에서 또 자리를 잡을 수 있었다. 그녀는 또 광란의 의식에서 친딸을 불구덩이에 던져버린다.

소설이 3인칭 시점으로 바뀐 후 쥐스틴은 끔찍한 방식으로 다시 죽는다. 그녀는 폭풍우 속으로 내몰리고 순식간에 번개가 그녀의 입으로 들어갔다가 질을 통해 빠져나온다. 쥘리에트와 친구들은 번개가 그녀를 유린하는 것을 보며 깔깔대며 웃고 그녀의 시신을 가지고 시간(屍姦)을 한다. 뒤랑과 재회하면서 쥘리에트에게 또 다시 행운이 깃들고 그녀는 자신의 '찬란한' 사업을 계속해 나간다.

죄악으로 가득한 세상을 향한 야유

사드는 극도로 나약한 미덕과 강력한 악덕을 대비시켜 '암흑의 신화'를 탄생시켰다. 당시든 지금이든 이 작품을 읽고 있노라면 그 잔인함과 끔찍함에 소름이 돋는다. 이런 사회관은 사드가 오랫동안 자유를 박탈당했던 고통스러운 경험과 무관하지 않다. 그가 생각하는 사회와 현실이 바로 그런 모습이었다. 과장되기는 했지만 결코 허구는 아니었다. 그의 소설은 가학적 성애의 묘사로 가득 차 있다. 하지만 저자의 목적은 이런 기술을 권하거나 전수하는 것이 아니었다. 그의 소설은 결코 이런 행위를 감상하거나 찬사를 보내지 않으며 그것을 죄악의 행위로 분명하게 규정한다. 사드가 악인이 승리하는 결말을 보여준 것은 살육자가 통치하는 국가에서 죄악이 처벌받지 않는 현실을 비유한 것이다. 어떻게 보면 사드에게 씌워진 악명이 억울한 누명이었다는 미국 작가 헨리 밀러의 말에도 일리가 있다. 헨리 밀러는 사드가 "문학사 전체를 통틀어 가장 많이 비난받고 가장 심하게 왜곡되고 또 가장 깊은 오해를 받은 인물이었다. 그에 대한 오해는 의도적인 것이었다"라고 말했다.

사드는 생전에 여러 차례나 작품을 몰수당했다. 1793년 12월《알린과 발쿠르(Aline et Valcour)》의 인쇄업자가 체포되고 절반쯤 인쇄한 책도 몰수당했다. 1799년 2월 13일 경찰은《쥐스틴》의 새로운 판본을 몰수하고, 같은 해 문학비평계에서도 사드가 공공윤리를 위협했다고 비난했다. 1801년 프랑스 당국이 사드의 '음란' 작품을 몰수하고, 1807년 6월에는 사드가 1804년부터 집필한《플로벨의 날들 또는 자연의 베일(Les Journées de Florbelle, ou la Nature Dévoilée)》의 원고를 몰수했다. 사드가 사망한 후 그의 아들이 이 원고를 폐기했고《쥐스틴》과 다른 작품들은 프랑스 당국에 의해 몰수되었다. 사드의 작품이 당시 금지된 것은 음란성 때문만이 아니라 작품에 윤리 허무주의와 무신론 사상이 포함되어 있기 때문이었다.

사드의 작품을 프랑스 법원이 금서로 지정했지만 19세기까지도 암암리에 널리 유행했다. 이 작품을 출판하는 출판업자들은 높은 수익을 올렸지만 매우 위험한 일이었다. 출판업자 조르주 캐논은 1830년에 프랑스어판《쥘리에트》를 출판했다가 고발당해 6개월간 수감 생활을 했다. 20세기 초 프랑스의 유명한 시인 기욤 아폴리네르(Guillaume Apollinaire)가 사드의 문화적인 지위를 확립하는 데 도움을 주었다. 그 후 사드와 그의 소설이 정식으로 프랑스 문학사의 일부로 인정받았다.

하지만 20세기 중반까지도 세계 여러 나라에서 사드의 작품을 경계했다. 사드의 조국인 프랑스에서도 1947년에 한 출판업자가 26권짜리 사드 전집을 출판했다가 몇 년 후에 고발당했다. 앙드레 브르통(André Breton), 장 콕토(Jean Cocteau) 등 유명한 작가와 예술가들이 사드 전집 출판을 지지했음에도 출판업자에게는 벌금형이 선고되고 책도 불태워졌다. 고발한 이들이 특별히 언급한 작품은《신 쥐스틴(La Nouvelle Justine)》(《쥐스틴》의 개정본),《소돔 120일(Les 120 Journées de Sodome ou L'École du Libertinage)》(1785),《규방 철학(La Philosophie dans le boudoir)》(1795),《쥘리에트》다. 영국 런던 세관은 1962년까지도《쥐스틴》을 몰수했고 미국에서는 1965년이 되어서야 사드 작품의 출판을 허가했다. 오늘날 프랑스에서 사드의 작품이 갈리마르 출판사의 권위적인 '플레이아드 총서'에 수록되었다는 것은 사드가 프랑스에서 영향력 있는 작가로 공인되었음을 보여주는 매우 의미 있는 일이다.

푸시킨

[러시아] 알렉산드르 세르게예비치 푸시킨(Alexander Sergeyevich Pushkin, 1799~1837)

시 위를 도도히 흐르는 시인의 기개

19세기 러시아 차르의 전제정치 시기에 푸시킨은 혁명 사상가들과 교류하며 시로써 시대에 맞서 싸웠다. 특히 농노들의 고통스러운 생활을 폭로하고 농노제 폐지와 독재 타도를 강력히 주장함으로써 선동죄로 유배 보내지기도 하고, 차르가 그의 작품을 직접 검열하기도 했다. 그럼에도 그는 끝까지 자신의 신념을 굽히지 않았다. 여기에 문학적인 아름다움까지 더해져 오늘날 러시아를 넘어 전 세계가 사랑하는 시인이 되었다.

당대에든 후대에든 모든 비평가들이 인정하는 것처럼 시인 푸시킨은 러시아 문학에 새로운 시대를 열었다. 러시아의 문예비평가 벨린스키는 "푸시킨이 선배들의 영향을 받아 지은 시를 읽어보면 푸시킨 이전에도 러시아에 시가 존재했음을 느낄 것이다. 하지만 푸시킨이 독창적인 시풍으로 지은 시들을 읽는다면 푸시킨 이전에 러시아에 시가 존재했다는 사실을 믿을 수 없을 뿐만 아니라 완전히 망각하게 될 것이다"라고 말했다. 러시아 문학사를 통틀어 푸시킨만큼 높은 지위에 오르고 러시아 문학에 깊은 영향을 미친 시인은 없었다.

많은 사람들이 당시 금지당했던 푸시킨의 시 몇 편을 12월당과 연관 짓는 것은 그의 시가 표현하는 사상이 12월당의 그것과 일치하기 때문이다. 푸시킨은 그 시들을 지을 때 그 어떤 비밀단체에도 참여하지 않았다. 1817년에 쓴 〈자유〉에는 차르가 법을 지켜야 한다는 메시지가 담겨 있다. 이 시는 푸시킨이 차르의 폭정에 반대하며 쓴 첫 번째 시다. 당시 시인이 고개를 들어 둘러보면 이런 광경뿐이었다.

어디에나 채찍과 족쇄
법도 없고 하늘도 없고 치명적인 모독과
굴욕스러운 흐느낌뿐이니…….

시인은 차르에게 1793년 단두대로 끌려간 프랑스 국왕 루이 16세의 전철을 밟지 말라고 일깨워준다. 시의 마지막은 이렇다.

아, 차르들이여, 이 교훈을 기억하라
형벌과 포상
감옥과 제단, 그 어느 것도
그대들의 믿음직한 장벽이 되지 못함을
법의 비호 아래
먼저 고개 숙이라
민중의 자유와 평안이
왕관을 영원히 지켜주리라

이듬해에 쓴 〈차다예프에게〉에서는 폭정을 무너뜨리고 싶은 열망을 표현했다.

동지여, 믿으라. 황홀한 행복의 별이 떠오르리니
러시아는 깊은 잠에서 깨어나리라
그때가 되면 전제정치의 폐허 위에
우리의 이름이 새겨지리라!

1819년 7월 푸시킨은 또 〈농촌〉이라는 시를 써서 농노들의 고통스러운 생활을 폭로했다. 이 시에서 농노제 폐지에 대한 생각을 드러냈다.

아, 친구여, 나는 볼 수 있으려나
민중이 더는 억압받지 않는 것을
차르의 칙령으로 농노제가 무너지고
우리의 문명적이고 자유로운 조국의 하늘에
아름다운 여명이 떠오를 그날을

이 세 편의 정치시와 다른 몇 편의 풍자 시는 공개적으로 발표하지 않았지만 필사본으로 널리 퍼져나갔다. 당시 차르의 말을 빌리면, "푸시킨의 선동적인 시가 러시아 전체를 가득 채우고 청년들이 모두 외울 수 있었다." 1820년 4월의 어느 날, 푸시킨은 수도 경찰국장이 보낸 소환장을 받는다. 페테르부르크 총독의 집무실에서 푸시킨은 총독마저 '기사의 풍모'라고 감탄하게 만드는 행동을 한다. 자신의 시 원고가 전부 폐기당했지만 필요한 자료들은 남기고 싶다면서 자신의 시 중 반정부 성향을 띠는 모든 시를 그 자리에서 거의 다 써낸 것이다. 총독은 차르 알렉산드르 1세에게 푸시킨의 사면을 요청했다. 푸시킨이 재판에서 보여준 용감하고 솔직한 행동이 마음에 들었기 때문이다. 하지만 차르 당국은 사면에 동의하지 않았을 뿐 아니라 그를 시베리아로 유배 보내겠다고 했다. 얼마 후 유배지가 러시아 남부로 바뀌었다.

자유와 법률은 어디에 있는가?

푸시킨은 유배 생활 중이던 1825년 〈앙드레 셰니에〉라는 시를 썼다. 프랑스혁명에 관한 내용인 이 작품은 주인공 앙드레 셰니에*가 사형을 당하기 전 최후진술에서 독재 타도를 호소하는 대목의 수십 행을 간행물 검열 기관이 삭제했다. 같은 해 페테르부르크에서 12월당의 반란이 일어났다. 반란을 무자비하게 진압한 뒤 신임 차르 니콜라이 1세는 모스크바에서 즉위식을 거행했다.

1826년 7월 푸시킨이 농노들에게 자유를 선동했다는 첩보를 입수한 차르 정부는 푸시킨이 유배 생활을 하고 있는 프스코프에서 비밀수사를 벌이지만 확실한 증거를 발견하지 못했다. 그런데 공교롭게도 바로 그때 푸시킨이 쓴 〈앙드레 셰니에〉 친필 원고가 당국의 손에 들어가게 되었다. 그 원고에는 검열 기관이 삭제한 대목이 포함되어 있었다.

자유와 법률은 어디에 있는가?
우리 머리 위에 도끼만이 통치하고 있다

---

* 앙드레 셰니에(André Chénier, 1762~1794). 프랑스의 유명한 시인이자 정치가. 로베스피에르의 공포정치에 반대해 32세에 자코뱅파에 의해 처형당했다.

우리가 국왕을 몰아냈지만 흉악범과 살육자를
황제로 선택했구나. 아, 두렵구나! 아, 부끄럽구나!

같은 해 7월 13일, 러시아 당국이 12월당 반란의 주도자들을 처형한
직후 〈앙드레 셰니에〉의 일부 단락에 '12월 14일을 위하여'*라는 제목이
붙었다. 니콜라이 1세는 즉위식을 거행한 지 며칠 후 푸시킨을 모스크바
로 압송해 자신이 직접 심문하기로 했다. 그런데 뜻밖에도 심문이 사면
으로 바뀌었다. 니콜라이 1세가 푸시킨에게 "만약 그대가 12월 14일에 페
테르부르크에 있었다면 어떻게 했겠는가"라고 묻자 푸시킨은 "반란자
들 편에 섰을 것입니다"라고 대답했다. 사상과 행동을 바꿀 수 있느냐는
차르의 질문에 푸시킨은 한참 동안 침묵하다가 바꿀 수 있다고 대답했
다. 니콜라이 1세는 푸시킨을 사면해주었다. 단, 한 가지 조건이 있었다.
앞으로 푸시킨의 작품은 모두 차르가 직접 검열하기로 한 것이다.

또 차르는 〈앙드레 셰니에〉 필사본이 발견된 사건에 대해서도 그냥
넘어가지 않았다. 그해 9월 알렉세예프라는 젊은 대위가 〈앙드레 셰니
에〉 필사본을 보관하고 있다가 체포되었다. 군사법정위원회는 이 작품
을 퍼뜨렸다는 이유로 그에게 사형 판결을 내렸다. 검찰원이 세 명의 증
인을 세워 증거를 보충하라고 건의했는데 그 중 한 사람이 바로 이 시의
작가인 푸시킨이었다. 니콜라이 1세는 허수아비 검열관이 아니었다. 푸
시킨이 비극《보리스 고두노프(Boris Godunov)》에 대해 심의를 신청하자
니콜라이 1세는 이 비극이 군주를 제멋대로 묘사했다고 성을 내며 이 희
곡을 영국의 작가 월터 스콧(Walter Scott)의 작품처럼 역사소설이나 장편

---

* 12월 14일은 12월당의 반란이 일어난 날이다.

소설로 개작하라고 명령했다. 1833년 푸시킨이 장편 서사시 〈청동 기사〉의 원고를 보냈을 때에도 니콜라이 1세는 수많은 기호를 달아 되돌려 보냈다. 푸시킨이 삭제나 수정을 거부했기 때문에 이 작품은 시인이 세상을 떠난 후 사람들이 수정한 후에야 빛을 볼 수 있었다. 이 밖에도 17세기 유명한 농민운동 지도자를 묘사한 〈스텐카 라진(Stenka Razin)〉이라는 작품도 니콜라이 1세에 의해 발표가 금지되었다. 푸시킨은 12월당을 통해 자신의 시 한 편을 시베리아로 보냈는데, 고통받고 있는 12월당에 헌정하는 이 시도 필사본 형식으로 널리 퍼져나갔다.

> 시베리아의 광산 저 깊숙한 곳에서
> 의연한 정신으로 견뎌주게
> 고된 노동에 흘린 그대들의 땀도
> 숭고한 진취심도 헛되지 않을 것이네
>
> 재앙에도 지조 높은 애인이여
> 희망이 어두운 지하에 숨어
> 용기와 기쁨을 일깨우나니
> 기다리고 기다리던 날은 오게 될 것이네

끝까지 굽히지 않은 시인의 결기

1828년 여름 푸시킨은 장편 서사시 〈가브릴리아다(Gavriiliada)〉의 필사본이 퍼져나간 일로 또 한번 유배될 위기에 처한다. 이 시의 풍자가 교회를 격노시켰기 때문이다.

> 높으신 하나님이 천사의
> 날씬한 허리와 새하얀 젖가슴에
> 은근한 눈빛을 던진다……

동방정교회 수석 대주교인 페테르부르크의 세라핌 주교가 사회의 안정을 해쳤다며 푸시킨을 고발했다. 이 엄격한 주교는 푸시킨의 서사시에 악마의 유혹이 넘친다며 차르에게 그를 엄벌에 처해달라고 요청했다. 니콜라이 1세는 신성을 모독하는 서사시를 퍼뜨린 죄로 장교 한 명을 체포하고 특별위원회를 조직해 이 사건을 심의하게 했다. 페테르부르크 총독이 푸시킨을 심문하면서 〈가브릴리아다〉의 작가인지 물었다. 당시 법률에 따르면 교회를 모독하면 시베리아에서도 가장 먼 곳으로 유배를 보냈다. 문제의 심각성을 깨달은 푸시킨은 자신이 〈가브릴리아다〉의 작가가 아니라고 부인하고 왕실학교 시절 어떤 시를 보고 베낀 것이라고 둘러댔다(푸시킨은 당국이 이 시의 친필 원고를 입수했다고 생각했던 것 같다). 니콜라이 1세가 자신의 말을 믿지 않자 푸시킨은 이 원고가 원래 경기병 장교들 사이에서 돌아다니던 것이며 자신도 누군가의 것을 베꼈는데 누군지는 기억이 나지 않는다고 말했다. 또 자신이 베낀 것도 1820년경에 불태웠다고 말했다.

하지만 니콜라이 1세는 진상을 밝히겠다는 의지를 굽히지 않았다. 그는 푸시킨에게 이런 조서를 보냈다. "나는 푸시킨을 알고 그의 말을 믿는다. 하지만 이런 저속한 시를 쓰고 푸시킨의 이름으로 퍼뜨려 그를 모함한 자가 누군지 꼭 밝혀낼 수 있도록 그가 정부의 조사에 협조해주기를 바란다." 누가 봐도 차르가 여전히 그를 의심하고 있다는 뜻이었다. 푸시킨은 한참 고민 끝에 자신이 그 시의 작가임을 인정하기로 결심했다. 그는 니콜라이 1세에게 편지를 썼고 니콜라이 1세는 너그럽게 이 사건을 마무리했다. 피의자가 자백하고 증거도 수집했으니 작가가 다시 위반행동을 한다면 당국은 언제든 그를 처벌할 수 있었다. 푸시킨은 〈가브릴리아다〉가 자신의 시임을 자백한 연필 원고 위에 잉크로 〈독(毒) 나무〉의 초고를 써서 항의의 뜻을 표시했다. 이 시는 명령을 받고 독 나무를 찾아갔다가 독 송진을 가지고 돌아오는 사람의 이야기다.

가련한 노예가 마침내 죽었네
저항할 수 없는 주인의 발 옆에서

그 뒤에는 또 이런 구절이 이어진다.

차르는 독즙을
말 잘 듣는 화살에 바른다……

시인의 도도한 기개는 이처럼 굽힐 줄을 몰랐다.

빅토르 위고

[프랑스] 빅토르 마리 위고(Victor Marie Hugo, 1802~1885)

한 시대를 가장 뜨겁게 살다 간 위대한 작가

대문호 빅토르 위고가 활동하던 19세기 프랑스는 격변의 시대였다. 국회의원을 지내기도 하는 등
현실 참여적인 지식인이었던 위고는 1851년 나폴레옹 3세가 쿠데타를 일으켜 제정을 수립하자 반체
제 인사로 낙인찍혀 19년간 외국을 떠돌며 망명 생활을 해야 했다. 그의 작품에는 비판적 사회의식
이 짙게 깔려 있으면서도 대중을 끌어들이는 강력한 힘이 있었다. 1885년 폐울혈로 사망했는데 그
의 장례는 전 국민의 애도 속에서 국장으로 치러졌다.

프랑스 대시인 빅토르 위고의 희곡 작품《마리옹 들로름(Marion
Delorme)》과《왕은 즐긴다(Le roi s'amuse)》가 각각 1829년과 1832년에 금서
로 지정되었다.

위고가《마리옹 들로름》에 열정을 불태우고 있을 때는 스물일곱 살
의 젊은 작가로서 그는 이미 프랑스 낭만주의 희곡운동에서 누구도 대신
할 수 없는 중요한 위치에 올라 있었다.《크롬웰(Cromwell)》이라는 희곡을
썼지만 너무 길고 지루해서 무대에 올리지 못했고 희곡 자체보다 희곡에
실린 긴 서문이 더 큰 반향을 일으킨 바 있었다.《마리옹 들로름》은 처음
부터 무대에 올려 파리 관중에게 보여줄 요량으로 쓴 작품이다.

이 희곡의 배경인 루이 13세 시대에 프랑스의 실권은 추기경 리슐리

외가 장악하고 있었고, 루이 13세는 사사건건 추기경의 말을 들어야 하는 허수아비 황제였다. 이 희곡에 등장하는 인물들의 말을 빌리자면, "주교대신은 권세가 드높아 풀 베듯 아무렇지 않게 사람을 죽여 피가 강이 되어 흘렀으며 그의 붉은 신부복이 하늘을 가릴 수 있었다." 리슐리외는 결투를 엄격하게 금지하는 법령을 시행했다. 이를 어기는 자는 빈부귀천을 막론하고 모두 교수형에 처하겠다고 엄포를 놓았다. 그때 귀족인 사비니 후작과 평민인 디디에라는 두 청년이 결투를 벌였다가 사형을 선고받았다. 희곡의 주인공은 파리의 유명한 매춘부 마리옹 들로름이다. 점잖고 순수한 남자 디디에를 사랑하게 된 그녀는 매춘부 생활을 접고 사랑하는 남자를 살리기 위해 백방으로 다니며 도움을 청한다. 심지어 도움의 대가로 기꺼이 자기 몸을 팔기도 한다. 그러나 간절한 노력도 리슐리외의 비정한 판결은 바꿀 수 없었다. 사형이 집행되기 직전 그녀는 주교의 수레 앞에 엎드려 통곡하며 눈물로 호소하지만 돌아온 대답은 "사면할 수 없다!"였다. 극이 끝나기 전 그녀는 형장에서 돌아가는 주교의 수레를 향해 손가락질하며 "저것 좀 봐요! 두 손에 시뻘건 피를 묻히고 있어요!"라고 외친다.

무능한 국왕을 무대 위에 올리다

《마리옹 들로름》은 매우 감동적인 희곡이다. 1829년 7월 10일, 위고는 비니(Alfred de Vigny), 뒤마(Alexandre Dumas), 뮈세(Alfred de Musset), 발자크(Honoré de Balzac), 메리메(Prosper Mérimée) 등 문학가들 앞에서 희곡을

직접 낭독했다. 그 자리에 있던 한 사람은 훗날 당시 느낌을 이렇게 회고했다. "미친 듯이 흥분하고 발을 구르고 전율했다. '참을 수가 없어! 기절할 것 같아! 기뻐서 미칠 것 같아!'라고 외쳤다. 하지만 그것으로도 감정을 다 표현할 수 없었다."[1] 며칠 후 코미디 프랑세즈는 만장일치로《마리옹 들로름》의 상연에 동의했지만 희곡이 검열을 통과하지 못했다. 위고가 묘사한 루이 13세의 이미지가 왕조의 안전을 위협할 뿐 아니라 교회에 복종하는 국왕을 풍자했다는 것이 이유였다. 극 중에서 루이 13세가 자신의 무력함을 괴로워하는 장면이 계속 등장한다. 그는 "모든 게 점점 나빠지고 있어. 모든 게!"라고 첫 대사를 외친 후 추기경이 실질적인 국왕인 현실을 한탄한다.

> 추기경은 좋은 일은 나쁘게 만들고 나쁜 일은 더 나쁘게 만들지. 국가도 국왕처럼 이미 병이 나 있었는데 지금 병이 더 심각해졌어. 대외적으로든 대내적으로든 추기경이 최고 권력을 쥐었지. 국왕 따위는 없어! …… 그는 어딜 가든 국왕을 허수아비로 만들고 나의 왕국, 나의 왕실 그리고 나까지 완전히 점령해버렸어! 아, 이 얼마나 딱한 처지인가! …… 그는 나를 어린아이처럼 자신의 붉은 가운으로 감싸서 하늘을 가려버렸어. 길 가는 사람이 "추기경의 가운 안에 들어 있는 게 뭡니까?"라고 물으면 누구든 대답할 수 있을 거야. 그 안에 국왕이 있다고!

극 중에서 루이 13세가 사비니와 디디에를 동정해 사면령을 내리지만 바로 그날 밤 주교의 강요에 못 이겨 사면령을 철회한다.《마리옹 들로름》은 권력을 빼앗긴 무능한 국왕을 표현했고 검열관들은 바로 그 점을 몹시 불쾌하게 여겼다.

위고는 자신의 희곡이 금서가 된 것에 반발했다.* 그는 각 부 대신과 찰스 10세에게 일일이 호소문을 보내 자신의 묘사가 역사적 진실에 부합하며 그 어떤 적대감을 가지고 쓴 것이 아님을 역설했다. 이 희곡을 집필하기 전에 위고가 그 시대 역사에 관한 소책자와 회고록, 전기 등을 많이 읽은 것은 사실인 듯하다. 위고는 찰스 10세의 부름을 받고 그와 면담을 했고 국왕은 그를 매우 인자하게 대했지만 금지령을 철회하지는 않았다. 찰스 10세는 위로의 뜻으로 그에게 2천 프랑의 왕실 보조금을 주겠다고 했지만 위고는 정중한 편지를 써서 사절했다. 찰스 10세가 위고에게 했던 행동을 보면 그는 개인적으로 위고를 두둔했던 것 같다. 위고의 또 다른 희곡《에르나니(Hernani)》의 상연이 논란을 일으켰을 때에도 찰스 10세는 상연 금지를 요청하는 이들에게 "극장에서는 나의 지위도 일반 관객과 다를 바가 없소"라는 교묘한 답으로 거부의사를 밝혔다.[2]

《왕은 즐긴다》의 비극적인 주인공은 궁정 광대인 트리불레다. 1520년대 파리, 국왕과 귀족들이 궁정 안팎에서 환락적인 생활에 빠져 있다. 그들의 유일한 일은 아름다운 여자에게 구애하는 것뿐이다. 트리불레는 궁정에서 국왕을 즐겁게 하는 광대지만 괴로운 속마음을 감추고 있다. 그는 극 중에서 이렇게 독백한다.

어두운 곳에서 숨죽여 탄식하고 있는 나를 국왕 프랑수아 1세가 발로 툭툭 찬다. 국왕이 하품을 하며 말한다. "광대야, 날 웃겨보아라!" 오 가련한 궁정 광대여! 나도 사람이다. 내 영혼 깊숙이에 피 끓는 열정이 있고 내 가슴속에도 원한과 자존심, 분노, 질투가 있다. 파렴치한 속내도 있고 인간

---

* 이 작품은 1831년 7월에 해금되었다.

을 고통스럽게 하는 온갖 더러운 감정도 다 있다. 그러나 내 주인이 손짓만 하면 나는 그 감정을 전부 짓눌러 즐거움으로 바꿔야 한다. 그러고는 웃고 싶어 하는 이들에게 그 즐거움을 내주어야 한다. 이 얼마나 비천한가! 걷고 있든 서 있든 앉아 있든 내 다리에 실이 묶여 끌려 다니는 것 같다. 세상 모두가 나를 업신여기고 세상 누구도 나를 모욕할 수 있어!

트리블레의 유일한 위안은 집에 돌아가 딸 블랑슈와 짧은 시간 동안 함께 보내는 것이다. 블랑슈는 순결하고 아름다운 아가씨다. 트리불레는 이 방탕한 도시의 곳곳에 위험이 도사리고 있다며 딸을 하루 종일 집안 에만 있게 한다. 블랑슈의 유일한 외출은 매주 한 번씩 하녀와 함께 교회 에 가는 것뿐이다. 하지만 결국 블랑슈는 호색한인 국왕의 먹잇감이 되고 만다. 트리불레는 극도로 분노한 나머지 프랑수아 1세를 죽여 딸의 복수를 하기로 한다. 하지만 결국 희생되는 것은 국왕을 사랑하게 된 블랑슈다.

광대 트리불레는 실존 인물이다. 위고는 아버지의 집에서 블루아 (Blois)의 향토사가 기록된 서적을 뒤적이다가 트리불레에 대한 기록을 발견했다. 트리불레는 블루아에 있는 위고 장군(위고의 아버지) 저택 부근에서 태어났다. 하지만 위고는 실존인물과 사건을 완전히 배제한 채 비범한 상상력으로 희곡의 줄거리를 구성했다.

《왕은 즐긴다》는 1832년 11월 22일 저녁에 초연되었다. 제2막의 마지막에서 트리불레가 귀족들에게 속아 옷이 벗겨져 반라 상태인 자신의 딸 블랑슈를 납치하는 데 협조하게 된다. 그런데 박스석에서 공연을 관람하던 명문귀족들이 극 중 귀족인 코세 일가를 파렴치하게 묘사한 것에 분노해 이 희곡이 풍습을 해친다고 비난하기 시작했다. 제3막 제3장에서 트리불레가 귀족들을 저주하자 관객석의 귀족들은 더욱 불안해졌다. 국왕이 자기 딸을 납치하고 귀족들이 그 음모에 가담했음을 알게 된 트리불레는 분노에 찬 목소리로 이렇게 저주한다.

왕공 대신들아! 왕공 대신들아! 이 악마들아! 저주받을 명문 귀족들아! 너희가 내 딸을 훔쳐갔다! 너희들에게 모든 여자는 하찮은 존재일 뿐이지. 나는 안다! 너희들이 운이 좋아 음탕한 국왕을 만났구나. 너희들이 너무 어리석지만 않다면 너희 아내들도 아주 유용할 것이다!

처녀의 정조는 너희들에겐 쓸모없는 사치품이고 부담스러운 재물이지. 여자는 비옥한 땅이요, 국왕은 꼬박꼬박 임대료를 내는 땅이구나. 그 임대료는 하늘이 내린 은총이지. 관직도 있고 훈장을 받고 관직이 계속 올라가는구나. …… 너희 명문 귀족들이 어떻게 가련한 내 딸을 납치할 수 있느냐! 옳지 않다! 고귀한 귀족 가문에 어떻게 이런 몹쓸 자손이 태어나 가문의 명예를 더럽히는가! 옳지 않다. 너희들은 그들의 자손이 아니다! 너희 어머니들이 몸종과 정을 통해 너희 같은 잡종을 낳은 것이다!

지금 우리의 시대는 초라합니다

공연의 막이 내려올 무렵 극장 안은 이미 아수라장이었다. 다음 날 《왕은 즐긴다》의 상연 금지령이 내려졌다. 풍속을 심각하게 해친다는 이유였다. 위고는 이 일로 소송을 제기하고 희곡 출판업자인 외젠 랑뒤엘이 위고를 적극적으로 도왔다. 위고가 이 일을 신문에 실어 널리 알리자

《왕은 즐긴다》는 점점 유명세를 얻었다. 이 소송으로 상연 금지령이 철회되지는 않았지만 위고는 법정 변론을 통해 7월 왕정을 맹렬히 비판했다.*

　　나폴레옹도 폭군이었지만 그는 달랐습니다. 그는 일어나지도 않은 일을 미리 막는 조치는 내리지 않았습니다. 현재의 예방 조치는 우리의 자유를 계속 빼앗아가고 있습니다. 나폴레옹은 손만 뻗으면 모든 것을 다 잡아갈 수 있었습니다. 사자의 풍모를 유지했으며 결코 여우처럼 행동하지 않았습니다. 여러분, 그때는 무슨 일을 하든 위대했습니다. 나폴레옹은 "몇 월 며칠 몇 시에 내가 어디에 갈 것이다"라고 말하면 예고한 그날 그 시각에 어김없이 그곳에 나타났습니다. 〈모니퇴르(Moniteur)〉 지에 공지문 하나만 실으면 왕조 하나를 퇴출시킬 수 있었습니다. 각국의 국왕이 모두 접견실에 모여 나폴레옹을 기다렸고, 나폴레옹이 기둥이 필요하다고 말하면 오스트리아 국왕은 당장 기둥을 만드는 데 필요한 청동을 준비해야 했습니다. 코미디 프랑세즈의 일도 독단적으로 처리했습니다. 하지만 이런 일들은 모스크바 이후**에 시작되었습니다. 그 시대는 위대했지만 지금 시대는 초라합니다.[3]

　　《마리옹 들로름》과 《왕은 즐긴다》가 금서가 된 것은 상류 통치계급의 추악한 내막을 폭로했기 때문이다. 두 희곡의 배경이 각각 루이 13세

---

* 1830년 7월, 파리에서 7월혁명이 일어나 부르봉 왕조를 타도하고 의회에서 오를레앙 공작인 루이 필립을 국왕으로 추대했다. 이 왕정을 '7월 왕정'이라 부른다. 위고는 법정에서 당국자들이 혁명 직후 허가한 권리를 다시 금지하는 것을 비판했다.

** 1812년 러시아에서 전투에 패하고 그해 12월 18일 파리로 돌아온 나폴레옹은 독재 통치를 더욱 강화하기 위한 조치를 내놓았다.

와 프랑수아 1세 시대로 다르지만 국왕과 귀족들이 무대 위에서 조롱당하고 저주받는 것은 당시 통치자들이 용납할 수 없는 것이었다.

위고의 불후의 걸작 소설《노트르담 드 파리(Notre Dame de Paris)》와《레 미제라블(Les Misérables)》도 각각 1834년과 1864년에 로마교황청의《금서목록》에 올랐다. 러시아에서는 니콜라이 1세 시대인 1850년 위고의 모든 작품을 금서로 지정했다. 또한 위고가 망명 중이던 1852년에 쓴 정치 소책자《소나폴레옹(Napoléon le Petit)》은 나폴레옹 3세를 조롱했다는 이유로 프랑스에서 경찰에 몰수되었다. 정부 비판으로 인해 이 위대한 시인은 20년 동안 외국을 떠돌며 망명 생활을 해야 했다.

시어도어 드라이저

[미국] 시어도어 드라이저(Theodore Dreiser, 1871~1945)

부도덕이 일으킨 센세이션

19세기부터 20세기 사이 과시적 소비와 물질주의가 팽배하던 미국 사회의 이면을 적나라하게 드러 낸 대표적인 미국의 사실주의 작가이다. 미풍양속을 해쳤다는 이유로, 부도덕함을 옹호한다는 이유 등으로 금서로 지정되고 사람들에게 비난을 받았지만 사실상 그가 작품 속에 그려낸 이야기들은 실 제 사회에서 일어나고 있는 일들을 있는 그대로 보여준 것뿐이었다. 실상과 상관없이 문학의 고상 함을 지향하던 사람들은 그의 작품을 받아들일 수 없었던 것이다.

시어도어 드라이저는 20세기 미국의 유명한 자연주의 작가다. 그의 가장 성공한 소설《미국의 비극(An American Tragedy)》이 세상에 나오자마 자 드라이저와 반대되는 관점을 가지고 있던 비평가들도 이 작품이 '놀 라운 걸작'이자 '위대한 미국 소설'임을 인정했다. 하지만 드라이저의 인 생은 매우 파란만장했다. 윌러드 소프(Willard Thorp)는 미국 작가 중 "드 라이저만큼 많은 비난과 욕설을 들은 작가는 없었다. 이런 모욕을 당하 고도 작품 활동을 계속할 수 있는 작가는 오로지 드라이저뿐일 것이다"[4] 라고 했다. 그의 가장 유명한 세 편의 소설《시스터 캐리》와《천재(The Genius)》(1915),《미국의 비극》(1925)은 모두 비난받고 고발당하거나 출간 이 금지되었다. 당시 대중의 눈에 드라이저는 비윤리적인 사상과 내용을 담은 작품을 고수하는 고집스러운 작가였다.

1900년 소설가 프랭크 노리스(Frank Norris)가 드라이저의 첫 소설 《시스터 캐리》를 더블데이 출판사에 추천했다. 출판사 사장은 이 책이 청교도의 기준에 부합하지 않으며 부도덕한 여주인공이 아무런 벌도 받지 않는다는 이유로 이 작품을 좋아하지 않았다. 하지만 노리스와 드라이저가 맺은 계약을 지키기 위해 어쩔 수 없이 소설을 출간하기는 했다. 그러나 1000부만 인쇄하고 아무런 홍보도 하지 않았다. 노리스는 비평가들에게 이 소설의 우수성을 알리기 위해 노력했지만 비천한 신분의 여주인공이 비윤리적인 행위를 하고도 처벌받지 않는 내용은 당시 사회에서 용납될 수 없는 것이었다. 결국 이 소설은 '파괴적'이라는 비난을 받으며 블랙리스트에 올랐고 미국에서 12년 동안이나 판매가 금지되었다. 《시스터 캐리》가 실패하자 드라이저는 괴로움을 견디지 못해 자살을 결심하기도 했다. 훗날 독자들에게 극찬을 받게 되는 이 소설로 그가 벌어들인 돈은 고작 68.40달러였다. 하지만 드라이저는 절망을 딛고 다시 일어섰고 생전에 이 소설이 재평가받는 것을 지켜 보았다.

미국 사회의 부도덕함을 드러내다

주인공 캐리는 컬럼비아 출신으로 도시에서의 멋진 생활을 꿈꾸며 시카고로 향한다. 그리고 한 공장에서 일자리를 얻지만 월급이 너무 적었다. 어쩔 수 없이 행상인 찰스 드루에의 정부가 되지만 얼마 안 가 그에게 싫증을 느끼고 나이 많은 레스토랑 지배인인 조지 허스트우드를 선택한다. 허스트우드는 아내도 버리고 거액을 횡령해 캐리와 함께 뉴욕으로 도망친다. 그러나 나이 많은 허스트우드는 뉴욕에서 새로운 생활을 개척하지 못하고 사회적 지위가 추락하고 만다. 반면 여배우로 큰 성공을 거둔 캐리는 한 치의 망설임도 없이 그를 버린다. 나약해질 대로 나약해진 허스트우드는 새로운 삶을 향한 희망을 잃고 캐리에게 푼돈을 받아 생활하다가 허름한 숙소에서 가스를 틀어놓고 자살한다. 캐리는 여배우로 승승장구하지만 충족되지 못한 꿈 때문에 괴로워한다.

　오늘날의 독자들은 이 소설이 왜 금서가 되었는지 이해하기 힘들 것이다. 캐리는 결혼하지 않은 채 두 남자와 동거하지만 그들의 섹스를 자세히 묘사한 부분 같은 건 찾기 어렵다. 《시스터 캐리》는 일반적으로 말하는 포르노 소설의 요건에 부합하지 않는다. 그럼에도 당시 독자들을 분노하게 한 것은 캐리라는 부도덕한 여인이 부와 명예를 모두 얻게 되는 줄거리와 미국에 캐리 같은 여자들이 많음을 암시한 점이었다. 그녀들은 섹스로 생계를 유지하고 심지어 섹스를 성공의 수단으로 삼아 아주 자연스럽게 이용한다. 드라이저는 위대한 발견을 했다. 미국 사회가 캐리 같은 사람들을 만들어낸다는 것이었다. 바로 미국 사회이기 때문에 그와 같은 부도덕한 수단이 성공의 기회로 연결될 수 있는 것이었다.

천재 예술가의 삶에 비친 19세기 미국 사회

　드라이저는 1915년 9월 《자본가(The Financier)》와 《거인(The Titan)》의 뒤를 이어 장편소설 《천재》를 발표했다. 이 소설의 주인공인 예술가 유진

위틀라에게는 드라이저 본인의 모습이 많이 투영되어 있다. 어떻게 보면 그의 《자서전(A Book About Myself)》보다도 작가에 대해 더 많이 알 수 있는 소설이다. 한 예로 《천재》에 등장하는 루비는 드라이저의 젊은 시절 애인 인 앨리스이고, 루비가 유진에게 보낸 편지도 앨리스가 드라이저에게 보낸 편지와 비슷하다. 특히 이 작품의 제1부에 묘사된 유진은 실제로 드라이저 본인의 모습이다. 드라이저는 이 작품을 매우 좋아했다. 그 속에 자기 자신과 친구, 특정 시기에 그의 사상, 감정, 느낌, 주변 사물에 대한 비평, 불만, 희로애락이 모두 담겨 있기 때문이다.

이야기는 19세기 후반 미국을 배경으로 하고 있다. 유진 위틀라는 미국 중서부의 작은 마을에서 태어났으며 그의 아버지는 재봉틀 판매상이었다. 유진은 집에서 귀여움을 독차지하며 자랐다. 소년기 때부터 풍부한 감성과 열정을 가지고 있었지만 몸이 약한 탓에 겉으로는 그저 말수가 적고 부끄러움이 많으며 예민하고 자신감 없는 소년이었다. 17세 때 실연을 당한 후 충동적으로 그 답답한 마을을 떠나기로 결심한 유진은 단돈 몇 달러만 들고 시카고행 열차에 몸을 싣는다. 시카고에 도착한 뒤 그는 난로 설치공으로 일하다가 한 세탁소에서 배달부로 일하게 된다. 그는 세탁소에서 일하는 마가레트를 만나는데 억누를 수 없는 호기심을 느끼게 된다. 얼마 후 다시 계산원으로 취직한 유진은 자비로 미술반에 등록하고 그림에 대단한 소질을 발휘한다. 유진은 훗날 아내가 된 안젤라 블루를 우연히 만나고 모델 루비와도 많은 시간을 함께 보낸다.

유진은 작은 신문사에서 그림을 그리는 것에 만족하지 못하고 뉴욕으로 직장을 옮기고, 뉴욕에서 한 대형 신문사 편집장의 눈에 들어 재능을 인정받는다. 그는 시, 소설, 화보 등에 삽화를 그리며 유명한 가수 크리스티나와도 아주 가깝게 지내지만 안젤라와 결혼을 한다. 하지만 신혼의 단꿈에 젖어 있어야 할 때 그는 안젤라에 대한 자신의 사랑이 이미 식었다는 것을 깨닫는다. 한 회사에서 그를 위해 성대한 그림 전시회를 열어주고 그 덕분에 큰 명성을 얻는다. 하지만 신경쇠약에 걸려 더 이상 그림을 그릴 수가 없게 된다. 생계가 힘들어지자 안젤라를 친정으로 보내고 자신은 작은 목재공장에 일자리를 구한다. 그는 거기에서 또 집주인의 이미 결혼한 딸 카를로타를 알게 된다. 두 사람은 서로 뜨겁게 사랑하는데 결국에는 안젤라가 그 사실을 눈치채고 만다. 이 일로 큰 소란이 벌어지고 유진은 카를로타와 헤어질 수밖에 없게 된다. 친구의 추천으로 다시 그림을 그리기 시작한 그는 특유의 총명함과 재능으로 미술계에서 점점 이름을 날리게 되고 한 잡지사의 출판관리부 책임자로 초빙되지만 정작 예술에서는 점점 멀어진다. 그는 예술가가 아니라 예술적 안목을 가진 장사꾼이 되어 투기에 열중할 뿐이다.

이때 유진에게 나타난 것이 바로 부유한 데일 부인이다. 유진은 다시 데일 부인의 젊고 예쁜 딸 수잔느와 사랑에 빠진다. 안젤라는 임신했다며 남편을 붙잡으려 하지만 유진은 강하게 이혼을 요구한다. 데일 부인도 유진과 수잔느의 사이를 갈라놓으려고 애를 쓴다. 갖가지 압력으로 유진은 회사를 그만두고 안젤라와도 별거를 한다. 이렇게 그는 모든 것을 다 포기하고 수잔느를 선택했지만 수잔느는 결국 그의 곁을 떠나게 된다. 그 충격으로 유진이 자포자기하자 누나가 그에게 기독교의 정신치료를 받게 한다. 얼마 후 안젤라가 난산으로 위태로워지자 유진은 다시 그녀에게 돌아간다. 출산의 고통으로 힘들어하는 안젤라를 보고 새로운 삶을 살기로 맹세하지만 그럴 기회를 놓치고 만다. 안젤라가 아기를 낳은 후 세상을 떠난 것이다. 2년 후 유진은 예술가로서의 명성을 회복하고 전시회도 대성공을 거두며 천재로 인정받는다. 과거의 좌절과 딸 안젤라에 대한 사랑은 그에게 훌륭한 예술적 영감이 되어준다.

《천재》에서 유진 위틀라의 삶은 부득이한 것이었다. 드라이저는 주인공을 둘러싼 기이한 일들을 가차 없이 폭로함으로써 유진 위틀라라는 이 천재의 삶을 이렇게 만든 것이 바로 사회였음을 독자들에게 분명하게 보여준다.

1916년 《천재》가 출간된 후 얼마 되지 않아서 뉴욕반범죄위원회가 미풍양속을 해쳤다며 드라이저를 법원에 고발한다. 이 사건은 당시 미국의 유명한 작가들을 분노하게 했고, 시인 에즈라 파운드(Ezra Pound), 로버트 프로스트(Robert Frost), 에이미 로웰(Amy Lowell), 소설가 윌라 캐더(Willa Cather), 비평가 헨리 루이스 멩켄(Henry Louis Mencken) 등이 《천재》를 지키기 위한 위원회까지 만들어 드라이저를 응원했다. 결국 그들의 압력에 못 이겨 법원은 증거 불충분으로 재판을 끝낼 수밖에 없었고 1923년 이 소설은 다시 출간되었다. 하지만 1933년 독일 나치가 불온서적을 불태울 때 《천재》와 드라이저의 또 다른 소설 《미국의 비극》은 잿더미가 되었다.

가장 포르노스럽지 않은 포르노

1925년에 출간된 《미국의 비극》은 드라이저에게 최고의 명성을 안겨주었다. 출간 당시에는 성을 대담하게 묘사한 작품으로 평가받았지만 한 비평가는 "만약 그(드라이저)의 작품이 포르노 소설이라면 포르노 요소가 그보다 더 적은 작품은 찾기 힘들 것이다"[5]라고 말했다. 오늘날 독자들은 더더욱 이 소설을 포르노와 연결시키기 어려울 것이다. 하지만 《미국의 비극》은 1929년 매사추세츠 주에서 반포르노법을 위반했다는 이유로 판매 금지 처분을 받았다. 이듬해 5월 항소했지만 대법원은 원심을 유지했다. 1930년 보스턴 고등법원도《미국의 비극》을 포르노 서적으로 규정하고 판매를 금지하는 한편 출판업자에게 벌금 300달러를 부과했다. 당시 일부 비평가들은 후대 사람들이 이 결정에 크게 놀랄 것이라고 예언하기도 했다. 하지만《미국의 비극》은 그 후에도 몇 년 동안이나 미국에서 줄곧 금서로 묶여 있었다.

미국 자본주의 사회가 빚어낸 너무나도 전형적인 비극

《미국의 비극》은 그리피스 부부가 캔자스시티에서 작은 선교단체를 설립하는 것으로 시작된다. 아들 크라이드는 부부와는 반대로 부유하고 화려한 생활을 꿈꾼다. 그러던 중 누나 에스타가 떠돌이 배우와 도망을 치자 집에서 벗어나고 싶은 크라이드의 욕망은 더욱 강렬해진다. 그는 호텔 보이로 일하며 동경해 마지않는 부유층 생활을 엿본다. 그의 생활은 점점 방탕해지고 여자들을 만나며 흥청망청 돈을 써버린다. 몇 년 후 크라이드는 큰아버지 사무엘 그리피스가 운영하는 공장에서 일하게 되고 수줍음 많은 여인 로버타가 자꾸만 그의 눈길을 잡아끈다. 퇴근 후 한 차례 우연한 만남 이후 두 사람은 정기적으로 만나며 데이트를 즐겼고 머지않아 뜨거운 사랑에 빠진다. 하지만 크라이드는 둘의 관계를 다른 사람에게 알리지 않는다. 얼마 후 크라이드는 젊고 아름다운 사교계의 꽃 손드라를 알게 되고 로버타에 대한 사랑은 점차 식어버린다. 이때

로버타가 임신을 해 그는 아이를 낙태시키려고 하지만 실패하고 로버타는 결혼을 요구한다. 이미 손드라를 사랑하게 된 크라이드는 계속 대답을 미루고 피하기만 한다. 그러던 중 신문에서 보트 전복 사고에 대한 기사를 읽고 로버타를 살해하기로 마음먹는다. 그는 로버타를 호수로 유인해 익사시키려고 하다가 마지막에 마음을 바꾸지만 우연히 배가 뒤집혀 두 사람이 함께 물에 빠진다. 수영을 할 줄 모르는 로버타가 허우적거리지만 크라이드는 구하지 않고 익사하도록 내버려둔다.

로버타의 시신을 발견한 경찰은 타살을 의심하고 크라이드를 살인용의자로 체포한다. 크라이드는 자신이 로버타를 호수로 데려간 것은 인정하지만 죽음은 우연한 사건이었다고 주장한다. 이 사건이 신문 1면을 장식하고 사무엘 그리피스는 두 변호사를 고용해 크라이드를 변호하게 한다. 두 변호사는 사건의 정황을 그럴듯하게 꾸며낸 뒤 크라이드에게 그대로 진술하라고 훈련시키지만 크라이드는 심문 과정에서 검찰의 추궁을 버티지 못하고 단서를 흘리고 만다. 크라이드에게 사형죄가 선고되자 어머니와 두 변호사가 그를 구명하기 위해 백방으로 노력하지만 돌이킬 수 없다. 크라이드는 결국 종교에서 위안을 얻어 로버타의 죽음에 얽힌 진실을 솔직하게 털어놓는다. 크라이드의 사형이 집행된 후에도 그의 부모는 예전과 같은 단조롭고 무미건조한 종교상활을 이어간다.

《미국의 비극》에서 드라이저는 과학자처럼 사실만을 존중하고 사실만을 묘사하는 기법을 사용했다. 크라이드의 청년 시절에는 자신의 경험을 직접적으로 반영했지만 냉정하고 감성에 흔들리지 않는 태도로 그려냈다. 부와 권세를 추구하는 동작도 객관적인 연구를 거쳐 묘사했다. 그렇기 때문에 이 소설이 지극히 현실적이고 사실적인 작품이 될 수 있었다. 크라이드의 살인죄는 미국의 사회적 환경에서 자연스럽게 나온 산물이었으며 마치 생물학적인 사건과도 같았다.

　이런 관점은 '아메리칸 드림'을 품고 있는 독자들이 결코 받아들일 수 없는 것이었다. 그들은 이런 관점이 비윤리적 행동을 변호한다고 여겼다. 당시 미국 문단의 주류는 역시 고상한 문학이었다. 이런 문학들은 사회를 점잖게 치장하고 미국을 조용하고 평화적인 전원인 것처럼 묘사했다. 하지만 드라이저는 진정한 '미국인의 생활 방식'을 폭로하고 사회의 어두운 면을 적나라하게 드러내 보여주었다. 그러므로 드라이저의 작품이 번번이 비난받고 금서로 지정된 것도 전혀 이상한 일은 아닐 것이다.

윌리엄 포크너

[미국] 윌리엄 포크너(William Faulkner, 1897~1962)

불친절하지만 거부할 수 없는 20세기 문학의 거인

폭력성과 선정성, 난무하는 욕설, 신성 모독, 불법 낙태 등 여러 가지 이유로 그의 수많은 작품들이 금서로 지정되었다. 그럼에도 포크너는 의식의 흐름 기법을 이용한 실험적인 문체 등 기존의 틀을 깨뜨리는 개혁적인 글쓰기를 통해 미국 모더니즘 문학의 개척자로서 20세기 현대문학을 대표하는 작가가 되었다. 1949년 노벨문학상을 수상하고, 두 번이나 퓰리처상을 받았다.

지금은 윌리엄 포크너라는 이름만 들어도 대다수 독자들이 숙연해 질 것이다. 문학계의 우상이자 현대문학의 대가로 인정받기 때문이다. 특정 지역의 지역성을 띤 소설가(포크너는 미국의 유명한 '남부 소설가'다)가 이렇게 큰 성공을 거둔 것은 그가 유일하다. 비평가들은 포크너의 작품을 논할 때 언제나 신화, 우화 등의 단어를 언급한다. 그의 소설과 그 소설이 개척한 세상, 즉 미시시피 주 북부 요크나파토파 카운티(포크너가 창조한 가상의 마을)가 신비한 매력으로 오랫동안 사람들을 매료시키기 때문이다. 특히 포크너는 1949년 노벨문학상을 수상함으로써 20세기 세계 문학계에서 중요한 지위를 차지하게 되었다. 포크너는 노벨상 수상 연설에서 현대인의 비극, 즉 모두가 가지고 있는 '보편적 공포'를 언급했다. 그는 이

것이 "정신적인 것이 더 이상 존재하지 않기 때문"이라면서 "인간은 계속 생존할 뿐 아니라 계속 발전할 것입니다. 저는 인간이 불멸의 존재라고 생각합니다. 그것은 인간이 모든 생명 중 유일하게 자신의 목소리를 남길 수 있는 존재이기 때문이 아니라 영혼이 있고 연민, 희생, 인내의 정신을 가진 존재이기 때문입니다"라고 역설했다. 헤밍웨이가 이 연설을 조롱하기는 했지만 포크너 본인과 그의 작품은 이 연설 덕분에 숭고하고 성스러운 이미지를 얻게 되었다.

좌절 끝에 작정하고 쓴 통속소설

하지만 1949년 이전에 미국인들은 포크너의 소설을 숭고하고 성스럽다고 여기지 않았다. 1931년 2월 《성역(Sanctuary)》을 발표하기 전에 《소리와 분노(Sound and the Fury)》(1929), 《내가 죽어 누워 있을 때(As I Lay Dying)》(1930) 등의 작품을 발표했지만 비평가와 독자들로부터 그리 좋은 평가를 받지 못했다. 문학계 권위자들이 쓴 서평에서 '실패'라는 단어가 '성공'이라는 단어보다 더 빈번하게 출현했다.

이 사실에 절망한 포크너가 베스트셀러를 쓰기로 작정하고 쓴 소설이 바로 《성역》이다. 그는 사람들에게 "내가 지금 한 소녀가 옥수수 속대로 능욕당하는 책을 쓰고 있다네"라고 말했다. 그가 이 원고를 출판업자인 해리슨 스미스에게 보내자 스미스는 "맙소사! 난 이 책을 출판할 수 없소. 우리 둘 다 감옥에 가게 될 거요!"라며 난색을 표했다. 포크너는 1932년 《성역》 문고판 출간 당시에 쓴 서문에서 이 책이 '돈을 벌기 위한 저속한 의도로 쓴 작품'이라고 고백했다.《성역》에서 포크너는 전작들처럼 의식의 흐름, 플래시백, 다각도 서술 등 복잡한 기법으로 독자를 '괴롭히지' 않고 완전히 통속적인 소설 기법이 사용되었다. 이 책에는 아홉 번의 살인과 한 번의 강간, 한 번의 사형, 한 번의 총격 장면이 등장한다. 비록 비평계에서는 이 소설에 대한 평가가 엇갈렸지만 어쨌든 이 책의 상업성은 소기의 목적을 달성했다. 포크너는 이 작품으로 돈과 명예를 모두 얻었다. 하지만 포크너의 고향인 옥스퍼드 사람들은 분노와 함께 모욕감을 느꼈다. 포크너의 이웃들은《성역》을 읽어보지도 않고 이 책이 자신들을 능욕했다고 선언했다. 포크너의 아버지는《성역》의 출간을 만류했고 포크너의 어머니는 소설을 읽고 난 후 반드시 써야 할 것을 썼다며 아들을 옹호했다. 당시 포크너의 가족은 이 책으로 인해 적대의 대상이 되었다.

남 몰래 구해서 은밀히 읽는 책

《성역》은 한 타락한 여자에 관한 이야기다. 옥스퍼드의 판사 딸인 템플 드레이크가 남자친구와 밀주업자의 집에 갔다가 강간을 당한다. 강제로 희롱을 당하면서도 템플은 저항하지 않고 오히려 피학대의 상황에 탐닉한다. 성불구자인 포파이는 옥수수 속대로 그녀를 강간한 것도 모자라 다른 남자를 시켜 그녀와 섹스하게 하고 자신은 옆에서 구경한다. 변호사 호러스 벤보우가 그녀와 살인범으로 기소당한 구드윈을 구하기 위해 포파이가 진범이라는 증거를 수집한다. 하지만 템플은 법정에서 뜻밖의 위증을 한다. 포파이가 했던 일을 모두 구드윈에게 뒤집어씌워 구드윈이

유죄 판결을 받도록 만든 것이다. 유죄 판결이 나온 날 밤 성난 군중들은 구드윈을 감옥에서 끌어내 산 채로 불태웠다. 얼마 후 포파이는 경찰 살인 혐의로 고발당한다. 그 경찰이 포파이가 또 다른 사람을 죽이는 것을 목격했기 때문에 그를 살려둘 수 없었던 것이다. 그는 자신이 범죄현장에 있지 않았다는 증거를 내놓지 못했고 결국 유죄 판결을 받고 교수형에 처해진다.

1948년 필라델피아 경찰은 현지 서점에서 팔리고 있는 포르노 소설을 압수하고 총 2000종의 서적에 대한 출판 및 판매를 금지하고, 포크너의《성역》과《야생 종려나무(The Wild Palms)》를 포함한 9권의 소설에 대해서는 특별히 기소해 법정에 올렸다.《야생 종려나무》는 1939년에 발표한 포크너의 11번째 소설로《성역》보다 더 많은 판매부수를 기록했다.《야생 종려나무》에서 등장인물 샬럿이 불법 낙태로 목숨을 잃는데 아마도 이것이 이 소설이 금서가 된 중요한 이유일 것이다. 이듬해 판사는 이 기소를 기각하면서 이 책들이 '현실을 반영하고 있다'고 판결했다. 포크너가 노벨문학상을 수상한 후에는《성역》이 다시 법정에 오르는 일이 없었지만 일부 윤리단체의 금서목록에는 여전히 올라 있었다. 예를 들면 1954년《성역》과 그의 다른 작품《파일론(Pylon)》,《병사의 보수(Soldier's Pay)》가한 전국 문학단체의 금서목록에 포함되었다. 또한 같은 해에 아일랜드에서는《성역》과 그의 대부분의 작품이 폭력 묘사와 거친 언어를 이유로 금서로 지정되었다.

1930년 10월에 발표된《내가 죽어 누워 있을 때》는 포크너의 소설 가운데 금서로 지정될 가능성이 가장 적은 작품일 것이다. 당시 사람들도 이 소설에 대해 높이 평가하며 심지어 현대판《오디세이아》라고 극찬하기도 했다. 이 소설은 인간의 인내심에 대한 원시적인 우화이자 인류가 경험한 한 폭의 희비극적 풍경화다. 이 소설은 열흘 동안 발생한 일들에 대한 것으로 극중 인물의 독백을 통해 이야기가 전개된다.

번드런 가족은 남부에서 척박한 땅에 의지해 근근이 살아가고 있는 빈민층이다. 소설은 죽음에 임박한 어머니 애디 번드런이 병상에 누워 있는 장면으로 시작된다. 상황이었다. 창 밖에서 장남 캐시가 어머니를 위한 관을 짜고 있다. 애디는 자신이 죽으면 친정의 가족묘지에 묻어달라고 유언하고 남편은 그러겠다고 약속한다. 사흘 동안의 준비, 기다림, 장례 이후 가족은 100킬로미터 떨어진 제퍼슨으로 '고난의 여정'을 떠난다. 가는 도중 갖가지 시련이 가족을 덮친다. 홍수에 관이 떠내려 갈 뻔하고 화재로 시신이 거의 타버린 데다가 시신의 썩은 내를 맡고 찾아오는 독수리들이 점점 많아진다. 마침내 가족은 고된 여정을 끝내고 목적지에 도착해 애디를 묘지에 안장한다. 하지만 수레를 끌던 노새가 물에 빠져 죽고 캐시는 한쪽 다리를 잃었으며 둘째 아들 달은 정신병원에 들어가야 했다. 또 셋째 아들 주얼은 사랑하는 말을 잃고 딸 듀이 델은 원하던 낙태를 하지 못했으며 막내 아들 바더만은 그토록 갖고 싶던 장난감 기차를 얻지 못했다. 오직 이 가족의 가장인 앤스 번드런만이 원하던 대로 틀니를 해 넣고 새 아내까지 얻는다.

《내가 죽어 누워 있을 때》는 작가의 인지도, 길지 않은 분량, 비평계의 호평, 희극적 색채 등 여러 가지 요인 덕분에 미국 중고등학생들을 위한 영문학 추천도서로 선정되었다. 그런데 1986년 9월 미국 켄터키 주 그레이브스 카운티의 한 고등학교 교무위원회에서 이 소설을 학생들이 읽어서는 안 되는 금지도서로 지정했다. 이 회의의 한 참석자는 이 소설에 대해 "사람들이 남 몰래 구해서 은밀히 읽는 책"[6]이라고 비난했다. 그들이 이 책을 금지도서로 지정한 근거는 셋째 아들 주얼이 화가 나서 "하느님이 있다면, 도대체 그분은 뭘 하고 있는지 모르겠군"이라고 저주하고, 또 다른 부분에서도 신을 모독하고 낙태를 거론하며 욕설이 등장한다는 것이었다.

이 소식이 전해지자 논란이 일파만파로 번졌다. 고등학교 교무위원회에서, 그것도 1980년대에, 미국의 가장 위대한 소설가 중 한 사람인 포크너의 작품을 읽지 못하도록 금지했다는 사실에 켄터키 주는 물론 미국 전체가 경악했다. 사람들이 보기에《내가 죽어 누워 있을 때》에 노골적인 섹스 묘사가 있는 것도 아니고 외설적인 단어가 등장하지도 않으며 성욕을 자극하려는 의도도 없었다. 더욱이 미국 정부를 무력으로 전복시키자고 주장하거나 소수민족을 조롱하지도 않았으며 인종, 종교, 피부색, 성별, 연령 등의 차별을 선동할 만한 요소도 발견할 수 없었다. 이 책이 금서가 된 것은 그저 저주와 낙태에 대한 한마디 그리고 등장인물 몇 사람의 욕설 때문이었다. 그런데 사실 미국 주류 신문이나 잡지, 방송에서도 이런 일은 비일비재했다. 켄터키 주의 항구도시 루이빌에서 온 방송취재팀이 이 고등학교를 방문하고 미국 ABC 방송국은 저녁 뉴스에서 이 사건을 중점 보도하기로 했다. 그러자 전국적인 비난을 받게 될 처지에 놓인 그 고등학교가 서둘러《내가 죽어 누워 있을 때》에 대한 금지도서 지정을 취소함으로써 이 사건은 일단락되었다.

비트 제너레이션

[미국] 잭 케루악(Jack Kerouac), 앨런 긴즈버그(Allen Ginsberg) 등, 1950~1960년대

조소 띤 얼굴로 방황하는 청춘 군상

기성세대의 숨 막힐 것 같은 가치관을 거부하고 획일적인 사회에 저항하던 1950~1960년대의 젊은 세대를 일컫는다. 무정부주의적이고 개인주의적인 성향을 띤다. 잭 케루악, 앨런 긴즈버그, 윌리엄 버로스 등이 대표적으로 이들은 시대에 대한 저항은 물론 술과 마약, 동성애 등 비밀스럽고 개인적인 모든 것들을 작품에 쏟아냈다.

1950년대 미국 문학계에 등장한 비트 세대는 젊은 세대의 반항 정신과 퇴폐적인 분위기를 반영했다. 비트 세대의 주동자 중 한 사람인 잭 케루악(Jack Kerouac)은 '비트(Beat)는 사회적 경험에 패배해 좌절한 정신적 상태'라고 정의했다. 비트 세대 작가들은 이런 상태에서 한 치의 부끄러움도 없이 자신의 가장 비밀스럽고 깊은 감정을 작품에 솔직하게 털어놓았다. 그들은 폭음, 마약 중독, 동성애 같은 자신의 경험을 작품에 써넣고 꿈과 무한한 쾌락을 추구하는 그들의 생활을 표현했다. 당시 미국의 여론은 마약 중독에 대해 쓰는 것인지 마약 중독을 부추기는 것인지, 동성애에 대해 쓰는 것인지 동성애를 예찬하는 것인지 판단하려 하지도 않고 사회윤리를 수호한다는 명목 아래 비트 세대를 무조건 비난하고 탄압했다.

비트 세대의 대표작으로 꼽히는 작품은 케루악의《길 위에서(On the Road)》(1957), 앨런 긴즈버그(Allen Ginsberg)의 장편 시《아우성과 기타 시들 (Howl and Other Poems)》(1956), 윌리엄 버로스의《벌거벗은 점심》이다. 이 세 작품의 공통점은 세상에 나오자마자 험난한 길을 걸었다는 사실이다. 특히《길 위에서》는 세상에 나오기까지 모진 산고를 겪었는데, 케루악은 이 소설을 단 26일 만에 탈고했다. 그는 두껍게 감긴 두루마리 종이를 타 자기에 끼우고 마침표도, 쉼표도, 줄 바꿈도 없이 단 하나의 문단으로 써 내려갔다. 이 책은 탈고 후 출간까지 5년이라는 시간이 걸렸는데 형식과 내용을 수정하라는 편집부의 권유를 케루악이 받아들이지 않았기 때문 이었다. 다른 두 작품은 주제에 문제가 있었다.《아우성과 기타 시들》과 《벌거벗은 점심》모두 압수, 우편발송 금지 등의 악운을 겪었다.

비트 세대의 대표작가, 앨런 긴즈버그

1955년 가을, 긴즈버그는 샌프란시스코의 한 화랑에서 〈아우성〉을 낭 송했고, 〈뉴욕타임스〉가 이것을 보도하면서 비트 세대는 유명세를 얻기 시작했다.

나는 우리 세대 엘리트들이 광기로 파괴되는 것을 보았다
굶주리고 히스테릭한 벌거숭이들이
여명 아래 무거운 몸을 끌고
미친 듯이 분노를 분출할 곳을 찾아 흑인가를 방황하며……

〈아우성〉의 도입부인 이 단락은 훗날 극찬을 받으며 여기 저기 인용되는 유명한 시구가 되었다. 이 장편 시의 거침없는 기세는 읽는 이들의 가슴을 철렁하게 할 정도다. 서정적이면서도 분노와 광기에 찬 포효는 가히 압권이라 할 만하다. 당시 사람들로서는 받아들이기 힘든 시였다. 《아우성과 기타 시들》은 1956년 샌프란시스코에서 출판되었는데 작은 출판사였기 때문에 인쇄 비용을 아끼기 위해 시집을 영국으로 보내 인쇄했다. 그런데 영국에서 인쇄한 시집 500부를 샌프란시스코로 들여오던 중 음란물이라는 이유로 세관에서 전량을 몰수해버렸다. 출판사가 이에 불복해 법원에 고발했고, 법정에서 이 시집이 저질 작품인지, 외설적인 단어와 이미지를 사용했는지 등에 대해 격렬한 변론이 펼쳐졌다. 비트 세대의 또 다른 시인인 케네스 렉스로드(Kenneth Rexroth)와 명망 있는 문학교수가 재판에 나와 이 시집을 변호하며 수록된 시 몇 수에 대해 "제2차 세계대전 이후 청년시인이 출판한 가장 훌륭한 시"라고 극찬했다.

마침내 판사는 《아우성과 기타 시들》이 외설 작품이 아니며 시인 긴즈버그가 "자신의 언어로 …… 자신의 사상을 표현할 권리를 보호받아야 한다"고 판결했다. 결국 출판사가 재판에 승소하고, 이 시집은 미국 독자들에게 더욱 주목받아 십 수만 부나 더 팔려나갔다. 《아우성과 기타 시들》은 1980년대에만 30쇄 넘게 인쇄되어 인쇄 부수가 총 50만 부에 육박한다. 1994년에 시티 라이트 북스에서 이 책의 51쇄를 인쇄할 때까지도 표지 하단에는 다음과 같은 광고문구가 들어 있었다. "앨런 긴즈버그의 《아우성과 기타 시들》은 1956년 가을에 처음으로 시티 라이트 북스가 출판했다. 그 후 미국 세관과 샌프란시스코 경찰이 책을 압수한 후 기나긴 재판이 진행되었고 그러는 동안 많은 시인과 교수가 이 책은 외설 작품이 아니라고 옹호했다."

《아우성과 기타 시들》이 세상에 나온 후 많은 비평가들은 긴즈버그를 비트 세대의 대표작가로 꼽았다. 〈뉴욕타임즈〉는 "문학계가 긴즈버그의 사고방식을 중심으로 돌아가기 시작했다"고 논평했다.

날것 그대로에 대한 직시

'벌거벗은 점심'이라는 제목은 잭 케루악이 윌리엄 버로스에게 지어준 것이다. 그렇지만 버로스는 오랫동안 이 제목이 무엇을 의미하는지 이해하지 못했다. 한참이 흐른 뒤에야 "벌거벗은 점심—모든 사람이 포크 끝에 찍힌 음식을 똑바로 쳐다보는 그 차디찬 순간"[7]이라고 자기 나름대로의 해석을 내놓았다. 한편 긴즈버그는 '벌거벗은 점심'은 "어떤 대상을 적나라하게 있는 그대로 보는 것, 어떤 위장도 없이 있는 그대로를 보는 것"[8]을 뜻한다고 비교적 쉽게 해석했다.

《벌거벗은 점심》에는 마약 중독자의 기괴한 환상이 넘쳐난다. 실제로 작가 본인이 15년 동안 마약 중독에 빠져 있었고 이 작품은 그가 마약 중독을 치료한 후에 완성한 것이지만 작품에 등장하는 몽롱한 환각에 대한 묘사는 그가 마약에 빠져 있던 시절에 쓴 것이라고 한다. 주인공 윌리엄 리는 마약중독자다. 그는 마약, 섹스, 언어, 정부 등 자신을 통제하려는 것들에서 벗어나기 위해 뉴욕에서 멕시코로, 모로코의 탕헤르로, 또다시 더 먼 곳으로 도망치며 마약 과다 흡입, 사디즘, 더러운 환경 등으로 가득찬 세상을 누빈다. 소설에는 동성애와 경찰의 폭력이 자주 묘사되어 있는데 작가 본인이 동성애에서 벗어날 수 없어 괴로워한 경험이 있기 때문에 그는 동성애를 '끔찍한 질병'이라고 표현했다. 작품에 묘사된 경찰에게서는 미국의 사악함이 고스란히 드러난다.

위엄 있고 대학 교육을 받고 뛰어난 말재주와 날카로운 눈빛을 지닌 국가 경찰이 당신의 자동차, 가방, 옷, 얼굴을 샅샅이 검사한다. 기세등등한 대도시의 경찰, 상냥한 말투의 시골 보안관, 늙어 침침해진 눈만큼이나 빛바랜 플란넬 셔츠, 우울한 빗물과 위협적인 빛⋯⋯."

《벌거벗은 점심》을 철학적인 수준으로 끌어올린다면 이 작품은 "인류가 추상적인 힘에 통제당하고 있음을 보여준다. 이런 추상적인 힘은 섹스, 마약, 언어를 통해 생명을 죽음과 진흙으로 소멸시키고 있다"[9]고 말할 수 있다. 예술 기법으로 본다면 버로스는 언어의 마술사다. 그는 마약 흡입 후의 환각 상태를 묘사하는 언어들을 자유자재로 구사하면서 "모든 차원의 진실을 철저히 직접적으로 전달하고자 했다"라고 말했다.

시인 로렌스 펄링게티(Lawrence Ferlinghetti)는 《벌거벗은 점심》의 출간에 대해 "순수하고 충동적인 법률적인 의미에서의 정신착란"이라고 경고했지만 그로브 출판사는 1962년 11월 이 소설을 출판했다. 당시 이 출판사의 경영자는 바르니 로세였는데, 후대 사람들은 미국의 금서에 대해 논하면서 "도서 검열의 대단한 위세에 굴복하지 않은 출판업자가 있다면 아마 바르니 로세일 것이다"[10]라고 했다. 로세는 1960년대에 《채털리 부인의 연인》, 《패니 힐》, 《북회귀선》 등 당시 사람들의 눈에는 '포르노 서적'이던 작품을 미국에 들여와 출간했고 그 때문에 고발당해 번번이 법정에 출석해야 했다. 《벌거벗은 점심》 역시 1965년 보스턴 고등법원에서 외설 서적이라고 판결해 유통을 금지했는데 출판사가 이 판결에 불복해 매사추세츠 주 최고법원에 상소하고 이 소설을 변호했다. 이 재판은 이미 유명작가의 반열에 오른 긴즈버그와 소설가 노먼 메일러(Norman Mailer)가 법정에 직접 출석해 증언을 하면서 더 크게 주목받았다.

노먼 메일러는 법정에 출석해 자신이 《벌거벗은 점심》을 세 번 읽은 뒤의 느낌을 상세하게 증언했다. 처음에는 그저 작가가 썩 훌륭한 재능을 가졌다는 정도의 생각밖에는 들지 않았지만 여러 번 읽을수록 이 책이 진정한 문학작품이라고 느끼게 되었다고 했다. 버로스를 높이 평가하며 "이 작품은 매우 깊이 있고 치밀하게 구성되었다. 버로스는 아마 미국에서 가장 재능 있는 작가일 것이다"라고 말했다. 심지어 그는 윌리엄 버로스를 향해 '영혼의 파멸을 그리는 종교적 의의를 가진 작가'라고 극찬하기도 했다.

긴즈버그가 재판에서 했던 증언은 이 소설의 사회적 의의를 강조한 것으로 사실상 그는 비트 세대에 속하는 모든 작품을 변호했다.

이 책에 등장하는 많은 관점들이 사회적 의의를 가지고 있으며 소설에는 그것들이 긴밀하게 연결되어 있습니다. 주요 관점 중 하나는 마약 중독이나 헤로인 중독 등 마약 중독에 대해 다른 중독과 동일한 이론을 적용했다는 것입니다. 이 책에서는 이것을 '필요의 대수학(algebra of need)'이라고 부릅니다. 하지만 책에 언급된 다른 중독은 드라마틱하게 처리됩니다. 버로스는 동성애도 일종의 중독으로 간주했습니다. 더 넓은 범위에서 보자면 그는 물질적 이익과 부에 대한 미국식 중독까지 그리고자 했습니다. 이 책에는 물질에 대한 중독도 여러 차례 언급되어 있습니다. 가장 많은 것은 역시 권력욕이나 권력을 가지고 타인을 통제하는 것에 관한 중독입니다. 이 책은 타인의 생각과 영혼을 통제하기를 갈망하고 그에 도취된 사람들을 생생하게 묘사하고 있습니다."

사람들은 소설의 제목만 듣고도 놀랄지도 모른다. 검사가 제목의 뜻을 확실히 밝히라고 하자 긴즈버그가 앞에서 말한 자신의 해석을 제시했다. 그의 해석대로라면 이 책 제목은 외설적인 것이 아니라 시적인 이미지를 담은 것이다. 검사는 또《벌거벗은 점심》의 서문 중 "《벌거벗은 점심》에 표현된 신체증상들이 야만적이고 외설적이고 혐오감을 줄 것이다. 병은 허약한 위장이 견뎌낼 수 없는 역겨움을 불러오곤 한다"라는 문장을 지적하며 버로스 자신이 이미 외설성을 인정한 것이 아니냐고 물었다. 이에 대해 긴즈버그는 "이 말은 법률적인 의미에서의 외설이 아니고, 심지어 그 자신이 인정하는, 또는 그의 작품에 공감하는 독자들이 생각하는 외설이 아닐 것입니다. 그가 표현한 것은 매우 근본적이고 충격적인 문제입니다"라고 답했다. 다시 말해 버로스는 법률에 저항하려는 것이 아니라 실제 감정을 그대로 표현해내려고 했다는 것이다. 요컨대 증인들은 각기 다른 관점에서《벌거벗은 점심》이 저열한 외설이 아니라 가치 있는 문학작품이라고 주장했다.

1966년 7월 7일 매사추세츠 주 최고법원은《벌거벗은 점심》이 외설 작품이 아니라고 판결했다. 판사는 판결문을 통해 이 소설이 미국 수정헌법 제1조에서 규정한 '언론 및 출판의 자유'에 의해 보호받아야 한다며 보스턴 최고법원의 판결을 뒤집었다. 이로써 매사추세츠 주에서 이 소설의 판매 금지는 취소되었다.

비트 세대의 작품들은 법정 바깥에서도 치열한 논쟁을 불러일으켰다.《아우성과 기타 시들》이 해금된 후에도 정통을 자처하는 비평가들은 긴즈버그의 시를 차마 듣기 힘든 시라고 혹평했고,《벌거벗은 점심》을 옹호한 노먼 메일러와 메리 맥카시(Mary McCarthy)도 문학계에서 외면당했다. 하지만 오늘날 비트 세대가 몇몇 대표작들은 모두 미국 문학계의 걸작으로 인정받고 있고, 그 시대에 대한 문인들의 향수는 비틀즈와 엘비스 프레슬리를 향한 음악 마니아들의 그것에 결코 뒤지지 않는다.

부록

1. 역사상 가장 유명한
   도서 검열 기관과 금서 시대

2. 주요 문학작품의 금서 연표
   (기원전 440~1991년)

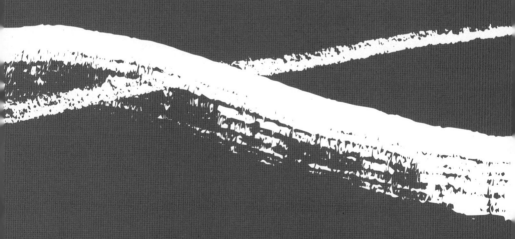

역사상 가장 유명한
도서 검열 기관과 금서 시대

로마교황청이 발표한《도서목록》과 영국의 궁정관리, 미국의 문화 기관은 얼핏 보기에는 아무 관련도 없는 듯하지만 모두 특정 시기, 특정 지역에서 문학에 대한 정부의 탄압을 상징했다. '금서 시대'란 몇몇 유럽 국가에서 문학에 대한 검열이 가장 엄격했던 시기를 뜻한다.

1. 로마교황청의 《금서목록》

중세 이래 유럽의 금서사를 논할 때 로마교황청의《금서목록(index libr rum prohibit rum)》을 빼놓을 수 없다. 이 방대한 '블랙리스트'를 작성한 주된 목적은 비윤리적인 문학작품의 출판 및 판매를 금지하는 것이었지만 이 중에는 위대학 작가와 걸작도 다수 포함되어 있었다.

《금서목록》에 수록된 작품의 작가 중에는 프랑스 소설가 아나톨 프랑스, 벨기에 극작가 모리스 마테를링크, 프랑스 작가 장 폴 사르트르, 프랑스 소설가 에밀 졸라 등이 있었고, 로마교황청이 부적절한 작품을 썼다고 지목한 작가 중에는 스탕달, 조르주 상드, 발자크, 외젠 쉬, 알렉상드르 뒤마 등이 있었다. 이탈리아의 시인이자 작가인 가브리엘레 단눈치오의 모든 소설과 희곡, 독일 시인 하이네의 일부 시, 프랑스 시인 알퐁스 드 라마르틴의 장편 시《조셀린(Jocelyn)》, 영국 산문작가 버나드 맨더빌의《꿀벌의 우화(The Fable of the Bees)》, 프랑스 작가 몽테뉴의 수필, 프랑스 작가 루소의《신 엘로이즈》, 프랑스 작가 볼테르의 작품 대부분, 프랑스 소설가 플로베르의《보바리 부인》과《살람보(Salammbo)》, 프랑스 작가 위고의《레 미제라블》과《노트르담 드 파리》, 영국 소설가 리처드슨의《파멜라》, 영국 소설가 로런스 스턴의《풍류 여정기(A Sentimental Journey through France and Italy)》등이 모두 각 시대별《금서목록》의 첫머리를 장식했다. 이 밖에 문예비평계의 작가 두 사람도 이 리스트에 이름을 올렸는데 이탈리아인 베네데토 크로체와 프랑스인 이폴리트 텐이 그들이다. 크로체는 미학 저서를 포함해 모든 저서가 금서로 지정되었고 텐은《예술철학》으로 유명하지만《금서목록》에 오른 것은《영국문학사》였다. 이들 작가와 작품들을 살펴보면 대부분 프랑스, 이탈리아, 벨기에 등 천주교회가 관할하던 지역에 속했다는 공통점은 있다. 하지만 그 외에는 규칙이라고 할 만한 것을 찾을 수가 없다.

교회가 서적을 불태운 역사는 기독교 초창기로 거슬러 올라간다. 성 바오로의 사도들이 이른바 미신을 퍼뜨리는 책들을 대대적으로 불태운 일이 있었다. 2세기 후반의《무라토리 목록(Muratorian Canon)》*에는 권위성을 가진《신약》도 있었지만 배제해야 하는 경전들도 포함되어 있었다. 교회가 이 책을 처음으로 배척한 것은 325년에 열린 니케아공의회 때였다. 이 회의에서 신학자 아리우스의 시집《탈리아(Thalia)》가 금서로 지정되고 아리우스도 이단으로 배척당했다. 교황청이 처음《금서목록》을 발표한 것은 5세기 초였다. 교황 인노켄티우스 1세가 툴루즈 주교에게 금지해야 할 위경(僞經)의 목록을 작성해주었다. 이 목록을 작성한 것은 교리의 통일성을 유지하고 이단사설을 배척하기 위해서였다.

495년 교황 성 겔라시우스 1세가 발표한 법령이 최초의 로마교황청《금서목록》이라고 주장하는 이들도 있지만《겔라시우스교령》은 추천목록이었으므로《금서목록》의 출발점이 될 수 없다. 하지만《겔라시우스교령》도《금서목록》과 마찬가지로 서적에 주목하고 "금서로 지정된 책들을 읽어서는 안 되며 개인적인 목적으로 연구해서도 안 된다"고 규정했다.《겔라시우스교령》은 성경, 추천도서, 위경 세 부분으로 구분되어 있는데 추천도서는 신부가 쓴 책이나 순교자의 사적에 관한 책이고 위경은 공의회와 교황이 금지한 이단서적들이었다. 14세기 교회가 유럽 각 대학의 교수들에게 교회의 검열을 통과하지 않은 저서를 발표하지 못하도록 금지하고 출판업자들도 교회가 허락한 책만 판매하라고 명령했다. 1467년 인노켄티우스 8세가 모든 서적이 인쇄하기 전에 교회 당국의 검열을 거치도록 규정했다. 이 교령은 천주교의 교리를 왜곡시키는 모든 출판물을 단속하기 위한 것이었다. 당시에 출판된 모든 책은 교회가 출판을 허

---

* 1740년 무라토리가 발견한 가장 오랜 신약성서 목록. 2세기에 로마에서 작성된 것으로 추정된다. - 옮긴이

가했다는 표시를 표지에 함께 인쇄해야 했다. 1515년 5월 4일에도 교황 레오 10세가 이와 비슷한 교령을 발표했다. 이 교령은 각 지역의 주교가 서적검열관을 두어 서적을 검열하고 검열을 회피하는 자를 처벌하도록 규정했다. 교황들이 비슷한 내용의 교령을 여러 번 반포했다는 것은 교회의 통제가 그리 효과를 발휘하지 못했음을 의미한다. 1545년부터 1563년까지 열린 트리엔트 공의회의 주요 의제 중 하나가 바로 '어떻게 하면 인쇄물을 더 효과적으로 통제할 수 있는가'였다. 이 회의에서 공포한《트리엔트 신앙고백(Professio fidei Tridentina)》에 앞으로 300년 동안 시행할 10대 출판원칙이 포함되어 있었는데, 그중 마지막 원칙이 서적을 정식 출판하기 전에 지방 종교 당국의 검열을 거쳐야 하며 지방 종교 당국은 서적의 출판을 금지할 권력이 있음을 재천명하는 것이었다.

1557년 교황 바오로 4세가 처음으로 정식《금서목록》을 발표한 후, 불과 7년 만에 교황 비오 4세가 트리엔트 공의회에서 또다시《금서목록》을 발표했다. 1571년 교황청은 금서목록 전담기관을 설치했다. 이 기관은 교황 직속으로 추기경 한 사람이 도맡아 관리했으며 1917년에야 폐지되고 그 기능이 교황청 성직자부로 이관되었다.《금서목록》은 총 12판이 발행되었는데 마지막 판이 발표된 것은 1948년이다. 계속된 증보로 이 목록에 포함된 서적의 수가 총 4126종이나 되었다. 이 중 대부분인 862종은 17세기 하반기에 금서로 지정된 것이고 1900년 이후에는 금서로 지정된 서적의 수가 크게 줄어들었다. 20세기 전반기에 이 목록에 오른 서적은 255종에 불과하다.《금서목록》이 발표된 후 교황청의 권위가 점점 약화되면서 교황청도 서적 출판 여부를 결정하고 유통을 금지하는 권한을 점점 잃게 되었고, 금서 작가와 출판 및 유통업자에 대한 처벌의 강도도 점차 가벼워져 나중에는 교적을 박탈하는 선에서 그쳤다. 1966년 교황청은

《금서목록》의 간행을 중단했다.

　　교회의 도서 검열에서 가장 중요하게 여긴 것은 종교와 윤리였다. 그렇다면 교회는 종교와 윤리에 대한 위배행위를 어떻게 규정했을까? 1917년 교황청이 발표한《교회법전》을 보자. 이 법전은 총 2414개 조로 이루어져 있는데 그중 제1399조에서 종교에 반항하는 서적은 '종교와 건전한 윤리를 공개적으로 공격하는 서적'이라고 정의하고 있다. 또 윤리에 위배된 서적들을 세 가지로 분류해놓았는데, 첫째, 각종의 미신, 점괘, 마법, 강신술 및 기타 이에 유사한 것들을 가르치거나 또는 권하는 서적, 둘째, 비밀결사 또는 이에 유사한 다른 단체를 논하며 그것이 교회나 국가사회에 유해하지 않다고 주장하는 서적, 셋째, 외설적이고 불결한 내용을 묘사하거나 결투, 자살, 이혼 등을 정당한 것이라고 주장하는 서적이다.

　　교회에서 중시하는 윤리가 사회의 공공윤리가 아니라 천주교의 교리를 수호하는 행동규범을 의미한다는 것을 알 수 있다. 예를 들어 교회가 자살과 결투가 윤리에 위배된다고 규정한 것은 개인은 자신과 타인의 생명을 결정할 권리가 없다는 교리를 전제로 한 것이지 인간의 생명을 아끼기 때문이 아닌 것이다. 또 교회가 이혼에 반대한 것도 단순히 부부 간의 책임감을 강조한 것이 아니라 예전 배우자가 살아 있는 동안 다른 사람과 재혼하는 것은 처음 결혼 당시에 맺은 신성한 서약을 저버리는 것이기 때문이었다. 또 비밀결사 등 이단조직과 교파를 어떻게 대하는지를 윤리와 비윤리를 판단하는 기준으로 삼은 것도 교회의 옹졸한 윤리의식을 드러낸 것이다. 그들에게 '윤리'란 '신앙'의 동의어였다. 천주교 신앙에 이익이 되지 않는 것들은 모두 윤리에 위배된 것으로 여겼다.

　　앞에서 열거한 금서들을 보면 교황청은 천주교에 불경을 저지른 문학작품을 주로 금서로 지정했다. 많은 작품에 '문란죄'라는 죄명을 씌웠지만 사실 로마교황청이 걱정한 것은 교회의 명예와 권위였다. 가장 전형적인 예가 바로《데카메론》이다. 이 소설은 내용이 문란하다는 이유로 1557년에《금서목록》에 포함되었지만 교황청은 얼마 후《데카메론》삭제본의 출판을 허가했다. 이 삭제본에서 가장 눈에 띄는 점은 원본에서는 성직자였던 추악한 인물들이 모두 평범한 사람들로 수정된 것이다. 《가르강튀아》가 금서로 지정된 것도 이 책이 교회의 명예를 실추시켰기 때문이었다. 플로베르와 졸라의 작품이 비윤리적이라는 이유로 금서로 지정된 이유도《보바리 부인》은 간통을 묘사하고 졸라는 병태적인 사회 현실에 너무 치중했다는 것이었는데 그 내용이 모두 천주교에 해가 되기 때문이었다. 진정한 음란서적들이 당시 서점에서 아무 통제 없이 버젓이 판매되고 있었는데도《금서목록》에는 포함되지 않았다.

《금서목록》의 규모가 방대하고 기준도 들쭉날쭉한 듯하지만 잘 들여다보면 일관된 줄기를 찾을 수 있다. 에드워드 기번의 유명한 역사서《로마제국쇠망사(The History of the Decline and Fall of the Roman Empire)》가 금서로 지정된 것은 이 책의 관점이 교회와 일치하지 않았기 때문이고, 루소의《사회계약론(Du contrat social)》이 교황청의 검열을 통과하지 못한 것도 모든 '세속적인 종교'에 관용을 베풀 것은 주장했기 때문이다. 몽테스키외의《페르시아인의 편지(Lettres Persanes)》가 금서가 된 것도 역시 종교계를 풍자했기 때문이었다.《금서목록》에 이름을 올린 사상가 중에는 프랜시스 베이컨, 파스칼, 존 로크, 칸트, 밀턴, 스피노자 등이 있다. 그들 모두 교회가 대중의 사상을 통제하는 데 방해가 된다는 명목으로《금서목록》에서 같은 분류에 포함되었다. 마찬가지로 마테를링크의 희곡은 숙명론이라는 신비주의의 색채를 띤다는 이유로, 발자크 소설은 적나라한 욕망을 묘사했다는 이유로, 아나톨 프랑스의 작품은 회의주의와 비판주의 사상으로 인해, 졸라의 소설은 인간의 본성을 날카롭게 해부한 까닭에, 사르트르의 작품은 인간 자신의 생존가치를 다시 세우려 했기 때문에 로마교황청의 배척을 피해가지 못했다.

2. 궁정관리 : 영국의 희곡 검열관

　미국학자 앤 라이언 하이트의 《금서들(Banned books)》이라는 책을 보면 영국 궁정대신이 직접 상연을 금지한 희곡 중에 헨리 필딩의 풍자극(1737)과 입센의 《유령》(1892), 와일드의 《살로메》(1892), 마테를링크의 《몬나 바나(Monna Vanna)》(1909), 아서 밀러의 《다리에서 바라본 풍경(A view from bridge)》(1956) 등이 있다. 실제로 궁정대신으로부터 탄압을 받은 위대한 희곡 작품들은 이 외에도 아주 많다. 미국에서 큰 인기를 끈 희곡들 중 대부분이 영국에 진출할 수 없었다. 1920년대부터 미국 희곡들이 큰 성과를 내기 시작하면서 창의적인 작품들이 많이 등장했지만 까다로운 궁정관리가 있는 한 영국에서는 그 희곡들이 무대에 올라갈 수 없었다. 런던의 언론계와 비평계가 비난을 쏟아냈지만 아무 소용도 없었다.

　역사적으로 보면 궁정관리가 희곡을 검열하게 된 것은 영국 소설가 필딩과 관련이 있다. 1730년대 필딩은 소설 창작을 고려하지 않고 희곡 창작에만 몰두했다. 신랄한 풍자가 두드러지는 그의 작품 때문에 그에게 영국의 몰리에르라는 별명이 붙었다. 불과 7년 만에 그는 총 25편의 희곡을 발표했는데 그 중에는 《영국의 돈키호테(Don Quixote in England)》, 《파스키노(Pasquin)》, 《웨일스오페라(The Welsh Opera)》, 《1736년의 역사

기록(The Historical Register for the Year 1736)》등의 정치극이 포함되어 있었다. 당시 사람들은 "종교, 정부, 목사, 재판관, 관리가 모두 풍자 거인의 발밑에서 파멸했다"고 표현했다. 1737년 어용매체인 〈데일리 레코드(Daily Record)〉에 필딩을 경고하는 글이 실렸다. 영국에 바스티유 감옥이 없는 것을 애석해하며 바스티유 감옥이 있다면 이 대역무도한 극작가를 쇠창살에 가두어버렸을 것이라는 협박조의 글이었다.

로버트 월폴 영국 수상이 그해 6월 6일 '희곡검열법'을 의회에서 통과시켰다. 이 법령에는 모든 희곡은 상연 14일 전에 반드시 당국의 심사를 받아야 하며 이를 어길 경우 극장 허가를 취소하고 벌금 50파운드를 부과한다고 규정되어 있었다. 이 법령으로 극작가로서 필딩의 인생이 끝나고 궁정관리가 희곡 상연을 금지할 수 있는 권력을 갖게 되었다. 궁정관리는 그 후 두 세기 넘도록 영국의 수석 희곡 검열관으로서의 지위를 유지했다. 물론 그로 인해 이 관직은 높은 악명을 얻었다. 20세기에 미국에서 영국 궁정관리가 상연을 금지한 작품이라는 선명한 표지 문구 덕분에 희곡 단행본이 미국에서 폭발적인 인기를 누리는 기현상도 벌어졌다.

버나드 쇼가 1894년에 쓴 《워런 부인의 직업》도 궁정관리로부터 상연 금지 처분을 받았다. 버나드 쇼는 나중에 쓴 《사과 수레(The Apple Cart)》(1929)에서 매그너스 왕의 입을 빌려 "너희는 내가 계속 통치하려면 보증서에 서명해야만 한다고 말하지만 보증서에 서명한다면 나의 지위는 한낱 궁정관리에 불과하게 된다. 심지어 궁정관리가 극장에 대해 휘두르는 위엄조차도 나는 가질 수 없게 된다"고 말했다. 궁정관리는 1924년에 《워런 부인의 직업》에 대한 상연 금지령을 취소했고 그제야 런던에서 상연될 수 있었다. 버나드 쇼는 기자들의 질문에 궁정관리의 변덕스러운 태도에 깊은 유감을 표했다. 그는 또 이렇게 말했다. "이 소식은 불행하게도 사실이다. 내가 이미 예순여덟의 고령이고 높은 명망을 누리고 있기 때문에(내가 이렇게 말할 수 있다면) 궁정관리가 나의 이 무서운 작품에 대한 금지령을 취소해준 것이다. 이 희곡은 내가 30년 전에 쓴 것이다. 그때 나는 새끼 호랑이였고 인간을 믿지 않고 신도 믿지 않았다. 검열관이 이제야 이 희곡을 인정했지만 나는 여생을 평온하게 보낼 수 없을 것이다. 나는 이 희곡의 상연을 금지할 수 없다. 지금도 이 희곡이 1894년 그때와 마찬가지로 진실하고 필요한 작품이기 때문이다. 하지만 누군가 내게 이 희곡이 상연될 필요성에 대해 묻는다면 나는 '솔직히 말해서 이렇게 뒤늦게 상연되는 것보다는 차라리 영원히 상연되지 않는 편이 훨씬 좋았을 것'이라고 대답할 것이다."[1]

입센의《유령》도 금서의 운명을 피할 수 없었다. 이 작품은 작가의 고향인 노르웨이에서도 이미 비난 여론을 받았다. 궁정관리가 상연 금지 명령을 내리기 전 런던 비평계에서도《유령》에 대해 "직설적인 저질작품이다", "썩어 문드러진 희곡이다", "이 희곡의 관객 중 97퍼센트는 음란한 사람들일 것이다" 등의 혹평을 쏟아냈다.

와일드의《살로메》는 희곡에 성경 속 인물이 거론되어서는 안 된다는 낡은 법규에 따라 궁정관리에 의해 상연이 금지되었다.

마테를링크의《몬나 바나》는 15세기 말 이탈리아를 배경으로 한 작품이다. 이 희곡은 극 중 여주인공이 남편을 버리고 다른 남자와 도망치는 것이 비윤리적이라는 이유로 상연이 금지되었다. 또 몬나 바나가 적진으로 갈 때와 피사로 돌아와 다른 남자와의 동침 여부를 이야기하는 방식에 일부러 사람들의 성욕을 자극하려는 의도가 있다고 의심받았다. 지금에 와서 진실 여부를 확인할 수는 없지만 어쨌든 궁정관리는 이 희곡의 상연을 금지했다. 그렇다면 궁정관리는 희곡이 조금만 문란해도 모조리 상연을 금지했을까? 그렇지 않다. 버나드 쇼는 검열제도를 비판하면서 "희곡에 흔하게 등장하는 외설적인 장면에 대해서는 관용을 베풀고 적극적으로 장려하면서 윤리적으로 보수적인 고급 희곡에 대해서는 야박한 태도를 보였다"고 불평했다.

3. 미국 공공도서관의 금서 지정

19세기 중반부터 1930년대까지 미국 공공도서관은 미국 대중에게 중요한 역할을 했다. 그중 하나가 바로 논쟁이 되고 있는 서적을 회수함으로써 윤리와 종교, 국가관을 수호하는 것이었다. 도서관 사서가 윤리감독관의 역할을 한 것이다. 미국 정부는 대중의 독서 욕구를 만족시키는 것은 두 번째이며 미국 사회의 이데올로기(종교를 포함한)에 충성하고 이를 스스로 보호하는 것이 가장 중요하다고 설명했다. 미국의 공공도서관에서 금지한 국내외 문학작품은 범위와 수량에서 미국 세관이나 우체국, 경찰이 가지고 있는 '블랙리스트'를 훨씬 초월했다.

19세기 중반 청교도와 청교도에 버금가는 윤리적 잣대가 공공도서관의 장서 선택을 결정했다. 개신교의 주일학교에서는 셰익스피어와 월터 스콧의 작품까지도 금지했다. 당시 대담한 젊은 여공들이 스콧과 디킨즈의 소설을 이동도서관에서 빌려 몰래 돌려보곤 했다. 당시 미국인들은 영국 소설이 지위와 재산을 지나치게 중요하게 여기기 때문에 민주적인 미국인들의 성향에 맞지 않는다고 생각했다. 또한 도서관이 성인을 위해 만들어지기는 했지만 아이들이 읽기에 적합하지 않은 책은 소장할 수 없었다. 이 때문에 '캡틴 키드' 같은 모험 이야기나 과장된 역사 이야기, 본받을 만한 행동규범이 담겨 있지 않은 전기는 모두 금지되었다. 셰익스피어, 토비아스 스몰렛, 존 드라이든, 알렉산더 포프 등의 작품도 삭제본만 사람들에게 빌려주었다. 나중에 도서관들은 주정부가 주는 보조금을 취소당하지 않기 위해 조금이라도 논란의 여지가 있는 주제의 책은 모두 금지했다. 토머스 페인, 레싱, 볼테르 등 종교에 대해 적대감을 품고 있는 작가의 책은 공공도서관의 서가에 꽂힐 수 없었다.

1876년 미국도서관연합회가 설립된 후 독서목록과 금서목록이 작성되었다. 덕망 높은 인사가 공공도서관과 개인의 독서 및 장서 선택기준을 정해서 발표했다. 이 기준에 따르면 당시에 논란이 되고 있는 작품은 물론이고 많은 고전들이 설 자리를 잃었다. 보카치오, 라블레, 필딩, 스몰렛의 작품과 외젠 쉬의《파리의 비밀(Les mysteres de Paris)》, 상드의《인디애나(Indiana)》및 다른 소설들, 에밀 가보리오의 신비로운 작품들이 모두 기준에 부합하지 않았고, 소재가 민감한 조지 엘리엇의 작품, 찰스 킹슬리의 기독교 사회주의 소설과 공업도시의 생활을 그린 레베카 하딩 데이비스의《존 안드로스(John Andross)》도 제외되었다.

발자크와 플로베르의 소설에 대해서는 당시에 가장 영향력 있는 두 개의 목록이 상반된 평가를 내렸다. 한쪽에서는 발자크의 작품과 플로베르의《보바리 부인》을 읽어도 무방하다고 했지만, 다른 쪽에서는 프랑스어판과 영문판 모두 금서목록에 넣었다. 미국 본토 작가의 작품 가운데 휘트먼의《풀잎(Leaves of Grass)》도 금지되었다. 루소의 그 어떤 작품도 독서목록에 들지 못했고 볼테르의 작품 중에는《카를 12세》만 남았으며, 마르크스와 엥겔스의 책들도 모두 제외되었다. 기독교를 날카롭게 공격했다는 것이 그 이유에서였다.

이런 '우민정책'은 사람들의 신뢰를 얻지 못했다. 1884년 3월 보스턴의 언론매체들이 '같은 책이라도 누가 읽느냐에 따라 그 영향력이 달라질 수 있는데 과연 믿을 만한 금서규정은 무엇일까?'라는 의문과 비판을 제기했다. 어떤 이들은 도서관은 "주일학교가 아니다. …… 금서규정은 뉴잉글랜드 청교도들의 이익을 보호할 뿐 아니라 로마천주교도, 아일랜드인, 종교가 없는 독일인, 급진적인 프랑스인의 이익에도 부합해야 한다. 이 모든 이들이 보스턴 민중이다. …… 그들에게 읽기 싫은 책을 읽도록 강요할 수 있는 사람은 없다"[2]라고 강하게 비난했다. 하지만 공공도서관의 금서 조치는 계속되었다. 졸라와 또 다른 프랑스 작가 폴 드 콕(파리의 생활을 그린 소설에 약간의 성적 묘사가 포함되어 있다)의 작품은 유통이 금지되었다. 금서를 지정하는 사람이 《제인 에어(Jane Eyre)》와 《아담 비드(Adam Bede)》(엘리엇의 소설)가 독서 기준에 부합하지 않는다는 생각을 가지고 있다면 자연히 호손의 《주홍글씨》도 '사회의 공정성에 부합하지 않는' 작품으로 분류되었다. 필딩, 스몰렛, 스위프트, 리처드슨의 작품은 모두 공공도서관의 서가에 꽂힐 수 있었지만 성인만 읽을 수 있도록 제한되었다.

1904년 미국도서관연합회가 시대의 윤리적 잣대를 반영한 새로운 금서목록을 발표했다. 오비디우스, 라블레, 보카치오, 스몰렛, 리처드슨, 조지 무어, 오스카 와일드, 스티븐 크레인, 플로베르 등이 여전이 이 블랙리스트에 포함되었다. 오비디우스, 라블레, 메리메, 볼테르의 작품도 금서로 지정되었고 이들 작가에 관한 책들까지도 읽지 말 것을 권유했다. 독서목록을 보면 《아라비안나이트》가 수록되기는 했지만 앤드루 랭이 쓴 아동판이고, 볼테르의 작품은 역시 《카를 12세》밖에 없다. 루소의 작품 중에서도 《참회록》밖에 없고 톨스토이의 작품 중 《톨스토이 성경(The

Gospel in Brief)》은 있지만 당시에 가장 영향력이 컸던《참회록》은 없다. 버나드 쇼의 작품은 그의 희곡집 두 권이 이미 출간되었음에도 불구하고 《사회주의에 대한 페이비언적 연구(Fabian Essays in Socialism)》밖에 포함되지 않았다. 허버트 조지 웰스의 소설 중에서도 두 권만 수록되고 그의 명작《우주전쟁(The War of the Worlds)》과《타임머신(The Time Machine)》은 제외되었다. 헨리 제임스(Henry James)의 걸작《비둘기의 날개(The Wings of the Dove)》와《대사들(The Ambassadors)》은 간통과 미혼 상태에서의 성행위를 묘사했다는 이유로 제외되었다. 허먼 멜빌의 작품은 하나도 포함되지 못했고 도스토옙스키의 작품도 모두 배제되었다.

1939년 이전에 미국도서관연합회의 '블랙리스트'에서 거의 빠지지 않았던 작품 중에는 플로베르의《보바리 부인》, 졸라의《나나》,《제르미날(Germinal)》,《진리(Vérité)》, 톨스토이의《크로이체르 소나타(The Kreutzer Sonata)》,《부활(Voskresenie)》, 토머스 하디의《테스(Tess of the d'Urbervilles)》, 《무명의 주드(Jude, The Obscure)》, 와일드의《도리언 그레이의 초상(The Picture of Dorian Gray)》, 버나드 쇼의《비사회적 사회주의자 (An Unsocial Socialist)》, 멜빌의《모비딕(Moby-Dick)》, 헨리 제임스의《카사마시마 공작부인(The Princess Casamassima)》,《메이지가 알고 있었던 일(What Maisie Knew)》, 《나사의 회전(The Turn of the Screw)》,《사춘기(The Awkward Age)》,《성스러운 샘(The Sacred Fount)》,《비둘기의 날개》,《대사들》,《황금의 잔(The Golden Bowl)》, 스티븐 크레인의《붉은 무공 훈장(The Red Badge of Courage)》,《거리의 여인 매기(Maggie: A Girl of the Streets)》 등이 있다. 이것만 보아도 '블랙리스트'가 엄청난 길이의 명작 목록이었음을 알 수 있다.

1923년부터 공공도서관의 역할 문제에 대해 미국 사회에서 다양한 논의가 시작되었고 이 논의가 10여 년 만에 겨우 결실을 맺어 마침내

1939년에 '독서의 자유'라는 공공도서관의 이념이 수립되었다. 윤리기준이 느슨해지고 반기독교 사상에 대해서도 용인하기 시작했다. 논란이 된 몇몇 작품들이 공공도서관의 장서목록에서 제외되기는 했지만 과거와 같은 까다로운 태도는 현저히 줄어들었다.

미국이 해외에 설립한 도서관들은 미국의 이익과 정치적 이유로 인해 부적절한 책들은 도서관의 서가에서 제외했는데 가장 많은 책이 제외된 해는 1953년이었다. 매카시 상원의원의 추종자가 과장을 섞어 작성한 보고서에 따르면, 미국이 해외에 설립한 도서관들의 전체 장서량 가운데 3만 권이 공산주의적 성향을 띤 작가의 작품이었고 이와 관련된 미국 작가도 수십 명에 달했다. 그 후 많은 책들이 도서관의 서가에서 철수했다. 이듬해 이 도서관들은 미국공보원의 지시로 사르트르의 작품과 하워드 패스트의《시민 톰 페인(Citizen Tom Paine)》등도 서가에서 퇴출시켰다.

4. 유럽 각국의 금서 시대

나치가 정권을 잡은 후 독일에 전에 없던 '금서 시대'가 찾아왔다. 1933년 5월 10일은 암흑의 날이다. 그날 밤 베를린 대학교 앞 광장에서 유대계 작가들의 책 2만 5000권이 잿더미가 되었다. 이른바 '비독일적' 서적들이 전국 각지에서 불태워졌다. 1935년 2월 미국으로 망명한 아인슈타인이 뉴욕 브루클린의 유대인 마을에 나치금서도서관을 개관하고 독일에서 히틀러에서 금지당한 책들을 진열했다. 아인슈타인은 축사에서 그 책들이 "단지 인성을 가졌다는 이유로" 독일에서 금서로 지정되었으며 "증오와 적대심 위에 세워진 사회는 멸망을 피할 수 없다. 사람들의 영혼 깊은 곳에서 저항의 충동이 강력하게 생겨나 결국 폭발하게 되기 때문이다"[3]라고 말했다.

　스페인 종교재판소도 잔인하기로 유명하다. 1483년부터 1820년까지 화형당한 사람만 10여만 명이었다. 금서 지정에서는 스페인교회도 로마교황청에 결코 뒤지지 않는다. 스페인 종교재판소의《금서목록》은 로마교황청의《금서목록》보다 역사가 더 오래되었다. 로마교황청이 그리스어판과 라틴어판을 제외한 성경 판본의 사용을 금지하자 스페인에서 1551년 스페인어나 다른 언어로 된 성경을 금지했다. 1년 전에는 네덜란드 인문주의학자 에라스무스의 모든 저서가 스페인의《금서목록》에 포함되었다. 1640년 스페인 종교재판소는 또 베이컨의 모든 작품을 금서로 지정했다. 로마교황청은 베이컨에 대해 훨씬 관용을 베풀었다. 심지어 스페인의《금서목록》에는 세르반테스의《돈키호테》도 포함되었다. 단지 이 책 속에 나오는 "진심에서 우러나온 자선사업이 아니면 소용이 없다"는 대사 한 줄이 그 이유였다. 이 금서목록에 수록된 걸작들 중에는 디포의《로빈슨 크루소(Robinson Crusoe)》등도 포함되어 있었다. 이슬람교의 경전《코란》은 1790년에야 스페인의《금서목록》에서 제외되었다.

　1936년 10월 프랑코가 1936년 10월 스페인 총통으로 취임한 후 스페인에 또 한 번의 '금서 시대'가 찾아왔다. 1939년 프랑코는 각 도서관에서 괴테, 스탕달, 발자크 등 '점잖지 못한 작가'들의 작품을 철수시킬 것을 명령했다. 프랑코 정부는 또 입센의 걸작 희곡《유령》도 금서로 지정했다. 1943년 스페인 작가 셸라(1989년 노벨문학상 수상자)의 소설《파스쿠알 두아르테 가족》이 금서로 지정되었다. 그의 다른 소설《벌집(LA Colmena)》은 외국에서 출간되었다가 11년 후에야 스페인에서 출간되었다.

근현대 영국 문학사에서 아일랜드 태생의 소설가와 시인들이 큰 성과를 거두었다. 오스카 와일드, 버나드 쇼, 예이츠, 조이스 등이 모두 '거장'급이다. 하지만 유럽의 현대 금서사에서 아일랜드는 악명이 드높은 곳이다. 1929년 아일랜드에 서적검열위원회가 설립되었다. 이 위원회는 사법부 직속으로 외설적이거나 피임, 유산 등에 관한 책들을 금서로 지정했다. 작품이 금서로 지정되어도 작가는 항소할 권리가 없었다. 그러므로 수많은 걸작들이 이런 저런 죄명을 쓰고 금서가 되었다. 졸라의 모든 작품, 지드의 소설《한 알의 밀알이 죽지 않으면(Si le grain ne meurt)》과 시어도어 드라이저의《새벽(Dawn)》, 싱클레어 루이스의《엘머 갠트리(Elmer Gantry)》, 올더스 헉슬리의《멋진 신세계(Brave New World)》와《가자에서 눈이 멀어(Eyeless in Gaza)》, 포크너의 거의 모든 작품, 헤밍웨이의《무기여 잘 있거라(A Farewell to Arms)》,《해는 또다시 떠오른다(The Sun Also Rises)》,《강을 건너 숲 속으로(Across the River and into the Trees)》, 레마르크의《귀로(Der Weg zurück)》,《세 전우(Drei Kameraden)》,《네 이웃을 사랑하라(Liebe deinen Nächsten)》 등이 모두 금서로 지정되었다. 1956년 이후 이 검열위원회는 몇 글자나 문장이 아니라 작품 전체를 놓고 판단하고 작품이 금서로 지정된 작가가 항소할 수 있도록 규정을 개정했다. 그 결과 금서가 크게 줄어들었지만 1970년까지 금서목록에 포함된 작품이 4천 종이나 되었다.

하지만 아무리 엄격해도 예외는 있는 법이다. 조이스의《율리시스》에 대한 아일랜드 검열 당국의 태도가 그랬다. 1922년《율리시스》가 프랑스에서 출간된 후 아일랜드는 영국과 미국의 관련 규정을 본받아 세관이 수입된《율리시스》를 몰수해 불태웠다. 하지만 검열 당국은 이 소설의 국내 출판은 금지하지 않았다. 1922년 이후 몇 년 동안《율리시스》는 그 작품의 묘사 대상인 더블린에서 한 번도 품절인 적이 없었고 1960년 이후에는 더욱 흔하게 구할 수 있었다.

19세기 프랑스에서 정국이 혼란하고 유혈충동이 수시로 발생했다. 이런 상황에서는 누가 정권을 잡든 전국적으로 공포정치를 펼치고 문화를 엄격하게 통제하기 마련이다. 그 때문에 19세기에 프랑스에서는 문학작품이 금서로 지정되고 작가가 외국으로 망명하는 일이 끊이지 않았다. 앞에서 소개한 위고의 두 희곡과 뒤마의 희곡《앙토니(Antony)》와《파리의 모히칸(Les Mohicans de Paris)》이 금서로 지정되고,《보바리 부인》이 재판에 회부되고,《악의 꽃》은 삭제 명령을 받았다. 이런 사건들이 모두 19세기 프랑스 문학계를 뒤흔든 중요한 사건들이다. 이밖에도 공쿠르 형제의 글을 고발하고 외젠 쉬의 소설을 금서로 지정했으며, 모파상의 시를 재판에 회부했다.

1853년, 소설가 공쿠르 형제가 바로 전 해 12월 벨기에 일간지 〈르 수아(Le soir)〉에 기고한 글로 인해 기소당했다. 이 글은 16세기의 애정시를 인용했다는 이유로 '미풍양속을 해친다'는 비난을 받았다. 당시 통치자인 나폴레옹 3세가 바보처럼 보일까 봐 걱정해 이 사건에 직접 개입함으로써 공쿠르 형제가 석방될 수 있었다. 1856년《파리의 비밀》로 유명해진 소설가 외젠 쉬가 망명 중에 프랑스의 1848년 혁명을 직접적으로 반영하는 소설《민중의 비밀 또는 한 프롤레타리아 가족의 수백 년에 걸친 역사(Les Mystères du Peuple ou l'histoire d'une famille de prolétaires à travers les âges)》를 썼다가 작품이 금서로 지정되고 작가도 박해를 받다가 망명 중에 사망했다. 1880년 초 모파상의 사랑시가 작은 신문에 원문 그대로 실렸다가 검열관에 의해 '비윤리적'이라며 고발당했다. 이 시는 한 부부가 한밤중에 정원에서 사랑을 나누는 광경을 묘사한 작품이다. 시집 출간 당시에는 "순백의 담 위로 한데 붙어 사랑하고 있는 그림자 두 개가 나타났다"라는 대목을 삭제했다. 얼마 후 젊은 작가 루이 데프레의 소설이 음란 죄로 기소당했다. 공저로 집필한 이 소설은 농민들의 생활을 묘사한 것으로 자연주의를 표방하고 있다. 데프레의 공저자는 미성년이라 법률적 책임을 피해갈 수 있었다. 그런데 데프레가 법정에서 자기변호를 할 때 문제가 생겼다. 그가 오만하게도 위고, 공쿠르, 졸라, 도데 등 당시 프랑스의 내로라하는 문학의 거장들만 자신의 작품을 심판할 수 있다고 말한 것이다. 소상인들로 이루어진 배심원단은 그에게 유죄를 결정하고 1개월 징역형과 1천 프랑의 벌금형을 내렸다. 그런데 데프레는 그때 이미 중병에 걸려 있었기 때문에 1개월 징역은 그에게 곧 사형을 의미했다. 졸라, 클레망소, 도데, 공쿠르 등 문학계와 정치계 인사들이 감옥에서 그의 생활여건을 개선해달라고 청원했지만 당국은 들어주지 않았다. 결국 데프레는 감옥에서 출소한 지 얼마 되지 않아서 병사했다. 이 소식을 들은 졸라는 "나쁜 놈들이 아이를 죽였다"며 몹시 분노했다.[4]

　19세기 중반에는 18세기에 활동했던 프랑스 작가들의 작품이 정부 당국에 의해 비윤리적이라는 이유로 재판이 금지되었다. 볼테르, 루소, 아베 프레보, 라클로, 크레비용, 미라보 등의 작품이 모두 블랙리스트에 올랐고 16세기 프랑스 시인 롱사르의 작품과 보카치오의 《데카메론》 등 외국 작품도 불운을 피하지 못했다.

주요 문학작품의 금서 연표
(기원전 440~1991년)

기원전 440년　고대 그리스 아테네 정부가 타인의 풍자를 금지하는 법령을 선포했다. 이 법령에는 풍자적인 희극 공연을 금지하는 내용도 포함되어 있었다. 하지만 시행 3년 후 이 법령은 폐지되었고 희극 시인들이 다시 활발하게 활동했다.

기원전 301년　고대 그리스 희극 작가 메난드로스의 《임브리오이(Imbrioi)》가 통치자의 반대로 상연되지 못했다.

8년　　　　로마 통치자 아우구스투스가 음란 행위에 가담하고 음탕한 시를 썼다는 이유로 시인 오비디우스를 추방했다. 오비디우스의 《사랑의 기술》도 판매가 금지되고 공공도서관의 소장본도 모두 폐기했다. 이때부터 《사랑의 기술》은 유럽의 분서(焚書) 목록에 항상 이름을 올렸다.

325년 　　천주교회의 니케아 공의회에서 신학자 아리우스의 시집 《탈리아(Thalia)》를 금서로 지정하고 작가도 이단으로 판결해 누구와도 대화를 나눌 수 없는 형벌을 내렸다. 이것은 로마교황청의 첫 금서 사례다.

1010년 　　페르시아 시인 피르다우시의 장편서사시 《샤나마(Shahnama)》가 완성되었다. 당시 관례에 따라 시인이 원고를 국왕에게 바쳤는데 국왕의 모든 행동이 《샤나마》에서 칭송하는 정통 군주와 반대였다. 폭군이었던 당시 국왕은 이 서사시를 거절하고 어용문인들을 동원해 피르다우시를 공격했다. 피르다우시가 풍자시를 써서 반박하자 국왕이 크게 분노하여 시신을 코끼리에게 던져 밟혀 죽게 하라고 명령했다. 이 소식을 들은 시인은 곧장 타국으로 도망쳤다.

1497년 　　이탈리아 피렌체에서 천주교회가 벌인 광적인 종교운동의 와중에 몇몇 걸작(《데카메론》과 단테 및 오비디우스의 작품이 포함됨)이 광장에서 불태워졌다. '성적이고 부패한 내용'이 담겼다는 이유였다. 그날이 바로 축제일이었고 도미니코회 수도사 사보나롤라가 이를 주도했다. 그런데 아이러니하게도 1년 후 사보나롤라 또한 십자가에 못 박혀 자신이 쓴 모든 책들과 함께 화형당했다.

1512년 　　네덜란드의 인문주의자 에라스무스의 작품 《우신 예찬 (In Praise of Folly)》이 파리, 옥스퍼드, 케임브리지 등 여러 대학에서 금서로 지정되었다. 이 작품이 당시 사회의 갖가지 인물 군상을 신랄하게 조롱했기 때문이다. 1550년 스페인의 《금서목록》에 에라스무스의 모든 작품이 포함되었다. 1555년에는 스코틀랜드에서 메리 여왕이 그의 작품을 읽지 못하도록 금지령을 내렸다.

1546년　　　라블레의 가르강튀아 제3서인《선량한 팡타그뤼엘의 무용 언행록》이 출간되자 신학자들이 이 책을 금서로 지정했다. 출판업자였던 라블레의 친구는 종교재판에 따라 교수형을 당한 후 시신이 불태워졌다. 라블레는 당시 게르만 제국의 통치하에 있던 메스로 도망쳤다.

1557년　　　로마교황청이 처음으로《금서목록》을 발표한 후 해마다 증보되었고 1948년까지도 증보가 이루어졌다.《금서목록》에 속한 책은 종교적·윤리적으로 '문제'가 있는 것이었다.《금서목록》에 작품을 올린 유명한 작가 중에는 프랑스의 몽테뉴, 발자크, 루소, 상드, 볼테르, 위고, 스탕달, 졸라, 사르트르, 이탈리아의 알베르토 모라비아 등이 있다.
같은 해 교황 바오로 4세가 무삭제판《데카메론》의 출판을 금지했다. 나중에 피렌체에서 교회가 허가한《데카메론》삭제판이 출판되었는데 타락한 수녀들은 모두 귀족여인으로, 색을 밝히는 신부들은 식객으로 수정되었다.

1564년　　　로마교황청의《금서목록》에서 라블레의 작품은 가장 엄격하게 금지하는 서적이었다.

1664년　　　5월 몰리에르가 베르사유궁전의 성대한 연회에서 국왕을 위해 5막 희극《타르튀프》의 1~3장을 공연했다가 교회로부터 날 선 비판을 받았다. 국왕 루이 14세가 교회의 압력에 떠밀려 이 작품의 상연을 금지했다. 1667년 이 희극의 제목을《사기꾼》으로 바꾸어 상연했지만 역시 경찰 당국에 의해 금지당했다. 파리 대주교는 이 희극의 공연, 낭독, 관람을 모두 금지하고 이를 어길 경우 파문하겠다고 선포했다.《타르튀프》는 1669년에야 다시 상연이 허가되었다.

1736년　　　영국 작가 필딩이 희곡《파스키노》에서 여당과 야당이 경선을 하면서 뇌물을 주고받는 행위를 묘사했다. 이듬해에는 또《1736년의 역사 기록》을 통해 부정부패로 악명이 드높은 영국 총리 월폴을 신랄하게 비판했다. 이 때문에 필딩은 정부로부터 무대에서 정치를 논하지 말라는 경고를 받았다. 필딩은 두 희곡을 소책자로 인쇄하고 책의 맨 앞에서 풍자의 재능은 천부적인 것이므로 '출판과 공연의 자유'가 존재하는 한 무엇도 두려워하지 않고 그 재능을 발휘할 것이라고 밝혔다. 영국 의회가 필딩의 희곡 창작을 막을 '검열법'을 급하게 통과시켜 필딩의 희곡 창작을 중단시켰다.

1762년　　　프랑스 작가 장 자크 루소가 교육 문제에 관한 내용인《에밀》을 완성하고 파리에서 출간했다. 이 책이 봉건통치와 종교에 강렬히 반대하는 민주정신을 표방하기 때문에 출간되자마자 사회적으로 큰 풍파가 일어났다. 파리 최고재판소는 루소 지명수배령을 내리고 천주교회도 루소를 성토하는 성명을 발표했다. 파리 의회는 큰 계단 아래에서《에밀》를 찢고 불태우기로 의결했다. 이때부터 루소는 해외에서 망명생활을 해야 했다. 스위스로 도망쳤지만 제네바회의에서 그를 비난하고 스위스 당국도 체포령을 내리고《에밀》을 비롯한 그의 작품을 불태웠다. 루소는 다시 프로이센으로 도망쳤다.

1774년   프랑스의 한 극단에서 극작가 보마르셰의 희극《세비야의 이발사》공연을 위해 연습을 하고 있었다. 전제 정부는 보마르셰가 다른 작품에서 법원의 부패와 재판관의 뇌물수수를 폭로했기 때문에 이 희극에서도 정부의 부패를 폭로할까 두려워 공연을 금지했다. 희극 걸작《세비야의 이발사》는 이듬해 2월에야 코미디 프랑세즈에서 초연되었다.

1778~1784년   보마르셰가 장장 6년 동안 희곡 검열관과 실랑이를 벌인 끝에 1778년에 완성한 희극 걸작《피가로의 결혼》상연 허가를 받아냈다. 보마르셰는 "루이 16세는 이 공연을 원치 않았지만 나는 반드시 공연해야 했다. 언젠가는 이 희극이 노트르담 드 파리의 무대에 오르게 될 것이다"라고 말했다. 1784년 4월 27일 마침내《피가로의 결혼》이 상연되었다.

1790년   6월 러시아 정부가《페테르부르크에서 모스크바까지의 여행》이 프랑스의 불량한 사조를 전파하고 정부에 대한 민중의 불만을 선동한다는 이유로 작가 라디셰프를 체포하고 작품을 몰수했다. 라디셰프는 반역죄로 사형을 선고받았다가 나중에 10년 유배형으로 감형받았다.

1810년   프랑스 작가 제르멘 드 스탈의《독일론(De l'Allemagne)》이 나폴레옹의 전제 통치를 공격하고 풍자했다는 이유로 프랑스에서 출간된 직후 전부 몰수되었다. 작가는 2년 후 이 책을 영국에서 출판했다.

1814년   프랑스 작가 사드가 세상을 떠난 후 정부가 그의 소설《쥐스틴》과 다른 작품들을 모두 금서로 지정했다. 이 책을 금서로 지정한 이유는 외설적이고 도덕허무주의와 무신론 사상이 포함되었다는 것이었다.

1820년   러시아 시인 푸시킨이 자신이 쓴 정치 시로 인해 러시아 남부로 유배되었다. 푸시킨은 1826년 모스크바로 돌아오도록 허락받았지만 이후 그의 모든 작품은 차르가 직접 검열했다.

1821년   미국 메사추세츠 주가 18세기 영국 작가 존 클릴랜드의 소설《패니 힐》을 출판한 출판업자 피터 홈즈를 재판했다. 이 사건은 미국 최초의 외설 서적에 대한 재판이었다.

1829년   프랑스에서 시인 위고의 희곡《마리옹 들로름》의 상연이 금지되었다. 루이 13세를 나약하고 미신에 사로잡힌 잔인한 군주로 묘사했다는 것이 그 이유였다. 위고가 프랑스 국왕에게 탄원서를 제출했지만 아무 소용이 없었다. 이듬해 상연 금지령이 취소되고 코미디 프랑세즈에서 상연되었다.

1832년   위고의 희곡《왕은 즐긴다》가 미풍양속을 해치고 귀족을 모욕했다는 이유로 단 1회 공연 후 공연을 금지당했다.

1834년   폴란드 시인 미츠키에비치가 집필한 민족 서사시《판 타데우시(Pan Tadeusz)》를 민족의 자유와 독립을 위한 투쟁을 부추긴다는 이유로 차르 정부가 금서로 지정했다.

1835년   독일에서 시인 하이네가 진보 성향의 작품을 쓴다는 이유로 연방의회가 작품의 출간을 금지했다.

1841년　　발자크의 모든 작품이 로마교황청의《금서목록》에 수록되었다. 그 전에 위고의《노트르담 드 파리》와 하이네의 일부 시가 1834년과 1836년에 각각《금서목록》에 올랐다.

1844년　　하이네의 장편시《독일, 어느 겨울 동화(Deutschland, Ein Wintermärchen)》가 한 프랑스 신문에 발표되었다. 이 작품은 출간 직후 독일에서 판매가 금지되었다.

1847년　　우크라이나 시인 타라스 셰프첸코가 한 단체의 회의에서 법률에 반대하는 시를 낭독하고 차르를 직접적으로 공격했다고 밀고당해 체포되었다. 경찰이 그의 가방에서 그와 비슷한 성향의 시를 발견했고 그에게 유배형을 내렸다. 차르 니콜라이 1세는 이 판결문에 '글을 쓰거나 그림을 그리지 못하도록 엄격히 감시하라'고 친필로 지시했다. 1855년 알렉산드르 2세가 즉위한 후 대사면을 실시했지만 셰프첸코는 사면자 명단에서 제외되었고 1857년에야 석방되었다.

1852년　　러시아 작가 투르게네프가 소설《사냥꾼의 수기(Zapiski okhotnika)》를 썼다가 체포당해 유배되었다. 이 작품의 검열관도 이 소설의 출판을 허가했다는 이유로 파면당했다. 차르의 교육대신은 "《사냥꾼의 수기》는 지주를 모욕하는 성향이 짙다. 지주를 시종일관 우스꽝스럽거나 체통 없는 모습으로 묘사함으로써 지주에 대한 나쁜 관점을 전파했다. 이는 귀족 계급에 대한 다른 계층 독자들의 존경심을 해친다"고 비난했다.

1857년　　　프랑스 파리에서 소설가 플로베르가 《보바리 부인》에서 간통을 묘사했다는 이유로 고발당했다가 간통을 묘사한 부분이 많지 않다는 이유로 무죄 판결을 받았다. 작가의 변호인은 작가가 도덕을 널리 제창하기 위해 비도덕적인 행위를 묘사했다고 변호했다.

같은 해 파리에서 프랑스 시인 보들레르가 시집 《악의 꽃》으로 인해 당국에 체포되었다. 출판업자와 인쇄업자도 고발당했지만 최종적으로 작가에게만 벌금 300프랑형이 선고되었다.

같은 해 영국에서 캠벨 경이 제안한 음란물출판법〔캠벨경법(Lord Campbell's Act)이라고도 함〕이 통과되어 시행되었다. 이 법규는 음란물 출판이 위법행위임을 천명하고 경찰이 음란출판물 보관 및 판매처를 수색할 수 있으며 우체국과 세관이 우편물 발신자를 고발하고 음란출판물을 폐기할 수 있도록 규정했다. 하지만 이 법규는 작가가 사회의 진실을 폭로하지 못하도록 제한한다며 여론의 비난을 받았다. 1868년 히클린(Hicklin) 판결*에서 문학작품의 윤리적이라고 판단하는 기준은 '아버지가 집에서 큰소리로 낭독할 수 있는지의 여부'라는 원칙이 수립되었다.

1863년　　　러시아 작가 체르니솁스키가 옥중에서 쓴 소설 《무엇을 할 것인가》를 검열 기관의 눈을 속이고 출간했다. '혁명청년의 행동지침'이라고 극찬받은 이 소설은 얼마 후 금서로 지정되었다.

---

* 1868년 영국에서 히클린이라는 사람이 고해성사 때 성행위 이야기를 들은 것들을 한데 모아 책으로 출간했다가 음란물 출간 및 배포 행위로 고발당한 사건. 청소년에게 성에 대한 혐오감을 불러일으킬 수 있는 것도 음란물의 범주에 포함해야 한다는 주장이 받아들여져 히클린에게 유죄가 선고되었다. 근대 서양에서 음란물 문제를 직접적으로 다룬 첫 판결이다. ─ 옮긴이

1882년   3월 미국 보스턴의 검열관이 매사추세츠 주 검열관의 지시로 휘트먼의 시집《풀잎》의 발행을 금지했다. 사상적 내용이 윤리에 위배된다는 이유였다. 뒤이어 보스턴 우체국장도 이 시집의 우편 발송을 금지했다. 나중에 여론의 압력으로 미국 정부가 보스턴 우체국에 우편 발송 금지령을 취소하라고 명령했다. 얼마 후 보스턴의 한 출판사가《풀잎》을 출간하자 보스턴 당국이 강압적으로 간섭하는 바람에 이 책에 대한 사람들의 관심이 높아졌고 그 덕분에 첫 발행 부수 3000부가 출간 하루 만에 품절되었다.

1887년   필리핀 작가 호세 리살의 소설《나에게 손대지 마라》가 스페인 식민정부와 천주교의 공포와 적대감을 불러일으켜 금서로 지정되고, 필리핀으로 돌아간 지 반년도 안 되어 작가는 다시 추방당했다. 같은 해 세르비아 극작가 브라니슬라프 누시치의 희곡《국회의원(The Parliamentarian)》이 자유 선거의 위선과 오브레노비치 왕조의 부패를 폭로했다는 이유로 금서로 지정되었다가 13년 후에야 상연되었다.

1892년   영국에서 와일드의 희곡《살로메》에 성경 속 인물이 등장한다는 이유로 궁정관리가 상연을 금지했다. 미국 보스턴에서는 1907년까지도 상연을 허가받지 못했다. 같은 해 독일 극작가 하웁트만이 1844년 슐레지엔에서 발생한 직조공들의 봉기를 그린 희곡《직조공들》을 발표했지만 정부가 상연을 금지했다. 독일 황제 빌헬름 2세는 하웁트만에게 지급해야 할 '쉴러 상금(Schiller Memorial Prize) 지급을 거부하기도 했다.

1894년   영국 극작가 버나드 쇼의 희곡《워런 부인의 직업》이 매춘 제도의 사회적 뿌리를 들추었다는 이유로 영국과 미국에서 금서로 지정했다. 1924년에야 런던의 검열관이 이 희곡에 대한 상연 금지령을 취소했다.

같은 해 프랑스 소설가 졸라의 모든 작품이 로마교황청의《금서목록》에 수록되었다. 6년 전《대지》의 영문판 출간이 금지되고 출판업자가 투옥된 바 있었다. 빅토리아 시대에 영국에서는 이 소설의 삭제판도 탄압을 받았다.

1900년   미국 작가 드라이저의 소설《시스터 캐리》에서 부도덕한 여주인공이 처벌받지 않는다는 이유로 '파괴적'이라는 여론의 비난을 받고 금지되었다.

1906년   러시아 소설가 고리키의 장편소설《어머니(Mat')》가 영어로 미국 잡지에 연재되고 이듬해에 프랑스어, 독일어, 이탈리아어, 스페인어 등으로 번역되었다. 하지만 러시아에서는 제1부가 잡지 〈베도모스티(Vedomosti)〉에 발표되었다가 잡지가 즉시 몰수당하고 작가도 기소되어 지명수배령이 내려졌다. 1917년 혁명이 성공한 후에야 소련에서 정식으로《어머니》의 단행본이 출간되었다.

1909년   인도 작가 프렘 찬드의 단편소설집《소즈에와탄(Soz-e-Watan)》이 식민제도에 반대함으로써 '반란을 선동했다'는 이유로 영국 식민정부에 의해 발행이 금지되고 판매되지 않은 부분은 공개적으로 불태워졌다. 프렘 찬드의 문학 창작도 금지당했다.

1914년   독일 소설가 하인리히 만의 장편소설 《신하(Der Untertan)》
가 독일 통치계급을 풍자했다는 이유로 금서로 지정되었다가 4년 후에
출판되었다.

1915년   영국 런던에서 로렌스의 소설 《무지개(The Rainbow)》 초
판 1500부가 지방 정부 검열관에 의해 고발당해 판매 금지되었다. 출판
업자는 더러운 내용의 소설인지 몰랐다면서 편집자에게 속았다고 항변
했다. 《무지개》는 1949년에 처음으로 온전하게 출판되었다.

1916년   미국 뉴욕반범죄위원회가 두 차례나 미국 소설가 시어
도어 드라이저의 작품 《천재》를 출판한 출판업자에게 이 소설의 회수를
요구하고 작가를 '미풍양속을 해쳤다'며 법원에 고발해 미국 작가와 시
인들의 큰 불만을 샀다. 시인들도 《천재》를 완전히 지지하는 것은 아니
었지만 드라이저를 변호했다. 드라이저는 《천재》의 몰수에 대한 항의서
를 작성해 각지로 보냈는데 시인 로버트 프로스트, 에즈라 파운드, 소설
가 윌라 캐더 등이 이 항의서에 서명했다. 그들은 또 《천재》를 지키기 위
한 위원회를 설립하고 작가에 대한 지지를 밝혔다. 그들은 법원이 '증거
부족'을 이유로 사건을 마무리하도록 압력을 넣었고 이 작품은 1923년에
다시 출판되었다.

1918년   아일랜드 소설가 제임스 조이스의 작품 《율리시스》가
미국 시인 파운드의 주선으로 미국 잡지 〈리틀리뷰〉에 연재되기 시작
했다. 하지만 얼마 후 이 잡지가 이 작품을 실었다는 이유로 고발당했다.
1921년 봄 〈리틀리뷰〉의 두 편집자가 법정에서 패소하고 《율리시스》는

외설적이라는 이유로 게재가 금지되었다. 영국과 미국의 출판업자들은 모두《율리시스》를 출간할 엄두를 내지 못했고 1922년 프랑스의 셰익스피어 출판사에서 출판했다. 하지만 영국, 미국, 아일랜드, 캐나다로 이 책의 반입이 금지되었다. 영국과 미국의 세관과 우체국은 불법적으로 반입된《율리시스》를 모두 몰수해 폐기했다. 1933년 12월부터 미국, 영국, 아일랜드에서《율리시스》에 대한 금지령이 차례로 취소되었다.

1921년　　　　소련 작가 자먀틴이 소설《우리들》을 완성했지만 소련에서 출판 허가를 받지 못했다. 1924년 이 소설의 영문판이 해외에서 출판되었고 3년 뒤 러시아어판이 프라하에서 출판되었다. 러시아어 판본은 작가 본인의 동의 없이 출판한 것이었다. 당시 러시아 프롤레타리아작가동맹이 자먀틴과《우리들》을 강하게 비난했다. 자먀틴은 어쩔 수 없이 조국을 떠나 프랑스로 이주했고 1988년에야 소련에서《우리들》이 처음 출간되었다.

1922년　　　　영국 작가 프랭크 해리스의 자전적 소설《나의 생애와 애인들》제1권이 파리에서 출판되었지만 대담한 성적 묘사로 영국과 미국에서 금서로 지정되었고 그 뒤에 출판된 네 권도 마찬가지로 금서가 되었다가 60년 후에야 해금되었다.

1926년　　　　소련 작가 보리스 필냐크의 중편소설《소멸되지 않는 달 이야기(Povest' Nepogashennoj Luny)》가 발표되었다. 이 작품은 얼마 전 발생한 미하일 프룬제 장군의 사망 사건을 다루었다는 이유로 비난을 받았다. 이 소설을 게재한 잡지《신세계》5월호는 전량 몰수당했다.

1929년   필냐크가 중편소설 《마호가니(Mahogany)》를 완성했다. 잡지사 〈붉은 처녀(Krasnaya nov)〉에서 작가에게 수정을 요구했지만 수정되지 않은 소설이 해외에서 출판되었다. 8월 26일부터 소련의 문학신문 〈리체라투르나야 가제타(Literaturnaya Gazeta)〉가 필냐크와 그의 소설《마호가니》 비판운동을 시작했다. 《마호가니》가 소련에서 발표되지 않았으므로 비판에 참여한 사람들은 모두 이 소설을 읽어보지도 않은 이들이었다.

같은 해 이탈리아 작가 모라비아의 소설《무관심한 사람들(Gli indifferenti)》이 발표되었다. 이 소설은 브루주아의 냉담하고 이기적인 성향이 파시즘에 뿌리를 두고 있음을 암시했다는 이유로 5판까지 인쇄된 후 무솔리니의 서적 검열 기관이 출판을 금지했다.

같은 해 소련 작가 플라토노프가 반관료주의 작품인《회의하는 마카르》를 잡지 〈10월〉 9월호에 발표한 후 러시아 프롤레타리아 작가동맹으로부터 비난을 받았다. 러시아 프롤레타리아 작가동맹은 〈10월〉을 통해 이런 '유해한' 작품을 게재한 것은 심각한 잘못이라고 비난했다. 플라토노프는 1년 전 같은 주제의 다른 작품《체체오》는 세상의 빛도 보지 못한 채 출판이 금지되었다. 그의 장편소설《체벤구르》의 원고도 1929년 출판사로부터 거절당했다.

같은 해 일본 혁명작가 고바야시 다키지의 소설《게 가공선》이 치안유지법 위반으로 출판이 금지되고 작가도 같은 죄명으로 투옥되었다.

같은 해 로렌스의 소설《채털리 부인의 연인》이 미국 세관으로부터 금서로 지정된 후 20년 동안 여러 차례에 걸쳐 몰수당했다. 1960년 무삭제판 《채털리 부인의 연인》이 영국 런던의 '펭귄총서'에 포함되어 출판된 후 법률분쟁이 발생했지만 최종적으로 법원에서 무죄를 선고했다.

1933년   4월 독일 나치가 독일과 외국 작가들의 금서목록을 신문에 발표하고 각급 학교와 공공기관에 목록을 배포했다. 총 149명의 작가와 1만 2400종의 서적이 나치 선전부의 금서목록에 수록되었다. 이 책들은 모든 공공 도서관에서 폐기되었고 심지어 개인 도서관에서 소장하는 것도 매우 위험한 일이었다. 출판업자들의 금서 출판도 엄격하게 금지되었다. 그 후 게슈타포는 정기적으로 서점을 수색해 금서가 한 권이라도 발견되면 모두 처벌했다.

같은 해 5월 10일 새로 부임한 나치 선전장관 괴벨스가 베를린 베벨광장에서 섬뜩한 의식을 치르며 유통이 금지된 서적을 공개적으로 불태웠다. 저녁 무렵 나치 대학생, 히틀러 청소년단원들이 광장에서 책 2만 권을 불태운 사건이었다. 토마스 만, 하인리히 만, 레마르크, 츠바이크, 잭 런던, 싱클레어, 지드, 졸라, 웰스 등의 작품이 이때 불태워졌다. 한 학생선언에서는 '우리의 미래를 파괴하고 독일의 사상과 가정, 인민의 원동력을 약화시키는' 서적은 모두 불태워야 한다고 천명했다. 책이 거의 다 잿더미로 변하고 있을 때쯤 괴벨스가 학생들을 향해 연설을 하며 "이 불빛 아래에서 구시대가 종말을 고할 것이며 이 불빛이 새로운 시대를 비출 것이다"라고 외쳤다. 같은 날 본, 프랑크푸르트, 괴팅겐, 함부르크, 쾰른, 뮌헨, 뉘른베르크, 뷔르츠부르크 등 독일 각지와 각 대학에서 비슷한 분서행사가 벌어졌다.

같은 해 미국 소설가 어스킨 콜드웰의 농촌소설 《신의 작은 땅(God's Little Acre)》이 거친 표현을 이유로 고발당했다. 뉴욕재판소는 "일부 단락이 아니라 전체적으로 이 작품을 보고 판단하고 각 분야 인사들의 의견을 구한 결과 이 작품은 진지한 작품이며 독자들이 등장인물의 행동을 따라하도록 선동한 의도가 없다. 그러므로 거친 표현을 삭제하거나 수정할 필요가 없다. 따라서 법정에서 작가에게 거친 표현을 고상하게 수정할 것을 요구할 수 없다"라고 판결했다.

1934년　　　미국 소설가 헨리 밀러가 프랑스에서 노골적으로 성을 묘사한 자전적 소설《북회귀선》을 발표한 직후 영국과 미국에서 금서로 지정되었다.

1939년　　　헨리 밀러가 다시 프랑스에서 자전적 소설《남회귀선》을 발표했지만 마찬가지로 음란 서적으로 지정되었다. 이 두 편의 소설은 1960년대 이전에 미국 정부가 출판을 금지했으며 파리에서 출판된 서적을 미국으로 반입하는 것도 금지했다.

1939년　　　이탈리아 파시즘 정부가 나치 독일의 방식을 따라 문학 작품을 대량 소각했다. 영국 극작가 버나드 쇼는 자신과 셰익스피어의 작품이 파시즘 정부의 금서목록에서 제외되었다는 사실을 대단히 영광스럽게 여겼다.

1943년　　　소련의 유명한 풍자소설 작가 조셴코의 장편소설《해 뜨기 전》이 잡지 〈10월〉에 실린 후, 같은 해 12월 이 소설이 '반인민, 반예술' 작품이라며 맹렬한 비판을 받았다.
같은 해 스페인 작가 셀라의 소설《파스쿠알 두아르테 가족》이 '공공에 해를 끼치고' '비윤리적이고' '잔혹한 행동을 선전한다'는 이유로 프랑코 정부로부터 금서로 지정되었다.

1946년　　　8월 소련 작가 조셴코의 소설《원숭이의 모험》이 소련의 생활방식과 소련 사람들을 '비방했다'는 판결을 받았다. 조셴코는 소련 작가동맹에서 추방당하고《해 뜨기 전》과《원숭이의 모험》은 금서로 지정되었으며 1980년대까지도 해금되지 못했다.

1954년　　　러시아계 미국 소설가 나보코프가《롤리타》를 완성했지만 출판사를 찾지 못했다. 이듬해《롤리타》가 파리에서 출간된 후 미국과 영국에서 음란물이라며 출판 및 판매가 금지되었다.

1955년　　　프랑스 파리에서 한 출판업자가 18세기 후반에서 19세기 초에 활동한 프랑스 소설가 사드의 전집 총 26권을 출판했다가 고발당했다. 몇몇 유명한 작가들이 변호에 참여했지만 출판업자는 벌금형을 선고받고 책도 몰수당했다. 사드의 작품은 이미 서양에서 줄곧 금서목록에 올라 있었다.

1956년　　　소련 작가 파스테르나크의 소설《닥터 지바고》가 이탈리아에서 출판되었다. 1958년 스웨덴 한림원이 파스테르나크에게 노벨문학상을 수여한 후 소련 국내에서 파스테르나크에 대한 비난 여론이 들끓고《닥터 지바고》도 금서로 지정되었다.

1959년　　　영국의 음란물출판법(캠벨경법)이 개정되었다. 1950년대 중반의 판례를 살펴보면, 재판관이 '외설을 위한 외설'과 작가의 '순수한 목적'을 엄격이 구분해야 하며 작품의 내용이 인생, 사랑, 남녀 관계의 진실한 문제를 탐구한다면 음란물로 볼 수 없다고 판단했다. 따라서 1959

년에 새로 개정된 법규에 다음의 규정이 포함되었다. 첫째, 작품이 과학, 문학, 예술 또는 특정 분야에 이익이 된다면 범죄로 보아서는 안 된다. 둘째, 전문가들이 문학, 예술, 과학 및 기타 분야에서 출판물의 가치를 감정해 합법적인 출판물임을 입증하는 증거로 삼을 수 있다. 셋째, 일부 단락이 아니라 작품 전체를 살펴 판단한다. 넷째, 작가와 출판업자가 재판에 소환되지 않더라도 작품에 대해 변호할 수 있다. 이 법규는 그 후에도 여러 차례 개정되었다.

1961년　　　미국 오클라호마 시에서 금서운동이 일어났다. 판매 금지를 요구하는 책들을 주 의회 건물 밖에 진열해 놓았는데 그 중에는 로렌스의 소설《아들과 연인(Sons and Lovers)》, 콜드웰의 농촌소설《타바코 로드(Tobacco Road)》,《신의 작은 땅》등이 포함되어 있었다.

1964년　　　솔제니친의 작품이 소련에서 금서로 지정되었다. 1970년 그는 스웨덴에서 열리는 노벨문학상 시상식에 참석하지 못했다. 소련 정부로부터 귀국 허가를 받지 못할 것임을 알았기 때문이다. 솔제니친은 1974년 미국으로 망명길에 올랐고 1990년대가 되어서야 소련에서 공개적으로 출판되었다.

1968년　　　우크라이나 소설가 올레스 혼차르가 우크라이나어로 쓴 장편소설《대성당》을 발표했다. 하지만 소련의 우크라이나 통치 방향에 부합하지 않는다는 이유로 비판을 받았고 러시아어판의 출간이 금지되었다.

1969년   소련이 체코를 침공한 후 많은 체코 작가들의 작품이 금서로 지정되었다. 그 중에는 밀란 쿤데라의 《농담》도 포함되었다. 쿤데라는 창작의 권리를 박탈당한 후 결국 해외로 이주했다.

1976년   아르헨티나 작가 마누엘 푸익의 소설 《거미 여인의 키스》가 출간되었다. 이 소설은 군부정권의 잔혹성과 동성애자 묘사로 인해 아르헨티나에서 금서로 지정되었다.

1981년   6월 인도네시아 작가 프라무디아 아난타 투르의 소설 《인간의 대지》와 《모든 민족의 아들》이 정부에 의해 금서로 지정되었다. 이 두 작품은 모두 옥중에서 완성한 것이다. 작가가 이단사상을 가졌다는 것이 정부의 금지 이유였다.

1986년   7월 미국 법무장관 에드윈 미즈가 이끄는 포르노그래피에 관한 법무부장관 위원회가 1,960쪽에 이르는 보고서를 발표했다. 이 보고서에는 1천 종이 넘는 포르노 잡지와 서적, 영상의 목록과 함께 각급 정부가 포르노 문학에 대해 엄격한 법적 조치를 취해야 한다는 내용의 건의사항 92건이 포함되어 있었다. 이 보고서가 발표된 후 전국적으로 포르노 문학에 반대하는 운동이 나타나 1만 여 개 서점과 서적가판대에서 포르노 출판물의 판매가 중단되었다.

1988년   영국 소설가 루슈디가 이슬람교에 대한 불경스러운 내용을 담은 《악마의 시》를 발표했다. 1989년 2월 이란의 종교지도자 호메이니가 루슈디에 대해 사형 판결을 내려 작가가 오랫동안 피신 생활을 해야 했다. 40여 개국에서 이 책의 출판이 금지되었다.

1991년　　　　10월 3일 스웨덴 한림원이 남아프리카공화국의 여류작가 나딘 고디머를 1991년 노벨문학상 수상자로 선정했다. 인종차별에 반대하는 그녀의 문학 창작이 거둔 높은 성과를 거두었다고 판단했기 때문이다. 하지만 고디머의 많은 작품들은 인종차별정책을 폭로했다는 이유로 남아프리카공화국에서 번번이 금서로 지정되었다.

주석

책머리에_ 위험한 책이 세상을 변화시킨다

1)《사기(史記)》진시황본기(秦始皇本紀).

2) 니컬러스 J. 캐롤리드스(Nicholas J. Karolides) 외,《100권의 금서: 금지된 책의 문화사 (100 Banned Books: Censorship Histories of World Literature)》, Checkmark Books, 1999.

3) 자크 티로(Jacques P. Thiroux),《윤리학: 이론과 실천(Ethics: Theory and Practice)》, Pearson Prentice Hall, 2009.

금서의 세계 1_ 새로운 세상을 꿈꾸지 말라

1) 예브게니 파스테르나크(Evgeny Pasternak),《Boris Pasternak The Tragic Years》, 1991.

2) 예브게니 파스테르나크, 위의 책.

3) 데즈카 히데타카(手塚英孝),《고바야시 다키지(小林多喜二)》, 1970.

4) 데즈카 히데타카, 위의 책.

5) 데즈카 히데타카, 위의 책.

금서의 세계 2_ 감히 권위에 맞서지 말라

1) W. J. 웨더비(W. J. Weatherby), 《살만 루슈디(Salman Rushdie: Sentenced to Death)》, Carroll & Graf Pub., 1990.
2) W. J. 웨더비, 위의 책.
3) 윌리엄 노블(William Noble), 《미국의 금서 조치(Bookbanning in America: Who Bans Books? And Why)》, Paul S. Eriksson, 1990.
4) 야코프 부르크하르트(Jacob Burckhardt), 《이탈리아에서의 르네상스 문화(Die Kultur der Renaissance in Italien)》, 1860.

금서의 세계 3_ 다른 생각은 용납할 수 없다

1) 찰스 램(Charles Lamb), 《엘리아의 수필(Essays of Elia)》, 1823.
2) 가이 손(Guy Thome), 《샤를 보들레르: 그의 삶(Charles Baudelaire: His Life)》, 1915.
3) H. 피어슨(H. Pearson), 《오스카 와일드의 삶(The Life of Oscar Wilde)》, Penguin Books, 1960.
4) 《신약성경》 마태복음 14장 3~11절.
5) H. 피어슨, 앞의 책.
6) 베넷 셔프(Bennett Cerf), 《내 멋대로 출판사 랜덤하우스(At Random: The Reminiscences of Bennett Cerf)》, Random House, 1977.
7) 피터 폴크너(Peter Faulkner), 《모더니즘(Modernism)》, Methuen, 1977.

금서의 세계 4_ 더러운 욕망으로 사회를 어지럽히지 말라

1) 마커스 컨리프(Marcus Cunliffe), 《미국의 문학(The Literature of the United States)》,

Penguin Books, 1954.

2) 대니얼 호프만(Daniel Hoffman) 엮음,《하버드 현대문학 가이드(Harvard Guide to Contemporary American Writing)》, 1979.

3) 대니얼 호프만, 앞의 책.

4) 블라디미르 나보코프,《확고한 견해(Strong Opinions)》, McGraw-Hill, 1973.

5) 마커스 컨리프, 위의 책.

6) 샤를 보들레르,《벌거벗은 마음(Mon cœur mis à nu)》, 1864.

7) 샤를 보들레르(Charles Baudelaire), "귀스타프 플로베르의 보바리 부인(Madame Bovary par Gustave Flaubert)", 〈아티스트(L'Artiste)〉, 1857년 10월 18일 자.

8) 샤를 보들레르, 위의 글.

9) 샤를 보들레르, 위의 글.

10) 해리 무어(Harry T. Moore) 엮음,《로렌스의 편지(The Collected Letters of D. H. Lawrence)》, 1962.

11) 데이비드 허버트 로렌스(D. H. Lawrence),《포르노그래피와 외설(Pornography and Obscenity)》, 1930.

12) 데이비드 허버트 로렌스, 위의 책.

13) 해리 무어, 앞의 책.

14) 해리 무어, 앞의 책.

15) 해리 무어, 앞의 책.

16) 해리 무어, 앞의 책.

17) 해리 무어, 앞의 책.

18) 해리 무어, 앞의 책.

19) 프랭크 리비스(Frank Leavis)의 말. 피터 폴크너(Peter Faulkner),《모더니즘(Modernism)》에서 인용.

20) 대니얼 호프만, 앞의 책.

21) 로렌스 더럴(Lawrence Durrell),《헨리 밀러의 독자(Henry Miller Reader)》, 1957.

22) 대니얼 호프만, 앞의 책.

23) 로렌스 더럴, 앞의 책.

24) 조지 버나드 쇼의 1925년 노벨 문학상 수상 소감 중에서.

25) 오스틴 돕슨(Austin Dobson),《새뮤얼 리처드슨(Samuel Richardson)》, Macmillan Publishers, 1902, 26~27쪽.

26) 이안 와트(Ian Watt),《소설의 부상(The Rise of The Novel)》, Kessinger Publishing, 2010.

27) 니컬러스 J. 캐롤리드스 외,《100권의 금서 - 금지된 책의 문화사》, Checkmark Books, 1999.

28) 존 클릴랜드,《패니 힐: 한 매춘부의 회상》(G. P. Putnam's Sons, 1963)의 서문.

29) 알렉 크레이그(Alec Craig),《금서: 외설 문학의 역사(Suppressed Books : A History of the Conception of Literary Obscenity)》, 1963.

30) 알렉 크레이그, 위의 책.

31) 니컬러스 루달(Nicholas Rudall),《리시스트라타(Lysistrata)》, Ivan R Dee, 1991.

32) 미국 캔자스 대학교 도서관,《좋은 책을 훼손하는 것은 이성 말살 행위다: 불과 검, 판금에서 살아남은 책들(He who destroys a good Books, kills reason itselfe: an exhibition of books which have survived Fire, the Sword, and the Censors)》, 1955.

33) 헨드릭 빌럼 판론(H. W. Van Loon),《관용(Tolerance)》, 1925.

금서의 세계 5_ 어떤 언어로도 출판할 수 없다

1) 앙드레 모루아(André Maurois),《빅토르 위고의 생애(Olympio ou la vie de Victor Hugo)》, Librairie Hachette, 1954.

2) 게오르크 브란데스(Georg Brandes),《19세기 문학사조(Hovedstrømninger i det 19de Aarhundredes Litteratur, 1872 1890)》.

3) 게오르크 브란데스, 위의 책.

4) 윌러드 소프(Willard Thorp),《20세기 미국문학(American Writing in the 20th Century)》, 1959.

5) 이언 오스비(Ian Ousby),《미국 소설 50선(Introduction to Fifty American Novels)》. 1979.

6) 윌리엄 노블(William Noble), 《미국의 금서조치(Bookbanning in America: Who Bans Books? and Why)》, Paul S. Eriksson, 1990.

7) 윌리엄 버로스(William Burroughs),《벌거벗은 점심(The Naked Lunch)》, Grove Press, 1966.

8) 윌리엄 버로스, 위의 책.

9)《당대미국문학: 1945~1972(Contemporary American literature: 1945~1972)》, Ihab Hassan, Ungar Pub Co., 1973.

10)《미국의 금서(Bookbanning in America: Who Bans Books? and Why)》, William Noble, Paul S. Eriksson, 1990.

11) 윌리엄 버로스, 앞의 책.

부록

1) 프랭크 해리스(Frank Harris),《버나드 쇼(Bernard Shaw)》, 1931.

2) 에벌린 겔러(Evelyn Geller),《미국 공공 도서관 선정 금서, 1876~1939(Forbidden Books in American Public Libraries, 1876~1939: A Study in Cultural Change), Greenwood Press》, 1984.

3) 앤 라이언 하이트(Anne Lyon Haight), 《금서들(Banned books)》, R. R. Bowker NY, 1955.

4) 알렉 크레이그(Alec Craig),《외설로 규정되어 금지된 책들의 역사(Suppressed Books A History Of The Conception Of Literary Obscenity)》, World Publishing Company, 1963.

단 한 줄도
읽지 못하게
하라

초판 1쇄 인쇄 2016년 12월 5일
초판 1쇄 발행 2016년 12월 20일

지은이 주쯔이 옮긴이 허유영 펴낸이 김종길 펴낸 곳 글담출판사

책임편집 김보라 편집 임현주 · 박성연 · 이은지 · 이경숙 · 김보라 · 안아람
마케팅 박용철 · 임우열 디자인 정현주 · 박경은 홍보 윤수연 관리 김유리

출판등록 1998년 12월 30일 제2013-000314호
주소 (121-840) 서울시 마포구 양화로 12길 8-6(서교동) 대륭빌딩 4층
전화 (02) 998-7030 팩스 (02) 998-7924
페이스북 www.facebook.com/geuldam4u 인스타그램 geuldam

ISBN 979-11-87147-12-1 03800
책값은 뒤표지에 있습니다.
잘못된 책은 바꾸어 드립니다.

이 도서의 국립중앙도서관 출판시도서목록(CIP)은 e-CIP홈페이지(http://www.nl.go.kr/ecip)와 국
가자료공동목록시스템(http://www.nl.go.kr/kolisnet)에서 이용하실 수 있습니다. (CIP 제어번호 :
2016029167)

글담출판에서는 참신한 발상, 따뜻한 시선을 가진 원고를 기다리고 있습니다. 원고는 글담출판 블로
그와 이메일을 이용해 보내주세요. 여러분의 소중한 경험과 지식을 나누세요.
블로그 http://blog.naver.com/geuldam4u 이메일 geuldam4u@naver.com